일러두기

1. 번역에 쓰인 원전은 2013년 중국 장강문예출판사에서 출간한 '얼웨허 문집' 제1판을 사용했다.
2. 맞춤법과 띄어쓰기는 한글 맞춤법과 외래어 표기법에 따랐다.
3. 한자는 우리말로 표기하고, 꼭 필요한 경우에만 괄호 속에 원음을 병기해 이해하기 쉽도록 했다.
　예 : 다이곤多爾滾(도르곤)
4. 인명과 지명은 우리말로 표기했다. 단, 이미 굳어진 표현은 원지음을 존중했다.
　예 : 나찰국羅刹國(러시아). 이후에는 '러시아'로 표기
5. 본문 중의 괄호 안에 뜻을 풀이한 것은 모두 옮긴이의 설명이다.

【전면개정판】

건륭황제

인류 역사상 최대의 제국을 지배한 위대한 황제

18

얼웨허 역사소설

홍순도 옮김

더봄

小說 乾隆皇帝 : 二月河

Copyright ⓒ 2013 Eryuehe
Korean Translation Copyright ⓒ 2015 by theBOM Publishing co.

Korean edition is published by arrangement with Eryuehe
小說《乾隆皇帝》出刊根據與原作家二月河的約屬於theBOM出版社. 嚴禁無斷轉載複製.

건륭황제 18권

개정판 1판 1쇄 인쇄   2016년 8월 19일
개정판 1판 1쇄 발행   2016년 8월 23일

지은이   얼웨허(二月河)
옮긴이   홍순도
펴낸이   김덕문

펴낸곳   더봄
등록번호   제399-2016-000012호(2015.04.20)
주소   경기도 남양주시 별내면 청학로중앙길 71, 502호(상록수오피스텔)
대표전화   031-848-8007   **팩스** 031-848-8006
전자우편   thebom21@naver.com
블로그   blog.naver.com/thebom21

ISBN 979-11-86589-70-0 04820
ISBN 979-11-86589-52-6 04820(전18권)

책값은 뒤표지에 있습니다.

태상황제太上皇帝 건륭乾隆

1795년(건륭 60년) 말 건륭제는 스스로 황위에서 물러났다. 1736년 즉위할
때 쓴 칙서에서 할아버지인 강희제가 61년간 재위한 기록을 넘지 않겠다고
약속하였기 때문이다. 그러나 건륭제는 태상황제로 물러났음에도 여전히 국정의
주요 대사를 처리하는 등 막강한 위세를 자랑하였다. 때문에 어렵게 옥새를
물려받은 가경제는 친정을 펴긴 했지만 중요한 일은 반드시 태상황제에게
물어보고 실행하였다. 이처럼 금상今上황제보다 더 많은 실권과 책임을 가진
태상황제 건륭이었지만, 결국엔 그도 89세(1799년)를 일기로 붕어하였다

건륭제의 〈십전노인지보〉十全老人之寶

《한비자》〈화씨〉和氏 편에 의하면, 옥새玉璽는 춘추전국시대 초楚나라
옥 장인이었던 변화卞和가 형산荊山에서 얻은 희귀한 보석인 '화씨지벽'和氏之
璧에서 기원하였다. 이 화씨지벽을 얻은 진시황은 재상 이사李斯에게 명하여
'수명우천, 기수영창'受命于天, 旣壽永昌이라는 8자가 새겨진 통일제국의 옥새를
만들게 했다. 그후 옥새는 왕조시대 제왕의 정통성과 권위의 상징이 되었다.
청나라 때 만들어진 옥새는 모두 24개로, 대부분 백옥白玉으로 된 손잡이에
뿔 없는 용과 범, 거북을 아로새겼다. 사진은 1792년에 벽옥碧玉으로 만든
건륭제의 〈십전노인지보〉이다. 건륭제는 자신을 10회의 전쟁(위구르 정벌, 금천
반란 진압, 대만·미얀마·베트남 정벌 등)에서 모두 승리한 '십전무공十全武功의
군주', 즉 '십전노인'으로 일컬으며 이 옥새를 만들어 무공을 과시하였다.

가경제嘉慶帝

건륭 25년인 1760년에 태어났으며, 재위 기간은 1796년~1820년이다.
본래 건륭제는 즉위할 때 정실황후인 효현황후 소생의 영련永璉을 후계자로 염두에
두었지만 영련이 건륭 3년에 죽은 이후로는 오랫동안 태자를 세우지 않았다.
그러다 건륭 38년(1773) 열다섯째황자 옹염顒琰을 은밀히 후계자로 결정하고,
그의 이름이 담긴 함을 건청궁 정대광명 편액 뒤에 넣어놓았다. 건륭 54년(1789)에는
옹염을 가친왕嘉親王에 봉한 뒤 정무와 군무를 처리하도록 하였고, 건륭 60년(1795)년
9월 4일 황태자로 봉하였다. 그해 음력 12월 30일, 건륭제는 황위에서 내려왔고,
그 다음 날인 1796년 설날, 자금성 태화전에서 전위조서傳位詔書를 내려 황위를
황태자 옹염에게 넘겨주니, 이가 바로 청나라 7대 황제인 가경제이다.

6부 추성자원秋聲紫苑

19장

화신의 끝없는 탐욕

　화신은 심사가 복잡하기 이를 데 없었다. 그럼에도 여느 때와 다름 없이 원명원 공사장으로 나와 순찰을 한 바퀴 돌았다. 그런 다음 담녕거澹寧居 동서방東書房으로 돌아왔다. 이어 유용을 만나 두 사람의 공동명의로 보본保本을 올려 이시요를 복직시키는 문제에 대해 상의 했다. 또 조정의 일을 본격적으로 맡아보게 된 옹염을 찾아가 의죄은 자議罪銀子의 수입과 지출에 대해 보고를 올렸다. 일을 다 마치고는 서둘러 가마를 타고 집으로 향했다.

　그는 돌아오는 내내 가마의 흔들림에 몸을 맡긴 채 깊은 생각에 잠겨 있었다. 전풍이 입경入京을 한다는 소식에 계속 신경이 쓰였던 것이다.

　'지금 귀주성에서는 대대적인 도로공사가 시작됐어. 게다가 제전梯 田(비탈에 층층이 사닥다리 모양으로 일군 논밭. 계단밭)을 만든다, 동광銅

鑛을 정돈한다 하면서 몸이 열 개라도 부족할 정도로 할 일이 많을 거야. 그런데 전풍이 그렇게 많은 업무를 뒤로 하고 굳이 이 시점에 북경으로 술직을 오는 이유가 무엇일까?'

화신은 뭔지 모르게 계속 불안해지는 기분을 어쩌지 못했다. 아무래도 동정사銅政司에서 40만 냥을 빼낸 것이 들통 난 것 같다는 생각이 들었다.

그는 심호흡을 했다. 그러나 마음은 여전히 불안했다. 좀체 진정을 할 수가 없었다. 조금 전에 옹염을 찾아갔을 때도 그랬다. 언제나 그렇듯 옹염은 깍듯하게 예를 갖추면서도 어딘지 섬뜩한 냉기를 뿜고 있었다. 그랬으니 가끔씩 지어보이는 미소도 상당히 억지스럽다는 느낌을 받을 수밖에 없었다.

옹염은 화신이 복강안과 전풍에 대해 물어도 그저 고개만 끄덕일 뿐 대답을 하지 않았다. 화신은 순간 전풍에게 한번 '물리면' 곧 죽음이라는 생각이 들면서 온몸에 소름이 쫙 끼쳤다.

'나는 지금 이시요와는 같은 하늘을 이고 살 수 없을 만큼 원수 사이가 됐어. 아계 역시 나에게 결코 우호적이지 않아. 아계와 이시요 둘 다 한물가는 줄 알았더니 그게 아니야. 또다시 슬금슬금 기어 일어나고 있어. 이 두 사람이 나중에 나에게 주먹을 휘두르지 말라는 법이 어디 있겠어? 그러고 보니 주변에 동지는 없고 온통 적인 셈이군……'

화신은 그런 생각이 들자 오신五神(정신 활동을 신神·혼魂·백魄·의意·지志 등 5가지로 분별해서 표현한 말)이 뒤엉키고 심사가 불안하기 그지없었다.

그동안 벌써 집 앞에 당도했는지 가마가 천천히 내려앉기 시작했다. 곧 가마꾼이 창가로 다가와 아뢰었다.

"화 대인, 댁에 도착했습니다!"

화신은 가마꾼의 시중을 받으면서 가마에서 내렸다. 유전이 종종 걸음으로 맞으러 나왔다. 화신이 두루마기 자락을 손가락으로 털면서 물었다.

"정백희丁伯熙와 경조각敬朝閣을 부르라고 했는데, 와 있나?"

"예, 왔습니다. 점심 먹고 얼마 안 돼서 왔습니다."

유전이 화신의 안색을 살피고는 덧붙였다.

"무슨 일이냐고 묻더군요. 화 대인의 분부 없이는 말할 수가 없어 대충 얼버무렸습니다. 지금은 별채에서 기다리고 있습니다! 군기처에 있다가 외관外官으로 나간 유 장경章京도 와 있습니다. 한림원翰林院의 마상조馬祥祖, 방령성方令誠과 오성흠吳省欽, 도찰원都察院의 조석보曹錫寶 등도 유보기劉保琪를 배웅한다면서 왔다가 소인에게 발목이 잡혀 있습니다. 지금 서재에 있습니다. 누구부터 부를까요?"

화신은 잠시 생각했다. 사실 청백리 기질이 농후한 마상조나 방령성과는 평소에 왕래가 잦은 편이 아니었다. 다만 평소에 만나면 계급이 한참 차이가 나도 깍듯하게 예우해줬을 뿐이었다. 그는 사실 가인들에게도 평소 거듭 일러두기를 무릇 한림원과 법사아문의 진사들을 대할 때는 품계의 높고 낮음에 관계없이 외성外省에서 온 봉강대리封疆大吏들을 대할 때처럼 격식을 갖춰 예우하라고 신신당부를 했다. 그러나 지금은 마음이 무거운지라 진사들과 마주앉아 노닥거릴 여유가 없었다. 결국 그는 거짓말을 입에 올렸다.

"식사라도 한 끼 하게 잘 만류했네. 헌데 나는 오늘밤 긴히 써 보내야 할 서찰이 몇 통 있어서 통 정신이 없네. 안방에 들어가서 좀 씻고 나올 테니 호 막료를 시켜 합춘루合春樓에 유보기를 전송하는 자리를 만들라고 하게. 성백희와 경조각은 집에서 나하고 같이 먹도록 조처하게. 그 둘은 귀주로 보내 장부를 좀 처리하도록 해야겠어."

화신은 말을 마치고는 안방으로 들어가 버렸다.

내원內院의 윗방은 대단히 조용했다. 산들바람에 잎이 넓은 낙엽들이 하나둘씩 떨어지는 소리가 들릴 뿐 다른 기척은 없었다. 그러나 마당은 부처님께 공양을 올리는 단향檀香과 약을 달이는 짙은 냄새로 가득 차 있었다. 부인 풍씨馮氏가 약을 먹고 부처님께 기도를 올리는 것 같았다.

불당으로 향하던 화신은 발길을 돌려 북쪽 마당에 있는 소실 장이고의 처소로 향했다. 순간 안살림을 관리하는 여종들과 각 방에서 시중드는 유모와 어멈들이 한꺼번에 우르르 몰려나오는 모습이 보였다. 장이고의 주재하에 집안회의가 열렸던 모양이었다. 그들은 화신이 나타나자 모두들 그 자리에 멈춰 서서는 공손히 자리를 비켰다. 화신은 그들에게는 눈길 한 번 주지 않고 방안으로 들어갔다.

방안에서는 두 하녀가 쪽창을 열어 혼탁한 실내공기를 바꾸고 있었다. 주인이 들어서자 그녀들은 하던 일을 멈추고 황급히 인사를 올렸다. 추운秋雲이 먼저 입을 열었다.

"작은마님께서는 안방에 계십니다. 오씨 이모님께서는 남원南院으로 나가셨는데, 불러올까요?"

화신이 미처 대답하기도 전에 장이고가 긴 담뱃대를 꼬나물고 나왔다. 이어 문에 기댄 채 비아냥거리는 투로 내뱉었다.

"너희들이 말하지 않아도 나리께서 어련히 알아서 남원으로 가시지 않을까 봐 그러느냐?"

화신은 장이고의 말에 아녀자 특유의 질투심이 들어가 있다는 사실을 느끼고 피식 웃지 않을 수 없었다.

"어서 차와 다과를 내오지 않고 뭘 꾸물대는 게냐?"

장이고가 다시 언짢은 어조로 하녀들을 질책했다. 화신은 그녀가 그러거나 말거나 집에 왔다는 안도감에 젖어 의자에 털썩 주저앉았다. 그러고는 하녀가 건네는 찻잔을 받아 한 모금 마시고는 웃음을 지어보였다.

　"뭐니 뭐니 해도 집만큼 편한 데가 없어. 아무리 금옥金屋, 은옥銀屋이 좋다지만 자신의 개구멍보다 못하다는 말이 실감이 나네! 헌데 자네는 내가 누님의 처소로 걸음할 거라는 걸 어찌 그리 귀신처럼 알고 있나?"

　"바보가 아닌 이상 왜 모르겠어요?"

　장이고가 말을 마치고는 밉지 않게 화신을 흘겨봤다. 그러더니 방석을 가져다 의자등받이에 밀어 넣어준다, 더운 물수건으로 얼굴을 닦아 준다, 한참 수선을 떨고 나서 덧붙였다.

　"아녀자들의 직감이 얼마나 기가 막히게 들어맞는지 아세요? 이 꽃 저 꽃 건드리고 다니는 건 수컷의 본성이라고 하니 어쩔 수는 없지만 이제는 몸 걱정도 좀 하셔야죠. 노음소양老陰少陽(연상 여자와 연하 남자의 정사를 뜻함)이 얼마나 정력을 소모하는 일인지 정말로 모르십니까?"

　화신이 낄낄거리면서 장이고의 저고리 속으로 손을 쑥 집어넣었다. 이어 젖소의 그것처럼 풍만한 젖가슴을 마구 주물럭거리고는 음탕한 웃음을 지었다.

　"질투하는구나? 말이 누님이지 나이는 자네보다 한 살밖에 더 많지 않은 걸! 우리 둘은 뭐…… 노음소양이 아닌가?"

　장이고 역시 음탕한 미소를 흘리며 화신의 손을 살짝 밀쳐냈다.

　"누가 보면 어쩌려고 이래요! 밖에서는 여색을 탐하지 않기로 소문이 났다면서요? 헌네 집안에서는 어찌 그리 딴판이에요?"

화신은 말없이 웃기만 했다. 장이고의 말은 사실이었다. 그는 밖에서는 여색을 탐한다는 인상을 주지 않으려고 무진장 노력했다. 여색을 탐한다는 건 곧 부정부패와 연결되는 말이었다. 따라서 '뒤가 구린' 그로서는 남들의 표적이 되지 않으려면 일단 계집에 초연한 모습을 보여야만 했다.

장이고의 옷섶을 열고 사정없이 파고 들어가던 화신은 문득 밖에서 손님이 기다리고 있다는 생각을 떠올렸다. 이어 못내 아쉬운 듯 그녀의 젖꼭지를 살짝 건드려보고는 자리에서 일어났다.

"큰마님은 저리 비실비실 하니 이제 '이 짓'은 더 못하는 거고, 누님도 별 볼 일 없었어. 역시 자네의 그것이 최고였어. 지금 나가서 사람을 만나고 올 테니 기다리라고. '노음소양' 한 번, 알았지?"

화신이 말을 마치고는 밖으로 나가려고 했다. 그때 장이고가 화신을 불러 세웠다. 그러고는 나직이 물었다.

"유전이 또 삼십육만 냥을 장부에 올렸던데, 무슨 돈이에요?"

화신이 집게손가락을 세워 입에 갖다 대며 목소리를 낮춰 말했다.

"무슨 일이 있어도 그 돈은 건드리면 안 돼. 그리고 삼십육만 냥이 아니라 사십만 냥일 거야. 출처는 나중에 알려 줄게."

장이고가 적이 걱정스런 표정으로 물었다.

"이제는 욕심을 좀 거둬야겠어요. 그러다 기윤 공처럼 압수수색 당하는 날에는 끝장이잖아요. 대충 계산해 보니 하루 평균 십만 냥씩 들어오는 것 같아요. 돈이 너무 많아도 끔찍하네요!"

"그렇게 많아?"

화신은 밖으로 나가려다 말고 걸음을 멈췄다. 하루에 10만 냥씩이면 그가 원명원 공사를 감리해 온 3년 동안 거의 1억 냥을 빼돌렸다는 계산이 나왔다. 어마어마한 규모라고 해야 했다. 그는 본인 스스로도 놀랐지만 애써 진정하며 덧붙였다.

"메뚜기도 한 철이라고 했어. 원명원 공사도 다 끝나 가. 그때가 되면 챙기고 싶어도 못 챙겨. 우리가 쑤셔 넣지 않으면 다른 누군가의 호주머니에 다 흘러갔을 돈이야. 그럴수록 조심하고 신중하면 문제될 게 없어. 걱정 마, 이제부터는 의죄은자에서 조금씩 들어오는 것 빼고 일반 관리들이 상납하는 건 절대 받지 마. 대기발령중인 관리들이 찾아오면 자잘한 은자를 조금씩 쥐어주되 열 냥은 넘기지 말아, 알았어?"

장이고가 웃으면서 대답했다.

"알았어요, 귀에 못이 박히겠네! 헌데 그것들은 한 번에 열 냥씩 타 가는 재미에 염치불구하고 거의 매일이다시피 찾아오네요. 그 꼴이 참 괘씸하면서도 우스워요!"

"우리 속담 중에 '삼십년하동, 삼십년하서'三十年河東, 三十年河西라는 말이 있지? 삼십년을 하동에 살던 사람이라도 언제 하서에 가서 살게 될지 아무도 점칠 수 없다 이거야. 사람이 팔자 고치는 건 시간문제라고! 그자들은 당분간 대기발령 중이라 마땅한 업무가 없다보니 주접을 떨고 다니는 거야. 나중에 어찌될지 아무도 몰라. 그러니 박대하지 말고 잘해 줘야 해."

화신이 말을 마치고는 마당으로 나섰다. 그는 서재로 갈 생각이었다. 유보기와 몇몇 한림들은 화신의 서재에서 크게 웃으면서 담소를 나누고 있었다. 아무도 화신이 들어서는 것을 알아차리지 못한 것 같았다. 마광조는 더욱 그랬다. 신나게 웃고 떠들면서 벌겋게 상기된 얼굴로 계속 얘기를 늘어놓고 있었다.

"그런데 명색이 중당의 서재인데, 우리가 너무하는 거 아닌가? 귤섬실과 해바라기 씨를 사방에 흘렸으니 좀 쓸어야겠어. 화 대인이 보면 뭐라고 하겠는가?"

마광조가 말을 마치고는 고개를 돌리다 바로 문 앞에 서서 웃고 있는 화신을 발견하고는 깜짝 놀랐다.

"아니, 화 중당!"

그제야 사람들은 모두 일어나 예를 갖추고 인사를 했다. 오성흠이 가장 먼저 사죄를 했다.

"용서해주십시오. 저희들이 그만 웃고 떠드는 데만 정신이 팔려 중당의 서재를 어지럽히고 말았습니다……."

"괜찮네, 괜찮아."

화신이 희색이 만면한 얼굴로 전혀 개의치 않는다는 듯 손사래를 쳤다. 그러고는 편하게 자리에 앉았다.

"한집안 식구들끼리 그런 걸 따질 게 뭐 있나! 유보기 이 친구는 나하고 둘도 없는 사이이네. 게다가 자네들끼리도 절친한 사이라고 하니 우리는 한집 식구 아닌가? 가인들에게 들으니 여러분은 유보기를 배웅하고자 들었다면서? 원래는 내가 술 한 잔 크게 사야 하는데, 시간이 없어서 아쉽게 됐네."

유보기가 즉각 입을 열었다.

"안 그래도 방금 가인이 다녀갔습니다. 대인께서 직접 참석하시지는 못하지만 최고의 주안상을 봐주신다고요. 그래서 돈 많은 형님을 만난 이런 기회에 포식 한번 해보자고 한 상에 열 냥짜리 팔보해석八寶海席을 먹자고 했습니다!"

"잘했네, 잘했어! 이럴 때나 실컷 사주지 언제 사주겠나! 나도 생각 같아서는 매일 사주고 싶지만 마음뿐이지 그럴 수가 없어서 늘 안타깝게 생각했었네. 나에게 돈깨나 좀 있는 건 사실이지만 그건 모두 폐하께서 농장을 여러 군데 하사하신 덕분이 아니겠나? 몇 푼 안 되는 녹봉 가지고는 살 수가 없지."

화신이 말을 마치고는 좌중 사람들에게 손을 내밀어 과일을 권했다.

"비파枇杷 맛을 좀 보시게! 이 계절에는 좀처럼 맛볼 수 없는 귀한 과일이네. 누가 좀 보내온 걸 여러분에게 대접하려고 일부러 남겨뒀었네."

화신은 마치 친아우들을 대하듯 편하고 친절하게 굴었다. 화신의 집에 처음 온 조석보와 방령성은 말로만 듣던 화신의 '뛰어난 인간성'이 결코 꾸며낸 것이 아니라면서 속으로 감복해마지 않았다. 그때 화신이 그들에게 물었다.

"이 두 아우는 안면은 있어도 말을 나눠본 적은 없구려. 어느 부서에서 일하고 있지?"

조석보가 황급히 상체를 숙인 채 대답했다.

"예, 중당! 저는 도찰원에서 감찰어사監察御史로 있는 조석보라고 합니다. 잘 부탁드립니다. 이쪽은 방령성이라고, 한림원에서 서길사庶吉士로 있습니다."

화신이 고개를 갸웃하면서 생각을 더듬는 척하더니 이내 활짝 웃으면서 반가워했다.

"이름들은 익히 들어왔네. 석보 아우와는 형부에서 만났었지. 그때는 잠깐 악수만 하고 지나쳤지만 인상이 깊었네. 혜동제惠同濟 아우와 방령성 아우는 기효람(기윤) 대인의 집에서 봤었고. 그러나 내가 들어갈 때 마침 나오는 중이었으니 깊은 얘기를 나눌 여유가 없었지!"

젊은 관료들은 처음 만났을 때를 장소까지 정확하게 기억하는 화신을 보면서 무척이나 황감해 했다. 모두의 얼굴에 놀란 기색이 그득했다. 화신은 그러나 심상 모른 체하면서 마치 친형처럼 다정하게 이름을 불러줬다. 이어 비싼 과일인 비파를 하나씩 손에 쥐어줬다. 그러고는 어서 먹으라고 권하면서 벽에 붙어 있는 그림을 가리켰다.

"내가 아끼는 그림들이네. 워낙 뱃속에 먹물이 없는지라 글재주 좋고 학문이 뛰어난 자네들 같은 청류淸流들과 사귀기를 좋아한다네. 부화뇌동해 풍류를 즐긴다는 소리를 들어도 어쩔 수 없네. 좋은 걸 어떡하나. 일국一國의 재정을 관장하다 보니 매일 주판알 튕기는 소리와 동전 구린내에만 파묻혀 산다네. 그래서 집에 돌아와 이렇게 그림이라도 쳐다보면 색다른 기분이 든다고!"

이어 화신이 그들에게 물었다.

"여러 대가들이 보기에 저 그림들이 가짜는 아니겠지?"

화신이 가리킨 벽에는 당대의 유명한 서화가들의 작품이 마치 도배하듯 내걸려 있었다. 동향광董香光을 비롯해 오매촌吳梅村, 웅사리熊賜履, 고사기高士奇, 장정옥張廷玉, 부항, 유용 등의 작품들이……. 그뿐이 아니었다. 강희 이래의 일대 명사들을 비롯해 부청주傅靑主, 시우산施愚山, 방포方苞 등의 작품들도 있었다. 그중에서 가장 귀한 건 단연 오사도鄔思道의 〈정기통신〉靜氣通神과 오차우伍次友의 〈야로엄도〉野蘆掩渡라고 할 수 있었다. 대내大內의 삼희당三希堂에서도 극히 보기 드문 명작들이 한곳에 걸려 있었다.

물론 좌중의 젊은 관리들은 서재에 처음 들어섰을 때부터 이 작품들을 눈여겨 본 터였다. 그러나 명작도 한두 점 걸려 있어야 음미하고 감상할 맛이 나지 않겠는가! 너무 많으니 서재가 서재 같지 않고 마치 모조품을 내다 파는 관제묘關帝廟 장터의 점포 같다는 느낌이 들었다. 보는 이들마다 눈살을 찌푸린 것은 다 그래서였다. 그러나 아무도 내색은 하지 않았다.

유보기가 웃음 띤 어조로 서쪽 벽의 서예작품을 가리키면서 말했다.

"원래 북쪽 벽에 걸려 있던 기윤 중당의 작품이 서쪽 벽으로 이사를 왔군요."

"유용 공이 흔한 필체라고 하더군. 그래서 가인들이 이리로 옮겼나 보네."

화신은 대뜸 유보기의 말 속에 숨어 있는 뼈를 간파했다. 그는 기윤이 신강新疆으로 군류軍流를 갔으니 작품도 따라서 '서쪽 벽'으로 이사했다는 말을 하고 있었다. 화신은 내심 불쾌했으나 아무렇지 않은 척 말을 이었다.

"자네가 유심히 보지 않아서 그렇지 이 작품들은 누구의 작품이든 몇 개월에 한 번씩 무작위로 장소를 이동한다네."

화신의 말이 끝나자 오성흠은 화제에 오른 기윤의 작품을 유심히 뜯어봤다. 그러다 갑자기 피식 웃음을 터트리고 말았다. 주먹만큼 큰 '죽포'竹苞라는 두 글자를 본 탓이었다. 한참 입을 막고 웃던 그가 물었다.

"보아하니 풍신은덕(화신의 아들) 세형世兄이 종학宗學에 입학할 때 기윤 공께서 선물하신 것 같은데, 서재에 걸어놓기는 좀 그런 것 같네요."

화신이 의아해 하면서 물었다.

"그게 무슨 말인가?"

오성흠이 차마 말을 못하고 웃음을 참으면서 고개를 저었다. 그러자 조석보가 뒤로 넘어갈 듯이 웃으면서 대신 대답했다.

"욕이잖아요! '죽포'竹苞 두 글자를 분해해 보세요. '개개초포'个个草包, 말하자면 중당의 식구들은 하나같이 바보라는 뜻이잖습니까!"

좌중의 사람들은 그제야 '죽포'라는 단어의 의미를 깨닫고는 모두들 배꼽을 잡고 뒤로 넘어갔다. 화신 역시 적이 황당한 표정을 지었다. 이어 어색하기 짝이 없는 웃음을 지으며 말했다.

"그 옛날 성조 때 고사기가 색액도를 비난하고 명주明珠에게 욕을 퍼붓고 다닌 적이 있었지. 결국 어느 날 보니 성조의 남서방南書房에 들어가 있더라고 하지 않나. 원수는 외나무다리에서 만난 거지. 기효람도 고사기의 유풍遺風을 이어받아 크게 한번 사고를 치려는가 보지."

화신이 적당한 비난으로 맞불을 놓으면서 어색한 분위기를 애써 모면하려 했다. 좌중의 사람들 역시 황급히 화제를 다른 곳으로 몰고 갔다. 화신이 곧이어 가인을 불러 장황하게 지시했다.

"주안상이 준비됐으면 이분들을 모시고 가거라. 해녕海寧이 선물한 술을 두어 항아리 내어 놓거라. 북경에서 파는 술은 너무 독해서 먹고 나면 위장을 버리기 십상이거든. 내일 길을 떠날 사람들인데 고생시키지 말고."

화신이 그쯤에서 술자리를 권하자 좌중의 사람들은 모두 자리에서 일어나 인사를 올렸다.

"저에게 약속하신 일을 잊지 말아주시면 고맙겠습니다."

유보기가 길게 읍을 하면서 작별을 고하고는 덧붙였다.

"내일 오후 북경을 떠나기 전에 유전을 만나보고 가겠습니다."

화신이 웃으면서 화답했다.

"남아일언중천금男兒一言重千金이라고 하지 않나! 내가 그새 어제 한 약조를 잊었을까 봐 그러나? 벌써 유전에게 귀띔해 뒀네. 헌데 꼭 오후를 출발 시점으로 정한 건 무슨 이유에서인가? 길시吉時 같은 걸 따져서 그런 건가?"

유보기가 대답했다.

"저는 그런 것은 믿지 않습니다. 원명원에서 폐하께 폐사陛辭하고 나오다가 내무부의 하夏씨를 만났었습니다. 하아무개가 그러는데, 전풍이 입경 도중 천식이 재발해 크게 고생하고 있다고 합니다. 폐하께서 태의원에 약을 지으라고 하명하셨나 봅니다. 그 약을 내무부 사람이 어느 지점까지 가져다주기로 했나 봅니다. 하아무개가 부하를 저하고 동행시키면 안 되겠느냐고 해서 오후에 같이 떠나기로 했습니다."

유보기의 말에 화신은 갑자기 멍하니 생각에 잠겼다. 눈동자가 꼿꼿해진 채 앞만 바라볼 뿐이었다. 한참 후에야 그는 자신의 모습을 보고 의아스러워 하는 유보기에게 물었다.

"전 대인은 대단히 건강하셨는데, 어쩌다 하루아침에 길에서 몸져 누우셨다는 말인가? 하아무개라면 하백춘夏百春이 아닌가?"

"예, 그렇습니다."

유보기가 그렇다고 대답하자 화신이 말했다.

"산동山東에 있을 때 들은 얘기가 있네. 화밀花蜜이 그렇게 천식에 좋고 폐를 보해준다고 하네. 하백춘에게 누구를 파견할 건지 물어보고 그 사람을 우리 집으로 보내라고 하게. 내가 먹으려고 아껴뒀던 화밀을 조금 보내줘야겠네. 길을 떠나 아프면 너 나 없이 얼마나 고생인가!"

유보기는 알겠노라고 대답하면서 물러갔다. 화신은 그가 물러간 후 점점 어두워지는 창밖을 내다보면서 서재에서 심각하게 뭔가를 고민했다. 불도 켜지 않은 방안에서 유령처럼 한참이나 서성였다. 그러다 밖으로 천천히 걸어 나왔다. 마침 유전이 들어서고 있었다. 화신이 그에게 물었다.

"다들 지금 들어갔으니 좀 있다가 나를 대신해 술이라도 한 잔씩 따르게. 정백희와 경조각과는 얘기가 어찌됐나?"

"대인께서 당부하신 대로 일러줬습니다."

유전이 막 말을 마쳤을 때였다. 몇몇 하녀들이 들어서고 있었다. 유전이 그들에게 지시를 내렸다.

"방을 깨끗이 치워! 그리고 창문을 열어 통풍을 시키고 향을 좀 피워."

분부를 마친 유전이 다시 화신에게 아뢰었다.

"어떤 얘기는 대인께서 자리해 계시지 않아 깊이 할 수 없었습니다."

화신이 고개를 끄덕였다. 이어 뒷짐을 지고 천천히 새로 지은 화원 쪽으로 걸어갔다. 그러나 특별한 말은 없었다. 눈치가 빠른 유전은 주인이 지금 뭔가 계략을 꾸미고 있다는 걸 직감으로 알 수 있었다. 한참 후 화신이 그에게 물었다.

"우리가 원명원 쪽에 새로 지은 사저私邸에 은자가 총 얼마나 들어갔나?"

유전은 화신의 느닷없는 질문에 다소 의아한 표정을 지었다.

"오만 냥이 채 못 되는 것 같습니다. 그런데 바닥에 깐 금전金磚만 해도 만 냥이 넘게 들어갔습니다."

"너무 많아! 지금부터라도 아낄 수 있는 건 최대한 비용을 줄여. 밖에서 보기에 수수하고 평범하게 보이면 보일수록 좋아."

화신이 손사래를 치면서 덧붙였다.

"바닥에 깐 금전은 나중에 양모전羊毛氈을 깔아버리면 감쪽같이 숨길 수 있어. 그러나 가구나 비품 따위는 너무 호화롭고 사치스럽다는 느낌을 줘서는 안 돼. 안 그래도 뱁새눈을 치켜뜨고 이 구석 저 구석에서 기웃거리는 자들이 얼마나 많은가. 그자들은 나를 잡아 가마솥에 집어넣지 못해 안달이야."

화신의 오른팔인 유전은 그의 말뜻을 즉각 알아들었다. 어느 구름이 비를 품었는지 모르니 미리 우산을 준비하자는 뜻이었다. 유전은 화신의 심모원려에 내심 감탄하지 않을 수 없었다. 그때 화신이 담담하게 덧붙였다.

"전풍이 입경하는 길에서 병들었다고 하네. 폐하께서 사람을 파견해 약을 하사하신다고 하네."

유전이 흥분한 듯 두 눈을 번쩍였다. 어둠 속에서 화신의 표정은 읽을 수 없었으나 그가 뭔가 음모를 꾸미고 있는 것은 알겠다는 표정이었다. 유전이 잠시 마음을 다잡으면서 물었다.

"헌데 그것을 어찌 아셨습니까? 저들에게서 들으셨습니까?"

화신은 마음이 조금 무거워 보였다. 목소리에 다소 기운이 없었다. 그래도 천천히 입은 열었다.

"그렇다네. 궁금한 게 한두 가지가 아니네. 저 몇몇 진사들, 특히 조석보와 방령성은 그동안 우리 집을 방문한 적이 한 번도 없었어. 그런데 하필이면 오늘밤에 다 같이 어울려 찾아온 이유가 뭘까? 무슨 숨은 저의가 있는 건 아닐까 싶네."

유전은 설마 그럴 리가……, 하고 생각했다. 그러면서도 더럭 겁이 났다. 그는 억지로 배시시 웃으면서 말했다.

"제가 보기에 나리께서는 관직이 높아질수록 소심해지시는 것 같습니다. 설마 저들이 뭘 노리고 왔겠습니까? 날로 무성해지는 대인의 그늘 밑으로 비비고 들어오고 싶은 것밖에 더 있겠습니까? 땡전 한 푼 생기지 않는 경관京官보다는 뒷주머니 차는 재미가 쏠쏠한 외관外官으로 나가고 싶고, 평생 별 볼 일 없는 소관小官에 머무르는 것보다는 아무래도 한자리 크게 해먹고 싶겠죠. 그래서 일취월장하시는 대인께 눈도장이라도 찍어두려고 온 거 아니겠습니까? 전풍도 병이 위급한 것 같지는 않습니다. 위급하다면 벌써 군기처에 알렸겠죠. 그리고 약을 하사하더라도 육백리 긴급으로 보내야 마땅한 거 아닙니까? 대인께서 염려하시는 일은 없을 것입니다. 폐하께서는 대인을 의심하거나 못마땅해 하시지 않습니다. 폐하께서 정녕 대인을 탐탁지 않게 여기시고 의심을 하신다면 전풍이 입경한다는 소식을 미리 알려주셨을 리 만무합니다."

잠자코 듣고 있던 화신이 한참 후에야 한숨을 내쉬면서 입을 열었다.

"내가 자네처럼 그리 단순하고 무식했으면 얼마나 좋겠나! 문제는 그리 간단하지 않다는 말일세. 폐하의 신임만 받으면 끝인가? 열다섯째마마가 곧 폐하이고, 폐하가 곧 열다섯째마마 아니겠는가? 내가 아무리 신하로서 폐하의 성총과 신임을 한 몸에 받는다고 해도 아들인 열다섯째마마보다 더 신임하겠나? 나는 아무리 생각해도 오늘 저녁 방문한 저 청류들이 열다섯째마마와 유용, 그리고 아계 공 등이 보낸 염탐꾼들 같아!"

유전의 두 눈이 휘둥그레졌다.

"원래의 계획은 없던 걸로 해야겠어."

화신이 우울한 표정으로 말을 이었다.

"그러나 전풍이 병을 얻은 건 하늘이 내린 절호의 기회야. 잘 활용해야겠네. 자네가 가서 몇몇 태의들을 불러 처방전을 얻어오게. 제일좋은 것은 전에 전풍을 진맥했던 태의들을 부르는 거야. 내가 직접 약을 달여 선물하겠네!"

"대인! 전풍이 폐하께서 하사하신 약을 먹지 나리께서 보내신 약을 먹으려 하겠습니까?"

그러자 화신이 히죽 웃었다.

"내일 오전에 약 달이는 태감을 불러오게."

화신이 이어 가볍게 코웃음을 치면서 덧붙였다.

"무슨 수를 쓰든 어사약御賜藥에 치명타를 줄 약을 타 넣어야 하네."

20장
화신의 속셈을 간파한 복강안

오성흠 등은 그날 유보기와 더불어 초경까지 송별주를 마셨다. 그러고 나서도 못내 아쉬워하면서 헤어졌다. 한림원翰林院은 지금으로 따지면 비서실에 해당하는 아문이었다. 때문에 육부에서 발송한 문서는 군기처를 통해 늘 한림원에 보내졌다. 장원학사掌院學士들과 한림翰林들이 그것을 정식문서로 작성했다. 한림들 중 누군가에게 일이 맡겨지면 날밤을 새서라도 원고를 제때에 맞춰야 했다. 그러다 보니 한림원은 제 시간에 출근하고 퇴근하는 개념이 없었다. 술이 약한 오성흠은 그런 생활에 익숙해진 듯 집에 오자마자 바로 곯아떨어지고 말았다.

다음날 아침 그는 잠이 덜 깬 몽롱한 눈을 비비면서 깨어났다. 창밖을 내다보니 날이 흐려 해가 세 발인지 네 발인지 알 수 없었다. 이어 느릿느릿 늑장을 부리면서 세수를 마치고 가인들에게 물었다. 벌써 사시巳時가 넘은 시각이라고 했다.

아문에는 별다른 일이 없었다. 그러나 집에 있자니 심심할 것 같았다. 그는 거울을 들여다보면서 머리를 빗었다. 이어 합개유蛤蚧油(도마뱀 기름)까지 조금 발랐다. 한결 정신이 드는 것 같았다. 그는 그러고도 거울 앞에서 한참을 더 서성인 뒤에야 옷자락을 탁탁 털면서 밖으로 나왔다.

그의 집은 홍과원紅果園에 있었다. 북경에서는 조금 떨어진 외진 곳이었다. 대문을 나서자 커다란 채소밭이 펼쳐졌다. 채소밭 옆에는 이랑이 가지런한 무밭이 있었다. 저 멀리 향객香客이 끊긴 낡은 폐묘廢廟가 보였다. 또 어두운 잿빛 하늘에는 시커먼 먹구름이 무겁게 드리워져 있었다. 그랬으니 길에 오가는 행인이 있을 턱이 없었다.

그는 한껏 옷차림에 신경을 쓰고 나왔다. 그러나 마땅히 갈 만한 곳이 없었다. 일없이 이쪽에서 저쪽으로 왔다 갔다 하던 그는 갑자기 어딘가 갈 곳이 떠오른 듯 남쪽으로 빠르게 걸어갔다.

그는 등에서 땀이 날 정도로 빨리 걸었다. 저 멀리 새로 지은 사합원四合院 건물이 눈앞에 보였다. 방령성의 사저였다. 방령성이 과거에 합격한 뒤 그의 형이 이보다 더한 가문의 영광이 어디 있겠느냐면서 은자 3만 냥을 쾌척해 지어준 저택이었다.

그는 문 앞에서 잠시 숨을 돌리고 나서 대문 고리를 힘껏 두드렸다. 한참 후 안에서 계집아이의 가느다란 목소리가 들려왔다.

"누구세요?"

"나다."

"나가 누구신데요?"

"오성흠이다."

"오성흠?"

계집아이가 문을 빠끔히 열고 고개를 조금 내밀었다.

"집에 아무도 없습니다. 저희 주인나리께서는 오후는 돼야 돌아오신다고 하셨습니다!"

오성흠은 그냥 돌아서다 말고 문득 뭐가 생각난 듯 물었다.

"너 혹시 방초芳草 아니냐? 집에 사람이 없다고 했는데, 그럼 너는 사람도 아니라는 말이냐. 나, 오 대인이야! 지난번에 기포旗袍(청나라 전통 의상. 치파오)를 만들어 입으라고 좋은 비단을 한 필 선물했던 그 오 대인 몰라?"

그제야 대문이 활짝 열렸다. 열두어 살쯤 되어 보이는 방초가 고개를 내밀고 웃으면서 반겼다.

"진작 그렇게 말씀하시죠! 존함을 말씀하시니 몰랐잖아요."

방초의 천진난만한 모습이 무척 귀여웠다. 오성흠은 그녀의 오동통한 볼을 살짝 비틀어 주고는 안으로 들어갔다.

"내가 너를 주려고 준비해둔 게 또 있거든? 심심풀이 삼아 노름을 해서 금과자金瓜子를 조금 땄는데, 너 주려고 그걸로 금반지를 만들어 놓았다? 다음에 올 때 가져다줄게!"

오성흠은 좋아서 입을 다물 줄 모르는 방초를 따라 윗방에 들어갔다. 이어 의자에 털썩 주저앉은 채 다리를 꼬면서 당당하게 방초에게 말했다.

"좋은 차가 있으면 한 잔 가져오너라!"

금반지를 선물한다는 말에 입이 함지박만 해진 방초는 신이 나서 수건을 내온다, 차를 따라 올린다 하면서 바삐 시중을 들었다. 오성흠이 그 모습을 보면서 빙그레 웃었다. 이어 차를 한 모금 마시고는 물었다.

"집에 정말 아무도 없는 것 같구나. 너희 나리는 어디 가신다더냐?"

방초가 생글생글 웃으면서 대답했다.

"아침 일찍 출타하셨습니다. 조 대인하고 유 중당을 만나 뵈러 간다고 하셨습니다. 향리에 계시는 큰나리께서 서찰을 보내오셨습니다. 아직 가례家禮를 치르지 않은 마님 될 분이 곧 북경에 도착하신다고 했습니다. 그래서 가인들은 전부 칠보가七步街 쪽에 있는 집을 청소하러 갔습니다. 집에는 저하고 둘째마님 둘만 있습니다."

오성흠이 물었다.

"그래 둘째마님은 어디 계시느냐?"

"서쪽 별채에 계십니다!"

방초가 손가락으로 서쪽을 가리켰다. 이어 입을 비죽 내민 채 소리를 낮춰 속삭였다.

"둘째마님께서는 나리께서 큰마님을 들이신다는 말을 듣고 며칠 동안 기분이 안 좋으세요! 종일 저렇게 방안에만 들어앉아 계십니다. 뭘 하고 계신지는 모르겠습니다……."

방령성이 정실正室로 들이기로 혼약한 여인이 고향에서 온다는 얘기는 오성흠 역시 들은 바 있었다. 그러나 이렇게 빨리 올 줄은 몰랐다. 자신의 일은 아니었으나 기분이 묘해지기 시작했다. 게다가 방초의 말을 듣고 나자 어쩐지 이상야릇한 생각이 자꾸 들면서 마음이 더욱 싱숭생숭해졌다. 그가 일어나서 방안을 두어 바퀴 돌다 말고 다시 입을 열었다.

"둘째마님의 바느질 솜씨가 참으로 야무지다면서? 지난번에 하포荷包(허리에 차는 작은 주머니. 쌈지)를 하나 부탁했었는데, 다 만들었는지 모르겠구나. 내가 가서 물어보고 와야겠다……."

오성흠은 방초에게 대충 말을 얼버무리고 나서 서쪽 별채로 향했나. 이어 다짜고짜 문을 열고 들어가면서 넉살좋게 웃었다.

"제수씨, 그간 안녕하셨어요? 외출하지 않고 집에 계셨네요. 방형이 있는 줄 알고 왔더니 그새 나가버렸네요!"

"아, 어서 오세요!"

산산姍姍이라 불리는 방령성의 소실은 온돌에 앉아 조용히 수를 놓고 있다가 느닷없는 문소리에 놀라 고개를 번쩍 들었다. 이어 오성흠을 알아보고는 다소 의외라는 듯 어색한 웃음을 지었다.

"아침 일찍 유 중당을 만나러 간다면서 나갔어요. 모르고 계셨나 보죠? 어제 저녁 같이 황탕黃湯(황주黃酒)에 절었다 온 거 아니었어요?"

오성흠은 방령성이 괴수사가槐樹斜街에 살 때부터 그의 집 단골손님이었다. 사흘이 멀다 하고 그러지 않아도 다 낡아 아슬아슬한 대문짝을 발로 걸어차면서 들어가 허물없이 굴었던 절친한 사이였다. 게다가 산산은 홍루紅樓 출신답게 예전부터 자신을 향한 오성흠의 특별한 눈길을 모르지 않았다. 오히려 너무나 잘 읽고 있었다. 그녀 역시 풍채가 좋고 풍류가 넘치는 오성흠이 싫지는 않았다. 그러나 이미 종량從良(기방에서 나와 양인 신분으로 바뀜)을 한 데다 한 남자의 소실로 들어앉은 처지였으므로 감히 '발칙한' 생각은 품을 수가 없었다.

오성흠의 눈빛이 산산의 발에 머물렀다. 그제야 산산은 자신이 맨발인 걸 발견하고 당황해하면서 발을 오므렸다. 이어 얼굴을 붉히면서 황급히 양말을 찾아 신었다. 그러자 오성흠이 웃음 띤 어조로 말했다.

"방형은 군기처로 갔구먼! 황천패의 제자들을 시켜 사람을 때려잡는 게 일인 유용 대인이 무슨 일로 방형을 불렀을까? 와, 양말에 수놓은 꽃이 참으로 곱군요! 어디 좀 봅시다!"

오성흠이 말을 마치기 무섭게 산산이 아직 신지 않은 한쪽 양말을 집어 들었다. 이어 코에 가져다 대고 킁킁거리면서 냄새를 맡았다.

"아, 향기도 참 좋다!"

오성흠이 한껏 도취된 표정을 짓고는 양말을 산산에게 돌려줬다. 그러면서 은근슬쩍 그녀의 발을 살짝 건드렸다.

"제수씨의 발은 얼굴 생김새만큼이나 귀엽고 앙증맞네요. 바깥출입을 안 하셔서 그렇지 제수씨가 밖에 나가시면 일월이 무색해질 것 같아요. 제수씨는 머리부터 발끝까지 고우시네요."

산산이 오성흠의 아부가 싫지 않은 듯 밉지 않게 눈을 흘겼다.

"아휴! 왜 이러세요, 민망하게……."

산산이 혀짧은소리로 옹알거리고는 또다시 얼굴을 붉혔다. 그러고는 심궁深宮의 규수閨秀처럼 수줍은 자태로 몸을 배배 꼬았다. 그때 방초가 차 주전자를 들고 안으로 들어섰다. 산산은 방초가 행여 이상한 낌새를 눈치챌세라 임기응변으로 말을 이었다.

"아, 글쎄 아무리 손재주가 좋은 여편네도 찬거리가 있어야 맛있는 요리를 해낼 수 있잖아요. 하포荷包를 곱게 만들려면 금실을 박아야 하는데, 이사를 오면서 금실이 어디 들어가 박혔는지 통 찾을 수가 있어야죠. 그래서 아직 못 만들었어요. 방초야, 어서 오 대인께 차를 따라 올리거라."

방초가 산산의 말에 졸래졸래 다가와서는 차를 따랐다. 오성흠이 방초가 생긴 것만큼이나 약삭빠르다고 칭찬하면서 덧붙였다.

"방초야, 우리 집에 가서 금실을 가져오너라. 내가 시켰다고 하면 두말없이 내줄 것이다. 그리고 너도 우리 집 심부름이 한두 번이 아니니 우리 집 집사 이귀李貴를 잘 알 테지? 그 사람에게 말해 내가 지난번 강남에 갔다 오면서 선물로 받은 비단을 내달라고 하거라. 그걸로 너의 겨울옷을 한 벌 지어 입거라. 고급비단이고 색깔도 참 고우니 아마 네가 입으면 선녀가 따로 없을 거다."

방초가 쭈뼛거리면서 산산을 쳐다봤다. 그러자 산산이 웃으면서 말했다.

"오 대인은 남이 아니라서 받아도 괜찮다. 어서 고맙다고 인사하지 않고 뭘 꾸물대는 게야! 빨리 다녀오너라."

오성흠과 산산의 의중을 알 리 없는 어린 방초는 기뻐서 깡충깡충 뛰면서 밖으로 나갔다. 오성흠은 방초가 조심스럽게 문을 닫고 나가자 바로 산산을 향해 히죽 웃으면서 물었다.

"방형의 정실부인이 온다면서요? 그래서 제수씨가 요즘 저기압이라던데요? 질투하는 거예요?"

"질투는 무슨!"

정곡을 찔린 산산이 가볍게 코웃음을 쳤다. 그러고는 한숨을 내쉬며 덧붙였다.

"한낱 미천한 소실인 주제에 어디 마음먹고 질투나 할 수 있겠어요? 명실공히 정실을 들이는 건데 누가 뭐라고 하겠어요."

산산은 짐짓 대수롭지 않은 듯 말했다. 그러나 속은 그렇지 않은 모양이었다. 눈언저리에 어느새 눈물이 고이고 있었다. 그녀가 손가락으로 조금 번진 눈물을 닦아내면서 말을 이었다.

"팔자려니 하고 살아야죠. 처음에 꾈 때는 온갖 감언이설로 해서 산맹海誓山盟(철석같은 맹세)을 하더니 이제 와서는 입을 쓱 닦고 돌아앉으니 그만이네요. 내가 홍루에 있을 때 맏언니가 이런 얘기를 했거든요. '이십 년 홍루 생애에 별의별 족속들을 다 만나봤어도 세상에 가장 믿을 수 없는 인간이 수재秀才들이더라. 홀아비와 이웃할지언정 절대 수재들과는 엮이지 말거라!'라고요. 저에게도 그렇게 주의를 주셨는데, 그때는 귀담아듣지 않았어요. 그래도 설마, 설마 했었는데,

설마가 사람 잡는다더니 이제 살 섞고 산 지 얼마나 됐다고 벌써 정
실타령이야! 누군가 귀띔해 주던데 밖에 죽고 못 사는 계집이 또 하
나 있대요. 개가 똥 먹는 버릇을 고칠 수 있겠어요?"

오성흠은 속으로 웃음을 금치 못했다. 산산이 너무 순진하다는 생
각이 들었던 것이다. 그는 열 계집 싫다고 하는 사내가 어디 있느냐
고 말하고 싶었으나 참았다. 대신 일부러 과장된 표정을 지어보이면
서 말했다.

"우리 제수씨가 화가 많이 나셨구려? 그러나 세상의 수재들이 다
그런 건 아닙니다. 나를 보면 그런 편견을 버릴 수 있을 텐데! 나는
세상 천지에 둘째가라면 서러울 호인好人입니다……."

오성흠이 창밖을 힐끗 내다보고 나서 산산에게 바짝 다가들었다.
그러고는 귓엣말에 가까운 소리로 속삭였다.

"나는 정말 자네를 사모해온 지 오래 됐소. 감히…… 방형의 체면
을 봐서…… 노골적으로 내색하지 못해서 그렇지 얼마나 열렬히 사
모했는지 모르오."

오성흠이 말을 마치고는 팔을 들어 산산의 어깨를 살짝 껴안았다.

"세상의 호인은 다 죽었나 보지!"

산산이 얼굴을 붉힌 채 오성흠의 손을 뿌리쳤다. 순간 밖에서 비바
람이 창문을 때리는 소리가 들려왔다. 모래알이 창문에 부딪치는 것
처럼 딱딱거리는 소리도 나지막하게 들렸다. 그러나 사람 흔적 하나
없는 정원은 조용하고 한적했다. 산산이 말을 이었다.

"화주花酒를 마시고 하룻밤에 계집을 셋이나 품은 걸 누가 모를 줄
알고? 소문이 파다하던데……."

오성흠은 더 이상 참지 못하겠는지 정욕에 불타는 뜨거운 몸으로
순식간에 산산을 덮쳤다. 이어 여인의 개미허리를 휘감아 안고 얼굴

과 목에 사정없이 입을 맞췄다. 산산이 몸부림을 치면서 반항하자 입을 길게 내밀어 그녀의 앵두 같은 입술도 덮쳐버렸다.

"어떤 미친놈이 무슨 개소리를 했는지는 모르지만……, 나는 계집 백 명을 품었어도 마음속에는 오로지 자네뿐이었어. 봐봐, 우리더러 운우지정雲雨之情을 나누라고 멀쩡하던 하늘에 구름이 덮이고 비까지 쏟아지는 걸! 우리는 과연 천지작합天地作合의 원앙鴛鴦이야."

오성흠이 덧붙였다.

"정실부인도 온다니 더 잘됐네! 둘이 좋아 죽을 텐데 우리를 신경이나 쓰겠어?"

산산도 솔직히 앞으로 독수공방할 나날을 생각하면 아득한 느낌이 드는 것이 사실이었다. 남자의 숨결 한번 제대로 못 느끼고 살 자신이 없기도 했다. 그런데 때마침 준수한 망족望族(명망이 있는 집안)의 자제가 외로움을 달래주겠다고 나서니 마땅히 마다할 이유가 없었다. 순간 그녀의 풍월여인風月女人 본성이 드러나고 말았다. 반쯤 취한 척 몸을 맡기는가 싶더니 손은 벌써 오성흠의 아랫도리를 더듬고 있었다…….

일시에 구름이 걷히고 바람이 멎었다. 오성흠은 녹초가 된 몸을 일으켜 일어나 앉았다. 몸은 피곤했으나 기분은 날아갈 것만 같았다. 그는 물을 따라 벌컥벌컥 마시고 나서 옷을 주워 입는 산산의 손을 잡으면서 물었다.

"기분이 어땠소, 낭자?"

산산은 얼굴을 붉히며 웃기만 할 뿐 말이 없었다.

"열 여자 마다하는 남자 없고, 열 번 찍어 안 넘어가는 계집 없다는 말이 맞아. 헌데 여자들은 입 싼 사내를 제일 무서워한다면서? 걱정하지 마오. 나는 입에다 열 근짜리 자물쇠를 걸고 있는 사내니까!"

산산이 한숨을 지으면서 말했다.

"두고 봐야 알죠! 팔자 기구한 년이 이제 무슨 꼴을 당한들 두렵겠어요. 저기 장기판을 좀 가져와요. 그거라도 펴놓고 앉아 있어야지, 사내와 계집이 남남끼리 한방에 들어앉아 있으면 누가 봐도 그렇고 보기에 별로 안 좋잖아요."

"그래, 그래! 역시 아녀자가 세심해."

오성흠이 낄낄거리면서 장기판을 가져왔다. 그러고는 마주앉아 장기를 두는 척하면서 물었다.

"그런데 방형이 무슨 일로 유용 대인을 만나는지 상세한 얘기는 못 들었소?"

산산이 곰방대에 불을 붙여 두어 번 길게 빨아 연기를 뿜어냈다.

"원래부터 남정네가 하는 일은 묻지 않는 게 제 신조에요. 그날 조석보 나리가 오셨을 때 바느질을 하면서 옆방에서 하시는 얘기를 몇 마디 들었을 뿐이에요. 유전인가 뭔가 하는 자가 원명원 공사 대금을 횡령했다는 거 같죠, 아마? 헌데 그자는 순순히 그물에 걸려들 놈이 아닌가 봐요. 다들 꽤 조심스러워하더군요. 철저히 비밀에 붙여 단번에 치명타를 입혀야 한다고 했어요."

장기 알을 옮기던 오성흠의 손이 가늘게 떨렸다. 조석보와 방령성이 이런 큰일에 개입돼 있을 줄은 미처 몰랐다! 그가 의아해 하는 눈빛으로 자신을 바라보는 산산을 보면서 다시 물었다.

"그러면 유 중당의 일을 돕는다, 그런 얘기요?"

"글쎄요, 그건 저도 모르죠."

산산이 고개를 저으면서 덧붙였다.

"유전이라는 자가 건물을 짓는데, 법을 어기면서 은자를 적지 않게 횡령했다고 하는 소리만 들었어요. 집을 짓는데도 지켜야 할 법이 있나 보죠?"

오성흠은 장기 알을 집어 들면서 고개를 갸웃거렸다. 장기의 수를 고민하는 척했으나 사실은 다른 생각을 하고 있었다. 사실 어제 유보기가 화신의 집으로 간다고 할 때 방령성과 조석보가 기다렸다는 듯이 따라나서는 것을 보면서 이상하다는 생각은 했었다. 둘은 화신의 집에는 전혀 발걸음을 하지 않던 사람이 아닌가. 결론적으로 말하면 두 사람은 화신의 집으로 허실을 정탐하러 갔다고 할 수 있었다!

옹염을 비롯해 아계, 유용 등이 화신과 사이가 좋지 않다는 얘기는 가끔씩 들었다. 그러나 화신은 지금 권세와 성총이 하늘에 뜬 태양 같은 거물이라고 해도 과언이 아니었다. 아계, 기윤, 우민중, 이시요…… 등, 어마어마한 고관들이 모두 그의 주먹에 얻어맞아 코피를 흘리면서 쓰러지지 않았는가. 그런 마당에 화신에 비하면 성총이 떨어지는 유용이 조석보 등을 사주해 뭘 어쩌겠다는 얘기인가? 아무튼 상황을 일목요연하게 알 수는 없었으나 산산의 말은 사실인 것 같았다.

다른 한편으로는 자신만 개밥에 도토리가 된 것 같은 은근히 불타는 질투심도 느꼈다. 사실 틀린 생각은 아니기도 했다.

'화신과 유전은 바늘 가는 데 실 가는 격이야. 유전이 거꾸러지면 화신도 멀쩡할 리가 만무해. 화신의 소매 속이 깨끗하지 못하다는 건 모두가 짐작하는 바야. 일단 문제만 생기면 넘어가는 담장을 너도나도 밀어버리듯 크게 물고 뜯는 건 시간문제야. 그렇다면 다들 큰 공로를 앞두고 있는 형국이 아닌가. 그런데 나 자신은 먼발치에서 군침만 흘리고 있어야 한다는 말인가! 대체…… 왜 나는 쏙 빼버렸을까……?'

오성흠은 그렇게 생각하면서 아무렇게나 장기 알을 이리저리 옮겨 놓았다. 머릿속이 마치 검불처럼 복잡해 집중할 수가 없었다.

그가 안 되겠다고 생각하고는 다시 산산의 입에서 뭔가 더 염탐해 내려고 할 때였다. 갑자기 대문이 열리는 소리가 들려왔다. 이어 자박자박 작은 발소리와 함께 우산을 든 방초가 서쪽 별채로 빠르게 걸어왔다. 옆구리에는 작은 꾸러미를 끼고 있었다. 방초의 꽃바지 가랑이는 빗물에 흥건히 젖어 있었다. 오성흠이 물었다.

"가져왔느냐? 역시 아이들은 아이들이야. 비가 좀 멎은 뒤에 오지 뭐가 그리 급하다고 빗속을 달려온 게냐?"

"부탁하신 걸 다 가져왔어요."

방초가 얼어서 빨갛게 된 두 손을 입가에 가져다 호호 불면서 말을 이었다.

"금실이 어디 있는지 몰라 한참이나 뒤졌어요! 겨우 금실을 찾아놓으니 이번에는 비를 맞지 않게 감쌀 유포油布가 없어서 그걸 또 찾느라 늦어졌어요. 그러지 않았으면 좀 더 일찍 올 수 있었는데……."

방초가 말을 마치고는 가져온 보자기를 온돌 위에 올려놓았다. 이어 천천히 풀어헤치기 시작했다. 오성흠과 산산은 마주보면서 천만다행이라는 듯 웃었다. 그때 갑자기 방초가 비명을 지르듯 외쳤다.

"어머나, 이게 뭐에요? 누가 여기다 코를 풀었나 봐요!"

방초의 비명에 오성흠과 산산 둘도 덩달아 놀랐다. 약속이나 한 듯 바닥에 눈길을 돌렸다. 아뿔싸! 당황한 와중에 미처 수습하지 못한 운우지정의 결과물인 분비물이 그대로 있었던 것이다. 어떻게 된 일인지 방초의 손바닥에도 잔뜩 묻어 있었다!

"이게 뭐지? 가래 같기도 하고, 코 같기도 하고!"

방초가 중얼거리듯 혼잣말을 했다. 이어 갑자기 오성흠을 가리키면서 덧붙였다.

"대인의 두루마기에도 묻었어요. 가만히 계셔보세요. 제가 닦아 드릴게요."

방초는 도대체 분비물이 뭔지 몰라 못내 궁금해 하면서도 마른 수건을 가져다 열심히 닦아주었다. 오성흠과 산산은 어색하기 이를 데 없었다. 산산이 말했다.

"고양이가 뭘 잘못 먹고 설사를 했나 보구나. 방금 전까지 엎드려 있었거든!"

방초는 오성흠의 두루마기 자락이 깨끗해질 때까지 열심히 닦았다. 오성흠은 주머니에서 두 냥짜리 은자를 꺼내 방초에게 건네주었다.

"우리 집에도 요만한 계집아이가 둘이 있는데, 영리하고 약삭빠른 데는 얘를 못 따라가요. 잘한다고 내리는 상이니 앞으로 내 심부름도 잘해야 돼!"

방초가 은자를 받아들고는 좋아서 어쩔 줄을 몰라 했다. 오성흠이 산산에게 슬쩍 눈짓을 하면서 덧붙였다.

"무슨 일이 있으면 방초를 우리 집으로 보내세요."

산산은 의미심장한 표정으로 고개를 끄덕였다. 얼굴에 요염한 색기가 다시 피어나고 있었다.

가을비는 추적추적 보름 동안이나 그칠 줄 모르고 내렸다. 먼 길을 떠난 유보기 일행은 고생이 막심했다. 그래도 북경 근교의 노하역을 떠날 때는 방령성과 조석보, 그리고 군기처와 사고서방의 동료들이 멀리까지 배웅을 했다.

북경을 떠난 그들은 고비점高碑店, 보정保定을 거쳐 석가장石家莊에서 낭자관娘子關으로 들어갔다. 다시 맹진孟津에서 황하黃河를 건너 60리쯤 가자 낙양역洛陽驛에 도착할 수 있었다.

때는 늦가을이었다. 비만 내리지 않으면 길을 나서기에는 안성맞춤인 계절이었다. 하지만 비가 내리면서 춥고 으스스했다. 그 와중에도 일행은 많고도 많았다. 동행한 막료, 식객 상공相公, 하녀와 종들, 그리고 정백희와 경조각, 내무부에서 전풍에게 약을 주기 위해 함께 떠난 태감 조불성趙不成, 그리고 여덟 명의 가마꾼까지 가볍게 서른 명을 헤아리고 있었다.

태항산맥太行山脈은 예로부터 만봉萬峰이 깎아지른 듯 우뚝 서있고 가을에 만자천홍萬紫千紅이 펼쳐지는 아름다운 명승지였다. 춥지도 덥지도 않은 날씨에는 더없이 매력적인 곳으로 손꼽히는 곳이었다. 그러나 먹구름이 짙게 드리우고 만물이 소슬한 가을비에 오슬오슬 떨고 있는 날씨였으니 아무도 주변의 수려한 경치를 구경할 기분이 나지 않았다. 유보기 일행은 갈수록 험악해지는 길을 가느라 고생을 지긋지긋하게 했다. 무엇보다 태항고도太行古道부터는 일주일 넘게 양의 창자처럼 꼬불꼬불한 길을 넘어야했다. 그 느낌이 마치 깊고 깊은 동굴을 헤매는 것 같았다.

일행은 그렇게 천신만고 끝에 겨우 태항산太行山을 벗어나 황하를 건넜다. 이어 망산邙山 경내에 이르렀다. 그제야 조금 숨통이 트이는 것 같았다. 산은 산이었으나 더 이상 태항산과 같은 험악한 산은 없었다. 실제로 그곳부터는 천구만학千溝萬壑도 끝없이 펼쳐진 황토 비탈 아래에 숨어 있었다. 어디를 봐도 거북 등처럼 완만하고 뱀처럼 긴 토령土嶺일 뿐 거대한 교목喬木은 극히 드물었다.

그곳의 낙양洛陽은 중원中原에서도 내로라하는 큰 성이었다. 아홉 왕조의 수도가 자리 잡았던 곳이라 모든 면에서 성부省府인 개봉開封을 훨씬 앞서고 있었다. 역사적으로만 이름이 난 것이 아니었다. 이후에도 수륙교통의 중추역할을 하면서 계속 인구가 늘어나고 있었다. 결국 중원에서 사천四川, 섬서陝西, 호남湖南, 호북湖北으로 통하는 교통의 중심지로 부상할 수 있었다. 그래서인지 비록 여전히 행정구역상으로는 '부'府급이었으나 '낙양부'가 아닌 '하남부'河南府로 불리고 있었다. 물론 그렇게 부른 이유는 낙양이 하남성의 중심이라는 사실을 과시하려는 뜻도 있었으나 존귀한 이름인 낙양을 함부로 불러서는 안 된다는 생각과도 관계가 있었다.

유보기는 낙양에 친한 사람이나 지인이 없었다. 그래서 떠들썩하게 마중을 나오는 이들도 없었다. 그는 조용히 동문東門으로 입성入城한 다음 '공자문례처'孔子問禮處를 참배하고 성 서쪽으로 빠져 나와 주공묘周公廟 남쪽의 낙양역관에 여장을 풀기로 했다.

유보기가 발령을 받은 학정學政은 종삼품 관리였다. 그러나 총독과 순무의 지휘를 받지 않았다. 번사藩司나 얼사臬司(법사法司)처럼 독자적으로 아문을 열고 전성全省의 문교文敎와 교화敎化를 책임졌다. 또 향시鄕試와 부시府試를 주관할 수 있었다. 한마디로 관품은 그리 높지 않으나 막강한 권력을 휘두를 수 있는 한 성의 당당한 방면대원方面大員이었다. 하지만 역관에 투숙할 때는 조금 달랐다. 무식한 역승驛丞들은 으레 서열의 높고 낮음에 따라 크고 좋은 방을 내주고는 한 탓이었다.

유보기 일행은 역관으로 들어간 다음 인자引子(신분증)를 제시하고 투숙 수속을 마쳤다. 역승은 두말없이 유보기를 내원으로 안내했다. 마당이 넓을 뿐 아니라 세 칸짜리 방이 밝고 깨끗한 곳이었다. 땅딸막한 역승은 이어 굴러다니다시피 하면서 재빠르게 일행 서른 명을 각각의 방에 배치했다. 그러고는 역졸들에게 불을 지펴 밥을 지으라고 명하면서 분부했다.

"주전자에 생강차를 끓여 유 대인께 한 대접 드리거라. 날이 여간 변덕스러워야 말이지!"

청빈한 삶에 익숙한 유보기는 역졸들이 우왕좌왕하면서 서두르는 모습이 여간 부담스럽지 않았다. 급기야 그가 해를 보고 오후 두 시쯤 되는 것 같다는 사실을 확인하고는 손짓으로 역승을 불렀다.

"우리는 백마사白馬寺에서 잿밥을 한 끼 얻어먹었네. 밥은 따로 짓지 않아도 되네. 역관에 손님도 없어 보이는데 우리 때문에 공연히 이것저것 사러 다니고 그러지 않아도 되겠네. 헌데 역승의 존함이나 알고 지내자고."

"아이고, 무슨 존함씩이나요! 소인은 조가화曹嘉禾라고 합니다. 잘 부탁드립니다."

역승이 한쪽 무릎을 꿇으며 예를 갖추고는 아뢰었다.

"대인께서는 이런 대접을 받아 마땅한 분이시니 소인이 어찌 태만할 수 있겠습니까. 복 통수統帥(복강안)께서 낙양에 계십니다. 복 어르신께서는 군법으로 역관을 다스리오니 감히 추호의 차질도 빚어서는 아니 됩니다. 날씨도 을씨년스러운데 생강차나 한 대접 드시고 뜨거운 물에 발을 담그십시오. 그리고 진지를 드신 다음 푹 주무시고 나면 피곤이 싹 풀릴 것입니다. 가뿐한 몸으로 길을 떠나면 좋지 않겠습니까?"

유보기는 역승이 복강안을 '어르신'老人家이라고 칭하는 소리를 듣고는 피식 웃음을 터트렸다.

"정 그렇다면 이 추운 날씨에 덜덜 떨면서 온 가마꾼들이나 잘 챙겨주게. 나는 따뜻한 수레 안에 앉아 왔으니 괜찮네. 뭐니 뭐니 해도 가마꾼들이 기운이 나야 우리를 목적지까지 잘 실어다 줄 게 아닌가."

역승이 알겠노라고 연신 굽실거리면서 대답했다.

"여부가 있겠습니까? 소고기도 있고 채소도 여러 가지 많이 있습니다. 마음껏 드시게 하겠습니다……."

그러나 유보기는 역승의 말이 끝나기도 전에 궁금한 것부터 물었다.

"그래 복 통수께서는 지금 성안에 계시는가?"

"아……뇨!"

조가화가 그럴 리 있겠느냐는 듯한 표정으로 덧붙였다.

"어르신께서는 향산사香山寺에 머무르고 계십니다. 절 밖에 행원行轅을 따로 지었어요. 곧 북경으로 돌아가신다는 소문이 있어서 이곳 낙양 백성들과 사신士紳들은 만민산萬民傘을 보내 만류할 예정이라고 합니다."

유보기가 고개를 끄덕였다. 그러고는 한마디 내뱉었다.

"흔히들 그렇게 하지."

그러자 역승이 그게 아니라는 듯 고개를 세차게 저었다.

"인사치레로 그러는 것이 아닙니다. 복 통수께서 여기 머물러 계시는 건 낙양인들의 큰 복입니다. 복 통수께서는 백성들이 왕년에 관부에 졌던 빚을 전부 면제해주셨습니다. 부세賦稅를 내지 못해 관아에 잡혀간 백성들도 전부 석방시켜 주셨는 걸요! 반면에 살인을 저지른 강도나 불순한 무리들은 가차 없이 목을 쳐버렸습니다. 그래서 우글우글하던 감옥이 텅 비어버렸지 뭡니까? 앞으로 삼 년 동안 계속 부세를 면제해 준다는 것 같았습니다. 요즘 낙양은 크게 변모했습니다. 백성들의 말을 빌리자면 비적도 도둑도 없는 살기 좋은 세상이라고 합니다!"

유보기가 역승의 말에 크게 소리 내 웃었다.

"전부 면제하고, 전부 석방시키고……. 낙양 백성들이 좋아하지 않으려야 않을 수 없겠네, 뭘! 헌데 복 통수가 여기 오래 있으면 있을수록 관리들은 글쎄, 마냥 좋을 리만은 없을 텐데?"

역승이 빙그레 웃으면서 대답했다.

"당연하죠! 복 통수는 다 좋은데 까다로워서 시중들기가 여간 힘든 게 아니라고 합니다. 하나같이 복 통수의 눈치만 슬슬 보면서 쫓아다니느라 가랑이에 불이 날 지경입니다. 민며느리가 시어머니 눈치 보듯 말입니다. 향산사에서 그분이 재채기를 하면 낙양의 전체 성에 벼락이 친다고 합니다!"

역승이 말을 마치고는 한숨을 내쉬었다.

"천하에 주현州縣이 많고 많은데, 지방마다 복 통수 같은 분이 한사람씩만 있어도 얼마나 좋겠습니까!"

역승의 말에 일리가 전혀 없는 건 아니었다. 그러나 유보기는 구태여 공감하거나 맞장구를 치지 않았다. 물론 유보기도 복강안에 대해 진정으로 감탄하는 경우가 없지 않았다. 두 가지 경우에 특히 그랬다. 일단 친귀親貴의 자제임에도 부친 부항의 눈부신 후광을 업고 일거에 하늘로 오르려 들지 않았다. 오로지 스스로의 힘으로 공명을 쟁취하려고 애쓰는 의지와 됨됨이가 마음에 들었다. 또 전쟁터에 나가면 날개 돋친 호랑이처럼 용맹하고 임기응변이 뛰어난 탓에 크고 작은 전투에서 패하는 경우가 거의 없다는 것도 높이 평가할 만한 것이었다.

그러나 유보기는 복강안이 낙양에서 후한 점수를 받은 것에 대해서는 별로 동의할 수 없었다. 황제의 성총과 두터운 신임, 가호加護를 믿고 조정의 은자를 자루째 들이부었으니 낙양 백성들에게 좋은 평점을 받은 것일 뿐 특별히 괄목할 만한 건 아니라는 생각이 없지 않았던 것이다. 복강안처럼 전쟁터에서 병사들의 사기를 북돋워주고 공로를 치하해주고자 상을 내리는 방법을 '천하의 주현州縣'들에 그대로 적용한다면 조정의 국고는 불과 며칠 만에 텅 비어 버리고 말 것이다……

그러나 그런 생각은 오로지 유보기 혼자만의 속생각일 뿐이었다. 역승에게 내보일 수는 없었다. 그가 그런 속내를 철저하게 감추고 역승에게 말했다.

"맞는 말이네. 천하에 복 도련님 같은 분이 네댓 명만 더 있어도 걱정이 없을 텐데. 나는 복 통수께 전해드릴 서찰이 있어 꼭 만나뵈어야 하는데……. 저 강물이 낙수洛水지? 나가서 비 내리는 풍경이나 좀 구경하고 와야겠어."

유보기가 말을 마치고는 수행원도 없이 혼자 역관을 나섰다. 평소의 그다웠다.

주공묘周公廟는 망산邙山의 언덕 위에 있었다. 유보기는 그곳을 향해 가다 비탈길 아래를 내려다봤다. 빗물에 불은 낙수가 호쾌하게 흘러가고 있었다. 역관 앞에서는 낙수의 전경을 조감할 수도 있었다. 그는 곧 미리 준비한 비옷에 도롱이까지 걸치고는 나막신을 신고 저벅거리면서 빗속에 잠긴 주변의 경관을 둘러봤다.

뿌연 물안개 속에서 하얀 띠처럼 흘러가는 낙수의 양쪽 언덕에는 버드나무들이 빼곡하게 휘늘어져 있었다. 강 중앙에는 부두와 고깃배들이 몽롱한 물안개에 가려져 있었다. 그 모습은 마치 오랜 세월이 흘러 색이 바랜 수묵화를 펼쳐놓은 것 같았다. 세상천지가 온통 우무雨霧와 빗속에 가려져 몽롱하다고 해도 좋았다.

유보기는 갑자기 천애지각天涯地角 아득한 곳에 홀로 남겨진 것 같은 처량한 생각이 들었다. 고향에서 아직도 삯바느질을 하면서 이제나저제나 아들을 애타게 기다리고 있을 노모도 그리웠다. 또 머나먼

귀주까지의 그 험한 간난신고를 어찌 견딜까 하는 두려운 생각까지 엄습해왔다. 순간 생각만 해도 끔찍한 황한荒寒의 만리 밖에서 스승 기윤은 처량한 나날을 어떻게 견디고 있을까 싶은 생각도 들었다. 그러자 안타까운 마음을 금할 수가 없었다. 사실 유보기 자신은 아직 '풍랑권'風浪圈에 들 만한 인물이 못 됐다. 그 때문에 다행히 무난한 생활을 할 수 있었다. 그러나 기윤을 비롯해 이시요와 우민중 등은 하루아침에 예측조차 못했던 지경으로 추락했다. 순간적으로 그의 뇌리에 관가의 부침이 실로 가늠할 수 없다는 생각이 스쳐지나갔다.

유보기의 눈자위는 어느새 축축해졌다. 시야도 몽롱했다. 강물이 거꾸로 흐르는 것도 같고, 언덕 위의 버드나무들도 소리 없이 뒷걸음 치고 있는 것 같았다……. 그렇게 얼마나 서 있었을까? 추위가 느껴지고 다리가 저려왔다. 그제야 그는 깊은 사색을 떨쳐내고 자조하듯 웃으면서 돌아섰다.

그는 오던 길로 가다 서다를 반복하면서 날이 어둑어둑해져서야 비로소 역관으로 돌아왔다. 역졸 몇 십 명이 내원內院에서 바삐 움직이는 모습이 보였다. 중문에는 나갈 때보다 네댓 명의 친병이 더 추가돼 있었다. 모두 6품 무관 복장을 하고는 비옷을 입은 채 장검에 손을 얹고 못 박힌 듯 문신門神처럼 버티고 서 있었다.

그는 내원을 들여다봤다. 웬일로 자신의 종복들이 한 명도 보이지 않았다. 그 대신 낯선 사람들이 뭔가 물건들을 밖으로 들어내고 있는 것 같았다. 무슨 일인가? 유보기가 어리둥절해 하면서 서 있을 때였다. 종복 한 명이 동원東院에서 달려 나오면서 아뢰었다.

"학정 대인, 저희는 그사이 내원에서 동원으로 거처를 옮겼습니다. 복 통수께서 오늘 저녁 역관 내원에 머무르신다고 합니다."

'역시 내 판단이 틀림이 없구나.'

유보기는 당초 분위기가 예사롭지 않은 걸 보면서 십중팔구 복강안을 맞느라 수선을 떨고 있다는 사실을 짐작한 바 있었다. 그는 때문에 "알았네!"라고 종복에게 말하면서 동원을 향해 돌아섰다. 그때 역승이 종종걸음으로 달려 나왔다. 동시에 얼굴 가득 난감한 웃음을 지어보이며 두 손을 싹싹 비벼가면서 사과했다.

"복 통수께서 태상노군太上老君(노자老子를 의미함)께 향배를 올리러 혜각사慧覺寺로 가셨다가 너무 늦으시어 향산사로 돌아가지 못하셨다고 합니다. 오늘밤은 여기서 묵어가신다고 합니다. 예상 밖의 일이라 어쩔 수 없이 학정 대인의 허락도 없이 거처를 동원으로 옮겼습니다. 너그럽게 양지해 주셨으면 합니다. 동원도 마당이 좀 작아서 그렇지 없는 게 없이 다 있고 깨끗합니다. 대인께서 아랫것들의 어려움을 넓으신 아량으로 이해해주신다면 그 역시 하관들의 기쁨이 아니겠습니까, 헤헤헤."

역승은 황송하고 죄스러운 마음에 갖은 아부를 다 했다. 유보기가 빙그레 웃음을 지었다.

"됐네, 그만하게. 경관京官이 그 정도 눈치도 없을까봐 그러나? 단지 내가 궁금한 건 통수께서는 향산사에 계신다면서 어찌 그곳에서 향배를 안 드리고 하필이면 성안의 혜각사로 드셨느냐하는 것이네?"

역승이 즉각 대답했다.

"하관도 잘 알지 못합니다. 미리 소식을 알려온 친병의 말에 따르면 공작부인께서 무슨 꿈을 꾸셨다고 합니다. 그러더니 바로 복 통수께 혜각사로 가서서 환원還願(복을 기원하는 행사)을 하라고 장소를 지정해 주셨다고 합니다. 금박金箔을 입히는 비용 명목으로 절에 은자 삼천 냥을 시주했다고 합니다. 복 통수께서는 세상 둘도 없는 효자십니다!"

역승이 신나게 수선을 떨더니 누군가의 부름을 받고는 바로 허리를 숙여 보이면서 자리를 떴다. 유보기는 그제야 동원으로 들어갔다. 역승의 말대로 마당이 좀 작을 뿐 다른 곳은 내원과 별 차이가 없었다. 서쪽 담벼락 쪽에 길게 거적을 올린 천막이 쳐져 있다는 것이 다를 뿐이었다. 그 안에는 크고 작은 가마솥 세 개가 나란히 김을 뿜어 올리고 있었다. 아궁이의 불빛을 빌어 보니 어두컴컴한 안에서는 몇 사람이 뭘 하는지 부산스럽게 이리저리 움직이고 있었다.

정백희, 경조각과 태감 조불성 등은 문을 열어놓고 방안에서 얘기를 나누고 있었다. 이어 비옷을 입었음에도 온몸이 후줄근히 젖은 유보기가 들어서자 황급히 일어서면서 하녀를 불렀다.

"매향아, 학정 대인께서 돌아오셨다. 어서 갈아입을 옷을 준비하거라!"

동쪽 곁방에 있던 두 계집아이가 이구동성으로 대답했다. 그러고는 부랴부랴 큰방으로 달려 들어가 옷가지들을 챙겨왔다. 유보기가 옷을 갈아입고 나자 정백희와 경조각이 들어왔다. 두 사람은 역승보다 아는 것이 더 많았다.

"복 통수의 모친 당아 부인의 꿈에 관세음보살(중국의 사찰은 도사들도 모여 같이 수행을 함. 그래서 당시 사람들이 노자와 관세음보살을 착각할 수 있음)이 현몽해 '낙양의 혜각사가 이자성李自成에 의해 많이 훼손됐다. 그럼에도 백 년 동안 아무도 수리하는 이가 없었다. 보살(당아)의 아들이 지금 거기에 있으면서도 신경을 쓰지 않으니 서운하다'라고 말했다는 겁니다. 당아 부인께서는 쾌마 편으로 부랴부랴 복 통수에게 서찰을 보냈죠. 효자인 복 통수는 어머니의 뜻에 따라 얼마를 들이든 그 절을 잘 보수하라고 했다는 겁니다."

정백희와 경조각의 말에 유보기는 깜짝 놀랐다. 마주 앉은 두 사람 역시 말은 그렇게 하으면서도 놀라움을 금치 못했다.

날은 점점 더 어두워졌다. 정백희가 시계를 들여다보더니 말했다.

"날이 흐려서 그렇지 아직 유시酉時밖에 안 됐어요!"

경조각도 입을 열었다.

"복 도련님께서 오셨으니 유 대인께서는 굳이 알현謁見(지체가 높고 귀한 사람을 찾아가 뵘)하러 향산사로 가지 않아도 되겠어요. 좀 있다 그분을 만나 서찰을 건네주면 그걸로 끝이잖아요. 우리는 모처럼 신나게 작패놀이나 합시다!"

그사이 입맛을 돋우는 고기냄새가 바람을 따라 방안으로 솔솔 날아들었다. 유보기는 그제야 자신이 아직 점심을 먹지 않았다는 생각이 들었다. 갑자기 입안에 군침이 스르르 돌면서 시장기가 느껴졌다. 눈치 빠른 경조각이 얼른 일어나 방안으로 가더니 기름종이에 싼 오향우육五香牛肉을 가지고 돌아왔다. 양이 꽤 많았다. 경조각이 유보기의 앞으로 그걸 밀어놓으면서 말했다.

"먼저 이걸로 요기나 하시죠. 고기가 익어도 복 통수 차례가 끝나야 우리 입으로 들어올 테니 그때까지 어떻게 참아요?"

유보기가 그의 약삭빠른 행동에 새삼 감탄을 했다.

"하여튼 준비가 철저한 사람이라니까!"

유보기가 말린 소고기 한 조각을 입안에 집어넣고 질겅질겅 씹고 있을 때였다. 밖에서 북소리와 나팔소리가 들려왔다. 이어 첨벙첨벙 물 고인 마당을 밟고 지나가는 신발소리가 어지러웠다. 경조각이 말했다.

"복 도련님이 오셨나 봐요. 불쌍한 낙양 현령은 빗속에 벌벌 떨면서 종일 붙어 다니느라 꼴이 말이 아닐 테죠?"

정백희가 경조각의 말을 받았다.

"그게 낙양 현령 한 사람뿐이겠어? 개봉의 번사, 얼사 두 아문에서도 대장부터 졸병들까지 총출동했을 거야! 방금 나가서 바람을 쐬면서 보니 어떤 관리 한 명이 오들오들 떨면서 우산을 받쳐 들고 주공묘 앞에 서 있더라고! 추워서 코끝이 빨갛게 얼고 얼굴이 시퍼렇게 질린 꼴이 말이 아니던데, 그 사람이 누구였는지 알아? 낙양 지부 이수덕李修德이었어! 평소에는 위풍당당하게 으스대고 다니더니 그럴 때는 어느 친병보다도 못하더라니까!"

유보기가 가볍게 입을 다시면서 한마디를 입에 올렸다.

"밖에서 삶고 있는 소고기 말이오. 구수한 게 우리가 씹고 있는 말린 소고기와는 비교할 바가 못 되오."

정백희가 씁쓸하게 웃으면서 말을 받았다.

"그럼요! 우리가 먹는 건 낙양洛陽 소고기에요. 반면 밖에서 끓이고 있는 건 남양南陽 소고기니 아무래도 다르죠. 남양 소의 맛과 품질은 천하에 소문이 자자하잖아요. 맛있는 소고기는 소가 너무 늙어도 안 되고 너무 애송이라도 안 된다면서요? 그래서 고기 맛을 귀신같이 아는 자들을 불러서 소를 골라 왔다는데, 틀림이 있겠어요?"

육계肉桂를 비롯해 회향茴香, 후추, 사천 고추, 대료大料(팔각. 향신료의 일종) 등 온갖 향신료를 몽땅 집어넣고 끓이는 고기 냄새는 그야말로 환상적이었다. 복강안의 사치와 까다로운 성정에 대해 익히 들어왔던 유보기는 작은 일에서도 그 사실을 알 수 있구나 라고 생각하면서 속으로 탄식을 터뜨렸다. 입으로도 다소 불만의 말을 내뱉었다.

"누구는 다 식어빠진 돼지대가리 고기 한 점만 썰어줘도 감지덕지할 판인데, 누구는 멀리 남양에서 새벽같이 황소를 끌어다 최고의 요리사가 끓여내는 소고기를 베어 먹으니, 참! 사람 위에 사람이 있고, 산 밖에 산이 있다는 말이 실감이 나는군."

유보기는 말을 마치고는 소피를 보려고 측간으로 나갔다. 돌아오는 길에 일부러 천막 앞에 잠깐 걸음을 멈췄다. 육수가 벌렁벌렁 끓어 넘치는 가마솥 안에서 크고 작은 향신료 봉지들이 신나게 목욕을 하고 있는 모습이 보였다. 요리를 하고 있는 이들 중 제자로 보이는 세 젊은이는 웃통을 벗어 던진 반바지 차림이었다. 갈고리로 고기를 뜯고 국자로 거품을 걷어내느라 바삐 움직이고 있었다. 나이가 좀 들어 보이는 사부는 곰방대를 붙여 물고 옆에서 아궁이의 불길을 살피면서 노래하듯 지휘를 하고 있었다.

"불이 너무 약하다!"

"예……, 탄을 더 얹겠습니다!"

제자들이 황급히 대답했다.

"이제는 귤껍질과 여지荔枝(중국 대륙 남방의 열대과일)를 달인 물을 반반씩 넣거라!"

"예, 넣었습니다!"

"넣었느냐? 그럼 양골수탕羊骨髓湯을 쏟아 붓거라!"

"예!"

"뚜껑을 닫고 센 불에 십분만 더 끓여내!"

……그렇게 아궁이 앞에서는 사제 간에 손발이 척척 맞아 돌아가고 있었다. 그 와중에 역승이 종종걸음으로 달려오더니 재촉을 했다.

"다 됐어? 통수께서 고기 맛이 끝내준다고 칭찬하셨네. 소갈비와 꼬리는 병사들에게 상으로 내리신다고 했으니 따로 담아내게! 고 사부, 서두르셔야겠네!"

역승의 말에 사부가 바로 대답했다.

"역승 나리! 그렇다고 설익은 걸 먹을 수는 없지 않습니까! 너무 익혀도 안 되고, 덜 익혀도 백가지 향미香味가 나지 않습니다. 한 입에서 백가지 향미를 내는 것이 우리 고高가네의 요리 비결이거든요.”

역승은 사부 고씨의 말에 뭐 마려운 강아지처럼 그 자리에서 뱅글뱅글 돌았다. 바로 사부의 말을 잘라버렸다.

“통수께서 올리라면 올리는 거지 무슨 잔소리가 그리도 많은가? 딱 십분이야, 십분! 십분 후에 못 올리면 품값도 못 받아갈 줄 알아!”

역승이 으름장을 놓고 나더니 다시 주먹을 쥐고 달려갔다. 사부가 다시 느긋하게 제자들에게 명령했다.

“생강을 한 숟가락 더 넣어라!”

고씨 성을 가진 사부는 마냥 느긋하기만 했다. 유보기가 그런 사부의 장인다운 자부심에 내심 탄복하고 있을 때였다. 밖에서 매향이 부르는 소리가 들려왔다.

“대인, 식사하세요!”

유보기는 그제야 동원으로 돌아왔다. 정백희와 경조각, 조불성 등이 역관에서 내온 밥상에 둘러앉아 기다리고 있었다. 조촐한 밥상이었다. 모두들 대접이 너무나 차이가 나는 바람에 속으로 서글프기 짝이 없었으나 겉으로는 내색하지 않았다. 그때 “복 대인께 납복納福하옵니다!”라는 고 사부의 목소리가 들려왔다. 다 익은 고기를 부위별로 썰어 복강안이 있는 내원으로 들여가는 것 같았다. 마당은 한바탕 시끌벅적했다.

“누구 창자는 좋아서 죽겠네! 입안에서 살살 녹는 고기가 넘어갈 테니 얼마나 좋겠어!”

정백희가 비아냥에 가까운 소리를 토했다. 유보기가 그러자 숟가락을 든 손으로 그만 하라고 팔을 휘둘렀다. 한참 시끌벅적하던 마당이 조용해질 무렵 역승이 천총千總 복장을 한 친병을 데리고 들어섰다.

“복 통수께서 유 대인에게 내원으로 들라고 하십니다. 그리고 내부부에서 나온······."

친병이 조불성을 가리키면서 덧붙였다.

"공공公公(태감에 대한 존칭)께서도 함께 들라고 하십니다."

"알았네!"

유보기가 황급히 일어나 매향의 시중을 받으면서 옷을 갈아입었다. 조불성 역시 9품 복장의 관리로 변신했다. 순식간에 모든 준비가 끝났다. 유보기와 조불성은 우산을 쓰고 내원으로 건너갔다.

유보기는 걸음을 옮기면서 '그 장군에 그 부하들일 것'이라는 선입견을 품고 있었다. 용감한 무부武夫들이니 먹고 마시고 노는 데도 호쾌하고 거칠 것이라 지레 짐작했던 것이다. 그의 짐작대로라면 지금쯤 병사들은 모두 얼굴에 벌겋게 취기가 올라 주령酒令을 외쳐야 할 터였다. 그러나 마당에 들어서는 순간 유보기는 자신의 생각이 틀렸다는 걸 즉각 알 수 있었다. 방마다 등불이 휘황찬란했고 문이라는 문은 전부 활짝 열려 있었다.

방안의 팔선탁八仙桌 주위에는 장군들과 교위校尉들이 빙 둘러앉아 있었다. 모두 똑같이 허리를 곧게 펴고 좌정한 채 눈길을 돌리지도 않고 고기만 정신없이 뜯어먹고 있었다. 아직 술은 시작하지도 않은 것 같았다. 마당에 시립해 있던 친병들 역시 물에 빠진 병아리 몰골이 됐음에도 불구하고 마치 그린 듯 그 자리에 못 박혀 있었다.

윗방 적수첨滴水檐(처마 끝) 아래에 있는 이들은 하남성 현지 관리들인 것 같았다. 옷차림으로 가늠해 볼 때 번사, 얼사 아문의 사람들과 낙양부의 동지同知나 현령들인 것으로 보였다. 그들 역시 엄숙한 분위기 속에서 말없이 고기만 뜯고 있었다.

정실正室에는 탁자가 하나밖에 없었다. 현지 사신士紳들과 막료들이 그 앞에 좌정해 있었다. 그들 중에 유백乳白색 비단 두루마기를 입고 허리띠도 두르지 않은 풍채 늠름한 사내가 단연 눈에 띄었다. 아직 30대로 보이는 이 사내가 바로 복강안이었다.

유보기는 자신의 이름을 말하고 조불성과 함께 조심스럽게 들어갔다. 복강안은 소고기를 끓여낸 고 사부에게 뭔가 묻고 있었다. 유보기는 그걸 보고 감히 수본手本을 건네지 못하고 옆에 서 있었다.

"오랜만이네, 유보기! 우리가 수본을 건네고 말고 할 사이인가?"

복강안이 웃으면서 알은체를 했다. 이어 덧붙였다.

"가부家父께서 생존해 계실 때는 자주 문서를 들고 우리 집을 찾지 않았는가! 유 대인께 자리를 마련해 드리거라."

이어 태감 조불성을 힐끗 바라보면서 말했다.

"조 공공은 거기 서 있게!"

고 사부가 물러가자 유보기는 곧바로 아계의 서찰을 꺼내 받쳐 올리면서 아뢰었다.

"아계 중당이 복 도련님께 드리는 서찰입니다."

복강안이 서찰을 받아 펼치면서 말했다.

"아직 식전이지? 같이 먹자고 불렀어. 고기는 식기 전에 먹어야 제 맛이지!"

복강안의 말이 끝나기 무섭게 길보가 유보기에게 수저를 내밀었다. 그러나 유보기는 연신 사양했다.

"저는 벌써 배가 불렀습니다. 아까 배가 고파서 아무거나 먹었습니다. 감사합니다, 복 대인! 조불성에게 물어보십시오. 지금 막 밥상을 물렸는 걸요!"

복강안은 조불성에게 눈길 한 번 주지 않고 가볍게 콧소리를 냈다. 이어 물었다.

"폐하께서 전 대인께 하사하신 약은 어떤 약인가?"

"아뢰나이다, 복 대인."

태감 조불성은 미물 취급을 받는 데 익숙해진 모양이었다. 추호도 창피하거나 난감한 기색 없이 허리를 굽실거리면서 대답했다.

"폐하께서 말씀을 안 하시어서 그건 잘 모르겠습니다. 태의원에서 처방을 내리고 소인이 약방에 가서 약을 지었습니다. 소인의 기억으로는 구기자, 황기, 빙편冰片, 은이銀耳, 금계랍金鷄納 등이 든 것 같았습니다. 이밖에 화신 대인께서 고려삼高麗蔘, 아계 중당께서 서양삼西洋蔘, 유용 중당께서 천왕보심단天王補心丹과 정천환定喘丸을 보내주셨······."

복강안이 심드렁한 표정으로 조불성을 바라보더니 말을 싹둑 잘라 버렸다.

"들어보니 모두 보약이네 뭘! 아픈 사람한테 병을 치료해 줄 생각은 않고 보약만 먹이면 되는가? 전 대인에게 전하게. 옷을 따뜻하게 입고 전에 복용한 적이 없는 약들은 절대 먹지 말라고 말이네. 어떻게든 이를 악물고 버텨서 북경에 도착한 뒤 태의들의 진맥을 받은 연후에 약을 먹어야지."

조불성이 알겠노라고 황급히 대답했다. 복강안이 덧붙였다.

"자네는 물러가게! 길보야, 조 공공에게 은자 삼십 냥을 상으로 내리도록 하거라."

건륭은 태감들에게 유난히 엄격했다. 그 점은 복강안 역시 마찬가지였다. 그럼에도 상을 내릴 때는 씀씀이가 컸다. 그렇게 전혀 예기치 않은 상을 받자 조불성은 연신 굽실거리면서 사탕발림소리를 해 댔다. 복강안은 바로 손사래를 쳤다.

"됐어, 내 앞에서는 그런 게 안 통해!"

복강안은 조불성이 물러가자마자 곧바로 유보기에게 물었다.

"내가 오는 바람에 동원으로 쫓겨났다고? 굴러온 돌이 박힌 돌을 빼버린 격이로군, 하하!"

복강안이 크게 소리 내 웃으면서 다시 말을 이었다.

"학정은 가난한 아문인데 앞으로 고생이 이만저만 아니겠군."

유보기가 복강안의 말에 즉각 공손히 대답했다.

"그래도 결코 작은 관직이 아니오니 천거해주신 아계 중당께 감사할 따름입니다. 학정이 가난한 아문인 건 어제오늘의 일이 아니니 어쩌겠습니까? 그래도 화신 대인께서 크게 베푸셨습니다. 은자 팔만 냥을 선뜻 쾌척하신 덕분에 근사하게 학당 하나 짓게 생겼습니다. 한 푼이라도 쪼개 쓸 형편에 얼마나 고마운지요."

복강안이 잠자코 듣고 있다가 고개를 끄덕이면서 입을 열었다.

"그랬었군! 그래서 화신이 자기 사람 둘을 붙여놨던 게로군. 헌데 너나없이 녹봉이 뻔한데 화신은 무슨 수로 팔만 냥이나 되는 거금을 마련했을까?"

유보기가 복강안의 안색을 살피면서 대답했다.

"원명원 공사비에서 좀 떼어낸 것 같습니다. 복 도련님, 귀주성은 찢어지게 가난한 지역입니다. 성 번고에 손을 내밀 수 있는 상황이 아닙니다."

복강안이 잠깐 침묵을 하더니 이어 바로 쏘아붙였다.

"아무리 그래도 그렇지. 공사비를 제 마음대로 퍼 쓴다는 것이 말이 되는가? 자네는 기윤 대인의 제자라면서 그런 이치도 모르는가? 머리 좋은 사람이 어찌 세상물정을 그리도 모른다는 말이야? 받은 은자는 공부나 내무부에 돌려주게. 내가 예부에 그쪽 사정을 얘기해 다시 팔만 냥을 보내줄 테니! 눈앞의 이익만 고려하고 훗일을 생각하지 않는 우매한 사람 같으니라고!"

"예, 알겠습니다!"

복강안이 한참 질책을 하고 나더니 찻잔을 들어 차를 마셨다. 그러자 유보기가 황급히 일어나 조심스럽게 아뢰었다.

"하관의 무지를 너그럽게 용서해주십시오. 하관에게 보호막을 쳐주신 복 도련님의 은혜를 영원히 잊지 못할 것입니다."

"알았네, 그만 물러가게."

복강안이 이어 덧붙였다.

"유용 공은 정직한 충신이야. 자네들 학정까지 함께 관장하고 있으니 수시로 유 중당과 연락해 훈육을 받도록 해. 직접 나한테 서찰을 보내도 좋고. 급할 때일수록 돌아가라고 했다고. 준다고 아무거나 덥석덥석 받아먹다가는 크게 경을 칠 줄 아시게. 두 번 다시 그런 일이 없을 거라 믿으니 들어가 쉬도록 하게."

21장

비열한 배신자

그날 밤 아계의 서찰을 읽고 난 복강안은 좀체 잠을 청하지 못했다. '전권'과 '독단'이라는 딱지를 달고 다니지만 결코 만만한 사람은 아니었다. 그는 아계의 서찰을 통해 서부의 군사軍事가 큰 고비를 무사히 넘겼다는 사실을 알 수 있었다. 또 건륭이 목란木蘭 추렵秋獵을 준비 중이라는 사실 역시 눈치챘다. 산동 도호盜戶들에게 당분간 큰 반란의 조짐은 없다는 내용도 바로 알 수 있었다. 복강안은 장문의 편지를 속독하듯 빠르게 계속 훑고 지나갔다.

편지 내용 중에서 그가 유독 주목한 점은 두 가지였다. 하나는 대만 역민逆民의 주동자인 임상문林爽文이 사재를 털어 복건성의 이재민 구제에 열을 올린다는 사실이었다. 임상문은 게다가 민단民團을 구성해 토착주민들의 토지 강제 겸병을 결사적으로 반대함으로써 복건 백성들의 호응을 얻고 있다고도 했다. 다른 하나는 화신이 성총을 입어 이미 수석 군기대신 자리에 올랐다는 사실이었다. 아계는 편지에서 화신이 "나를 괴롭히는 자들은 하늘이 대신 벌할 것이다. 군자는 소인배와 상종하지 않는다"라고 말했다고 썼다. 그렇다면 화신은 무슨 자격으로 군자와 소인배를 논한다는 말인가?

밖에서는 여전히 스산한 가을비가 추적추적 내리고 있었다. 역관 북측에 있는 주공묘의 기왓장에 빗물이 떨어지는 소리가 한밤의 정적을 깨고 들려왔다. 남쪽 낙수의 물소리 역시 밤이 되니 더 거칠어진 것 같았다. 길게 흘러가면서 울부짖는 소리가 어스름한 달밤의 곡소리를 방불케 했다. 복강안은 길 위에 선 나그네의 고독감을 새삼 느꼈다.

그는 이런저런 생각을 하다가 유보기를 떠올렸다. 그러자 그의 스승인 기윤의 서글픈 처지가 생각났다. 그는 이어 등 뒤에서 돌멩이를 던져놓고는 입을 쓱 닦고 모른 체하고 있는 화신의 구역질나는 몰골도 떠올랐다. 밤이 깊을수록 그의 눈빛은 점점 더 초롱초롱해졌다. 그는 이리 뒤척 저리 뒤척 하면서 생각이 끝도 없이 이어졌다. 그러는 사이 어느덧 멀리서 닭이 홰를 치는 소리가 들려왔다.

복강안은 원래 첫닭이 홰를 칠 때면 무조건 기침하는 습관이 몸에 배어 있었다. 그랬으니 이제 잠을 자기는 글렀다고 할 수 있었다. 복강안 역시 그렇게 생각한 듯 머리를 힘껏 흔들었다. 이어 모든 생각을 떨쳐버리고 자리를 박차고 일어났다. 밤새도록 옆방에서 코를 드르렁 드르렁 골던 길보가 기척을 들었는지 두 눈을 비비면서 걸어 나왔다.

"밤새 제대로 주무시지 못한 것 같습니다. 소인이 어깨라도 주물러 드릴까요?"

"됐어, 자다 죽은 귀신이라도 붙었나? 어서 향산사로 돌아가자. 귀경할 준비를 서둘러야지. 어깨를 맡기고 호강할 여유가 어디 있어?"

복강안의 말투는 퉁명스러웠다. 길보는 주인의 눈치를 보며 즉각 대답했다.

"예! 알겠습니다!"

복강안은 효행야숙曉行野宿을 해가며 줄기차게 북경을 향해 달렸다. 도중에 날씨는 흐렸다 갰다 변덕이 심했다. 그러나 그는 아랑곳하지 않고 달리는 말에 채찍질을 해가면서 달렸다. 그렇게 북경에 당도했을 때는 이미 음력 10월 3일이 되어 있었다. 북경에서도 늦은 가을 비가 추적추적 내리고 있었다. 그래서일까, 어디라 할 것 없이 보이는 풍경 모두 을씨년스럽기 이를 데 없었다. 그는 모친에게 무사히 귀환했다는 전갈을 보내고 역관에서 하룻밤을 묵었다. 그리고 이튿날 서화문에서 패찰을 건네고 군기처로 들어갔다.

"복 대인, 오느라 수고 많았습니다!"

숙직 중이던 유용은 피곤한 기색이 역력해 보였으나 복강안을 반갑게 맞아줬다. 마침 사관이 업무 보고차 들어서려고 했다. 유용은 그러나 "내일 다시 들라!"고 명하면서 주위를 물리쳤다. 이어 다시 입을 열었다.

"복 대인께서야말로 진정 금천을 평정한 대장군입니다! 장장 수십 년 동안 수많은 장상將相들이 금천에서 한을 품고 돌아왔으나 대인 덕분에 이제는 영원히 발을 뻗고 자게 된 셈입니다. 그래, 낙양에서는 괜찮았습니까? 황하의 강물은 많이 불지 않았던가요? 자, 여기 앉아 담배나 한 대 태우시죠."

복강안은 유용의 말에 미소를 머금으며 한사코 담배를 사양했다.

"숭여崇如(유용) 공도 머리가 반백이시오. 대단히 힘들었나 보오. 등허리도 더 휜 것 같고. 눈도 여전히 우묵하게 꺼진 그대로군요!"

유용이 그런 복강안을 보면서 껄껄 웃음을 터트렸다.

"한 해, 한 해 나이를 먹으니 늙을 수밖에요! 헌데 복 대인께서는 갈수록 생각도 깊어지고 자신감이 넘쳐 보입니다. 저번에 아계 공과 대화를 하던 중에 복 대인에 대한 얘기를 했었죠. 문사文事 면에서 선친에 비해 조금 처질 뿐, 무사武事에 있어서는 선친보다 뛰어날 뿐 아니라 우리 대청大淸 개국 백년 역사에 있어 그 누구도 대인과 비견할 만한 사람이 없는 것 같습니다. 진정 국가의 동량이 되기에 추호도 손색이 없습니다. 우리 같은 사람들은 아무리 발버둥을 쳐봤자 백무일용百無一用의 선비에 불과합니다!"

유용이 잠시 멈췄다가 다시 물었다.

"아계 공의 서찰을 받아봤습니까?"

"받아 읽었소."

복강안이 창밖을 힐끗 보고는 말을 이었다.

"화신이 감히 원명원의 공사 대금을 유보기에게 빼돌렸을 줄은 정말 몰랐소!"

유용이 곰방대를 소리 나게 뻑뻑 빨았다. 이어 방안에 자욱한 연기를 손으로 휘휘 저으며 말했다.

"장부 조사에 혼선을 주기 위한 수작이죠. 몰락한 팔기 자손이 하루아침에 행궁行宮에 버금가는 사저를 짓고 수백 명의 가인들에게 금의옥식錦衣玉食의 영화를 누리게 하다니 말이 되는 소리입니까? 금을 싸고 은을 누지 않는 이상 은자가 하늘에서 떨어졌겠어요? 내가 조사해봤지만, 아직까지 뇌물을 받아 챙긴 혐의는 포착되지 않았어요. 관리들이 보따리를 싸들고 가면 꾸짖어서 돌려보낸다고 들었어요. 그러니 불 보듯 뻔하지 않겠어요? 공사비에 손대지 않았을 리 없다는 사실을 말입니다. 수혁덕은 봉천奉天에 가기 전에 호부에 손을 내밀지 않았다고 하네요. 대신 화신이 삼십만 냥을 내줬다는군요. 조정의 금고를 안방으로 옮겨놨나 보죠."

"이시요 공이 서찰을 보내왔는데, 복건 수사水師에서 군함을 교체한다고 하오."

복강안이 빙그레 웃는 어조로 말을 이었다.

"병부와 호부에서 쫀쫀하게 나오면 나는 당장 화신을 찾아갈 거요. 공사비뿐만 아니라 의죄은자도 입고入庫하지 않고 고스란히 화신의 수중에 장악돼 있다고 하오."

복강안이 잠깐 침묵한 끝에 다시 물었다.

"숭여 공은 형부와 대리시大理寺를 관장하면서 화신의 그런 비리를 알고 있었다면서? 어찌 폐하게 밀주密奏하지 않았소?"

유용이 담배연기를 토해내면서 대답했다.

"폐하게 상주한 적이 있습니다. 폐하게서는 조사해보는 것도 좋겠다고 하셨죠. 죄가 있으면 추궁하고 없으면 이참에 허물을 벗을 수 있어서 일거양득이라고도 하셨고요. 그리고 화신이 돈을 많이 굴리니 질투하거나 다른 목적으로 앙심을 품은 자들이 많을 것이라고 하셨어요. 풍문과 진실을 제대로 가려 신중하게 처리하라는 지시라고 할 수 있죠. 그러니 내가 어찌 어지를 청하지 않고 감히 군기대신을 뒷조사하겠어요?"

"화신의 성총은 요즘 가히 따라갈 자가 없다고 해도 과언이 아니오. 지난번에 그에 대한 탄핵안을 올렸던 관리들 이삼십 명이 무더기로 강등을 당하지 않았소! 반대로 그가 승진을 제안한 해녕, 곽수지郭守志, 풍강馮强 등은 하루아침에 낙하산을 타고 저만치 올라갔고. 물론 화신이 이재에 뛰어난 인물임은 자타가 공인하지 않을 수 없소. 나는 개인적으로 화신에 대해 나쁜 감정도 없고 좋은 감정 역시 없소. 오는 길에 끝없이 시야에 들어오는 원명원을 보면서 감탄도 했소. 세수稅收가 예전 같지 못한 상황에서 천하제일의 거대한 공사를 이 정도로 해냈다는 것은 화신의 노력이 없었다면 불가능했을 것이오."

"나 역시 화신과 척을 진 일도 없고 특별히 미워할 일도 없습니다."

유용이 나직이 한숨을 내쉬면서 덧붙였다.

"단지 너무 영악하고 간사스러운 면이 부담스러운 데다 돈을 물 쓰듯 하는 게 눈에 거슬린다는 겁니다. 열다섯째마마께서는 모친 위魏귀비의 슬하에서 자라면서 어려서부터 근검절약이 몸에 배신 분인데, 그 꼴을 보고 가만히 있을 수 있겠습니까?"

유용은 잠시 멈췄다 전풍의 근황에 대해서도 입에 올렸다.

"전풍 공은 양양襄陽에서 폐하께서 하사하신 약을 먹고 병이 거의 완쾌됐습니다. 사은 상주문을 폐하께서 계신 열하熱河로 보냈다고 합니다."

복강안이 유용의 말을 듣고는 가볍게 고개만 끄덕였다. 그러다 한참 후 다시 입을 열었다.

"전풍 공이 와서 뭐라 말하는지 들어보는 것이 좋을 것 같소. 나는 어쩐지 화신이 국태를 죽인 과정에 뭔가 문제가 있지 않았을까 하는 의구심을 떨칠 수 없소. 당시 화신은 숭여 공이 며칠 동안 자리를 비운 틈에 어지를 청했소. 그리고 전풍 공까지 따돌린 채 국태를 없애버렸소. 원명원 공사 관련 장부가 운남, 귀주 쪽과도 얽힌 부분이 있을지도 모르오."

복강안이 말을 마치면서 자리에서 일어났다. 유용도 따라 일어나면서 말했다.

"부상(부항)께서 안 계시니 이제부터는 대인께서 우리의 구심점이라는 데 이의를 달 사람은 없습니다. 우리가 뭘 알고 있으면서 대인을 속이는 일은 절대 없을 겁니다. 무슨 소식이 있으면 곧바로 알려 드리겠습니다. 대인께서는 열하로 어가를 알현하러 갈 겁니까, 아니면 여기서 어가가 귀경할 때까지 기다리겠습니까?"

"나는 승덕承德으로 가서 어가를 알현해야겠소."

복강안이 두 손을 맞잡아 공수하면서 덧붙였다.

"타전로打箭爐와 금천 일대의 군무는 일단락을 지었소. 어떤 곳은 개토귀류改土歸流가 필요하고 어떤 곳은 반토반류半土半流(반은 자치, 반은 중앙통치를 함), 또 어떤 곳은 원래대로 토사土司들에게 맡기는 것이 나을 것 같소. 일찌감치 어지를 청해야 마땅한 일들이오."

복강안은 말을 마친 뒤 뒤돌아서 나갔다. 밖의 빗줄기는 어느새 가늘어져 있었다. 그는 가마를 부르지 않고 걸어서 서직문 밖으로 나왔다. 거기에서 곧바로 말을 타고 자신의 집으로 달렸다.

그의 집 앞에는 이미 수백 명의 가인들이 주인의 무사귀환을 환영하기 위해 마중을 나와 있었다. 누가 시켰는지 그가 탄 말이 가까이 오자 일제히 무릎을 꿇었다. 다리가 성치 않고 눈도 먼 길보의 할아버지는 맨 앞줄에 힘겹게 무릎을 꿇고 있었다. 그 모습을 본 복강안이 황급히 말에서 내려 그에게 다가갔다. 이어 두 손으로 노인을 부축해 일으키고는 싱긋 웃으면서 위로했다.

"할아범은 아직 멀쩡한 것 같소! 길보는 이번에 털끝 하나 다치지 않고 돌아왔소. 어엿한 참장參將이 돼 돌아왔으니 시름을 놓으시오. 가족들끼리 들어가 그동안의 회포나 푸시기 바라오. 자, 길보 너는 할아버지를 모시고 안으로 들어가거라!"

길보의 할아버지는 군복 차림에 이품 화령花翎까지 달고 나타난 손자를 보자 곧바로 감격의 눈물을 흘렸다. 보고 또 봐도 성에 차지 않는 듯 부축을 받으면서 들어가는 내내 손자에게서 눈을 뗄 줄 몰랐다. 복강안이 그 모습을 보더니 큰 소리로 말했다.

"가생노家生奴든, 나중에 들어온 자들이든 편견 없이 평등하게 대해 줄 것이다. 집에서 노마님과 마님을 잘 시봉한 자들은 문관에 제수되도록 힘껏 밀어줄 것이고, 이번처럼 나를 따라 전장에서 공로를 세운 자들은 길보처럼 어엿한 무관으로 거듭나게 될 것이다!"

가인들이 복강안의 말을 듣더니 즉각 우렁차게 화답했다. 복강안은 그제야 주변 가인들에게 물었다.

"노마님께서는 서재에 계시느냐, 불당에 계시느냐?"

"서재에 계십니다!"

중년의 집사 한 명이 대답했다.

"마님께서도 함께 들어 계십니다."

"자네는 누구의 아들인가?"

복강안이 처음 보는 얼굴의 집사에게 물었다.

"소인은 풍흥재馮興材의 막내아들 풍경재馮京才입니다. 지난달부터 집사가 돼 살림을 익히게 됐습니다!"

풍경재가 덧붙일 사이도 없이 복강안이 바로 알은체를 했다.

"오오, 이제 보니 채원菜園에서 일하던 풍 영감의 막둥이로군! 내가 만들어 띄워놓은 배에 탔다가 하마터면 연못에 빠져죽을 뻔한 적이 있었지?"

"예, 그런 적이 있습니다! 소싯적의 일을 아직도 기억하고 계십니까? 소인이 서재로 안내해 드리겠습니다."

풍경재가 겸연쩍게 뒤통수를 긁적이면서 대답했다. 이어 조심스럽게 손을 내밀어 주인을 안내하기 시작했다. 둘은 곧 서원西院으로 꺾어들었다. 눈앞에 두 사람이 보였다. 복강안의 정실부인 리아酈兒가

백발이 성성한 당아黨兒를 부축한 채 부항이 생전에 가장 즐겨 머무르던 서재의 처마 아래에 서 있었다. 추우秋雨, 국화菊花 등 머리를 올린 하녀 몇몇이 두 사람의 주위를 에워싸고 있었다. 당아는 아들을 보고 흐뭇한 미소를 지었다. 이어 리아와 함께 복강안을 향해 목례目禮를 했다. 하녀들은 전부 무릎을 꿇었다.

"어머니!"

복강안이 인사를 올렸다. 그러나 목소리에는 울음기가 배어 있었다. 떠날 때보다 훨씬 노쇠해 보이는 모친의 모습을 보자 갑자기 슬픔이 몰려오는 모양이었다. 급기야 그렇게 쉰 목소리로 한마디 부르고는 울컥 눈물을 쏟고 말았다. 곧이어 그가 흘러내리는 눈물을 애써 참으면서 두 무릎을 꿇고 머리를 조아렸다. 그러고는 일어나 리아를 대신해 모친의 팔을 잡고 부축했다.

아들의 투박한 손에 어머니 당아의 쭈글쭈글하고 힘줄이 시퍼렇게 돋은 작은 손이 얹혔다. 그녀의 모습은 부항이 생존했을 당시와 크게 다를 바는 없었다. 그러나 복강안은 그렇게 생각하지 않는 듯했다. 곧 나무라듯 말했다.

"비가 오는데 어찌 밖에 나와 계셨습니까. 그러다 풍한風寒이라도 걸리시면 어떡하려고 그러세요. 서재가 좋기는 해도 소자가 보기에는 작은 불당 쪽이 더 따뜻할 것 같습니다."

복강안이 말을 마치고는 모친의 작은 어깨를 가만히 쓸어줬다. 모친이 입고 있는 옷이 부실하다고 생각한 듯 리아를 나무라기까지 했다.

"어머니의 입성이 너무 얇네. 이 의상은 중양절에나 입을 법한 입성이거늘 부인은 어찌 그리 무심하신가?"

리아가 고개를 푹 숙였다.

"어머니께서 바꿔 입으시기를 거절하시니 어쩔 수가 없었습니다!"

"그래, 내가 안 갈아입겠다고 떼를 썼느니라. 그러니 안사람을 탓하지 말거라."

당아가 복강안의 부축을 받고는 안락의자에 앉았다. 이어 아들이 도망을 가기라도 할세라 손을 꼭 잡고 놓지 않은 채 자상한 미소를 지었다.

"어미 걱정은 말거라. 저쪽에 설송림雪松林이 또 한 겹 들어서서 웬만한 바람은 안 들어와. 서화청은 이 사람을 시켜 불당으로 고쳐놓고 관세음보살도 모셔다 놓았느니라. 어미 걱정은 조금도 하지 말거라! 대장군이 눈물을 보여서야 쓰겠느냐!"

당아가 짐짓 아무렇지도 않은 듯 말했다. 이어 환하게 웃었다. 그러나 말과는 달리 그녀의 눈가에서도 눈물이 한 방울 뚝 떨어졌다. 복강안이 황급히 손수건으로 모친의 눈물을 닦아드렸다.

"어머니, 소자더러 울지 말라고 해놓고 어머니께서는 어째서 우시는 겁니까!"

복강안은 화제를 다른 데로 돌리고 싶었다. 그때 문득 바느질 바구니에 담겨 있는 손바닥만 한 백납의百納衣가 눈에 띄었다. 그가 궁금한 듯 리아에게 물었다.

"이것은 백납의가 아닌가? 누구한테 부탁을 받았는가?"

당아가 그러자 환하게 웃음 띤 얼굴로 말했다.

"누구 부탁을 받기는? 네 처도 이제는 귀하신 몸이란다……."

"이건 위 귀비마마께 드릴 백납의입니다."

리아가 조금 쑥스러워하면서 말을 이었다.

"열다섯째마마께서 산농에서 데려와 정실로 들인 마마께서 황손皇孫을 생산하셨다고 합니다. 위 귀비마마께서 부탁을 하시더군요. 그래서 제가 우리 가인들에게서 천을 조금씩 얻어 백납의를 만들고 있는 중입니다. 외인^{外人}들의 천 조각은 손바닥만 한 것도 받지 않았습니다."

복강안은 백납의에 대해 잘 몰랐다. 그래서 바로 엉뚱한 소리를 했다.

"이건 부탁 받았다니까 어쩔 수 없겠지만 금쇄^{金鎖}같은 걸 선물하는 것이 더 좋지 않을까? 천 조각을 하나씩 기워 붙이는 게 여간 힘들어 보이지 않는데!"

당아가 다시 대화에 끼어들었다.

"남정네들은 몰라도 되는 일이네. 헌데 어가를 알현하러 승덕으로 갈 거냐?"

복강안이 대답했다.

"예, 어머니! 내일 하루 쉬고 모레 출발할 겁니다. 너무 오랫동안 폐하를 알현하지 못했습니다. 용안을 뵙고 싶습니다. 그리고 작위와 관품을 올려주셨는데 아직 사은 문후도 올리지 못했거든요."

당아가 잠깐 침묵하더니 다시 입을 열었다.

"가서 알현하는 게 도리지. 헌데 늙은 어미가 노파심에서 하는 소리지만 요즘은 내궁^{內宮} 사정이 네 고모께서 살아 계시던 때와 생판 다른 모양이더라. 분위기를 봐가면서 폐하께 잘 아뢰도록 하거라. 그리고 신하들 속에서 '요즘 호인^{好人}은 화신밖에 없다'라는 얘기가 나돈다는구나. 아마 화신 혼자 살판을 만난 모양이지. 남의 아들이 잘돼서 배 아픈 건 아니다만 평소에 좋게 봐왔던 대신들이 하나둘씩 잘못 되는 걸 보니 마음이 좀 그렇구나. 얼마 전 조혜의 안사람이 들었는데, 그 집 낭군은 아계 공마저 화신의 일인독주를 방치할까봐 걱정이 태산 같다고 하더구나. 들어오는 아녀자들은 모두 화신에 대해 평이 썩 좋지만은 않더라!"

복강안이 모친의 걱정 어린 말을 듣고 나서는 히죽 웃었다.

"염려하지 마십시오, 어머니! 소자도 이제는 어린애가 아니잖습니까. 알아서 잘 처리할 겁니다. 폐하께서는 소자를 향한 성총이 여전하시고 소자에 대한 믿음도 굳건하십니다. 또한 열다섯째마마, 여덟째마마께서도 소자에 대해 각별하시니 조금만 조심하면 그런 자들에게 놀아나는 일은 없을 겁니다."

"누가 그 아비에 그 아들 아니라고 할까봐 어쩌면 말하는 투가 그리도 꼭 닮았느냐. 너의 부친께서도 가슴을 열고 심장을 꺼내 폐하께 보이고 싶어 했을 정도로 오로지 폐하에 대한 충심 하나로 살아오신 분이다. 그 점은 누구보다도 곁에서 지켜본 이 어미가 잘 알지. 이제 아비의 시대는 가고 없으니 사람들의 이목은 너에게 집중될 것이다. 네가 하기에 따라 우리 모자의 운명이 달라질 것임을 명심하거라. 물론 진심으로 우리가 잘되기를 바라는 좋은 사람들도 있겠지만 내심 네가 몰락해 주저앉기를 바라는 속 검은 사람들도 더러 있을 것이다. 옛말에 강가에 오래 서 있으면 가랑이가 젖지 않는 사람이 없다고 했다. 이 어미는 그게 늘 걱정이란다."

당아의 목소리는 가늘게 떨렸다. 끝내 목이 메는지 채 말도 잇지 못했다. 복강안은 안 되겠다고 생각한 듯 곧 갖은 재롱을 다 부려 겨우 모친을 웃게 만들었다. 이어 돌아서서 부친의 위패位牌가 모셔져 있는 정당正堂으로 들어갔다. 그러고는 일주향一炷香을 들고 공손히 예를 올렸다. 그런 다음 중문으로 와 가인들에게 다시 분부를 내렸다.

"모레 떠날 것이다. 내일 오전에 서쪽 두 번째 창고의 물건을 수레에 실어놓거라."

복강안이 그제야 자신의 처소가 마련된 동쪽 서재로 발길을 옮겼다. 안에서 다소곳이 기다리던 리아의 얼굴에는 눈물자국이 역력했다. 복강안이 의아해 하면서 물었다.

"어찌 눈물을 보이시는 게요, 부인. 누가 부인을 괴롭히기라도 했소?"

"그런 건 아니옵니다. 어머님을 빼놓고 누가 감히 저를 괴롭히겠사옵니까?"

리아가 재빨리 눈물을 닦고 애써 웃음을 지어보였다. 이어 이부자리를 곱게 펴놓고는 자리에서 일어섰다.

"잠깐이라도 눈을 좀 붙이세요. 좀 있다가 인삼탕 한 그릇을 드시고 진짓상을 받으세요."

복강안이 유심히 리아의 표정을 살피면서 다시 물었다.

"아니야, 틀림없이 무슨 일이 있었던 거야! 혹시 부인의 넷째외삼촌이 또 일자리를 구걸하러 왔나? 유용 공이 이부吏部에 언질을 줬다고 하니 좀 기다려 보라고 해!"

"외삼촌은 그 뒤로 다녀간 적이 없습니다."

리아가 고개를 숙이면서 희미하게 대답했다.

"그럼 대체 뭐가 문제라는 말인가?"

"……"

복강안은 점점 더 속이 탔다.

"응?"

복강안이 다그쳐 물었다. 리아가 그제야 입을 열었다.

"궁중에 안 좋은 소문이 나돌고 있다 합니다. 원래는 어느 공주마마를 낭군과 맺어주려고 했었는데, 폐하께서 어머님하고 상의한 후에 저를 부르셨다는 둥, 제가 양주揚州에 있을 때 마음에 둔 사람이 있었음에도 밖에서 낭군하고…… 그렇고 그런 사이였다는 둥 별의

별 소리가 다 들렸습니다. 또 낭군에 대해서는 돈을 물 쓰듯 하는 데 비해 전공戰功이 미미하다면서 이제 돌아오면 '제이第二의 장광사'가 될 거라고 수군댄다고 합니다. 아무래도 안사람인 제가 부덕해 이런 일이 생기는 것 같습니다. 낭군께서 공주마마와 성혼하셨다고 해도 이런 일이 있었을까요?"

복강안은 적잖이 충격을 받았다. 물론 모든 것이 다 금시초문이었다. 더구나 온순하고 심성 곧은 리아에 대해서는 그때나 지금이나 사랑하는 마음이 변하지 않고 있었다. 그 때문에 그는 조강지처糟糠之妻와 빈천지교貧賤之交를 버리지 않는 자신의 행보를 항상 삶의 신조로 삼고 살아왔다. 그런데 뒤에서 자신과 리아에 대해 씹어대는 자들이 있다니. 그는 슬그머니 속이 상했다!

물론 그의 결혼이 다소 이상하기는 했다. 무엇보다 형제들인 복령안, 복륭안 둘은 모두 공주와 가례를 올려 액부額駙(황제의 사위)가 됐으니 말이다. 유독 그 자신만 평범하다 못해 상당히 '처지는' 혼인을 했다고 할 수 있었다. 소인배들이 뒤에서 혀를 놀려대는 것은 어찌 보면 당연할 수도 있었다. 게다가 천자가 사혼賜婚을 했으니 충분히 구설수에 오를 법도 했다. 그러나 도대체 누가 무슨 목적으로 요언을 살포한다는 말인가? 아무리 생각해봐도 화신 외에는 짐작이 가는 사람이 없었다.

그러나 "복강안이 돈을 물 쓰듯 한다"는 얘기는 화신이 한 말이 아닐 터였다. 화신은 스스로 자신의 치부를 드러낼 정도로 미련한 사람이 아니기 때문이었다. 이 한마디만 본다면 열다섯째황자 옹염顒琰의 말투인 것도 같았다. 그렇다면 더 이해할 수 없었다. 화신이라면 복강안이 군기처에 입직할까봐 두려워서 미리 선수를 쳤을 수도 있었다. 그러나 옹염은 복강안과 껄끄러운 사이가 아니었다. 그러니 작심하고 복강안을 헐뜯을 이유가 없지 않은가! 더구나 옹염은 남을 씹어댈 만큼 말이 많은 사람도 아니었다. 그렇다면 도대체 누구일까? 속으로 그렇게 생각을 굴리던 복강안이 곧 애써 웃으면서 말했다.

"아버님께서 평소에 '장군은 전쟁터에 나가는 횟수가 많아질수록 더욱 소심해진다'라는 얘기를 자주 하셨지. 아마 내가 그 짝이 난 것 같네. 부인의 말을 예사롭게 넘길 수가 없구려. 허나 당치도 않은 헛소리를 들었다고 해서 의심되는 자들을 일일이 찾아가 바늘로 입을 꿰맬 수는 없지 않겠는가? 개의치 말라고. 옛말에 '몸이 바른데 그림자가 비뚤어졌다고 슬퍼할 필요가 없다'라고 했지. 나는 사실상 폐하의 진화대鎭火隊 대원인 셈이야. 화재가 발생한 곳이면 어디든 달려가 진압을 해야 하는 소임이 있어. 다음에 다시 출병하게 되면 부인을 데리고 가겠네. 전쟁터에 따라 나가 전고戰鼓를 두드리면서 우리 군사들의 사기를 북돋아줘!"

"그 말씀이 정말이에요?"

"그럼!"

"제가 이 꼴을 해 가지고 가능하겠어요?"

"부인 꼴이 어때서 그래? 군복을 입고 도창刀槍을 손에 들면 영락없는 건괵巾幗(행주와 보자기) 영웅인데! 사람팔자는 하늘이 정해주는 거야. 지금 열다섯째마마의 측복진側福晉을 보라고. 한때 산동성에서 팔려갈 뻔한 계집아이가 황자의 측복진이 될 줄 꿈에라도 생각했겠어?"

리아는 복강안의 부드러운 눈빛과 말투에 자신도 모르게 고개를 숙이면서 생긋 웃었다. 복강안이 살며시 팔을 내밀어 그런 그녀를 꼭 껴안았다.

이튿날 날이 밝기 무섭게 복강안은 자리를 박차고 벌떡 일어났다. 이어 옆에서 자고 있던 리아에게 물었다.

"내가 너무 오래 잔 건 아니지?"

복강안의 기척에 따라 일어난 리아가 웃으면서 대답했다.

"여기가 지금 새벽 훈련하는 군중軍中인 줄 아세요? 아직 이른 시각이에요!"

복강안은 리아의 말에는 아랑곳하지 않고 서둘러 일어나 주섬주섬 옷을 챙겨 입었다. 그러고는 그녀의 얼굴을 살짝 꼬집는 시늉을 하면서 말했다.

"유용 공을 만나봐야겠어. 이 시간이면 벌써 군기처에 나와 있을 사람이야. 어머니께서는 아직 기침 전이실 테니 아침 문후는 돌아와서 올리도록 하겠어."

리아도 옷을 입고 바닥에 내려섰다. 바깥 중문에서는 길보가 벌써 나와 서성이는 모습이 보였다. 리아가 어이가 없다는 듯 웃음을 터트렸다.

"대인의 방패막이가 벌써 나와서 기다리고 있습니다. 유용 공을 만나면 넷째외삼촌 일이 어찌 됐는지 여쭤봐 주세요."

복강안이 그러겠다고 대답하고는 밖으로 나왔다. 과연 길보가 하육과 함께 채찍을 든 채 이제나저제나 복강안이 나오기만 기다리고 있었다. 수행할 가인들 역시 하나둘씩 집합하고 있었다.

"오늘은 자네 둘만 따르게. 나머지는 오늘 하루 휴가를 줄 테니 푹 쉬게. 내일 출발한다고 다른 사람들에게 전하게!"

말을 마친 복강안은 곧장 중문 밖으로 나갔다.

유용은 군기처에 없었다. 복강안은 서화문 밖으로 가서 태감에게

물었다. 태감은 유용이 이부로 갔다고 했다. 바로 그때 밖에 마상조馬
祥祖가 서 있는 모습이 보였다. 복강안이 그에게 물었다.

"자네도 유 중당을 기다리는가?"

"예, 복 나리."

마상조는 복강안이 자신에게 말을 걸어왔다는 사실 자체가 무척
황감한 듯 목소리까지 다 떨렸다.

"복 나리께서는 소인을 알고 계셨습니까?"

"한림원의 마상조를 모르는 사람도 있다는 말인가?"

유용을 찾아 진짜 이부로 가야 하나 말아야 하나를 생각하던 복강
안이 마상조의 질문을 받고는 웃으면서 덧붙였다.

"왕문소가 우리 집에 왔을 때 같이 오지 않았는가. 자네 벗들 중
에 방령성과 오성흠도 있다는 것까지 알고 있는 걸! 그들은 같이 안
왔네?"

마상조는 복강안이 자신을 알아봐 주는 것이 내심 기뻤지만 방령
성과 오성흠이 무엇 때문에 같이 오지 않았냐는 질문에는 그만 말문
이 막혀버리고 말았다. 거기에는 말 못할 사연이 있었으니, 모든 것은
방령성의 소실 산산과 관계가 있었다.

산산이 오성흠과 정분이 났다는 사실은 어찌어찌 방령성의 귀에까
지 들어가게 됐다. 당연히 방령성은 길길이 날뛰었다. 오성흠에게 "의
리를 헌신짝처럼 내다버린 개새끼!"라고 거친 욕설을 퍼붓고는 두 '연
놈'을 이부와 예부에 고발하겠노라고 이를 부득부득 갈면서 분기탱
천하여 화를 냈다. 그러자 비겁한 오성흠은 자라모가지처럼 어디론
가 쏙 숨어버렸다. 조석보는 그렇게 되자 머리에을 뽑으며 광분을 금
하지 못하는 방령성을 달래느라 죽을 지경이 됐다. 마상조와 혜동제
역시 오성흠을 찾기 위해 동네방네 샅샅이 뒤졌으나 끝내 찾아내지

못했다. 사람을 찾아야 결판이 날 텐데 당사자가 나타나지 않으니 모두가 속이 터질 지경이었다. 그 와중에 산산은 죽어도 그런 일이 없다면서 눈물로 억울함을 호소했다. 가장 어이없게 된 건 방령성의 형님이었다. 방령성의 정실부인이 될 신부를 데려왔다가 울지도 웃지도 못할 상황에 처하고 말았던 것이다.

마상조가 잠시 망설인 끝에 대충 얼버무렸다.

"다들 바빠서 얼굴을 못 본 지가 꽤 됐습니다. 나중에 다 같이 모여서 복 나리께 인사 여쭈러 가겠습니다."

복강안은 그렇게 하라고 말했다. 이어 이부로 간다면서 자리를 떴다. 유용은 과연 이부에 있었다. 고공사考功司에서 사관司官들의 보고를 듣고 있었다. 그는 복강안이 들어서자 웃으면서 반겼다.

"그새를 못 참고 여기까지 찾아왔습니까? 잘 왔습니다! 대만 문제에 대해 상의해봅시다. 이시요 공도 온다고 했어요. 우리 같이 지혜를 모아 봅시다."

사관들은 복강안이 나타나자 분분히 일어나 예를 갖춰 그를 맞았다. 복강안이 웃으면서 자리에 앉았다. 이어 물었다.

"지금의 대만 제독은 누구요?"

"육덕인陸德仁입니다."

사관 한 명이 대만부臺灣府의 화명책花名冊을 가리키면서 덧붙였다.

"제도濟度 군문의 휘하에 있던 자인데, 국태 공이 있을 때 보본保本을 올려 대만으로 갔습니다. 이시요 대인께서는 육덕인을 탐탁지 않게 여기십니다. 해명海明이나 이명륜李明倫으로 육덕인을 갈아치우자는 뜻도 내비치셨습니다. 대만 제독은 참장參將 계급이라 복건 수사보다 두 등급 아래입니다. 그러나 직접 병부에 예속돼 복건성의 규제를 받지 않습니다. 유사시에는 순무아문에 보고를 올려 업무를 집행하는 정도입니다."

복강안이 고개를 끄덕였다. 이어 화명책을 들여다봤다. 시대기柴大紀의 이름이 눈에 띄었다. 그가 그 뒤에 '중평'中平이라는 고어考語(평점)가 붙어 있는 것을 보고는 손으로 가리키면서 말했다.

"이자는 내가 알고 있네. 다 중용해도 이자는 안 돼. 지금 참장 계급인가?"

사관이 황급히 대답했다.

"늙은 군인 출신입니다. 번사와 얼사 아문에서 참장에 천거했으나 아직은 유격일 뿐입니다."

복강안이 알겠노라고 고개를 끄덕여 보이고는 유용에게 말했다.

"나는 내일 승덕으로 떠나오. 그래서 말인데, 요풍기廖風奇의 일은 유 대인이 알아서 처리해주면 고맙겠소. 노력해도 안 되면 어쩔 수 없지 않겠소? 나는 사적인 일로 누군가에게 청을 하는 건 딱 질색이지만 어쩌겠소, 집에서 울고불고 난리인 걸. 넷째외삼촌이잖소. 어디 빈자리가 있으면 아무 데나 쑤셔 넣어주오. 이 밖에 복건 수사의 군함을 바꾸고 대포도 교체해야 하오. 물론 병부에서 정상적인 예산을 세워 지출하겠지만 내가 얼추 계산해보니 백만 냥은 있어야 할 것 같소. 일부는 화신이 어디서 짜내든 어련히 알아서 잘 만들어내겠소만 나머지는 호부에서 좀 신경 써주면 좋겠는데……. 아무튼 누가 돈을 내든 나는 개인적으로는 감사의 뜻을 표하지 않겠소."

유용이 고개를 끄덕였다.

"대인께서 모처럼 부탁하는데 나도 웬만하면 어떻게 해보고 싶습니다. 그러나 요즘 워낙 쓸 만한 자리가 없어서 말이죠. 이부에 얘기했더니 꽤 난감해 하더라고요. 그래서 화신의 옆구리를 슬쩍 찔러봤더니 자기 공사장에 재료 구입購入하러 다닐 채판采辦이라는 자리가 필요하다는 것 아니겠습니까? 거기에서 삼 년 정도 있다가 다른 데로 가도 늦지는 않겠다는 생각이 드는데, 어떻습니까? 그 자리도 너도나도 눈독을 들이는 모양이에요."

복강안은 유용의 의사를 분명히 파악했으면서도 그다지 내키지 않는 듯 머뭇거렸다. 그때 이시요가 우산을 받쳐 들고 마당으로 들어섰다. 유용이 자리에서 일어나 웃으면서 맞았다.

"어서 오시오, 고도 공! 복 대인께서도 자리해 계시오! 아무리 군기처에서 군무를 보조한다지만 이런 서류 정도는 다른 서판書辦들에게 보내도 될 텐데, 꼭 이렇게 직접 가지고 오시네."

복강안이 미소를 지은 채 이시요를 향해 고개를 끄덕였다.

"숭여 공을 만나보고 찾아가 뵈려고 했는데 마침 잘 왔소. 복건 수사에서 군함과 대포를 교체하는 데 대해 상의를 했으면 하오."

이시요는 가지고 들어온 우산을 구석에 세워뒀다. 그러고는 빨갛게 얼어서 잘 굽혀지지 않는 손으로 공수拱手를 해 보였다. 그는 얼마 전 영어囹圄의 재앙을 겪어서 그런지 전보다 훨씬 성숙해진 모습이었다. 머리채에 묻은 빗물을 털어 내고 흥건히 젖은 두루마기 자락을 꼭 짜서 물기를 없애더니 옆구리에 끼고 온 서류를 유용에게 건네줬다.

"조혜兆惠 군문과 해란찰海蘭察 군문이 공동으로 올린 주장奏章이 있었습니다. 위에 홍기紅旗와 닭털이 꽂혀 있었어요. '폐하께 직주直奏'라는 글도 귀퉁이에 적혀 있기에 열다섯째마마께 드렸습니다. 호광 총독이 올린 주장도 함께 보내드렸고요. 내일이면 아마 승덕에 도착할 겁니다. 내 짐작으로는 서북 전선의 대첩 소식이 들어있지 않을까 싶은데, 감히 뜯어볼 수가 없었습니다. 여기 기윤 공이 숭여 공과 아계 중당에게 보내는 서찰이 있습니다. 복건 순무가 군기처에 보낸 편지도 있네요. 양양襄陽 지부도 몇 글자 적어서 호광 총독의 서찰에 함께 끼워 보낸 것 같습니다."

이시요가 말을 마치고는 웃으면서 복강안에게 다시 말했다.

"서북 대첩이 사실이라면 노군勞軍 행사에만 호부에서 적어도 이백만 냥을 내놔야 할 겁니다. 그리 되면 복건 수사를 새롭게 확대 개편하는 계획은 뒤로 미뤄지지 않을까 싶네요! 복 대인께서 서찰에서 언급하셨듯이 하남성河南省 번고藩庫에서 십만 냥, 광주 세관에서 십만 냥을 빌리고 화 대인에게 몇 십만 냥을 출자하라고 하면 가능할 테지만 말입니다."

복강안이 그러자 의연한 얼굴을 한 채 말했다.

"양모羊毛는 양의 몸에서 나는 법이오. 양병養兵은 은자銀子가 없으면 안 되오. 내가 일단 승덕에 가서 화신을 만나보고 다시 얘기해 보도록 하는 것이 좋겠소."

유용은 복강안과 이시요가 얘기를 하는 동안 서찰을 하나씩 뜯어봤다. 그러면서 앞으로 몸을 숙이자 굽은 등이 더 휘어져 보였다. 마치 새우 같았다. 곧 미소를 짓고 있던 그의 얼굴이 갑자기 굳어졌다. 편지를 내려놓으며 고개를 드는 그의 입에서 길고긴 탄식이 흘러나왔다.

"전동주錢東注(전풍)가 죽었다고 합니다……. 참으로 불가사의한 일이 아닐 수 없습니다!"

좌중의 사람들은 모두 경악을 금치 못했다.

"세상에, 그게 과연 참말이오? 어제까지만 해도 문안 상주문을 열하로 보냈다던 사람인데, 어찌 그럴 수 있다는 말이오?"

이시요가 벌떡 일어나면서 흥분했다. 복강안 역시 도무지 믿어지지 않는다는 눈치였다.

"누가 잘못 선한 거겠지."

"누가 감히 인명을 가지고 장난칠 수 있겠소."

유용의 낯빛은 그럼에도 하얗게 질렸다. 손도 가늘게 떨렸다. 혹시나 하고 다시 서찰을 들여다봤으나 역시나 틀림이 없었다. 급기야 크나큰 실망에 고개가 푹 꺾이고 말았다.

"틀림없는 것 같습니다……. 폐하께서 하사하신 약을 먹고 크게 차도를 보여 완쾌하는가 싶었는데, 갑자기 설사가 멎지 않고 피를 물 뿜 듯 아래위로 토해냈다고 합니다. 낭중郎中의 갖은 노력에도 불구하고 아무 소용없이……, 그날 저녁으로 유명을 달리했다고 합니다. 지금 호광 총독이 양양으로 달려가고 있는 중이라고 하는데……."

유용은 마치 얼음물에 빠진 사람처럼 이를 심하게 찧었다. 더불어 아래턱도 덜덜 떨었다.

마른하늘에 날벼락이 이런 경우를 말하는 것일까. 그러나 사실이라는 데야 어찌하랴! 좌중의 사람들은 모두 돌부처처럼 그 자리에 굳어지고 말았다. 한참이 지나도록 아무도 말이 없었다. 오랜 침묵 끝에 복강안이 무겁게 입을 열었다.

"아계 공과 숭여 공도 약을 보내지 않았소. 그걸 먹었는지 모르겠군! 이 일은 폐하께 아뢰는 것이 당연하지 않겠소?"

"폐하께서는 이미 알고 계실 겁니다."

유용의 그 말에 이시요가 고개를 갸웃하면서 물었다.

"이상한데? 누가 약을 가지고 갔는지, 동행한 사람은 누구인지 즉각 수사에 착수해야겠습니다!"

그러나 이시요는 곧 후회했다. 황제가 하사한 약을 먹고 죽었다는데, 수사하기는 누구를 수사한다는 말인가? 어찌 이리 조심성이 없다는 말인가? 신분도 변변찮은 주제에! 그가 그렇게 생각하면서 황급히 덧붙였다.

"내 말뜻은 어지를 청해 태의太醫를 파견하자는 겁니다. 그렇게 사인을 규명하는 게 마땅하지 않을까 싶습니다!"

유용은 충격이 심한 듯 표정이 목석처럼 굳어져 있었다. 한참 후 겨우 숨을 들이마시면서 중얼거리듯 말했다.

"곧 어지가 내려질 거예요."

유용이 생기 없는 희미한 눈빛으로 창밖을 바라보면서 말을 이었다.

"복 대인과 고도 공께서 예견하신 대로 조혜와 해란찰 군문은 서부에서 흑수하 대첩을 이뤄냈다고 하네요! 흑수하에서 합병해 적군 팔만 명을 섬멸하고 만 명을 생포하는 개가를 올렸다고 합니다. 이로써 서강西疆 전체는 깨끗이 평정된 셈이죠. 제도 군문이 기윤 대인을 데리고 전선을 둘러보러 갔다고 하네요. 곽집점은 자살하고, 그의 아들은 파달이산巴達爾山으로 도망갔다고 합니다. 겨우 살아남은 천여 명을 데리고 최후의 발악을 하고 있는 모양이에요……."

또 하나의 깜짝 놀랄 만한 소식이었으나 다행히 그것은 희소식이었다. 비보悲報와 희보喜報를 함께 접한 좌중의 사람들은 울어야 할지 웃어야 할지 갈피를 잡지 못했다. 얼마 후 유용이 손사래를 치면서 말했다.

"대만 관련 회의는 나중으로 미룹시다. 이부의 관리들은 전부 물러갔다가 부르면 다시 들어오시게. 지금은 우리끼리 상의할 일이 있네."

고공사와 이부의 사관들은 유용의 명령에 따라 모두 물러났다.

"아계 공을 비롯해 화신, 열다섯째마마, 여덟째마마는 모두 승덕에 계십니다. 폐하께서는 목란으로 사냥을 가셨습니다."

유용은 가죽밖에 안 남은 두 볼이 한데 달라붙도록 힘껏 곰방대를 빨았다. 그러고는 싫은 연기를 토해내면서 말을 이었다.

"지금 가장 은자를 필요로 하는 곳은 대만이나 복건이 아닙니다. 원명원도 아닙니다. 이 점은 복 대인께서 폐하를 알현할 때 반드시 아뢰어 주셨으면 합니다."

복강안이 천천히 입을 열었다.

"노군勞軍에 어마어마하게 들어갈 테고 전사한 병사들의 가족과 부상병들에 대한 보상금 역시 엄청날 거요. 그 밖에 포로가 만 명이 넘는다고 하니, 사람이 먹고 말이 씹는데 얼마면 감당이 되겠소? 숭여공의 말이 맞소. 조정에서는 땅만 파면 은자가 샘솟을 것처럼 생각하나 정작 닥치고 보면 사정이 이렇게 어렵다고!"

이시요가 그러자 바로 입을 열었다.

"포로들은 다 돌려보내면 안 될까요?"

유용이 말했다.

"불씨를 남겨둬서는 안 되오. 불씨 한 점이 산 하나를 다 태우는 수도 있다는 걸 잊지 마시오."

"그럼 어지를 청해 족장과 여러 장군들은 전부 목을 쳐버리고 비실비실하는 자들만 돌려보내는 게 어떻겠습니까?"

역시 이시요의 생각이었다. 그러자 복강안이 반박하고 나섰다.

"조혜에게 연갱요를 따라 배우라는 거요, 뭐요? 아직도 손에 피를 더 묻히고 싶은가 보오."

복강안의 말에 이시요의 의견은 그만 쏙 들어가 버리고 말았다. 복강안이 얼굴까지 붉히면서 난감해하는 이시요를 보자 자신의 말이 지나쳤다고 생각한 듯 바로 덧붙였다.

"고도 공은 복건 총독으로 발령이 났으나 서둘러 갈 필요는 없을 것 같소. 어지를 청해 은자를 가지고 가야지. 노군勞軍은 화신 공과 아게 중당이 가는 게 좋겠소. 머리 숫자대로 은자를 조금씩 풀고 오면

될 것 같은데, 문제는 사후처리를 어떻게 하느냐에 달려 있소. 아무리 대첩을 이끌어 냈다고 해도 사후 처리를 잘못하면 그것도 화근이오."

복강안이 말을 마치고는 눈빛을 일순 반짝거렸다. 그러고는 다시 말을 이었다.

"이번 기회에 기윤 공에게 현지에 남아 사후 처리를 해보라고 맡겨 보는 게 어떻겠소? 잘못을 만회할 좋은 기회가 아니겠소."

유용은 가타부타 말이 없었다. 그러나 한참 침묵 끝에 고개를 내저었다.

"다른 일은 없습니다. 아무쪼록 잘 다녀오십시오."

"알았소, 갔다 와서 다시 머리를 맞대도록 합시다."

복강안이 쑥스러운 듯 머쓱한 표정으로 자리에서 일어났다.

복강안 일행은 달리는 말에 채찍질을 가한 끝에 이틀 만에 승덕에 도착했다. 그는 우선 옹선顒璇과 옹염顒琰 두 황자를 배견拜見했다. 두 황자는 산고수장루山高水長樓에서 복강안을 접견했다. 건륭은 목란木蘭으로 사냥을 다녀와 피곤하니 내일 패찰을 건네라고 했다. 두 황자는 모두 복강안을 대단히 깍듯하게 예우했다. 접견을 마치고는 직접 돌계단 아래까지 배웅을 했다. 옹염은 복강안의 손까지 잡으며 덧붙였다.

"어제도 여덟째형과 자네 얘기를 했었네. 우리 대청大淸에 자네 같은 영웅이 더도 말고 둘만 더 있었으면 얼마나 좋을까 하고 당치도 않은 말을 했었네. 살이 좀 빠진 것 같군. 부디 보중保重하시고 필요한 것이 있으면 언제든지 우리 둘을 찾아오시게. 우리는 평소에 계득거戒得居에 주로 있는 편이네."

"폐하께서는 연파치상재煙波致爽齋에 계시네."

여덟째 옹선이 빙그레 웃으면서 말을 이었다.

"아계 공과 화신 공도 들어 있네. 폐하께서 자네를 소견召見하신 걸 보면 필히 타전루打箭爐의 형세와 서장西藏으로 진입하는 도로의 원근遠近에 대해 하문하실 것이니 미리 답변거리를 준비하게."

복강안이 알았노라고 대답하고는 두 황자에게 작별을 고했다. 바로 그때 태감 복효가 다가왔다.

"폐하께서 '복강안은 언제쯤 승덕에 당도하느냐? 복강안이 당도하는 대로 들라 하라!'라는 어지를 내리셨습니다."

복강안은 복효를 따라 연파치상재로 향했다. 잔뜩 찌푸리고 있던 하늘에서 어느새 가느다란 눈발이 흩날리기 시작했다.

연파치상재 안은 대단히 후끈후끈했다. 엄동嚴冬의 바깥에서 안으로 들어오자 마치 봄날 같은 느낌이 들었다. 건륭은 서쪽 배전配殿에서 차를 마시면서 상주문을 어람하고 있었다. 빠른 걸음으로 몇 발짝 다가간 복강안이 엎드려 머리를 조아렸다.

"그간 강녕하셨사옵니까, 폐하! 무척 뵙고 싶었사옵니다."

"오, 자네 왔나!"

건륭이 대단히 기뻐하면서 상주문을 내려놓았다.

"모레쯤 돼야 당도할 줄 알았는데, 빨리 왔군! 비가 많이 내려 길이 엉망이었지? 오느라 수고했네."

건륭이 말을 마치고는 주위에 분부를 내렸다.

"차를 가져오고 자리를 내 주거라!"

건륭의 눈길은 복강안에게서 떨어질 줄을 몰랐다. 짙은 수미壽眉가 낮게 드리운 두 눈으로 지그시 복강안을 뜯어보는 눈길에는 오랜만에 해후하는 자식을 대하는 애정이 다분히 묻어났다. 그러나 그가 곧 미세한 감정을 뒤로 감춘 채 말을 이었다.

"이번에 임무를 훌륭히 완수하고 돌아왔네. 보아하니 얼굴 살이 좀 빠진 것 같군?"

복강안도 건륭을 자세히 올려다봤다. 건륭은 복강안이 북경을 떠날 때와 별반 다를 바가 없었다. 다만 입가에 미세한 주름이 좀 늘어난 것 같았다. 반면 눈썹은 더욱 힘 있고 날카로워 보였다. 복강안은 방금 옹선이 했던 말을 떠올리면서 타전로 주둔군의 상황에 대해 간략하게 설명했다. 그러고는 덧붙였다.

"식량은 사천에서도 운송할 수 있고 운귀 쪽에서도 조달할 수 있사옵니다. 현재 타전로에 상주하고 있는 인원은 역관의 역승, 역졸들까지 합쳐 총 일만 칠천 명 내외이옵니다. 가장 요긴한 것은 약재이옵니다. 그중에서 지혈제와 타박상에 바르는 약, 그리고 이질과 학질 치료제가 대량 부족한 실정이옵니다. 금천이 평정된 덕분에 타전로와 상, 하첨대는 이제 후고지우後顧之憂(후환거리)가 사라지게 됐사옵니다. 신은 원래 재삼 고려 끝에 낙타 삼천 마리를 사들이고자 주청 올리려고 했었사옵니다. 서장으로 진입하는 도로 사정이 너무 열악해 낙타가 없이는 도저히 갈 수 없기 때문이옵니다. 하오나 금천 전역戰役에 쏟아 부은 은자가 총 칠천만 냥을 넘는다는 말을 듣고 주저하지 않을 수 없사옵니다."

"서장을 평정할 수만 있다면 얼마가 들어간들 뒷바라지를 못하겠는가."

건륭이 덧붙였다.

"이는 조혜와 해란찰의 서북 전역과 같은 도리일세."

건륭이 찻잔을 가볍게 탁자 위에 내려놓으면서 다시 말을 이었다.

"어떤 사람은 이 이치를 깨닫지 못하네. 자네가 금천을 평정한 뒤 영국인들은 부탄에서 자발적으로 철수했네. 달라이 라마도 반선 활불을 파견해 대화에 응해왔네. 어떻게 들릴지 모르지만 솔직히 탐관오리들의 창고 모퉁이만 쓸어 모아도 금천 전역戰役과 같은 전역을 열 번을 더 치르고도 남을 은자가 생길 것이네!"

복강안이 조심스럽게 건륭의 안색을 살피면서 아뢰었다.

"요즘 들어서 이치吏治는 갈수록 내리막길을 걷고 있사옵니다. 폐하께서 이치 쇄신의 필요성을 절감하신다면 어인 이유로 용단을 내리지 못하시는 것이옵니까?"

건륭이 찬바람에 진저리치며 떠는 창호지를 뚫어지게 바라봤다. 이어 한참 후 긴 한숨을 내쉬었다.

"어떤 일은 다음 세대에 맡기는 수밖에 없네. 복강안 자네와 유용 그리고 아계, 화신 모두 끝까지 자중자애해 다음 세대에까지 진력을 다해줘야겠네. 잠깐 들어보게. 짐이 이런 말을 하면 신료들은 춘추가 정성鼎盛이거늘 어찌 그리 불길한 소리를 하느냐고 말리는데 사실은 그렇지 않네. 짐은 즉위 초에 하늘에 맹서를 했었네. 만약 하늘이 짐에게 성조聖祖(강희)와 같은 대복大福을 내리신다면 짐은 육십 년만 재위하고 물러날 것이라고 말이네. 짐은 절대 성조를 단 하루도 앞서 가지 않을 것이네!"

건륭이 빙그레 웃으면서 말을 이었다.

"태상황太上皇으로 물러나는 것도 괜찮을 것 같네. 슬하에 꼬물꼬물한 손자 놈들을 앉혀놓고 그 재롱이나 보면서 사는 것도 즐거울 것 같네!"

복강안도 따라 웃었다. 그러고는 엷은 한숨을 섞어 아뢰었다.

"폐하께서는 필히 전풍의 비보를 접하셨을 줄로 아옵니다. 너무 애석하옵니다. 장정옥과 비견될 정도로 유능하고 정직한 사람이었는데 말이옵니다!"

"장정옥은 충정과 근면을 높이 살 만하지. 허나 외관外官을 지내본 경험은 없네. 때문에 전풍의 재능은 장정옥을 능가하네!"

전풍의 얘기가 나오자 건륭의 얼굴에 수심이 드리워졌다. 그러는가 싶더니 다시 말을 이었다.

"조혜와 해란찰이 대첩을 이룩해 거국적인 경축행사가 있을 터인데 하필이면 이 마당에……. 역시 성조께서 말씀하셨듯이 세상만사에 완벽함이라는 것은 없는 것 같네."

건륭은 연이어 두세 번씩이나 강희에 대해 언급했다. 존경심과 그리움이 절절한 것 같았다.

복강안이 머리를 굴리면서 어찌 위로해줄까 고민하고 있을 때였다. 아계와 화신이 2층 계단을 밟고 천천히 내려왔다. 복강안은 입을 다물어버렸다. 건륭이 웃으면서 말을 이었다.

"《자치통감》에 '불치불롱, 부작가옹'不癡不聾, 不作家翁이라는 말이 있지. 대갓집에서는 때로는 백치 같고 때로는 귀머거리 흉내를 내야 주인노릇을 할 수 있다는 얘기네. 짐 역시 이 소리 저 소리 다 듣다가는 정신이 사나워 판단에 혼선을 빚게 될 것이네. 그러니 별일 아닌 걸로 호들갑을 떨어대는 상주문들은 한쪽으로 밀어버리게."

아계는 느닷없는 건륭의 말에 어리둥절해졌다. 그러나 화신은 벌써 느끼는 바가 있는 듯했다. 건륭이 항간에서 복강안에 대해 '돈을 물 쓰듯' 하고 '부하를 오만방자하게 대한다'는 따위의 소문이 도는 데 대해 불편한 심기를 드러낸 것이었다. 저게 어쩌면 내가 들으라고 하는 소리인지도 모른다! 화신은 심지어 그런 생각까지 했다.

"밖에 아직도 눈이 내리나?"

건륭이 혼잣말처럼 말하면서 일어났다. 이어 쪽창을 뒤로 열어젖혔다. 순간 찬바람과 함께 쌀알 같은 눈이 날아들었다. 건륭이 기분을 전환시키려는 듯 일부러 크게 웃으면서 말했다.

"지금은 이래도 오후 나절이 되면 크게 내릴 것이네. 짐은 태후마마를 모시고 설경雪景을 감상하러 나갈 테니 여러분도 동행하지."

건륭이 말을 마친 다음 다시 자리에 앉더니 덧붙였다.

"짐은 원래 복강안 혼자만 보내 군사들을 위로할 생각이었네. 허나 한 사람만 달랑 보내면 정성이 부족해 보일 것 같으니 아계가 함께 가도록 하게! 옹염을 비롯한 여러 황자들은 북경에서 두 개선장군을 맞을 준비에 여념이 없을 것이네. 필요한 은자는 호부에서 지출하고 모든 행사는 예부에서 주최하기로 했네."

사실 아계와 화신은 건륭이 입에 올린 노군의 현안과 관련해 어지를 청하고자 들어온 것이었다. 아니나 다를까, 화신이 재빨리 기회를 잡고 아뢰었다.

"신들이 대략 예산을 짜본 결과 유공자를 포상하고 사망자와 부상자 가족을 위로하는 데만 이백만 냥이 필요할 것 같사옵니다. 이 밖에 포로병들을 이송하는 데 드는 비용 역시 만만치 않을 것이옵니다. 하남성과 산서성의 번고에서 조금씩 꺼내 보태는 것이 어떨까 하옵니다."

복강안은 그러나 달리 주판알을 튕기고 있었다. 그의 머릿속에는 복건 수사의 대포와 군함을 다시 만들어 배치시켜야 한다는 일념 외에는 없었다. 하지만 그는 이럴 때 끼어들었다가는 자칫 본전도 못 건질 수 있겠다는 생각도 하고 있었다. 때문에 잠자코 있었다. 뜸 들이는 시간이 필요하다고 생각한 것이다.

"은자는 화신 자네가 꿰어 맞추든 짜 맞추든 알아서 하게."

건륭이 덧붙였다.

"관세, 의죄은자, 원명원 공사비에서 조금씩 떼어내 맞춰보게. 그렇다고 장부를 혼란스럽게 해서는 아니 되겠네. 화신, 자네 수하들이 장부를 조작해 비리를 저지르지 못하도록 엄히 단속해야겠네."

건륭의 말에 화신은 가슴이 철렁했다. 혹시 뭔가 알고 하는 말이 아닐까 하는 생각도 들었다. 그러나 이것저것 더 생각해볼 여유가 없었다. 그는 불안한 속내를 들킬세라 황급히 대답했다.

"여부가 있겠사옵니까? 신은 폐하의 충실한 '집사'이거늘 어찌 감히 차질을 빚을 수 있겠사옵니까? 장부 정리는 착실하게 해 뒀사옵니다. 장부를 조사할 때 일목요연하게 볼 수 있도록 말이옵니다."

건륭이 화신의 말에 빙그레 미소를 지었다.

"자네가 차질 빚을 사람이 아닌 줄 잘 알면서도 노파심에서 한 소리네. 이제 그만 물러들 가게."

건륭은 전풍의 비보를 전해 듣고 상심에 겨워하던 처음보다 한결 여유가 생긴 모습을 보였다. 물러가라고 해놓고는 한마디를 더 했다.

"복강안, 자네는 좀 쉬었다가 나중에 다시 패찰을 건네게. 금천에서 무슨 신기하고 재미나는 일은 없었는가? 있으면 태후마마를 웃겨드릴 준비를 해두게."

건륭이 말을 마치고는 드디어 손사래를 쳤다. 복강안 등 세 신하는 나란히 물러났다. 아계는 계득거로 옹염을 만나러 간다면서 복강안, 화신 등과 작별했다. 이어 두 사람은 의문 밖에서 아계의 뒷모습을 잠시 지켜봤다. 이제 각자 가마에 올라 자신들의 처소로 향하는 일만 남았다. 화신이 막 가마에 오르려고 할 때였다. 복강안이 그를 불렀다.

"화 대인, 화 대인께 선물할 게 있소. 서북에서 흰여우 털로 만든 외투를 기져왔는데, 내 처소로 사람을 보내 가져가시오!"

화신이 히죽 웃으면서 대답했다.

"바쁜 와중에 나를 다 생각해 주셨다니 실로 어찌 감사를 드려야 할지 모르겠습니다. 세상에 공짜는 없다는데, 나도 뭔가 성의표시를 해야겠습니다."

"일부러 그럴 건 없소."

복강안이 덧붙였다.

"내가 따로 청을 드릴 일이 있기는 하오."

"아휴, 무슨 말씀을 그리 하십니까! 복 대인 같으신 분이 뭐가 아쉬워서 이 사람에게 청을 할 일이 있겠습니까!"

복강안은 화신이 그렇게 나오자 바로 대만의 정세에 대해 간략하게 설명하기 시작했다. 그리고 복건 수사와의 연결고리에 대해서도 말해줬다. 말미에는 진지하게 덧붙였다.

"내가 손이 좀 크다고 일각에서는 쓴소리들을 하나본데 베지 못하면 베이고 마는 전쟁터에서 병사들의 사기를 북돋아 주려니 어쩔 수 없었소. 그 점을 고깝게 생각했다면 부디 널리 양지해주시기 바라오."

"천만의 말씀을요! 나는 복 대인에 대한 찬사만 들었지 쓴소리는 한마디도 못 들었습니다. 공公은 공이고, 사私는 사입니다. 우리 대청의 태평성세를 이어나가기 위해 애쓰는 복건 수사에서 군함과 대포를 새로 배치한다는데 내가 어려운 사정을 알게 된 이상 나 몰라라 할 수 있겠습니까? 지금 팔십만 냥이 필요하다고 하셨습니까? 복 대인께서 이런저런 이유로 차관을 청한다는 내용의 증명과 차용증만 써주시면 북경에 돌아가는 대로 당장 은자를 보내드리겠습니다."

복강안은 당초 50만 냥을 부르려고 했다. 그러다 내친김에 80만 냥을 입에 올렸다. 당연히 화신이 난색을 표하면서 얼마 정도 깎으려 할 줄 알았다. 그런데 예상과는 달리 흔쾌히 응해줬다. 그로서는 고마울 따름이었다. 그가 그예 얼굴에 화색을 띄우면서 말했다.

"그럼 나는 화 대인만 믿고 복건 총독으로 발령이 난 이시요에게 서찰을 띄우겠소."

복강안은 말을 마치자마자 곧 길보 등을 데리고 말을 달려 처소로 돌아왔다. 평소 부정적이던 화신에 대한 생각이 다소 좋은 쪽으로 옮겨가고 있었다.

승덕은 황릉이 밀집돼 있는 곳이라 대신들은 마음대로 사저私邸를 지을 수 없었다. 뿐만 아니라 워낙 여러 가지로 규제도 많았다. 너무 눈에 띄기도 했다. 설사 사저를 지으라고 해도 주저할 판이었다. 따라서 조정에서는 황제가 승덕에 머물 때 대신들이 알현하러 와서 임시로 머물다 갈 수 있는 거처를 의문儀門 밖에 따로 마련했다. 아계와 화신의 처소는 둘 다 바로 그 의문 동쪽에 있었다. 일명 '재상방'宰相房이라고 불리는 곳이었다.

눈발은 갈수록 굵어지고 있었다. 지붕에는 어느새 솜이불처럼 두툼하게 눈이 쌓였다. 그러나 땅에 내린 눈은 지열 때문에 많이 녹아 이제 겨우 조금 쌓여 있었다. 화신은 무심결에 가마 창밖을 내다보다가 관복 차림의 사람을 발견했다. 그는 허리를 구부정하니 숙인 채 왔다갔다 서성이고 있었다. 화신은 곧 가마를 세우라고 명했다. 그러고는 그 사람을 가리키면서 물었다.

"이 시간에 나를 기다리는 저 사람은 누구인가?"

그러자 가마를 따라가던 유전의 조카 유외군劉畏君이 대답했다.

"언제 우리 집에 한 번 왔던 것 같습니다. 유보기를 전송하던 날이었습니다. 이름은 기억나지 않습니다. 한림원에 있다가 예부로 옮겼다는 것 같았습니다. 아, 생각났어요!"

유외군이 이마를 탁 치면서 소리쳤다.

"오성흠이라는 사람입니다. 맞아요, 틀림없어요!"

"저자가 왜 나를 보자고 하는 걸까?"

화신이 고개를 갸웃하면서 생각했다. 그러고는 지시했다.

"가서 전하거라. 내가 오늘은 시간이 없으니 볼일이 있으면 내일 다시 오라고 하거라!"

유외군이 대답과 함께 돌아섰다. 그러나 그사이 생각이 바뀐 화신이 다시 손짓으로 그를 불렀다.

"일단 문간방으로 데리고 들어가거라. 불이라도 쬐면서 무슨 일로 찾아왔느냐고 물어보거라."

화신은 다시 발을 굴러 가마를 출발시켰다. 가마는 정문을 통과하지 않고 거마車馬가 드나드는 동쪽 측문으로 들어갔다.

22장

광기를 부리는 나랍 황후

잠시 후 유외군이 설수雪水를 첨벙대면서 종종걸음으로 달려오더니 웃는 얼굴로 말했다.

"백치인가 봐요, 뭘 물어도 동문서답을 하고……. 아무튼 멍청하기 짝이 없습니다! 지난번에는 꽤 똘똘해 보이던데, 오늘은 전혀 아닙니다. 주머니가 궁해서 돈 좀 빌리러 왔느냐고 물어도 아니라 그러고, 외차外差 나가고 싶어서 그러느냐고 물어도 아니라 그러고, 전부 아니래요. 그럼 여기는 왜 왔느냐고 물었더니, 역시 고개를 절레절레 저으면서 화 중당을 뵙고 요긴하게 여쭐 말씀이 있다고 할 뿐입니다. 그래서 중당께서 그럴 여가가 있겠는지 모르겠다면서 말하고는 와 버렸습니다."

"가서 들라고 하라."

최 신이 손으로 찻잔 뚜껑을 덮으면서 지시했다. 손가락 사이로 흰

김이 모락모락 올라오고 있었다. 그는 유외군의 말을 다 듣고 나서
도 한참이나 생각에 잠긴 표정을 짓더니 다시 천천히 지시를 내렸다.

"마른 옷으로 한 벌 갈아 입혀서 안으로 들여보내."

밥 먹고 담배 한 대 피워 물 정도의 시간이 흘렀다. 오성흠이 들어
왔다. 조금 겁먹고 긴장한 모습이었다. 화신은 일부러 남쪽 창문 앞
에 좌정한 채 '도깨비 기왓장 넘기듯' 책을 넘기고 있었다. 오성흠은
그런 화신을 불안스럽게 훔쳐보면서 쭈뼛쭈뼛 한 발 앞으로 다가섰
다. 그러나 몹시 겁에 질린 듯 이내 다시 한 발 뒤로 물러났다. 그사
이 화신이 책을 내려놓으면서 물었다.

"아, 나는 또 누구라고! 우리의 '대한림'大翰林께서 어쩐 일이신가?
외차 나왔나?"

"강녕하십니까, 중당!"

오성흠이 한쪽 무릎을 내려 예를 갖추려 했다. 그러자 화신이 손
사래를 쳤다.

"됐네, 됐어. 우리 사이에 무슨 그런 허례허식이 필요한가!"

화신이 손짓으로 오성흠을 자리로 안내했다. 그러고는 의자에 엉덩
이를 붙인 그대로 몸을 뒤로 한 채 창턱에 기대고는 덧붙였다.

"이 날씨에 덜덜 떨면서 나를 기다렸다고 들었네. 틀림없이 무슨 중
요한 일이 있어서일 텐데……."

군기대신과 독대를 처음 하는 오성흠은 잔뜩 긴장한 채 어색한 웃
음만 지을 뿐이었다. 그러는가 싶더니 화신의 가인이 건넨 찻잔을 조
심스럽게 받아 탁자 위에 내려놓으면서 입을 열었다.

"하관은 상사의 명을 받고 승덕 팔대산장八大山莊의 〈만수무강부〉
萬壽無疆賦 원고를 가지러 왔던 차에 중당께 문후라도 여쭙고 싶어서
들었습니다."

오성흠은 무슨 말을 해야 할지 모르는 것 같았다. 물음에 대한 대답이 끝나자 또다시 한참 동안 침묵을 지켰다. 이어 두 손으로 다완茶碗을 감싸든 채 끊임없이 비벼댔다.

그냥 틈을 타서 아부를 하러 온 것이겠지, 화신은 별로 깊게 생각하지 않았다. 그러고는 불안하고 부끄러워 자라처럼 목을 잔뜩 움츠린 오성흠을 보면서 히죽 웃음을 지었다.

"나는 좀 있다 또 들어가 봐야 하네. 할 말이 있으면 주저하지 말고 빨리 하게. 내가 도울 수 있는 일이라면 진력을 다해 도울 것이네. 나도 오갈 데 없는 떠돌이 신세로 구차하게 연명하던 시절이 있었네. 한 걸음, 한 걸음 힘겹게 여기까지 밀고 왔지. 조혜와 해란찰이 대첩을 이룩했다고 하니 나하고 아계 중당은 곧 노군勞軍차 서녕西寧으로 가게 될 거네. 총대 한번 제대로 메어본 적은 없으나 그래도 전선으로 나간다고 하니 벌써부터 꽤 설렌다네."

"중당께서는 과연 듣던 대로 자상하고 인자하십니다."

분위기를 편하게 이끄는 화신의 말에 오성흠은 한결 안정을 찾은 것 같았다. 천천히 숨을 고르면서 말을 이었다.

"이런 날씨에, 더군다나 저처럼 별 볼 일 없는 자가 중당의 귀한 시간을 빼앗는 건 예의가 아니라고 생각합니다. 하오나 중당께서 곧 멀리 외차를 떠나신다는 소문이 들리기에……."

오성흠이 긴장한 듯 가볍게 기침을 했다. 그러고는 마침내 결단을 내린 듯 나직이 질문을 던졌다.

"중당, 항간에 나도는 소문을 들으셨습니까?"

'이 친구 너무 뜸을 들이는군.'

화신은 속으로 그렇게 생각하면서 심드렁하니 앉은 채 그의 말을 듣는 둥 마는 둥 했다. 그러다 그가 말미에 덧붙인 말에 정신이 번쩍

들었다. 그러나 짐짓 내색하지 않고 대수롭지 않게 되물었다.

"밖에 무슨 재미있는 일이라도 있는 겐가?"

"중당의 재무를 유전이라는 사람이 전담하고 있죠?"

"그렇네만!"

갑자기 불길한 예감이 샘솟듯 올라왔다. 그러나 화신은 전혀 내색을 하지 않고 침착하게 말을 이었다.

"내가 십 수 년 전부터 쭉 데리고 있던 사람이지. 우리 집의 둘도 없는 살림꾼이기도 하고!"

"유전이 화석공주和碩公主(황제의 비빈 소생의 딸. 품급은 군왕郡王에 상당함)부저府邸를 짓는 공사 책임자라면서요? 밖에서는 화 대인의 성씨를 따서 화부和府라고 하던데, 중당께서는 그리로 가보셨는지요?"

화신의 몸이 앞으로 기울었다. 찻잔이 넘어지며 차가 조금 쏟아졌다. 화신은 자신의 흐트러진 모습을 깨닫고는 도로 의자등받이에 기대앉으면서 너스레를 떨었다.

"요즘 너무 바빠서 통 정신이 없네. 유전에게 다 맡겼으니 어련히 알아서 잘할까 싶어서 한 번도 안 가봤네. 헌데 우리가 짓고 있는 화석공주부가 뭐가 잘못 되기라도 했다는 말인가?"

"구영대전九楹大殿이고 전부 남목楠木(녹나무)으로 만들었다면서요?"

순간 화신의 두 눈이 휘둥그레지고 말았다. 쩍 벌어진 입은 주먹이라도 들어갈 것 같았다. '남목'이라면 오로지 어용御用에만 사용되는 황실의 전유물이 아닌가? 게다가 구영대전까지? 이는 누가 봐도 공공연히 대역大逆을 꿈꾸는 자의 간 큰 짓이 틀림없었다! 유전이 과연 그렇게 엄청난 짓을 저질렀다는 말인가. 화신은 눈앞이 캄캄해졌다. 언젠가 유전이 했던 말이 퍼뜩 떠올랐다.

"공주마마께서 우리 집에 하가下嫁해 오시는데, 이는 우리로서는 하늘보다 더 큰 경사가 아닐 수 없습니다. 건청궁과 비슷한 양식으로 지어야 공주마마의 신분에 누가 되지 않을 것입니다."

그냥 해본 소리인 줄 알았지 유전이 정말로 또 하나의 '건청궁'을 지을 줄은 꿈에도 생각하지 못했었다. 모든 것을 유전에게 맡겨놓고 한 번도 공사 현장에 가보지 않은 자신의 불찰이 후회되기 시작했다. 그러면 이제 어떻게 하면 앞으로 닥칠지 모를 큰 화를 모면할까? 화신은 걱정이 태산 같았다. 뜻밖의 충격에 가슴이 토끼라도 품은 듯 심하게 뛰었다. 그가 물었다.

"자네는 나를 위해서 한 말인 것 같은데, 나는 이 일에 대해 정녕 모르고 있었네. 누구한테서 들었나? 자네는 실제로 건물 안에 들어가 봤나?"

"저는 가본 적이 없습니다."

오성흠이 덧붙였다.

"허나 돈으로 인부들을 매수해 직접 들어가 본 사람들이 있다고 합니다."

"사람들이라니? 누구 말인가?"

"그게……, 글쎄요……."

"여기는 안전해. 말해봐, 누구야?"

화신은 더 이상 심드렁하거나 무관심한 표정이 아니었다. 심지어 벌떡 일어나 초조하게 방안을 거니는 그의 미간은 잔뜩 찌푸려 있었다. 그가 아직도 겁에 질려 있는 오성흠을 향해 홱 돌아서면서 고함치듯 말했다.

"나는 가슴에 손을 얹고 맹세하건대 폐하와 저 하늘에 당당할 뿐이네. 어떤 놈이 뒤에서 시비를 전도하고 나를 음해하려고 마수를 뻗치나본데, 내 등 뒤에 누가 서 있는지 똑바로 보시게."

오성흠이 허리를 펴고 고개를 내밀었다. 어리둥절한 표정으로 화신의 등 뒤를 바라보기도 했다. 그러나 거기에는 아무도 없었다.

"내 등 뒤에는 폐하께서 계신다는 말일세."

화신이 말을 이었다.

"돌을 들어 제 발등을 찍고 싶은 자는 나와 보라고 그래. 반대로 국가와 종묘사직에 이로운 일을 해서 사책史冊에 길이 남고 싶은 자는 나에게 줄을 서라 이거야!"

오성흠이 가볍게 한숨을 지었다. 이어 문틈으로 더욱 크게 내리는 눈발을 바라보더니 용기를 냈다.

"하관은 오래 전부터 중당을 경외해왔습니다. 중당께서 이끌어주신다면 진력을 다해 중당을 섬길 의사가 있습니다. 허나 조석보, 방령성, 마상조 등은…… 합심해서 화 중당을 탄핵하고자 하고 있습니다."

"마상조가?"

화신의 낯빛이 시퍼렇게 질렸다. 놀라서 휘둥그레졌던 눈이 가늘게 좁혀졌다. 급기야 두 눈에 음험한 빛을 내뿜으면서 냉소를 터트렸다.

"그깟 나부랭이들이 독무獨舞를 춰봐야 누가 봐주는 사람도 없을 텐데? 혹시 어느 총독 순무나 왕공귀주王公貴胄들이 뒤를 봐주는 건 아닌가?"

오성흠이 고개를 저으며 대답했다.

"그건 잘 모르겠습니다. 저의 동료 혜동제가 술에 취해 '저네들이 큰일을 도모하고 있다'라고 말하는 걸 들었을 뿐입니다. 그래서 하관이 '이는 목이 달아날 큰일인데 어찌 그리 소꿉장난처럼 말하나? 혹시 유 중당이 사주하는 건 아닌가?'라고 물었습니다. 그랬더니 이 사람이 혀 꼬부라진 소리로 하는 말이, '유용이 어떤 사람인데 흙탕물에 뛰어 들려고 하겠어? 나도 잘은 몰라……'라고 하는 겁니다. 그리고 또 전풍이 북경에 오는 대로 모든 것이 백일하에 드러난다나 뭐라나 허튼소리를 하더라고요."

"전풍!"

화신의 눈동자가 팽그르르 돌아갔다. 이어 그가 얼굴 가득 냉소를 머금으면서 이 사이로 내뱉듯 말했다.

"전풍? 그자가 지금 어디 있는지 아나? 극락세계로 간 지 옛날이야!"

화신이 연신 코웃음을 치면서 덧붙였다.

"양양襄陽의 한수漢水 가에 영구靈柩가 안치되어 있어. 가족들이 와서 귀주貴州로 모셔갈 때까지 기다리고 있다고!"

오성흠이 경악을 금치 못하겠다는 눈빛으로 화신을 바라봤다. 화신이 얼어붙을 듯한 차가운 웃음을 지어보이면서 다시 말을 이었다.

"두려워하지 말게. 자네는 국가, 폐하와 종묘사직을 위해 유익한 일을 했네. 내가 이 공로를 나 몰라라 하지는 않을 것이네. 솔직히 나도 아랫것들이 저리 겁대가리 없이 굴 줄은 몰랐네. 아무튼 철저히 수사해 처벌할 것이네. 조석보, 방령성 등에게 보복할 생각은 없네. 아비 때려죽인 원수 사이도 아니고, 그들이 나를 무턱대고 해치려 들었을 리는 없을 거라는 말이네. 내 과오를 지적해 더욱 잘되게 만들고 싶은 애정 어린 편달이라고 생각하고 너그럽게 용서하겠네. 다만 서운한 건 그런 의혹을 품었다면 뒤에서 수군대지 말고 자네처럼 이렇게 터놓고 얘기해 줬더라면 얼마나 좋았겠나. 그리고 자네도 그렇네. 다 같은 과거시험 동문인데 그들이 어리석은 짓을 하는 걸 봤다면 적극적으로 나서서 옳은 길로 유도했어야 마땅할 게 아닌가?"

오성흠은 그만 말문이 막히고 말았다. 님의 여인을 범하고 그 죄가 두려워 친구까지 서슴지 않고 팔아먹었으니, 스스로의 행각이 추악하기 그지없어 뭐라고 말할 수가 없었던 것이다. 솔직히 그 자신도 스스로의 마음을 종잡을 수가 없었다. 화신의 힘을 빌려 자신을 공격하는 방령성과 마상조, 조석보 등을 매장시켜 버리고 싶은 건지, 화신이라는 큰 나무에 매달려 위기를 모면하려는 건지, 그도 아니면 그들이 자신만 따돌리고 화신을 쓰러뜨리는 공로를 나눠먹으려 하는 것에 대한 질투심과 소외감을 느낀 것인지……. 아무튼 뭐라고 딱히 꼬집을 수 없었다. 한참을 고민하던 오성흠이 다시 천천히 입을 열었다.

"조석보 등은 모두 저의 과거시험 동문입니다. 둘도 없는 지우知友들입니다. 저는 결코 벗을 팔아먹으려 하는 것이 아닙니다. 다만 대인에게 소인배들의 덫에 걸려들지 않도록 조심하라는 말씀을 드리고 싶었을 뿐입니다."

"나에게 덫을 놓을 만한 자들은 아직 태어나지도 않았어."

화신이 껄껄대면서 웃었다. 아직 눈앞의 이 '물건'의 값어치는 정확히 알 수 없었으나 아무튼 밑지는 장사는 아닐 것 같다는 생각이 든 것이다. 그는 두어 걸음 다가가서는 오성흠의 어깨를 다독여줬다.

"지금은 폐하를 알현하러 가야 하니 돌아와서 깊은 얘기를 나누지. 오늘밤은 여기서 묵게. 한림원이 청렴하고 우아한 척하는 곳이라는 사실을 내 모르지 않네. 청빈에 대해서도 만만치 않은 곳인 걸 잘 알고 있네. 그러니 필요한 물건이 있거나 눈독들이던 일자리가 있다면 생각해 뒀다가 나중에 얘기해 주게."

화신이 말을 마치고는 밖으로 나가더니 종복에게 분부를 내렸다.

"호 막료를 불러 오 대인의 말동무를 해드리라고 하거라. 오 대인은 오늘밤 여기서 묵어갈 것이니 잠자리도 미리 봐 놓거라. 눈이 엄청 내리겠는데? 폐하를 알현하고 돌아오겠다. 눈이 이렇게 펑펑 쏟아지는데 눈 구경이나 갈 수 있을지 모르겠네. 유외군에게 중문 밖에서 기다리라고 하거라."

화신이 뒤돌아서서 오성흠을 향해 싱긋 웃어 보이고는 서둘러 밖으로 나갔다. 유외군은 예상대로 중문 밖에 이미 가마를 대놓은 채 기다리고 있었다. 머리와 몸에는 눈이 잔뜩 내려앉아 눈사람을 방불케 했다. 화신이 유외군을 바로 모퉁이로 데려가더니 귀엣말을 했다.

"당장 북경으로 돌아가 유전을 만나. 이유는 묻지도 따지지도 말고 당장 신축한 건물을 헐어버리라고 해. 내 명령이니 무조건 시키는 대로 하라고 해!"

"예? 그게……, 지금 북경에도 폭설이 내리고 있을 텐데요?"

"칼침이 내리고 흑설黑雪이 날리더라도 이 일은 꼭 해야 해. 시급해!"

화신이 이를 악문 채 덧붙였다.

"절대 마음을 약하게 먹지 말고 은자도 아까워하지 말라고 해. 사흘 내에 반드시 깔끔하게 밀어버리라고 해. 반드시 쥐도 새도 모르게 해야 돼!"

화신은 당부에 당부를 거듭했다. 이어 재삼 주의사항도 강조했다. 그러고 나서야 비로소 안심하고 가마에 올랐다.

화신은 연파치상재 의문 앞에 도착해 패찰을 건넸다. 그러나 아무도 맞으러 나오는 이가 없었다. 화신은 문득 양양의 전풍이 죽은 게 확실한지 궁금해졌다. 태감 조불성이 소식을 전해주기로 했으나 아직도 감감무소식이었다. 또 조석보 등이 누구의 사주를 받고 저리 칼을 들고 설치는지 알 수가 없어 더욱 가슴이 답답해졌다.

가장 먼저 떠오른 인물은 복강안이었다. 그러나 복강안은 그동안 계속 밖에 있었다. 군무에 치여 다른 쪽으로 신경을 쓸 여유도 없었다. 복강안이 아니라면 혹시 유용이 아닐까? 그러나 오성흠은 분명한 대답을 하지 않고 있었다. 열다섯째황자 옹염일 가능성은 없을까? 그러나 장차 보위를 승계하기 위해 준비 작업이 한창인 그가 이럴 때 경거망동해 자신의 명예를 실추시킬 이유가 없지 않은가? 화신은 이런 저런 생각에 머리가 복잡해졌다.

그때 아계가 눈을 맞으면서 홀로 걸어 나오는 게 보였다. 화신은 황급히 마음을 다잡고 아계에게 다가가며 알은체를 했다.

"아계 공, 계득거에 다녀오시나 봅니다? 저는 방금 패찰을 건넸습니다. 폐하께서 설경을 감상하실 거라고 하시면서 우리 대신들에게 수행하라고 하시지 않았습니까? 헌데 여태 아무 소식이 없네요."

화신이 조심스럽게 덧붙였다.

"아계 공, 안색이 많이 안 좋으십니다. 무슨 일이 있으십니까?"

"폐하께서는 서봉각栖鳳閣에 계시오."

아계의 낯빛은 과연 조금 창백해 보였다. 주변도 의식하는 듯했다. 아니나 다를까, 선박영善撲營 병사들이 가까이에 서 있는 걸 보고는 황급히 저만치로 화신을 끌고 가면서 소리를 낮추었다.

"방금 열다섯째마마와 함께 폐하를 알현했소. 올라온 상주문 내용에 관련한 얘기를 나눴소. 요즘 최대의 화두인 노군勞軍에 대해서도 상의를 했었소. 폐하께서는 군중에서 힘을 보탠 바 있는 기효람에게 품위 있고 격조 높은 문장을 집필케 해 거국적인 환영식을 준비하라고 하셨소. 그런데 얘기 중에 나랍 황후께서 다짜고짜 쳐들어 오셨다오. 폐하와 단독으로 상의할 일이 있으니 우리더러 물러가라고 하셨소. 안색을 보니 크게 화가 나신 것 같았소. 그래서 말인데, 복강안 공이 패찰을 건넸어도 아직 들라는 말씀을 안 하시는 걸 보니 뭔가 단단히 문제가 생긴 것 같소!"

화신은 더욱 불안해졌다. 나랍씨가 붉으락푸르락 하는 이유가 어렴풋이 짐쳐졌기 때문이었다. 사실 건륭의 이번 승덕행에는 원명원의 '사춘'四春들도 비밀리에 동행했다. 화신은 십중팔구 그 기밀이 새어나간 것이 틀림없다고 생각했다! 황후가 대신을 접견 중인 전우殿宇에 막무가내로 들이닥쳤다면 그 한 가지가 이유일 가능성이 가장 높았다. 그렇다면 예삿일이 아니었다. 그렇지 않아도 안절부절 제정신이 아니던 화신은 가슴이 철렁 내려앉았다. 코끝이 얼어붙을 정도로 쟁한 추위에도 불구하고 온몸에 식은땀이 쫙 번졌다!

"분명 어떤 입 싼 태감 놈이 누설했을 거야!"

당황한 김에 화신은 마음속의 생각을 내뱉고 말았다. 그러자 아계가 대뜸 물었다.

"누설했다니, 뭘?"

화신이 그제야 자신의 실수를 깨닫고는 황급히 웃음을 지으며 대충 얼버무렸다.

"궁중의 일이라면 크고 작은 일 따로 없이 모두 기밀이 아니겠어요? 분명 태감들이 뭐라고 씹어댔기에 나랍 황후께서 저리 흥분하시는 거겠죠!"

화신의 추측은 과연 맞아떨어졌다. 황후 나랍씨는 정말로 '사춘'의 일 때문에 연파치상재로 쳐들어온 것이었다. 건륭은 곧바로 모든 외신, 내시, 태감, 궁녀들을 바깥으로 물리쳤다. 그렇게 해서 휑뎅그렁한 전우殿宇에는 나이 지긋한 두 노부부만 분을 삭이지 못한 채 씩씩대면서 마주앉았다.

"황제는 사춘이든 팔춘이든 마음대로 들일 수 없다고 어느 조상의 법에 규정돼 있는가?"

건륭의 안색은 시퍼렇게 굳어 있었다. 황후를 노려보는 눈빛이 예사롭지 않았다. 그가 다시 말을 이었다.

"시끄러워지는 게 싫어서 사사건건 양보해 왔더니, 황후라는 사람이 대신들 앞에서 이리 채신머리없이 굴어도 된다는 말인가? 오늘의 행실이 자경자천自輕自賤이 아니라고 생각하는가?"

황후가 스스로를 가볍고 천박한 사람으로 생각하고 행동했다는 말까지 나왔으니 꽤 심각한 발언이었다. 처음 들어설 때까지만 해도 그나마 조금 겁을 내는 기색이 있던 황후는 그러자 시선을 외면하고 있다가 고개를 홱 돌려 건륭을 똑바로 쳐다보며 막말하듯 대들었다.

"폐하, 지금 저더러 자경자천이라고 비난하셨습니까? 거울이나 좀 보시죠. 그 불여우 같은 년들이 폐하의 몰골을 어떻게 만들어 놓았는지요. 해골 같아서 끔찍하네요! 저는 황후입니다. 의지를 내려 저 년들을 내쫓을 수 있는 권한이 있습니다. 이는 태조太祖께서 정하신 규칙이거늘 제가 어찌 자경자천을 했다는 말씀이신지요?"

"지금 하는 모든 짓이 자경자천이네!"

건륭은 분기탱천하여 소리쳤다.

"황후가 지혜로운 사람이라면 내가 심지에 불을 붙이기 전에 조용히 물러가라고!"

황후가 벌떡 몸을 일으켰다. 화를 주체하지 못하는 듯했다. 벌겋게 달아올랐던 얼굴이 시퍼렇고 허옇게 얼룩져 있었다. 보기에 흉하기 짝이 없었다. 두 눈에는 눈물도 가득했다. 그러나 그녀는 애써 눈물을 쏟지 않으려는 듯 목 메인 소리로 언성을 높였다.

"예, 물러가라면 물러가 주지요. 미천한 년이 어찌 폐하의 어지를 거역하겠습니까. 하지만, 이것만은 알아주세요. 지도 체통을 지키고 품격 있게 살고 싶었습니다. 명색이 국모 아닙니까? 허나 저는…… 풀뿌리보다도 못한 취급을 받고 있습니다!"

황후의 목소리는 점점 높아지고 격해졌다. 속사포처럼 쏘아대면서 매섭게 치켜 뜬 두 눈에서는 불을 뿜고 있었다.

"폐하께서 먼저 저를 천대하고 도외시하셨지, 제가 스스로 이렇게 경박해지기를 원한 건 아니지 않습니까? 저의 처소에 걸음을 안 하신 지 벌써 일 년 반도 더 됐습니다. 화신 그 늑대 같은 놈이 어디에서 불여우 같은 계집들을 끌어다 폐하의 눈과 귀와 몸을 어지럽히고 있는 줄은 미처 몰랐습니다! 제가 자경자천했다고요? 저는 적어도 누구처럼 밖에다 사생아를 낳아 기른 적이 없습니다. 그래서 그 사생아에게 공주를 하가^{下嫁}시키고 싶어도 못하는 난감한 입장은 아닙니다!"

황후의 말은 건륭을 향한 강력한 선전포고나 다름이 없었다. 나랍씨는 건륭과 당아가 통정해 복강안을 낳았다는 사실을 누구보다 잘 알고 있었다. 복강안을 향한 성총이 유별남에도 불구하고 감히 공주를 복강안에게 시집보낼 엄두를 못 내는 것은 더 말할 필요가 없었다. 건륭의 치부를 건드린 그 말은 건륭의 가슴에 날카로운 비수를 박았다!

건륭은 차가운 냉소를 머금은 채 다리를 꼬고 앉아 있다가 나랍씨의 말에 마치 바늘에라도 찔린 듯 벌떡 일어났다. 순간 수발^{鬚髮}(수염과 머리카락)이 바람에 나부끼듯 격렬하게 떨렸다. 그예 나랍씨를 향해 손가락질을 하면서 목청을 한껏 높였다.

"정녕 그 입을 다물지 못할까? 명철한 여인이라면 궁으로 돌아가 염불하면서 참회나 해. 질투가 발작해 오신^{五神}이 착란을 일으킨 것 같은데, 내가 자네를 황후 자리에 앉힐 수 있었다면 이 자리에서 폐위시킬 수도 있다는 걸 명심해! 유모를 외신^{外臣}들과 내통시켜 음모를 꾸미고, 국모라는 사람이 태감과 갖은 음란한 짓을 저지른 걸 짐이 모르는 줄 아는가? 하늘이 알고 땅이 아는 일을 짐이 어찌 모르겠나? 왕팔치가 왜 쫓겨났는지 그동안 궁금했었지? 목욕탕의 그 옥마玉馬는 뭐에 쓰는 물건인고? 내가 다 까발려버리는 날에는 누가 죽이지 않아도 아마 스스로 자진하려 들 걸?"

궁전 밖에서는 사락사락 눈 내리는 소리만 들릴 뿐이었다. 복도에 숨어 숨죽이고 있는 태감들은 뇌정雷霆의 분노를 터뜨리는 건륭의 말을 들으면서 모두 사색이 됐다. 군기대신들이 곁에 없으니 태후에게 보고하려고 해도 마땅히 나설 만한 사람이 없었다.

쨍그랑!

곧이어 안에서 뭔가 박살나는 소리가 들렸다. 건륭이 찻잔을 내동댕이친 것 같았다. 그 소리에 태감들은 하나같이 몸을 흠칫 떨었다!

"황후 노릇도 못하는 허수아비를 폐위시키려면 시키세요!"

황후는 더 이상 두려울 게 없는 사람 같았다. 갈기를 치켜세운 건륭을 우습다는 듯 똑바로 쳐다보면서 쏘아붙였다. 이제껏 덮어두었던 심궁의 비밀이 다 터져 나오고 있었다.

"저는 폐하께서 스물넷째숙모와 그렇고 그런 사이인 줄을 알면서도 한눈을 질끈 감아버렸죠. 헌데 그것도 모자라 사춘이니 오춘이니 몰래 감춰두고 야금야금 재미보고 있는 겁니까? 이 사람을 폐위시키는 조서詔書에 이런 것도 다 밝히시죠? 그것이 진정 군주의 당당한 참모습이 아니겠습니까? 요즘의 천하는 사방에 불이 붙고 팔방에 연기가 날리는 아수라장입니다. 선교를 빌미로 모역謀逆을 꿈꾸는 자들이 도처에 널렸을 뿐 아니라 관리들의 부패는 날로 심각해지고 있습니다. 국고의 은자를 마치 자기 것인 양 한 움큼씩 제 주머니에 쑤셔 넣고 칠처팔첩七妻八妾을 들이는 것도 모자라 홍루紅樓의 계집까지 무더기로 사들인다고 하죠. 폐하께서는 늘 성조와 비교되고 싶어 하셨잖아요? 과연 지금의 어떤 점이 성조가 계시던 그 시절과 비교할 수 있겠습니까?"

건륭은 홧김에 황후를 폐위시킨다는 극단적인 말까지 해버린 터였다. 이런 상황에서 건륭의 성정을 잘 아는 나랍씨라면 마땅히 눈물로 사죄하거나 고개를 숙이고 물러가야 했다. 그러나 황후는 작심을 한 듯 활활 붙는 불에 오히려 키질을 하고 있었다. 마치 정신착란을 일으킨 사람처럼 두 손을 신경질적으로 떨면서 광기마저 보였다. 머리를 쥐어뜯기도 하고 맹수처럼 덮칠 듯 건륭에게 다가가기도 했다.

황후의 광기 어린 그런 모습을 처음 보는 건륭으로서는 혐오와 두려움이 교차할 수밖에 없었다. 급기야 주춤주춤 뒷걸음질을 쳤다.

"미쳤어! 지금 미쳐서 이러는 거지? 지금 나를 위협하느라고 이러는 건가?"

"폐위시키라니까요! 이제껏 저에게 황후 대접을 해준 적이 있었던가요? 군주라는 사람이 내뱉은 말에는 책임을 지셔야죠!"

황후가 말을 마치고는 머리를 뒤로 젖힌 채 미친 듯이 웃어댔다. 껄껄, 낄낄, 호호, 하하……. 소름 끼치는 웃음소리는 멈출 줄을 몰랐다. 그러던 그녀가 갑자기 서슬이 번뜩이는 눈빛으로 건륭을 쏘아보더니 갑자기 소매를 젖혔다. 이어 그 속에서 가위를 꺼내 머리 위로 치켜들었다.

"미친 게로군, 과연 미친 게 틀림없어!"

건륭은 온몸의 솜털까지 꼿꼿이 일어서는 것 같은 기분을 느꼈다. 경악과 두려움에 자기도 모르게 뒷걸음질 치면서 두 손으로는 머리를 감싸 쥐었다.

"지, 지금 뭘 하셨나는 건가? 내려놓게, 가위를 내려놓으란 말이야. 여봐라!"

밖에서 숨죽이면서 방안의 동정에 촉각을 곤두세우고 있던 시위, 태감, 궁녀들이 건륭의 그 말에 우르르 몰려들었다. 그들은 황제와 황후의 모습을 보고 모두들 대경실색한 채 그 자리에 붙박여 석고처럼 움직이지를 못했다!

"뭘 그리 겁을 내시는 겁니까? 가위로 찌르더라도 저를 찌를 겁니다. 폐하께서 비명횡사하게하지는 않을 테니 염려놓으세요."

가위를 치켜든 황후의 손이 점점 밑으로 내려왔다. 동시에 황후의 가슴이 세차게 오르내렸다. 황후는 궁전 입구에서 그대로 굳어버린 무리들을 보면서 마치 악몽을 꾸듯 멍한 표정을 짓는가 싶더니 갑자기 자신의 머리채를 와락 끌어당겼다. 그러고는 가위를 들어 싹둑싹둑 잘라서 내던지기 시작했다. 그러기를 얼마나 했을까, 나람씨가 한결 차분해진 목소리로 내뱉었다.

"나는 더 이상 황후가 아닙니다. 성조 때의 보일격격寶日格格(격격格格은 '공주'라는 뜻)처럼 만 가닥의 번뇌사煩惱絲를 쳐내버리고 절로 들어가렵니다!"

황후는 내뱉듯 말을 마치고는 이를 앙다문 채 다시 자신의 머리카락을 한 줌, 한 줌 잘라내기 시작했다. 바닥은 온통 시커먼 머리카락으로 덮이고 말았다. 그렇게 맥없이 떨어지는 머리카락을 내려다보는 황후의 표정은 체념 그 자체였다.

건륭은 충격을 금할 수 없었다. 그는 아무런 대응도 하지 못한 채 멍하니 그 광경을 지켜만 볼 뿐이었다. 만주족의 풍습대로라면 아녀자가 머리카락을 자르는 건 있을 수 없는 일이었다. 머리카락에 가위를 대는 순간부터 그 여인은 부모형제와 자녀들, 그리고 가까운 모든 친인척과의 의절을 선언한 셈이었다!

황후는 머리를 쥐가 뜯어먹은 것처럼 흉물스럽게 다 잘라내고서야 기력이 다한 듯 힘없이 가위를 떨어뜨렸다. 건륭은 그때까지 멍하니 그녀의 광기를 지켜볼 뿐 아무것도 할 수 없었다. 마음속으로는 더 이상 이 여자를 황후로 인정할 수 없다는 생각도 굳혔다……. 병적인 질투심, 상대를 가리지 않는 음탕함, 교양도 없고 상하구별도 없는 뻔뻔함……. 부찰 황후가 낳은 두 아들이 갑작스럽게 천연두를 앓다가 죽어나가고, 심지어 부찰 황후마저 양주揚州에서 충격을 받아 덕주德州에서 죽은 것도 이 표독스러운 여인과 관련이 있다고 해도 좋았다.

강희는 슬하에 36명의 황자를 뒀다. 그중 24명의 황자가 살아남았다. 그러나 건륭은 아들을 35명이나 뒀어도 고작 네댓 명밖에 붙잡지 못했다. 생각할수록 처량하고 슬픈 일이었다. 그는 그런 생각을 하면서 슬하가 허전한 자신에게서 두 아들을 연이어 빼앗아간 장본인이 나랍씨일지도 모른다고 생각했다. 그러자 놀랍게도 그의 마음속이 얼음처럼 차갑게 식어갔다. 그는 마지막 남은 힘을 쥐어짜내 이를 악물고 냉소를 머금으면서 천천히 입을 열었다.

"머리카락을 잘랐다는 건 짐에게……."

건륭이 잠시 멈췄다가 다시 말을 이었다.

"태후마마, 육궁 비빈들과 천하 신민들에게서 스스로 떨어져나가겠다는 의지를 선언한 것인가? 짐이 무정하다고 원망하지 마시게! 돌아가서 어지를 기다리게. 그대의 간절한 소망을 받아들여서 짐이 폐위를 시켜주지!"

건륭이 턱을 치켜들더니 단호하게 주위의 궁녀들에게 하명했다.

"너희들의 주인을 모시고 돌아가거라. 병이 고황膏肓에 든 환자이니 잘 모시도록 하거라!"

나랍씨가 갑자기 미친 듯 웃어냈다. 그러고는 이를 뿌드득 갈면서 소리를 질렀다.

"하늘이시여, 다 굽어보셨나이까? 부처님이시여, 이년이 잘못한 게 뭐가 있다는 말입니까······. 내생에는 제발 이런 생지옥에 밀어 넣지 마시옵소서!"

나랍씨가 그렇게 소리치고는 궁녀들을 향해 일갈을 터트렸다.

"부축할 것 없다. 내 발로 걸어갈 것이다!"

나랍씨는 말을 마치고 부축하려고 달려드는 궁녀들을 힘껏 뿌리치면서 두 발로 성큼성큼 궁전을 나섰다. 눈보라가 휘몰아쳐서 시야가 뿌옇게 흐렸으나 비틀거리는 걸음을 멈추지 않았다······. 그녀의 처량한 울부짖음이 눈보라에 묻혀 점점 멀어져갔다.

"하늘이시여, 부처님이시여······!"

건륭은 코웃음을 치면서 책상으로 다가갔다. 그러고는 추호의 망설임도 없이 주필朱筆을 들어 글을 써내려가기 시작했다.

상서방, 군기처, 내무부에 고하노라.

황후 나랍씨는 지혜롭지 못하고 정숙하지 못해 국모國母의 자격을 상실했으니 오늘부로 폐위시켜······

건륭이 이를 뿌드득 갈더니 다시 붓을 휘둘렀다.

정비定妃로 강등시킨다. 이상!

건륭은 글을 다 쓰고 나자 새삼스레 분노가 북받친 듯 오관五官을 험악하게 일그러뜨렸다. 이어 피같이 섬뜩한 조서를 한쪽으로 밀어놓으며 명령했다.

"아계, 화신에게 즉각 들라 하라. 그리고……"

건륭은 순간적으로 복강안을 떠올렸다. 그러나 이내 고개를 흔들었다. 복강안과 여덟째, 열다섯째 황자까지 들어오는 날에는 필히 어지를 거둬 주십사 간절히 주청을 올릴 것이 뻔했다. 얼마 후 그가 생각 끝에 다시 짜증스럽게 내뱉었다.

"됐다, 그 두 군기대신만 들라 하라. 어서 가서 이르지 않고 뭘 꾸물대는 게냐!"

건륭이 호통을 치면서 주필을 땅바닥에 내던졌다.

"예!"

태감은 허둥지둥 달려 나갔다. 잠시 후에 아계와 화신이 입에서 흰 김을 뿜어내면서 달려왔다. 이어 둘이 미처 제대로 무릎을 꿇어 엎드리기도 전에 옹선과 옹염 그리고 복강안, 왕이열까지 줄줄이 따라 들어왔다. 계득거는 바로 대내大內에 있었다. 또 산고수장루와 연파치상재는 북경의 자금성처럼 서로 격리돼 있지 않았다. 따라서 복강안이 빠르게 두 황자에게 연락해 함께 들게 된 것이었다.

"왕인, 짐은 이미 조서를 작성해 놓았다. 저들에게 가져다 보이거라!"

어좌 옆에 등을 돌리고 서 있던 건륭이 책상 위의 조서를 가리켰다. 옷자락 스치는 소리와 발걸음 소리로 미뤄 황자와 신하들이 이미 모두 무릎을 꿇고 있는 것을 아는 모양이었다.

"예……"

왕인이 조심스럽게 조서를 받쳐 들더니 옹염에게 두어 걸음 다가갔다. 그러나 곧 주춤하면서 다시 방향을 바꿔 옹선에게 다가가 조서를 건네줬다.

옹선은 마치 강보에 싸여 있는 아기를 껴안듯 조서를 조심스럽게 받쳐 들고는 빠르게 훑어봤다. 이어 옹염에게 건넸다. 그렇게 아계, 화신, 왕이열, 복강안 등도 차례로 조서를 다 읽었다. 대전 안의 분위기는 마치 천근이나 되는 바위에 짓눌린 듯 무거웠다. 황자와 신하들은 모두 낯빛이 하얗게 질린 채 놀란 가슴을 부여잡고 있었다. 아무도 입을 여는 사람이 없었다.

"아뢸 말들이 없는가?"

"……"

좌중의 황자와 신하들은 모두 바람에 풀이 눕듯 더욱 낮게 엎드렸다. 역시 누구도 입을 열지 않았다.

"달리 아뢸 말이 없다면 옥새를 찍어 즉시 천하에 고시하도록 하라!"

건륭이 단호한 손짓으로 손사래를 쳤다. 이어 자리로 돌아와 앉았다.

"너무 갑작스러운 일이라……."

아계가 드디어 입을 열었다. 그러고는 덧붙였다.

"조야는 말할 것도 없고 온 천하가 크게 놀라 혼란을 빚게 될 것이옵니다."

아계가 황공한 듯 다시 머리를 조아리며 말을 이었다.

"신은 폐하를 보필해온 수십 년 동안 단 한 번도 황후마마께서 실덕失德했다는 소문을 들은 적이 없사옵니다. 그런데 폐하께서는 갑자기 이 같은 어지를 내리시오니 실로 청천의 벽력이 아닐 수 없사옵니다. 간절히 청하옵건대 부디 심사숙고하시어 어지를 거둬주시옵소서!"

"짐이 가사家事까지 일일이 아계 자네에게 보고해야 마땅하다는 얘기인가?"

건륭의 힐책에 아계가 대답을 하지 못했다. 그러나 옹염의 옆자리에 무릎 꿇고 있던 왕이열이 무릎걸음으로 조금 앞으로 나서며 용감하게 아뢰었다.

"부디 어지를 거둬주시옵소서! 신들은 절대 이 어지를 받들 수가 없사옵니다! 전명 때는 한낱 시첩侍妾을 폐위시킨 일도 크게 불거져 나중에 낭패를 초래한 적이 있사옵니다. 게다가 선대의 전철도 있지 않사옵니까. 폐하께서 갑작스런 분노로 황후마마를 폐위시키신다면 성덕聖德에 누가 되지 않겠사옵니까? 폐하께서는 이를 가사家事라고 하셨사오나 천자에게 있어서 가사는 곧 국사國事이옵니다!"

옹염이 이제는 자신의 차례가 됐다는 생각에 자못 긴장한 표정을 짓더니 머리를 조아렸다.

"왕 사부님의 말씀에 공감하옵니다, 아바마마. 황후마마는 천하의 국모시옵니다. 국모께서 부덕불숙不德不淑하시다는 그 어떤 분명한 이유라도 있으시옵니까? 뇌정의 분노 끝에 후회를 부르는 섣부른 판단을 하시지 않도록 재고해 주시옵소서!"

옹선도 나서지 않을 수 없다는 표정을 하고 입을 열었다.

"폐하, 재삼 숙고하시어 부디 어지를 거둬주시옵소서……!"

복강안은 평소 나랍씨에게 별로 호감이 없는 편이었다. 그러나 이런 상황에서는 자신의 입장을 피력하지 않을 수 없었다. 결국 대세에 순응해야 한다는 생각을 하면서 한마디 거들었다.

"황후마마께서는 지금까지 아랫사람들에게 은혜와 관용을 베푸셨사옵니다. 부디 통촉해주시옵소서!"

화신도 뒤질세라 무릎걸음으로 나섰다.

"폐하! 시기적으로 다사다난하고 민감할 때이옵니다. 폐하께서 힘에 부치신 와중에도 국면을 지탱해나갈 수 있으셨던 건 조정의 상하

신료들이 일심전력으로 폐하를 보필해온 덕분이옵니다. 육궁六宮이 불안하면 어찌 천하가 안정될 수 있겠사옵니까!"

사실 이번 일은 '사춘'四春들 때문에 야기된 것이라고 해도 과언이 아니었다. 따라서 일이 더 크게 불거질 경우 화신도 그 책임을 피해 갈 수 없을 터였다. 또 군기대신으로서 이럴 때 '제몫'을 충분히 해야 한다는 생각도 들었기에 그의 어투는 대단히 간절했다. 그렇게 말하다 보니 감정을 주체하기가 쉽지 않았다. 급기야 그는 울먹이기까지 하면서 덧붙였다.

"속가俗家에 당면교자當面教子(아들을 가르치는 것은 바로 앞에서 함), 배후권처背後勸妻(부인에 대한 충고는 뒤에서 함)라는 말이 있사옵니다. 황후마마의 대절大節이 단정하심은 천하가 주지하는 바이옵니다. 설령 황후마마께서 작은 착오를 범했다 할지라도 심궁深宮에서 천어天語의 훈회訓誨로 그쳐야 한다고 보옵니다. 폐하께서 갑자기 황후마마를 폐위시킨다는 명조明詔를 내리신다면 후궁들이 불안에 하는 건 물론이옵고, 때를 노리던 소인배들의 농간에 어떤 혼란이 초래될지 아무도 장담할 수 없사옵니다. 성주聖主의 명덕明德하심이 여론의 도마 위에 오르내리면 어찌 자효慈孝로 천하를 다스리실 수 있겠사옵니까? 부디 어지를 거둬주시옵소서!"

화신의 말이 끝나기 무섭게 다른 신하들 역시 너도나도 한마디씩 거들었다. 장내는 갑자기 소란스러워졌다. 건륭도 잠시 마음의 동요를 느꼈다. 그러나 그의 눈길이 땅바닥에 흉물스럽게 널려 있는 머리카락에 닿는 순간 모든 것은 틀어졌다. 마지막 남은 한 점의 연민마저 사라져버린 것이다. 그가 손가락으로 땅바닥을 가리키면서 말했다.

"그 여자가 어떤 착오를 범했는지 자네들은 모를 거네. 그 여자의 추행醜行도 조서에 상세히 명시하지 않을 것이네. 나랍씨는 스스로 황후가 되기를 거부했네. 그리고 직접 짐과 종묘사직으로부터 멀어지고자 하는 의지를 이렇게 증명해 보였네. 그녀가 저지른 모든 죄행은 짐이 봉선전奉先殿에서 조상들께 낱낱이 아뢸 것이네. 그리고 천하의 백성들에게 양해를 구할 것이네. 아무튼 절대 용서해줄 수는 없네. 아까 누가 어지를 받들지 못하겠다고 했는데……, 아계! 화신! 자네들도 감히 항명할 생각인가?"

"……"

"어찌 대답이 없는 건가!"

그 순간 화신은 생각을 달리했다. 평소 은근히 자신을 백안시해왔던 여자를 이참에 몰아내는 것도 안 될 것 없다는 생각이 든 것이다. 또 이 일 때문에 건륭에게 미운 털이 박히고 싶은 생각도 전혀 없었다.

화신은 입을 실룩거렸으나 결국 아무 말도 하지 못했다. 그때 왕이열이 엉금엉금 기어가면서 "폐하!" 하고 불렀다. 그러나 곧 건륭에 의해 말허리를 잘려버리고 말았다.

"왕 사부, 짐은 왕 사부의 인품과 학문을 존경하네."

건륭 역시 감정을 추스르는 듯 목이 메어 있었다. 그러나 말을 멈추지는 않았다.

"허나 짐은 왕 사부가 한족의 한계에서 벗어나 줬으면 하네. 별것도 아닌 일을 크게 증폭시켜 목숨을 내걸고 직간直諫을 하다가 막상 큰일이 닥치면 함구하는 그런 졸렬한 모습을 보여주지 말게. 나랍씨는 국모의 체통을 헌신짝처럼 내버린 아녀자네. 궁궐로 쳐들어 와서 대신들이 자리한 가운데 짐에게 삿대질까지 했어. 그 정도로 파렴치하고 몰상식한 아녀자이거늘 짐이 어찌 용서하라는 말인가? 그런 꼴을 당하고도 가만히 있는 것이 과연 천자의 침모습이라는 건가? 모르면 아계와 화신에게 물어보시게. 만주족 여인들이 모발을 자르는 게 무엇을 뜻하는지 말이네. 짐이 주살을 명하지 않은 것만 해도 이미 나랍씨에게 법외시은法外施恩을 한 셈이네. 거기다 정비定妃로 수용키로 결정한 것은 지대한 은전恩典이라고 해야겠지!"

건륭이 말을 마치고는 자리에서 일어나 다시 분부를 내렸다.

"이미 옥새를 찍었으니 아계와 화신은 즉각 발송하도록 하게. 먼저 북경에 발송해 내무부와 육부구경六部九卿에 이를 알리게. 예부에서는 자료를 만들어 다시 짐에게 상주하도록! 세종(옹정)께서도 황후를 폐위시킨 적이 있지만 걱정했던 천하대란은 없었네. 궁문 앞에서 바위에 머리를 처박으면서 시간屍諫을 시도하는 우매한 신하도 없었지!"

건륭의 마지막 말로 황후를 폐하는 일은 이미 시위를 벗어난 화살이 되고 말았다. 동시에 다시 퍼 담기 어려운 엎지른 물이 됐다. 좌중의 신하들은 건륭의 너무나 단호한 태도에 더 이상 간언할 엄두조차 내지 못했다. 좌중의 신하들은 머리를 조아리고 나서 조용히 물러갔다.

갑자기 건륭은 궁전 안이 한없이 휑뎅그렁하고 춥게 느껴졌다. 그래서 자신도 모르게 천지를 뽀얗게 덮고 있는 눈발을 보면서 고개를 돌렸다. 그제야 궁문이 활짝 열려져 있는 것이 보였다. 순간 눈꽃을 잔뜩 품은 찬바람이 회오리를 일으키면서 불어닥치고 있었다. 건륭이 막 당직 태감을 불러 힐책하려고 할 때였다. 시위 한 명이 달려와 아뢰었다.

"폐하, 태후마마전에서 시중드는 태감이 오는 것 같사옵니다."

잠시 후 태감 진미미가 눈을 잔뜩 뒤집어쓴 채 들어섰다. 태후의 의지懿旨를 받고 왔는지라 행례行禮는 하지 않았다. 진미미는 손으로 설수雪水가 흘러내리는 얼굴을 문지르면서 아뢰었다.

"폐하께 춘훤당春萱堂으로 들라고 하시는 태후마마의 의지시옵니다."

"태후마마께서는 강녕하시더냐? 무슨 소식을 들으신 게냐?"

건륭이 묻자 진미미가 바로 머리를 조아렸다.

"아뢰옵니다, 폐하. 태후마마께서는 오늘 새벽부터 한기가 느껴진다고 하셨사옵니다. 그리고 뭔가 사달이 일어날 것 같은 불길한 예감이 든다고 하셨사옵니다. 그래서 불당에서 향을 사르시고 나서 청해靑海 활불活佛을 찾아 라마喇嘛 범문梵文인 《심경》心經을 읽어 주십사 청을 드렸다고 하시옵니다. 돌아오신 다음에는 미열이 있다고 하면서 잠깐 자리에 누우셨사옵니다. 그때 황후마마를 폐위시킨다는 소식을 듣게 된 것이옵니다. 지금은 태의가 들어가서 진맥 중이옵니다!"

건륭은 더 이상 묻지 않고 한숨을 길게 내쉬었다. 이어 말없이 궁전을 나와 가마를 타고 춘훤당으로 향했다. 그곳은 명색이 '당'堂이지 실은 북경의 사합원四合院을 모방해서 지은 전우殿宇에 지나지 않았다. 미리 연락을 받은 듯 마당에는 수십 명의 태감들이 눈을 맞으면서 대기하고 있었다. 그들은 시위들의 호위를 받으면서 다가오는 어가를 발견하고는 즉시 눈밭에 무릎을 꿇었다.

태감의 등을 밟고 내린 건륭은 곧바로 대원大院으로 들어갔다. 이곳은 연극을 좋아하는 태후를 위해 일부러 연극무대까지 만들어놓는 등 건륭의 세심한 배려가 깃든 궁전이었다. 궁녀와 약을 달이는 태감, 태의들은 각자 바쁘게 돌아다니느라 건륭을 미처 발견하지 못한 것 같았다. 그래서 안으로 들어가는 그를 신경 쓰는 사람도 별로 없었다.

태후는 안방 온돌에 누워 있었다. 얼굴이 좀 붉고 미열이 있을 뿐 크게 위험한 것 같지는 않았다. 건륭은 일부러 홀가분한 웃음을 지으며 그녀에게 다가갔다. 이어 예를 갖춰 문후부터 올렸다.

"어마마마, 조금 미력해 보이오나 곧 좋아질 것입니다. 설경雪景이 참 좋습니다. 어마마마를 모시고 사자원獅子園 쪽으로 산책을 나갈까 했사오나 아침부터 의사議事가 꼬리에 꼬리를 물어 늦었습니다. 어제 화신에게도 명했습니다. 원명원에 어마마마께서 편히 누우신 채로 연극을 관람할 수 있는 구조로 어마마마의 처소를 꾸며놓으라고요. 사방 모두 통유리로 해 넣으라고 했더니 영국 사절 마이클에게 부탁하면 곧 선박으로 보내올 것이라고 했습니다. 아마 삼 년 이내로 완공될 것이라고 합니다."

"그때까지 살아 있기는 할는지……."

맥없이 실눈을 뜬 채 아들의 말을 듣고 있던 태후가 한숨을 내쉬면서 말을 이었다.

"평생 못 먹어본 산해진미가 없고, 못 누려본 복이 없을 정도로 유복하게 잘 살아왔어요. 이대로 죽은들 무슨 여한이 있겠습니까?"

태후의 목소리는 더욱 가늘어졌다.

"황후에 관해서는 이미 들었습니다. 그래서 자초지종이 궁금해서 불렀습니다."

건륭은 잠시 발끝만 내려다보고 서 있었다. 그러다 오랜 침묵 끝에 한숨을 내쉬면서 무겁게 입을 열었다.

"황후는 천하의 국모입니다. 한족들이 말하는 덕德, 언言, 용容, 공功은 몰라도 최소한 체통을 잃어서는 아니 되지 않겠습니까? 젊었을 때는 그렇게 안 봤는데 이제 보니 무늬만 화려한 꽃신에 불과했습니다! 역대 황제들 중에서 소자만큼 황후 때문에 속을 썩인 군주도 없을 것입니다! 결국 짐에게 삿대질까지 하면서 행패를 부렸습니다. 어마마마께서도 그 장면을 보셨더라면 정나미가 떨어졌을 것입니다."

"명조를 내리셨습니까?"

건륭이 고개를 끄덕였다.

"정비로 강등시켜 명분은 남겨줬습니다. 그러나 그 사람은 소자의 정무에 대해 질책하고 대신들에 대해서도 서슴없이 왈가왈부했습니다. 실로 무례하기 짝이 없었습니다."

"폐하."

"예, 어마마마! 말씀하십시오."

태후가 목청을 가다듬었다. 그러고는 천천히 물었다.

"혹시 '화치'花癡가 뭔지 들어본 적이 있습니까?"

"화치요?"

"오랫동안 방사房事를 못한 남자는 치마 두른 여자만 봤다 하면 광기를 부리면서 들러붙는다고 합니다. 아녀자 중에도 유난히 음陰이 성해 정사에 집착하는 사람이 있습니다. 나랍씨가 바로 그런 '화치' 환자인 것 같습니다."

"그러니 더더욱 황후로서의 자격이 없죠."

"이 어미가 쭉 지켜본 바로는 그렇습니다."

태후는 미리 짐작하고 있었던 듯 크게 흥분하지는 않았다. 이어 미력한 눈빛으로 천정을 뚫어지게 바라보면서 말을 이었다.

"직설적으로 말할 수는 없고 빙 둘러 여러 차례 주의를 줬습니다. 허나 무슨 수가 있겠습니까, 그것도 병인 것을! 스스로 주체를 못하는데! 그래서 꼬부랑 할미가 다 돼도 황제가 다른 여인의 처소를 찾는 것에 병적인 집착을 한 것 같습니다. 이번에 승덕承德에 올 때 내가 화탁和卓을 보월루寶月樓에 남겨놓고 온 것도 바로 그 때문입니다……."

"어마마마, 소자는 전혀 그런 줄 몰랐습니다."

"황제께서는 모르시는 게 한두 가지가 아닐 걸요?"

태후가 얼굴에 한 가닥의 미소를 흘렸다.

"아녀자들이 심궁에서 어떤 나날을 보내는지, 태감과 궁녀들이 어찌해서 '채호'茱戶(환관과 궁녀가 서로를 사랑하여 명목상의 부부가 되는 것)가 되는지 황제께서는 모르실 겁니다. 이미 명조를 내리셨다니 그건 황제의 권한입니다. 이 어미는 황제의 뜻에 전적으로 따르겠습니다. 허나 내가 아직 정신이 말짱할 때 몇 가지 들려 드릴 말씀이 있습니다."

건륭은 태후에게 바짝 다가앉았다. 그러고는 몸을 숙인 채 귀를 기울였다.

"엽혁葉赫 나랍那拉 부족은 사실 태조太祖(누르하치)와 원수지간입니다."

태후가 덧붙였다.

"태조께서 나랍 부족을 멸망시킬 때 그쪽 족장族長이 공언을 했다고 합니다. 일족 중에 생존하는 계집아이가 하나라도 있다면 틀림없이 우리의 애신각라愛新覺羅 씨를 멸할 것이라고 말입니다! 그래서 성조나 세종은 모두 한을 품은 나랍 부족의 인심을 돌려세우기 위해 나랍씨의 여인들을 후궁으로 들이게 됐던 것입니다. 그런 까닭으로 황제께서 나랍씨를 부찰씨의 뒤를 이을 국모감으로 생각하고 계시는 걸 알면서도 이 어미는 보고만 있었던 것입니다."

"어마마마!"

"이 어미의 말을 마저 들어보세요. 황후가 머리카락까지 자른 마당에 폐위시키는 것은 어찌 보면 당연한 일이라고 할 수도 있습니다. 허나 황제께서는 천고千古의 완벽한 사람이 되고자 하십니다. 황후를 폐위시킨 불명예가 꼬리처럼 붙어 다닐 텐데 어찌 완벽한 사람이 되겠습니까? 바깥세상이 복잡한 줄은 나도 압니다. 어디 천지개벽이 안 일어나나 자나 깨나 고대하는 불순한 무리들이 도처에 꿈틀대고 있습니다. 황후 한 명을 폐위시킨다 생각하지 마시고 그에 따른 부작용을 생각해 보십시오. 황제께서도 이제는 실수를 경험으로 여길 만한 나이가 아닙니다."

낮은 소리로 조곤조곤 얘기하는 태후의 말은 건륭을 감동시켰다. 그는 잠시 망설였다.

"환자입니다. 어디 조용한 궁전을 하나 내줘 치료를 하게 하는 게 어떻겠습니까?"

태후가 말을 이었다.

"천자의 가사家事는 곧 국사國事입니다. 살벌하게 일을 벌일 필요는 없습니다. 환자를 배려하는 차원에서 궁여지책 끝에 이런 조치를 했다고 하면 나랍씨는 말할 것도 없고, 외신外臣들도 뭐라고 감히 토를 달지 못할 것입니다. 태의들에게 맡겨놓고 이삼 년이나 사오 년의 세월이 흐르다 보면 자연스럽게 폐위 아닌 폐위가 되고 결별 아닌 결별이 되는 겁니다. 굳이 여러 가지 불안요소를 감안하면서까지 꼭 폐위 조서를 내릴 필요는 없지 않겠습니까?"

태후가 말을 마치고는 건륭을 바라봤다. 건륭은 자리에서 일어났다. 이어 미간을 모으고 궁전 밖에 시선을 붙들어 맨 채 오랜 시간 고민에 고민을 거듭했다. 확실히 태후의 말은 뒤집어보고 거꾸로 봐도 틀린 말이 아니었다.

"휴! 그럼 어마마마의 뜻에 따르도록 하겠습니다."

건륭이 마침내 깊은 한숨과 함께 태후의 말을 받아들이겠다는 자세를 보였다. 그러고는 태감을 부르려고 했다.

"서두를 것은 없습니다,"

태후가 미소를 지었다.

"어미가 오늘 활불을 만나 뵈었습니다. 그래서인지 마음이 한결 차분하고 편합니다. 애들의 다섯째숙부(홍주)가 가버린 뒤로 황제께서는 마땅히 마음을 열어놓고 대화할 만한 상대조차 없어진 것 같아 안쓰럽습니다. 부항이니 윤계선이니, 어미가 볼 때 꽤 괜찮은 대신들이 많았었는데 어느새 하나둘씩 곁을 떠나고 황제 혼자 달랑 남으신 것 같습니다. 지금 황제의 신변에 있는 몇몇은 어떤 이는 겁이 많아 큰일을 못할 것 같고, 혹자는 미꾸라지처럼 쏙쏙 빠져 다니는 것이 영 마음에 들지 않습니다. 대신들 중에 진정 황제와 일심一心인 자는 누구입니까?"

건륭이 지체 없이 대답했다.

"어디에 토끼나 산양山羊 등 사냥감이 나타났다 하면 복강안福康安이나 조혜, 해란찰을 내보냅니다. 또 안에서는 아계와 유용이 일편단심으로 소자를 보필하고 있습니다. 화신은 비록 학문은 부족하나 영악하고 민첩한 데는 성조 때의 명주明珠와 다를 바가 없습니다. 그 밖에 소자가 크게 기대를 걸고 있던 전풍이 엊그제 유명을 달리 하고 말았습니다. 소자가 요즘 심기가 불편한 것도 그 때문입니다. 기윤과 유용은 아꼈다가 다음 세대까지 부려야죠. 화신도 조금 더 지켜봐서 괜찮으면 차세대의 보정대신輔政大臣으로 낙점할 생각이나 어쩐지 옹염과 사이가 별로 안 좋아 보여 걱정입니다. 인재에 대해서는 염려놓으셔도 됩니다, 어마마마. 소자가 유심히 물색하고 있는 중입니다!"

태후가 고개를 끄덕였다. 조금 안심이 되는 듯한 표정이었다.

"황제의 생각이 그렇게 깊으니 이 어미는 걱정을 붙들어 매도 될 것 같습니다. 요즘 은자는 들어오는 것도 많지만 씀씀이도 그만큼 더 커진 것 같습니다. 성조나 세종 때 같았으면 엄두조차 못 냈을 정도로 다들 손이 커진 것 같습니다. 솔직히 어미는 기윤이 마음에 듭니다. 전풍처럼 잃어버리지 말고 웬만하면 불러들이세요. 연마를 시키는 것도 정도껏 해야지 너무 해도 닳고 닳아 안 좋습니다. 그리고 열다섯째황자의 사부가 왕……, 왕 뭐라고 했죠?"

"왕이열이라고 합니다!"

태후는 오늘 따라 유난히 '물가'에 내놓은 어린아이처럼 건륭을 염려하고 있었다. 건륭은 그런 태후를 보면서 코끝이 찡해졌다. 큰 불효를 저지른 것 같은 괴로움에 사로잡혀 마음도 아팠다. 그가 곧 태후의 이불깃을 꽁꽁 여며주면서 말했다.

"말할 것도 없이 좋은 사람입니다. 그리고 의정儀征에서 홰나무에 머리를 박고 피를 철철 흘리면서 간언하던 두광내도 다음 세대를 위해 아껴두고 있습니다. 지금 목마를 태워주면 다음 세대에서 어떻게 은혜를 베풀겠습니까?"

태후는 건륭의 말을 귀 기울여 들으면서도 한동안 입을 열지 않았다. 그저 자상한 눈길로 건륭만 뚫어지게 바라보고 있을 뿐이었다. 마치 눈 깜빡 하는 사이에 아들을 잃어버리기라도 할까봐 걱정하는 눈빛이었다. 어쩌면 뭔가 긴히 할 말이 있는 것 같기도 했다. 한참 후 태후가 물었다.

"화신을 수석 군기대신으로 제수할 거라는 소문이 사실인지요?"

"예! 소자는 화신을 점지하고 있습니다만 아직 옹선과 옹염의 의견을 더 들어봐야겠습니다."

건륭은 그 일을 어찌 아느냐는 듯 다소 놀랍다는 표정을 지었다. 그러고는 천천히 덧붙였다.

"유용은 한족 신하라는 한계가 있습니다. 또 아계는 처벌을 받았던 적이 있는지라 후보에서 제외됐습니다. 화신은 비록 자질과 신망은 부족하나 젊고 유능해 전도가 유망하다고 보고 있습니다. 젊은이들을 중용하면 더욱 분발하는 계기도 될 테고요. 어마마마, 제발 부탁입니다. 국정은 소자에게 맡겨두시고 강건하게 오래 사셔야 합니다. 어마마마께서 강건하신 것이 천하 백성들의 복이라는 걸 염두에 두셔야 합니다."

"화신은 금하錦霞 그년이 전세轉世한 요물입니다!"

태후가 절레절레 고개를 저었다. 그러고는 끝까지 고집을 꺾지 않았다.

"이는 궁중 내에서도 벌써 소문이 나돌고 있습니다. 들은 바가 없으십니까?"

"풍문風聞에 불과합니다."

건륭이 조용히 미소를 지어보였다. 이어 강한 어조로 덧붙였다.

"그건 어디까지나 추측일 뿐 확증은 없지 않습니까? 설령 사실이라고 해도 금하는 은혜를 갚고자 화신이 되어 다시 돌아왔을 것입니다."

태후는 여전히 고개를 저었다.

"이 부분에서 만큼은 우리 모자간의 생각이 일치하지 않습니다. 황제께서는 금하 그년이 보은報恩을 하고자 전세를 했다고 하나 이 어미가 보기에는 보원報怨하러 온 게 틀림없습니다. 조심성이 지나쳐서 나쁠 건 없습니다. 절대 군권을 줘서는 아니 됩니다. 군기대신들이 매일같이 군기처에서 업무를 보고 있는데, 꼭 수석 군기대신 자리를 줘야 하겠습니까?"

태후의 호흡은 점점 거칠어졌다. 기력이 딸리는지 고개도 힘없이 꺾이고 말았다. 그러는가 싶더니 눈을 감고 중얼중얼 염불을 할 뿐 더이상 말이 없었다.

건륭은 소리를 낮춰 몇 마디 위로의 말을 더했다. 이어 태후가 차츰 잠들어 가는 모습을 보면서 조용히 춘훤당을 물러났다.

땅에는 눈이 꽤 두껍게 쌓여 있었다. 건륭은 가슴 속에서 타고 있는 이름 모를 화를 꺼버리려는 듯 잠시 눈을 맞으면서 눈밭에 그대로 서 있었다. 설수雪水가 목안으로 흘러드는데도 추운 줄을 모르고 꼼짝도 하지 않았다. 그는 그렇게 온몸에 눈이 내려앉아 눈사람이 다 됐을 때야 비로소 서봉각栖鳳閣으로 돌아왔다.

아계와 화신은 기둥 옆에 엉거주춤 서 있었다. 옹선과 옹염은 얼굴에 핏기 하나 없이 납작 꿇어 엎드려 있었다. 건륭은 소리 없이 탄식하면서 어좌로 올라 앉았다. 그러고는 지시했다.

"그만 일어나거라!"

옹선과 옹염 두 황자가 눈물이 그렁그렁한 채 대답했다. 그러나 여전히 일어날 생각은 하지 않은 채 엎드린 몸을 더욱 낮췄다. 건륭이 침묵과 억압적인 분위기 속에서 천천히 입을 열었다.

"황후는 결코 용서받을 수 없는 죄를 지었다. 허나 짐은 여러분의 뜻이 하도 간곡해 황후를 폐위시키는 일을 잠시 보류하기로 했네. 우선 고령이신 태후마마를 위로하기 위해 그리하기로 했네. 또 옹기顒璂(열둘째황자)가 아직 시골屍骨이 식지도 않았는데, 그 어미를 폐위시키면 구천九泉으로 가는 길이 너무 슬플 것 같다는 생각도 들었네……."

옹선과 옹염 두 황자는 건륭의 말에 황급히 머리를 조아렸다. 자신들의 간절함이 통했다는 표정이 얼굴에 어리고 있었다. 아계와 화신도 전혀 기대하지 않았던 상황에 대단히 안도하는 눈치를 보였다. 어둠 속에서 희미하게 빛이 들어오는 듯했다. 둘은 약속이나 한 듯 무릎을 꿇으며 사은을 표했다. 이어 아계가 말했다.

"이는 천가의 길상吉祥이옵고, 천하 신빈늘의 복이옵니다!"

"황후는 지병이 있는 사람이네."

건륭이 말을 이었다.

"지금 상태로는 육궁의 사무를 볼 수 없네. 북경으로 호송해 함녕궁咸寧宮에서 조용히 치료에만 전념하게 할 것이네. 오늘 채비를 서둘러 내일 출발하세. 아계와 화신은 노군을 위해 서녕西寧으로 가야 하니 이참에 황후를 모시고 같이 떠나게."

아계와 화신은 건륭의 말이 끝나기 무섭게 마주보며 시선을 교환했다. 또 뭔가 할 말이 있는 듯했다. 그러나 건륭은 손사래를 쳤다.

"됐네, 할 말이 있어도 더 이상 하지 말게. 짐은 대단히 혼란스럽고 짜증스럽네."

옹염을 비롯한 좌중의 네 사람은 머리를 조아려 어지를 받아들였다. 한참 후 아계가 건륭에게 여쭈었다.

"고북구古北口와 장가구張家口, 그리고 유림楡林 지역의 군무에 대해 아뢰고 어지를 청할 부분이 있사옵니다. 화신이 혼자 황후마마를 수행해 먼저 귀경하고, 신은 며칠 후에 출발하면 안 되겠사옵니까?"

"그리하게."

건륭이 고개를 끄덕였다.

"대규모 부대의 개선凱旋을 앞두고 노군勞軍과 영군迎軍은 가장 중요한 대사이네. 군무에 능한 자네가 처음부터 끝까지 신경을 많이 써야 할 것이네. 무슨 일이 있으면 화신과 상의하게."

건륭의 말이 끝나자 좌중 네 사람의 눈꺼풀이 가볍게 움직였다. 화신이 '수석 군기대신'이라는 어지가 아직 내려지지는 않았으나 건륭이 이미 구유口諭를 통해 화신의 지위를 인정한 셈이었다. 그러나 건륭은 이번 노군勞軍 행사만큼은 아계에게 전적으로 맡겼다! 옹염은 화신을 훔쳐봤다. 그러나 화신은 입술만 빨고 있을 뿐 아무렇지도 않은 표정을 하고 있었다. 건륭은 문득 잊고 있었던 것이 생각난 듯 말했다.

"조혜가 상주문을 보내왔는데, 기윤은 군중에서 인망人望이 대단히 좋다고 하네. 장군들에게 자주 《사서》를 강해講解해주고 가끔씩 《성무기》聖武記도 강독講讀해줘 호응이 상당하다고 하네. 군중의 막료들 중에는 문장 실력이 기윤을 능가하는 자가 없다네. 그래서 대첩大捷에 대한 감흥을 토로한 〈만수무강부〉萬壽無疆賦를 기윤에게 맡겨 집필하게 해 주십사 청을 해왔더군. 물론 기윤은 죄를 짓고 군중에 봉사를 하러 간 범관犯官이네. 그러나 그곳에 인재가 부족한 실정이었으니 파격적으로 중용할 수밖에 없었던 것 같네. 화신은 이번에 노군차 가서 어지를 선독宣讀해 기윤을 귀경시키게. 구체적인 직무는 짐의 면대가 있은 연후에 결정토록 하겠네. 먼저 죄를 사면해줘야 문장을 쓸 수 있지 않겠는가?"

건륭이 잠시 멈췄다가 다시 덧붙였다.

"사실 착오라고 해봤자 가인들을 잘 단속하지 못해 사달을 불러일으킨 것뿐이지. 이참에 자리한 여러분도 교훈으로 삼아야 할 것이네. 옹선과 옹염은 함께 기윤에게 보내는 편지를 쓰거라. 짐의 어의御意를 전하고 진심으로 개과천선을 바란다는 식으로 몇 글자 적어 화신이 가는 인편에 보내도록 하거라."

순간 옹염과 화신의 눈길이 부딪쳤다. 옹염은 그러나 바로 외면했다. 이어 황급히 건륭의 명령에 대답했다.

"예! 소자 어지를 받들어 모시겠사옵니다!"

"당분간 서쪽은 괜찮을 테니 이제부터는 동쪽에 촉각을 곤두세워야겠네. 이시요에게 전하게. 짐이 귀경하자마자 접견할 것이니 복건총독서리로 갈 준비를 하라고 히게. 필요한 은사는 화신이 신경을 좀 써줘야겠네. 무슨 일이 있으면 열다섯째황자에게 훈시를 청하고 여덟째황자는 예부의 일에 차질이 없도록 하게. 조혜와 해란찰을 영접하는 사무는 일체 옹선이가 주지해야 할 것이다. 짐과 옹염 그리고 옹선 모두 천안문 밖으로 영접을 나가야 할 것이다."

"예! 알겠사옵니다."

옹선과 화신이 건륭의 말이 끝나자 바로 엎드렸다.

"복강안에게 패찰을 건네고 들라 하라."

건륭이 분부했다. 이어 다시 덧붙였다.

"화신은 내일 승덕을 떠나기에 앞서 잠깐 들렀다 가게. 모두 물러가게!"

밖으로 물러난 사람들은 모두 천근이나 되는 등짐을 부려놓은 듯 홀가분한 표정이었다.

화신도 크게 안도의 숨을 내쉬었다. 그러면서도 내심 유외군이 북경으로 출발을 했는지의 여부가 걱정되었다. 게다가 아무래도 오늘 일도 뭔가 이상했다. 딱히 이거다 싶은 건 없었으나 어쩐지 느낌이 석연치 않았다. 그는 의문 밖에서 아계와 작별을 했다. 이어 거처로 발길을 돌렸다. 그러나 돌아오는 길 내내 이런 저런 생각이 끊이지 않았다.

옹선과 옹염 두 형제 역시 그랬다. 가마에 오르지 않고 나란히 눈을 밟으면서 계득거로 향했다. 옹염은 심사가 무거워 보였다. 원래 과묵한 사람이 더욱 무뚝뚝해 보였다. 그와는 달리 옹선은 마냥 가벼운 표정이었다.

"이봐, 아우!"

옹선이 말 한마디 없이 계속 걸어가는 옹염을 불러 세웠다. 옹염은 연신 두 번이나 불리고서야 비로소 형이 부른다는 사실을 알고 대답을 했다.

"무슨 일 있어요, 형님?"

"아니 그런 건 아니고……"

옹선이 말을 이었다.

"나는 아무리 생각해봐도 이상한 생각이 들었어. 아바마마께서 이번에 아무렇게나 일을 맡기신 것 같지만 실은 깊은 뜻이 담겨 있는 것 같아서 말이야."

"깊은 뜻이라니요?"

옹선은 자신이 거론한 문제의 답을 찾지 못하는 듯했다. 그러다 한참 후 다시 말했다.

"나도 잘은 모르겠는데 그냥 그런 느낌이 들었어. 비록 내가 형이지만 이제부터는 자네 지시에 따라야 할 것 같았어. 다른 아우들도 마찬가지고."

그러자 옹염이 웃으면서 말했다.

"그게 무슨 말이에요? 우리는 다 같이 아바마마를 위해 정무를 분담해드리는 아바마마의 아들이잖아요. 형제간에 마음을 합치면 그 예리함이 쇠도 자를 수 있다고 했습니다. 우리는 다 똑같은 폐하의 신하일 따름이에요."

옹염이 말을 마치고 바로 화제를 돌렸다.

"그나저나 어마마마의 병세가 걱정이네요. 겉보기에는 대단히 강건한 것 같으셔도 은근히 약골이시거든요. 추위를 유난히 많이 타시는데, 어제 내무부에서 온 관리에게 물었더니 기침이 심하다고 하네요. 내일 화신이 갈 때 뭐라도 보내드려야 할 텐데……"

옹염이 한숨을 지으면서 말을 이었다.

"혜아慧兒가 곁에서 시중을 든디고는 하나 그래도 걱정을 안 할 수가 없네요."

옹선은 표정이 심각한 옹염을 보더니 따라서 한숨을 내쉬었다. 그러나 속에서는 내심 의젓한 아우에 대한 부러움이 샘솟고 있었다. 사실 건륭은 옹염을 황태자로 점지하겠다는 뜻을 여러 번 내비친 적이 있었다. 그러나 옹염은 짐짓 모른 척하면서 한 번도 내색하지 않았다. 그런 옹염의 모습이 옹선에게는 형처럼 듬직해 보일 수밖에 없었다. 옹선이 옹염을 바싹 따라가면서 물었다.

"폐하께서는 어찌 다른 사람도 아니고 화신더러 기윤에게 어지를 전해주라고 하셨을까?"

"누군들 폐하의 마음을 가늠할 수 있겠습니까?"

옹염이 두루마기 자락이 눈밭에 쓸리지 않도록 조심하면서 천천히 말을 이었다.

"아우의 우매한 생각입니다만 혹시 껄끄러운 두 사람 사이를 화해시키려는 의도가 담겨 있는 게 아닐까요?"

옹선이 미소를 지으면서 고개를 끄덕였다. 그러고는 말머리를 돌렸다.

"나한테 《홍루몽》 전집이 있어. 아우에게 선물하고 싶어서 애들을 시켜 한 질 베껴내라고 했어. 다 베끼면 보내줄게."

"고마워요, 형님. 형님이 좋아하는 거라면 저도 좋아요."

옹염이 말했다. 그러는 동안에도 눈발은 계속 그의 얼굴 위로 내려 앉고 있었다.

23장

드러나지 않는 부정의 꼬리

그날 밤 화신은 오성흠과 무릎을 맞대고 앉은 채 촛불 심지를 잘라가면서 긴긴 야담夜談을 나눴다. 조촐한 주안상을 곁들이자 가난한 '한림'翰林은 황감해 어찌할 바를 몰라 했다. 화신은 그 정도에서 그치지 않았다. 은연중에 국자감國子監 제주祭酒 자리가 비어 있다는 사실까지도 흘렸다. 한림들이 '한탕' 해먹을 수 있는 보결補缺 자리가 얼마든지 있다는 얘기였다. 가난한 오성흠으로서는 잔뜩 구미가 동할 수밖에 없었다.

그래서인지는 몰라도 오성흠은 술도 얼마 마시지 않고서 거나하게 취한 모습을 보였다. 묻지도 않은 말들을 술술 잘도 털어놓았다. 그의 말에 따르면 과거 그를 비롯한 몇몇 공생貢生들은 과거시험을 보러 북경으로 향하던 중 어느 객잔에서 우연히 만나 닭 피를 나눠 마시면서 의형제를 맺었다. 이후 피 한 방울 섞이지 않았어도 서로를 친형제처럼 위하면서 의롭게 살아왔다. 그러다 어느 날 방령성이 홍루紅樓에서 오성흠이 점지해 놓은 여인을 '몰래 도둑질'했다. 급기야 그 사실이 들통 나고 둘 사이는 벌어졌다. 그 뒤로 조석보와 마상조는 '이유 없이' 오성흠을 미워하면서 자기들끼리 화신을 거꾸러뜨릴 '거대한 음모'를 획책했다. 그 사실을 알게 된 오성흠은 온갖 방법을 다 강구하면서 말리고 나섰다. 그러나 그들은 오성흠의 권유를 끝까지 무시했다. 그로서는 화신을 찾을 수밖에 없었다. 아무튼 오성흠은 제법 그럴싸하게 양념까지 쳐서 그간의 일들을 소상히 들려줬다. 사고를 친 사람이 자신이 아니라 방령성이라는 것만 달랐을 뿐이었다.

화신은 오성흠의 고백을 듣고는 자신이 '광명정대'光明正大(말이나 행실이 떳떳하고 정당함. '공명정대'와 같은 뜻)하다는 사실을 누누이 강조했다. '재상의 아량'으로 어찌 소인배들의 장난에 맞불을 놓겠느냐면서 '대인배'다운 면모를 과시하기도 했다. 화신은 그러면서 본인은 한잔밖에 마시지 않은 술을 오성흠에게는 계속 권했다. 주량이 그리 세지 못한 오성흠은 불과 몇 시간 만에 상 밑으로 고꾸라지고 말았다. 화신이 이때 오성흠에게 '재상의 아량'을 거듭 강조한 이유는 따로 있었다. 오성흠의 말에 어느 정도의 신빙성이 있는지 여부를 떠나 어떤 상황에서도 자신이 그들과 '대적'하지 않을 것임을 분명히 알려줘야 할 필요성이 있었던 탓이다. 그리해야 나중에 '일'이 생기더라도 빠져나갈 구멍이 있을 터였다…….

이튿날, 화신은 새벽같이 일어났다. 이어 두꺼운 담요를 둘러 훈훈해진 대교大轎 안에서 가마의 흔들림에 몸을 맡겼다. 그러면서도 간밤의 이야기를 계속 떠올리고 있었다.

눈발이 조금 약해진 것 같았다. 그러나 간밤에 충분히 내린 듯 대지는 은백색 일색이었다. 아무려나 '봉가'鳳駕를 호송하기 위해 태감,

궁녀와 선박영 병사들까지 무려 1000여 명이나 동원되었다. 눈 때문에 그리 정연해 보이지 않게 돼버린 황후의 행차 대열은 뽀드득뽀드득 눈 밟는 소리를 내면서 역도에 길게 늘어 서 있었다. 대충 형식을 갖춘 의장대가 앞에서 안내하고 '병든' 황후가 시름에 겨운 모습으로 그 뒤를 따랐다. 맨 뒤로는 앞날의 길흉을 점칠 수 없는 군기대신이 하얀 눈보라 속에 묻혀 시야에서 점점 멀어져갔다.

　……화신은 패찰을 건네고 폐사陛辭할 때의 장면을 떠올렸다. 건륭의 표정은 희비를 가늠할 수 없었다. 다만 약간 불안정해 보일 뿐 아니라 심사가 대단히 무거워 보였다. 예전과 똑같이 친절을 베푸는 것 같았으나 단독 접견임에도 수족같이 대하던 자상함은 이전보다 못한 것 같았다. 건륭이 무겁게 입을 열었다.

　"화신, 팔기 자제들 중에 자네처럼 고속승진한 사람은 없었네. 자네는 똑똑하고 영악한 사람이니 앞으로 어찌해야 할지 잘 알겠지? 하지만 짐이 미리 해둘 말이 있네. 자네 앞에서 쓸개라도 빼줄 듯 아부를 하는 자들은 자네 수중의 은자를 노리든가, 아니면 자네를 향한 짐의 성총을 노려 앞으로 득세하기 위한 발판으로 삼고자 함이네. 그런 자들의 진의를 파악하는 것이 무엇보다 중요하네. 짐은 요즘 들어 경의 학문이 하루가 다르게 진보하는 것 같아 기쁘네. 이번에 노군勞軍을 위해 서녕西寧으로 가게 되면 모든 상황에 잘 대처하기 바라네. 총싸움이나 하던 자들이 경을 우습게보고 거칠게 나올 수도 있을 것이니 그럴 때일수록 겸손하고 융통성 있게 대처해야 하네. 매사에 '나는 이런 사람이오!' 하고 가슴팍을 내밀고 나섰다가는 낭패를 당하기 십상이네. 세상에는 완벽한 사람이 없네. 자네가 어떤 경우에라도 국체國體와 국본國本에 어긋나는 일만 없다면 짐은 끝까지 자네를 수용하고 보호해줄 것이네. 허나 인품을 세우고 덕망을 인정받는 것은 남에게 강요하는 것이 아니라 자신이 하기에 달렸네. 듣자니 아계는 관리들을 접견할 때마다 항시 감정을 자극하지 않고 깍듯이 예우한다고 하네. 아계가 지위나 공로가 자네보다 못해서 그런 게 아니지 않은가? 고처불승한高處不勝寒이라고 했네. 높이 올라갈수록 춥다는 얘기겠지. 그만한 위치에 있으면 그만한 대가를 치러야 하는 법이네. 이 점에서는 아계를 따라 배우게."

화신이 즉각 대답했다.

"아계 중당은 신의 오랜 상사이옵니다. 한번 상사는 영원한 상사이니 열심히 따라 배우겠사옵니다."

건륭이 고개를 끄덕였다.

"황후는 폐위시키지 않아도 폐위시킨 것과 다를 바 없네. 또 폐위시켜도 안 시킨 것 같네. 단지 사회 전반에 미칠 반향과 조야朝野의 충격을 고려해 명조明詔를 내리지 않았을 뿐이네. 이는 경들이 알아둬야 할 바이네. 워낙 입에 울타리가 없는 사람인지라 평소에 여러 고명부인들과 왕실의 여타 복진들에게 상처가 되는 말을 많이 했나 보네. 북경에 가면 각 왕부로 찾아가 그동안의 앙금을 다 씻어내고 과거의 미움은 깨끗이 잊어달라고 말해주게. 원래 기울어진 담장은 너나없이 달려들어 밀어버리는 법이니 황후의 다른 허물을 들추지 말고 '흉'도 더 이상 보지 말라고 하게. 아, 참! 그리고 짐이 스물넷째복진에게 주려고 러시아 사절로부터 받은 백조 털외투를 챙겨놓았는데, 그걸 가져다주게."

화신은 건륭이 황후에 대한 사후 처리를 부탁하고자 자신을 부른 것이 분명하다고 짐작했다. 더 이상 묻지 않고 알았노라고 대답하고는 물러나려고 했다. 그때 건륭이 다시 불러 세웠다.

"가기 전에 열다섯째황자 등도 만나보고 가게. 자네의 위치상 이 사람 저 사람, 특히 문인학사들과 자리를 많이 갖는 것이 앞으로 도움이 될 테니 말일세. 특히 옹염은 여기저기 신경 써야 할 데가 한두 군데가 아니니 은자도 꽤 필요할 것이네. 가능한 한 협조해주게."

화신은 건륭의 분부대로 옹선과 옹염을 만났다. 옹염은 여전히 과하다 싶을 정도로 깍듯했다. 옹선은 편하게 대하며 장난기가 다분했다. 때문에 한 명은 그린 듯 정좌해 있고 하나는 엉덩이에 종기라도 난 듯 왔다갔다 걸어 다니면서 우스갯소리를 마구 해댔다. 옹염은 달리 어려운 점이 없다고 했으나 옹선은 필요한 것들을 주저리주저리 늘어놓았다.

"하북 지역과 가까운 영정하永定河 제방이 몇몇 곳이나 무너져 수리를 서둘러야겠네. 아우와 내가 함께 현장에 다녀왔네. 그리고 올해는 비가 많고 눈이 일찍 내려 북경에 땔감 때문에 고생하는 집들이 많다고 해. 어제 유용의 서찰을 받고 아우는 속이 타서 잠도 제대로 못 잤다고 하는군. 호부에는 더 이상 손을 내밀기 무엇하니 공사비에서 어떻게 좀 안 되겠는가?"

화신이 대답했다.

"얼마나 필요할 것 같습니까, 열다섯째마마. 날이 추워서 일부 공사가 멈췄으니 어느 정도 먼저 돌릴 수 있을 것 같습니다."

옹염이 말했다.

"모두 오십오만 냥 정도는 있어야 할 것 같네. 그래도 넉넉하지는 않을 것 같은데, 그대가 난감해할까 봐 말을 못 꺼냈지."

화신은 역시나 통이 컸다.

"북경에 돌아가자마자 즉시 돌려드리겠습니다. 열다섯째마마께서는 호부에 분부해 차용증을 보내라고 해주십시오. 차용증 없이는 장부에 올릴 수 없어서 그럽니다. 누구를 믿지 못해 그런 건 절대 아닙니다."

그러자 옹선이 넌지시 덧붙였다.

"걱정거리가 또 있네. 차신車臣에서 폐하께 공품을 상납했는데, 그 중 옥석玉石 쟁반 하나가 운반 도중에 실수로 금이 갔다고 하지 뭔가! 아직 폐하께 이 사실을 아뢰지 못하고 잠시 가친왕부嘉親王府(옹염의 왕부王府)에 보관해두고 있지. 어떻게 때우든가 새 걸로 바꾸든가 해야겠는데 걱정이야."

옹염도 옆에서 난감한 듯 빙그레 웃으면서 고개를 끄덕였다. 화신이 지체 없이 대답했다.

"그것도 신이 노력해보겠습니다. 하란국荷蘭國(네덜란드)에서 보내온 공품들은 현재 원명원 고방庫房에 들어 있습니다. 종류가 다양해 별의별 물건이 다 있습니다. 신이 먼저 가친왕부로 가서 옥쟁반을 보고 오겠습니다. 돌아와서 똑같은 것이 있나 찾아보겠습니다."

화신은 가마 안에서 이 사람 저 사람을 떠올리면서 생각에 잠겼다. 일부 사람들의 성향은 판단이 서지 않았다. 특히 가친왕嘉親王 옹염은 더욱 그랬다. 도무지 종잡을 수가 없었다. 평소 자신을 개돼지 보듯 무시하면서도 이번에는 자신을 향해 미소를 지어줬다. 그 때문에 옥쟁반도 찾아내야 하고 은자도 원하는 대로 주지 않을 수 없게 됐다. 가까이 하기에는 멀고도 먼 가친왕은 확실히 자신과는 물과 기름처럼 서로 섞이고 싶어도 섞일 수 없는 그런 존재처럼 느껴졌다.

……느닷없이 건륭이 계득거로 걸음을 했다. 안색은 그리 밝아 보이지 않았다. 건륭은 화신을 보자마자 다짜고짜 꾸지람부터 했다.

"전풍을 만나러 간다더니, 여기서 뭘 하는 겐가?"

화신이 깜짝 놀라면서 재빨리 대답했다.

"전풍이 아직 도착하지 않았사옵니다!"

건륭이 그러자 냉소를 터트렸다.

"흥, 영원히 도착하지 못하겠지! 국태는 그렇다 치고 전풍은 자네에게 뭘 그렇게 잘못했기에 쥐도 새도 모르게 죽여 버렸다는 말인가? 자네의 수작인 줄 짐이 모를 줄 알았다는 말인가?"

화신은 화들짝 놀라면서 쿵! 하는 소리와 함께 대교의 모서리에 머리를 박았다. 정신을 차리고 보니 꿈이었다. 그는 이마의 흥건한 식은땀을 닦으면서 다시 건륭 부자와의 만남을 떠올렸다. 가슴이 계속해서 쿵쾅거렸다. 곧 그가 창밖을 향해 큰 소리로 물었다.

"여기가 어디인가?"

친병 한 명이 달려와 아뢰었다.

"예, 중당! 흥륭興隆 경내에 있습니다. 저기 장성長城이 보이시죠? 장성만 지나면 밀운현密雲縣입니다!"

"밀운……."

화신이 조용히 중얼거리면서 가마 창문에 드리운 주렴을 내려놓았다. 이어 다시 중얼거렸다.

"이름이 재미있군! 밀운密雲이라, '구름만 잔뜩 끼고 비가 오지 않는다'는 말도 있는데……."

그러나 밀운에도 눈은 내리고 있었다. 그 눈은 회유현懷柔縣을 지나북경 근교에 들어설 때까지 그치지 않고 계속 내렸다. 다만 위도緯度상 승덕보다 남쪽인지라 싸락눈은 내리는 족족 설수雪水로 녹아버렸다. 당연히 땅이 질척거릴 수밖에 없었다. 다행히 해마다 황토를 두텁게 깔아 '천하제일의 역도'로 소문난 길이었는지라 물이 고이거나 진흙이 들러붙는 일은 없었다. 행군에도 어려움을 겪지 않았다.

일행은 별 탈 없이 무사히 북경에 도착했다. 대내大內 경사방敬事房에서는 미리 소식을 접하고 황후의 처소로 지정된 함녕궁咸寧宮을 깨끗하게 청소해 놓았다. 불도 미리 지펴놓은 듯 훈훈하고 아늑했다. 그렇게 황후는 소리 소문 없이 영원히 '병치료'를 할 거처로 들어갔다. 여담이기는 하나 황후는 그 뒤로 단 한 번도 궁문을 나설 수 없었다.

화신은 황후를 거처로 무사히 모셔다 드리고도 집으로 돌아갈 수 없었다. 먼저 스물넷째복진(오아씨)에게 가서 어사물품을 전한 다음 원명원의 위가씨와 보월루의 화탁씨에게도 문후 올리러 들어가야 했던 것이다. 발이 쳐져 있어 두 사람의 기색은 똑바로 살필 수 없었으나 그런대로 목소리가 건강해 보였다. 다만 위가씨는 천식이 심해 말을 제대로 잇지 못했다. 방안 가득한 약 냄새가 코를 찔렀다. 아무려나 화신은 오전 진시辰時부터 시작해 자금성 서쪽의 원명원에서 자금성 동쪽의 선화 골목까지 지위와 순서에 따라, 황제와의 친소관계까지 고려해 일일이 황친귀족들을 찾아 인사를 올렸다. 그러고 나니 오후 유시酉時가 지나갈 무렵에야 비로소 집으로 돌아올 수 있었다.

가을에서 겨울로 넘어가는 계절이라 해가 짧았다. 게다가 하늘까지 잔뜩 흐려 있어 주위는 이미 어둑어둑해지고 있었다. 수백 명의 가인들이 주인이 돌아오는 것을 알고 대문 앞에서 반겨 맞을 줄 알았던 화신은 적잖이 실망하고 말았다. 넓은 마당 곳곳에 가인 열 몇 명이 드문드문 보일 뿐 다른 사람은 하나도 보이지 않았던 것이다.

물어보니 소실인 장이고와 오씨, 첩실인 채운, 채휘 등은 전부 외출했다는 것이었다. 오후에 나가서 아직 돌아오지 않았는데 무슨 일로 어디로 갔는지는 모른다고 했다. 가장 시급히 만나봐야 하는 유전과 유외군도 보이지 않았다.

화신은 잠시 마당에 서서 생각을 가다듬었다. 문득 병중인 부인 풍씨가 떠올랐다. 그는 서둘러 안방으로 향했다.

안방에는 등불이 하나만 켜져 있어 어두컴컴했다. 풍씨는 이제 막 약을 먹고 난 후인 듯 탁자 위에 약사발과 숟가락이 그대로 있었다. 등불에 붉은 갓이 씌워져 있어서인지 그녀의 안색이 불그스름하게 보였다. 반쯤 침대에 기댄 그녀의 목에서는 그렁그렁 가래 끓는 소리가 들려왔다. 그녀는 밖에서 들려오는 남편의 말소리에 잠에서 깬 듯 기운 없는 눈매로 침대에 걸터앉는 그를 물끄러미 바라보았다. 화신이 미간을 찌푸렸다.

"연탄 냄새와 약 냄새가 너무 짙구려. 방안도 너무 덥고. 누구 쪄 죽일 일이 있어? 시중들려면 제대로 들어야지!"

"애들을 탓하지 마세요. 제가 자꾸 으스스하니 추워서 환기를 못 시키게 했어요."

풍씨는 화신에게서 눈길을 떼지 않았다. 이어 창백한 얼굴에 미소를 지으면서 덧붙였다.

"서찰은 잘 받아 봤어요. 또 먼 길을 떠나게 됐다고요?"

화신은 묵묵히 고개만 끄덕였다. 이어 연민과 애정에 찬 눈빛으로 풍씨를 응시하면서 이마에 손을 얹어보고 핏기 하나 없는 볼을 쓰다듬었다. 그러고는 천천히 입을 열었다.

"이번에는 서안西安까지만 갔다가 금방 올 거니까 며칠 안 걸릴 거야."

"서안이요? 그래도 가까운 곳은 아니죠."

풍씨가 가볍게 고개를 저었다.

"그래도 떠나기 전에 얼굴을 볼 수 있어 위안이 되네요. 나는 또……."

풍씨가 미처 말을 잇기도 전에 화신이 황급히 그녀의 입을 막아 버렸다.

"무슨 말을 하고 싶은지 알겠어. 아직 살아갈 날이 소털처럼 많은데 그런 불길한 소리는 하지 말라고. 기적같이 털고 일어나는 날이 있을 것이야. 대갓집 규수를 데려다 고생만 시키고 이제 좀 살 만하니 나를 버리고 간다는 말인가? 나는 절대 못 보내지."

화신은 몰락한 팔기八旗의 자제였다. 변변한 학문도 없었을 뿐 아니라 내세울만한 재주도 없었다. 평판도 별로 좋지 않았다. 그런데도 운 좋게 대학사의 금지옥엽과 배필을 맺을 수 있었다. 그래서 화신은 그런 자신과 백년해로를 약속해준 풍씨에게만은 늘 진심으로 대했다. 풍씨가 자신을 위로해주고자 애쓰는 그런 남편을 향해 입을 열었다.

"처음에는 참으로 막막했었죠. 집이라고 해봤자 막대기를 휘둘러도 걸릴 게 없었으니까요. ……지금은 그때와 비교하려야 비교할 수 없을 정도로 넉넉하지만 저는 어쩐지 마음이 불안해요. 조상의 음덕을 입어 모자람 없이 살지만 당신이 금전에 너무 연연하는 것 같아요."

화신은 무엇보다 유전을 만나는 것이 시급했다. 그렇다고 앉자마자 풍씨를 떼 놓고 나올 수도 없었다. 난감할 따름이었다. 급기야 부인의 말을 듣는 둥 마는 둥 웃으면서 말했다.

"송충이는 솔잎을 먹어야 한다고 했어. 일국의 재정을 총괄하는 사람이 금전에 욕심이 없어서 되겠어? 바닷가 백사장에 오래 서 있으면 가랑이가 젖는 건 당연한 일이야. 나만 믿고 부인은 염려를 붙들어 매라고!"

"사람은 분수에 맞게 살아야 하는데 그렇게 안 되네요."

풍씨가 덧붙였다.

"장이고가 전에 어디 지금처럼 손이 크고 헤펐나요? 한 푼이라도 쪼개 쓰던 사람이 완전히 달라졌어요. 오씨도 그렇게 안 봤는데 하루가 다르게 돈독이 오르는 것 같아요. 어찌 둘뿐이겠어요. 소실들 중에도 모아 둔 돈으로 농장과 전답을 몰래 사들이는 애들이 많다고 하네요. 주인이 득세하면 개, 돼지도 하늘로 오른다더니 하나같이 난리법석인데 저러다 큰일 나지 싶어요. 저는 마음뿐이지 건강이 따라주지 않아 잔소리를 하고 싶어도 못하네요. 문제는 나리께 있으니 어서 은자 갖고 씨름하는 차사差使(직책)를 내놓으세요. 뭐니 뭐니 해도 속 편하게 사는 게 최고라고 했어요! 오늘 일을 모르고 내일 일을 모르는 게 사람이에요. 저는 이미 다리 하나는 이미 저승에 들여놓고 있는데, 죽기 전에 나리께서 곤두박질치는 꼴을 보게 될까봐 전전긍긍하고 있어요……."

애써 기침을 참느라 컹컹대던 풍씨가 그예 줄기침을 터트렸다. 그러자 얼굴이 빨갛게 달아오르며 관자놀이와 목의 핏줄이 부어올랐다. 순간 하녀들이 황급히 가래를 받을 요강을 들이댔다. 이어 등을 두드려준다, 땀을 닦아준다 하면서 바쁘게 움직였다.

화신은 묵묵히 풍씨의 권유를 들으면서 속으로 한숨을 지었다. 구구절절 맞는 말이라는 생각이 들었다. 그러나 이미 호랑이 등에 올라 탄 이상 마음대로 내려올 수도 없었다. 그는 그럼에도 전혀 내색을 하지 않고 의연하게 풍씨를 위로했다.

"나는 주인 없는 눈먼 은자를 챙겼을 뿐이야. 내가 안 챙기면 다른 누군가가 다 챙겨갔을 거라고! 다른 놈들이 내 위치에 있었다면 아마 더 했을 거야. 밑에서 일하는 자들도 상관이 너무 철저하고 빈틈없이 굴면 숨이 막혀 일을 못해. 됐어, 모처럼 만났는데 이런 얘기는 그만 하자고. 내가 요령껏 챙기고 사고가 나지 않게 땜질을 잘하고 다닐 테니까 내 걱정은 말고 몸조리나 잘해. 나도 이 차사를 오래 붙들고 있을 생각은 없어."

화신은 진심으로 부탁과 위로의 말을 하고는 밖으로 나왔다. 마침 하녀 취병이 등불을 들고 서 있었다. 이어 수줍게 몸을 낮춰 인사를 올렸다.

"나리, 마님의 약 처방이 이년의 방에 있습니다. 가셔서 보시겠습니까?"

화신은 취병의 말뜻을 알아차리고도 남았다. 그러나 머릿속이 복잡해 운우지정을 나눌 기분이 들지 않았다. 그저 다가가 그녀의 귓불을 살짝 씹어주면서 한마디 던졌다.

"밤에 방문이나 걸지 마!"

화신은 말을 마치자마자 씩 웃어보이고는 밖으로 걸음을 옮겼다. 유외군이 얼어붙은 코를 훌쩍거리면서 중문 앞에 서 있었다. 화신이 물었다.

"유전은 어디 갔나?"

"예, 나리! 여기 있습니다."

문간방에서 난로를 쬐고 있던 유전이 빠르게 달려 나오며 막 예를 갖추려고도 했다. 화신은 손사래를 치면서 다짜고짜 그를 끌고 도로 문간방으로 들어갔다.

유외군은 자연스럽게 밖에 남아 망을 봤다. 화신과 유전은 방안에서 한참 동안 뭐라 속닥속닥했다. 그러고는 드디어 밖으로 나왔다. 화신의 표정은 처음 볼 때보다 한결 홀가분해 보였다. 유전이 뒤에서 따라 나오면서 말했다.

"건물은 다 헐어버렸습니다. 어떤 올빼미가 조사를 나와도 겁날 게 없습니다."

화신이 자신 있게 내뱉었다.

"한번 조사단이 내려왔으면 좋겠어. 죄지은 것도 없는데 밤중에 봉창 두드린들 겁날 게 뭐 있겠어? 장부책도 종류별로 잘 대령해 놓고 있어. 호부에서 보자고 하면 나에게 귀띔해 줘."

화신이 당부를 마치고는 유외군에게 물었다.

"헌데 장이고와 오씨 누님은 다들 어디 가서 여태 안 오는 거야?"

유외군이 재빨리 대답했다.

"새로 구입한 집을 구경하러 갔습니다. 전에 묘지가 있었던 자리라는 얘기를 듣고 스님과 도사들을 불러 사악한 기운을 물리친다면서 오후에 나갔습니다."

화신은 더 이상 묻지 않았다. 곧장 오씨의 거처가 있는 동원東院으로 향했다. 인기척은 없었으나 방안에 불이 훤히 켜져 있었다. 들여다보니 오씨의 딸 연경憐卿이 안에서 발을 씻고 있었다. 화신은 주저 없이 방문을 열었다. 문소리에 화들짝 놀란 연경이 화신임을 알아보고는 황급히 대야에서 발을 빼내 수건으로 닦았다. 이어 신발을 꿰신고는 차를 따라준다면서 부산을 떨었다. 그녀는 은병에서 찻물을 따르면서 말했다.

"어머니께서는 좀 있어야 오실 거예요. 차를 드시면서 기다리세요."

화신이 못 본 사이 연경은 몰라볼 정도로 성숙하게 변해 있었다. 화신은 그녀가 집으로 온 세월을 따져 꼽아봤다. 얼추 열댓 살 가량은 됐을 터였다. 연경은 완전히 무방비상태였다. 다리도 무릎까지 걷어 올린 채였다. 매끈하고 새하얀 종아리가 화신의 시선을 끌었다. 아직 젖살이 그대로인 두 볼도 깨물어 주고 싶을 정도로 탱탱했다. 게다가 저고리 단추도 하나가 풀려 있어 연경이 몸을 숙일 때마다 젖가슴이 살짝 엿보였다. 전에는 몰랐으나 이제 보니 청초한 여인의 향기가 느껴졌다.

화신은 찻잔을 내려놓은 채 홀린 듯 연경에게 다가갔다. 연경은 뚫어지게 자신을 응시하는 화신을 보면서 영문을 모르겠다는 듯 새카

만 두 눈을 깜빡이며 의아한 표정을 지었다. 화신은 다짜고짜 그녀를 품안에 끌어안았다.

느닷없이 남자의 품에 안긴 연경은 수줍음과 불안함에 바들바들 떨기만 했다. 화신의 '물건'이 막대기같이 허리를 쑤시자 더욱 기겁을 했다.

"나리, 이러시면 아니 되옵니다……. 제, 제발……."

"어릴 때는 네가 오줌을 눌 때마다 내가 바지를 내려줬잖아."

화신은 몸부림치는 연경을 더욱 힘주어 안으면서 덧붙였다.

"그때 다 봤어, 쑥스러워하지 마. 네 엄마가 내 말을 고분고분 들으라고 하지 않더냐? 내 물건이 얼마나 좋은지 얘기를 안 해줬구나? 끝내 줘. 너 아직 이 맛을 모르지? 나한테 고마워해야 돼."

화신은 횡설수설하면서 연경을 끌고 서둘러 안방으로 들어갔다. 연경으로서는 하녀의 신분이니 할퀴고 쥐어뜯으면서 반항할 수도 없었다. 반항하면 어떤 결과가 생길지 불 보듯 뻔했던 것이다. 다시 모녀가 길바닥에 나앉느니 차라리 눈 한번 딱 감아 버리는 게 나을 듯도 했다. 연경은 체념한 듯 화신에게 모든 것을 맡긴 채 미동도 하지 않았다.

화신이 한창 물고 빨고 쓰다듬으면서 애무에 몰두하고 있을 때였다. 갑자기 밖에서 발소리와 함께 여인들의 웃음소리가 들려왔다. 조용히 귀를 기울여 보니 장이고와 오씨의 목소리가 틀림없었다.

연경은 순간 어디서 그런 힘이 솟구쳤는지 화신을 힘껏 밀어 내면서 벌떡 일어났다. 그러나 이미 실오라기 하나 걸치지 않은 알몸뚱이가 돼 있었다. 미처 옷을 입을 겨를도 없었다. 연경은 원망 어린 눈빛으로 화신을 노려보고는 그 자리에 쭈그리고 앉아 얼굴을 가렸다.

"괜찮아, 내가 다 알아서 할게."

화신은 연경의 귓전에 대고 속삭이고는 짐짓 아무 일도 없었던 듯 바지춤을 대충 여몄다. 이어 "으흠!" 하고 헛기침을 하면서 밖으로 나왔다.

조혜와 해란찰은 미리 성지聖旨를 받았기 때문에 아계와 화신이 노 군勞軍차 서안西安으로 오고 있다는 걸 알고 있었다. 그래서 대군을 이끌고 서안으로 떠나기 위해 양초糧草와 군향미軍餉米를 비롯한 땔감 등도 충분히 챙기도록 했다. 행군 중 혹시나 생길지 모르는 불상사에 대비해 약도 충분히 비축한 채 길을 떠났다.

그렇다고 10만 대군이 전부 서안으로 몰려갈 수는 없는 일이었다. 병부에서는 여러 차례 조혜 대영大營과 연락을 취해 상의한 끝에 최 종 결정을 내렸다. 서안으로 들어오는 길목인 보계寶鷄에 7만 명을 남 기고 함양咸陽에 2만 명을 남기기로 한 것이다. 결국 유공자와 중군 의 정예병을 포함해 1만 명만 서안으로 진입하게 됐다. 숫자를 대폭 줄였음에도 불구하고 개선병사들의 우렁찬 함성은 하늘땅을 뒤흔들 기에 충분했다.

대군의 입성을 앞둔 음력 10월 9일. 섬서 총독, 순무에서부터 미관 말직에 이르기까지 300여 명에 이르는 서안의 문무 관리들은 대군 을 맞이하기 위해 총출동했다. 10리 밖 접관정接官亭까지 마중을 갔 다. 수십만 명에 달하는 백성들 역시 수십 리 길목에 빼곡히 늘어서 서 향화香花와 예주醴酒로 장군과 병사들을 열렬히 환영했다. 매캐한 연기를 토해내는 폭죽소리가 끊일 줄 몰랐다. 나중에는 앙가秧歌와 한선旱船 등 갖가지 민속놀이까지 등장해 한껏 분위기도 고조시켰다. 서안은 때 아닌 명절날 같은 시끌벅적한 분위기에 휩싸였다.

조혜와 해란찰은 둘 다 조류대마棗騮大馬(갈기 색이 붉은 말)를 타고

과瓜, 월鉞, 부釜, 등鐙, 편鞭 등 어사의장御賜儀仗을 앞세운 채 호호탕
탕하게 모습을 드러냈다. 백성들의 열광에 둘은 미소를 짓고 두 손
을 흔들면서 화답했다. 길 양옆에서는 산과 바다를 뒤엎을 듯한 함
성이 터져 나왔다.

"우리 황제 만세, 만만세!"

"건륭황제 수비남산壽比南山, 복여동해福如東海!"

"천병무적天兵無敵, 우리 대군 장하다!"

"조혜, 해란찰 대장군께 대복大福을 내려주시옵소서!"

온갖 구호가 하늘땅을 뒤흔들었다. 그랬으니 만여 명의 병사가 열
광하는 인파에 화답하면서 긴 인간 터널을 빠져 나와 입성하기까지
는 무려 두 시간이 넘게 걸렸다.

이어 아계와 화신이 건륭을 대신해 〈만수무강부〉와 〈입공장사화
명책〉立功將士花名冊을 받았다. 동시에 어사주御賜酒와 금포錦袍, 금옥金
玉 여의如意를 조혜와 해란찰에게 상으로 내렸다. 이어 조혜를 일등
공작一等公爵에 봉하고 쌍봉雙俸(녹봉을 두 배로 올려줌)의 은전을 하사
하는 의식이 치러졌다. 해란찰을 이등 공작에 봉한다는 내용의 어지
도 전해졌다.

대군은 서안의 성을 한 바퀴 돌면서 열병식을 진행했다. 대군은 열
을 지어 행진하면서 개선가를 우렁차게 불렀다. 두 흠차대신은 서안
의 문무관리, 백성들과 더불어 그런 천병의 위용을 우러러봐야 했다.
서안의 성 안팎은 열광의 도가니에 빠지고 말았다.

모든 것은 순조롭게 진행됐다. 곧 저녁때가 되어 공신들을 위로하
는 연회가 시작되었다. 연회석은 순무아문의 정당正堂 마당에 마련돼
있었다. 연회에 참석한 유공자들은 총 300명 내외에 이르렀다. 배석
한 서안의 관리들까지 합치면 600명 남짓했다. 그래서 월대月臺 위까

지 모두 탁자를 놓았으나 자리는 여전히 비좁은 느낌이 들었다. 흠차대신과 성省에서 내려온 관리들의 자리도 밖에 마련돼 있었다. 천지동광天地同光, 상하공락上下共樂의 취지에서 차려진 연회석이었다.

사람들은 연회가 시작되기 전에 서로 안면이 있는 이들끼리 알은체를 하면서 인사를 하기에 바빴다. 아계는 역시 천하 방방곡곡에 문생들이 많았으므로 이곳 서안에서도 예외는 아니었다. 그 옛날의 문생과 부하들이 떼로 몰려와 그를 둘러싸고 인사를 올리기에 여념이 없었다.

그러나 화신은 아직 문생도 별로 없을 뿐 아니라 군중에 옛 부하도 없었던 탓에 상대적으로 따돌림을 당했다. 그는 아계가 사람들에게 묻혀있는 모습을 지켜보고 있자 은근히 질투가 나고 마음도 불편했다. 그는 급기야 상석 탁자를 정당正堂으로 들이라고 하명했다.

그러나 화신이 한마디 하기 무섭게 자리를 잡은 장군들은 수군대면서 화신을 힐끗힐끗 쳐다봤다. "어디에서 굴러 나온 개뼈다귀가 명령을 하느냐!"는 식이었다. 계획대로라면 개연開筵(연회를 시작함)에 앞서 아계에 이어 화신의 훈화가 있어야 했다. 예정대로 아계가 두 개선장군에 대한 건륭의 찬사를 전하고 나서 화신이 월대로 올라갔다.

"개선하고 돌아오신 영웅호걸 여러분!"

화신이 근엄한 표정을 거두고 미소를 머금은 채 좌중을 훑어봤다. 그러고는 감격에 겨운 격앙된 목소리로 말을 이었다.

"실로 수고가 많았소."

연회장의 분위기가 흐트러지기 시작한 것은 화신이 입을 뗀 지 얼마 되지 않았을 때였다. 앞자리에 앉은 장군들은 억지로 엄숙하고 꼿꼿한 표정을 유지하고 있었으나 뒷자리에서는 그렇지 않았던 것이다. 심지어 뒷자리 어딘가에서는 누군가가 기침소리와 함께 코맹맹이 소리로 외치기까지 했다.

"목소리가 너무 작습니다. 좀 크게 말해주십시오!"

"키가 너무 작아 여기서는 안 보여요. 걸상이라도 딛고 올라서 주세요!"

사방에서 키득키득 웃음소리가 터져 나왔다. 저희들끼리 뭐라 말했는지 급기야 와! 하는 폭소까지 터져 나왔다.

화신은 발끝을 들고 주위를 살펴봤다. 소란의 진원지는 뒷자리였다. 당사자들은 전부 앞사람 뒤에 몸을 숨기고는 입을 감싸 쥔 채 낄낄거리고 있었다. 화신은 어떻게든 소란을 정리해보고 싶은 생각에 마른침을 꿀꺽 삼키면서 걸상에 올라섰다. 그러고는 다시 목청을 돋우어 외쳤다.

"개선하신 영웅호걸 여러분! 여러분은 우리 대청大淸의 공신들이오."

그러나 소란은 계속 이어졌다.

"봤다, 봤어! 아, 조막만 하네!"

"그래도 빈대보다는 크네, 뭘!"

"어라? 수염이 하나도 없네? 미끄럼을 타도 되겠다!"

"혹시 태감 아니야?"

"그건 아닌 것 같은데, 태감들은 중간 다리가 없잖아!"

"화 중당이 중간 다리가 있는지 없는지 네가 어떻게 알아? 벗겨봤어?"

하하하하, 헤헤헤, 히히히……. 기괴한 웃음소리는 끊임없이 터져 나왔다. 급기야 앞자리에 앉은 대원大員들이 못마땅한 표정으로 뒤를 돌아봤다. 모두들 뭔가 한소리 하고 싶은 모양이었으니 입만 쩝쩝 다시면서 다시 고개를 돌렸다.

이때 공문결재처에서 가까운 사무관실에도 식탁이 하나 따로 놓여 있었다. 바로 기윤을 위한 특별석이었다. 그는 이미 복직은 한 상태였다. 그러나 아직 정식 임명문서가 없어 신분이 불분명했다. 게다가 유공자 명단에도 포함되지 않았다. 그런 대접을 받고 있었던 것은 바로 그 때문이었다. 그렇다고 언제 다시 군기처로 입직할지 모르는 사람을 소홀히 대할 수도 없었다. 급기야 그런 궁여지책을 모색할 수밖에 없었다.

아계를 비롯한 섬서 순무, 서안 지부, 서안 현령 등은 기윤의 옆에서 말동무를 해주고 있었다. 그들 중 섬서 순무로 새로 발령이 난 갈효화葛孝化는 원래 화신에 버금가는 '미꾸라지'였다. 때문에 기윤에게 연신 아부를 해댔다. 아주 침이 마를 새가 없었다. 서안 지부인 나우덕羅佑德은 기윤의 문생이므로 더했다. 농담을 좋아하고 우스갯소리를 잘하는 스승의 성격을 잘 아는 탓에 갈효화를 찜 쪄 먹을 만큼 지극정성을 다했다. 그가 한참동안 편안한 분위기를 이끌어 가다가 문득 화제를 돌렸다.

"화 중당이 구영남목전九楹楠木殿을 짓고 있다는 설이 나돌자 폐하께서 예부에 실사를 명했다고 합니다. 화 중당은 자신의 결백을 주장하면서 예부와 대리시, 한림원의 관리들을 데리고 직접 현장 검증에 나섰답니다. 그런데 소문에 나도는 그런 '궁전'은 없었다고 합니다. 화 중당은 버럭 화를 내면서 예부 시랑에게 삿대질을 했다고 합니다. '멀쩡한 사람의 명예를 훼손하려는 저의가 뭐요?'라고 큰 소리로 호통을 쳤다고도 합니다. 이어 자리한 수백 명의 관리들을 쓸어보면서 '누가 주동자요? 나를 음해하려고 한 자가 누구냐 말이오! 진정 사내라면 나와보시오!'라면서 길길이 날뛰었다고 합니다."

나우덕은 북경에 있는 과거시험 동문들에게서 서찰을 받아보고 알게 된 사실이라고 했다. 아계는 얼핏 들은 바가 있어 그런지 의연한 태도를 보였으나 다른 사람들은 모두 금시초문이라면서 하나같이 놀라워했다. 그러자 나우덕이 제법 그럴싸하게 탁자까지 손바닥으로 치면서 말을 이었다.

"화 중당이 길길이 날뛰는 모습을 처음 보는 관리들은 모두들 꿀먹은 벙어리가 돼버렸답니다. 그런데 갑자기 한림원의 조석보가 불쑥 나서면서 '산허리를 쳐서 호랑이를 겁주려고 하는 것 같은데, 그럴 거 없소. 장본인은 바로 나요! 내가 화 대인을 탄핵했소. 어쩔 거요?' 하면서 횡하니 소매를 휘젓고는 가버렸다고 합니다."

좌중의 사람들은 그 말을 듣고 잠시 아무런 말을 못했다. 한참 후 해란찰이 웃으면서 말했다.

"쇠주먹에 정면으로 도전한 그 사람을 한번 만나보고 싶구먼!"

조혜도 고개를 끄덕이며 입을 열었다.

"어사御史는 바로 언관言官이오. 언관이라면 풍문일지라도 주청을 올려야 할 의무가 있네!"

잠자코 듣고만 있던 기윤이 화제를 돌렸다.

"어제 관보를 보니 나는 원래 직무를 회복할 것 같소. 이시요는 병부 시랑, 늑민은 병부 상서에 제수될 것 같소."

해란찰이 고개를 갸웃거리면서 물었다.

"복건福建 수사水師에는 누구라는 얘기가 없었습니까?"

기윤이 대답했다.

"아무래도 해란찰 군문이 유력할 것 같소! 조금만 기다려보면 폐하의 어지가 내려질 것 같소."

기윤의 말이 끝나기 무섭게 갑자기 마당에서 시끄럽게 떠드는 소리가 들려왔다. 뭔가 사달이 생긴 것 같았다. 조혜와 해란찰은 얼굴색이 변한 채 동시에 벌떡 일어났다. 그러자 아계가 손으로 막았다. 그러고는 웃음을 터트렸다.

"병사들끼리는 원래 저리 살벌하게들 놀지 않소. 모처럼 마음껏 터트리게 가만 내버려두오. 이럴 때 나가면 괜히 더 큰 싸움만 난다니까! 내가 가볼 테니 그대로 앉아 있으시오."

아계가 말을 마치고는 마당으로 나왔다. 화신은 걸상 위에서 내려오지도 못하고 난감한 표정을 짓고 있었다. 악동 같은 병사들은 그 모습에 더욱 신이 나서 떠들어댔다. 평소에 화신에 대한 혹평을 많이 들었던 터라 이참에 잔뜩 골려주자고 작심을 한 것 같았다. 그러나 아계가 나타나자 장내는 금세 쥐죽은 듯 조용해지기 시작했다.

흑수하에서 대패를 한 곽집점은 파달이산으로 도주했다. 하지만 그곳 칸왕汗王이 청군과 양쪽에서 협공을 가하는 바람에 그 자리에서 자결하고 말았다. 그렇게 해서 드넓은 회강回疆 지역은 안정 국면에 접어들었다. 화신은 바로 그런 전공을 일궈낸 병사들을 위로하기 위해 서안으로 내려왔으나 장사壯士들에게 뜻밖의 모욕을 당했다. 당연히 더 이상 머물러 있을 기분이 아니었다. 결국 북경에 긴히 처리해야 할 일이 있다는 핑계를 대고 서둘러 서안을 떴다.

아계는 강절江浙(강소성과 절강성) 지역의 재정적자를 문제 삼은 두 광내를 탄핵하려다 건륭에게 문책을 당하는 횡액을 입었다. 그러나 삼군을 위로하는 데는 최선을 다해 무사히 노군 행사를 마쳤다. 이어 즉시 말을 달려 신강新疆의 이리伊犂로 향했다. 그러고는 그곳에 관부官府를 설치하고 둔전이민屯田移民 정책을 실시했다. 이후 전과 같이 회족回族들에게 정무를 맡겼다.

하지만 관리들은 그의 관리 내상이 아니었다. 조정에서 직접 임명하기로 했던 것이다. 뿐만 아니라 축성築城, 주전鑄錢, 채광採鑛, 제철製鐵…… 등 경제와 관련된 핵심 분야의 책임자도 그랬다. 전부 조정에서 파견할 것이었다. 아무려나 아계는 모든 업무를 깔끔하게 처리하고 나서야 비로소 만리 길을 달려 북경으로 돌아왔다.

이어 기윤, 유용 등과 함께 옹염을 보좌해 정무를 처리했다. 그사이 밖에서는 조혜와 해란찰이 연병練兵에 열을 올렸다. 복강안은 여전히 어디에 사달이 생겼다 하면 가장 먼저 달려가는 '소방대원' 노릇을 자처했다. 사달은 꼬리를 물고 계속 일어났다. 예컨대 사천성의 가로회哥老會, 양강兩江의 홍화회紅花會, 호광湖廣의 천리회天理會 등 사교 조직들이 그런 사달을 일으키는 대표적인 불순세력들이었다. 게다가 강남江南의 홍방紅幇과 직공織工들까지 가세해 사달은 그칠 새가 없었다. 우매한 백성들이 가세된 이런 '거사'擧事들은 마치 물 위에 뜬 표주박이나 다름없었다. 이쪽을 누르면 저쪽에서 튀어나오는 식이었다. 완전 진압은 근본적으로 불가능했다.

그사이 조정에서는 태후의 선서仙逝에 이어 위가씨와 당아 부인이 세상을 떠나는 대사를 겪었다. 반면 인사상의 변화는 크지 않았다. 신료들은 모두 나이가 지긋해 오늘 내일을 장담할 수 없게 됐다. 다행히 건륭은 아직도 여느 신료 못지않게 근골筋骨이 강건했다. 그는 소위 대사大事만 직접 처리할 뿐 대부분의 정무는 옹염에게 맡긴 상태였다. 이치吏治 쇄신은 여전히 가망이 보이지 않고 있었으나 일단 악화일로를 치닫는 국면은 진정이 된 것 같았다.

어느덧 건륭 51년이 됐다. 동지가 지나자 북경의 백성들은 설날 분위기에 들떠 있었다. 그 무렵 군기처에서는 급보를 접했다. 누누이 법망을 빠져나가 사달을 일으키고 다니다가 한동안 잠잠한 탓에 온갖 억측을 낳게 했던 임상문이 꼬리를 드러내기 시작했다는 것이었다.

민절閩浙 총독 상청常青이 보내온 800리 긴급상주문의 내용은 간단치 않았다.

> 비적 임상문林爽文이 창화현彰化縣에서 이천 대중을 앞세워 현성縣城을 공략했다는 급보를 받았사옵니다. 신은 수사水師 제독 황사간黃仕簡을 급파해 녹이문鹿耳門에서 공격을 개시하게 했사옵니다. 또 부장, 참장들도 여러 갈래로 길을 나누어 협력하게 했사옵니다. 신은 천주泉州에 머물면서 육로陸路 제독 임승은任承恩과 함께 진두지휘했사옵고, 금문진金門鎭의 총병總兵 나영급羅英笈을 파견해 대만 주변의 주현州縣들에 숨어들지 못하게끔 감시를 강화하도록 조처했사옵니다.

이런 일은 사실 대만에서는 다반사였다. 그래서 화신은 군보를 받고도 대충 훑어보고는 책상 위에 던져버렸다. 그러나 이튿날 군기처에 나온 유용은 달랐다. 군보를 발견하자마자 건륭에게 절략節略을 올리고자 따로 챙겼다. 그러자 화신은 유용이 양심전으로 들 줄 알고 웃으면서 말했다.

"방금 민절 총독 상청에게서 또 상주문이 올라왔습니다. 대만의 사태가 쉬이 진압되지 않아 또 일천이백 명을 급파했다고 하네요."

유용은 화신의 말을 듣고는 바로 그 길로 건륭을 알현하고자 양심전으로 향했다. 대전 안은 봄날같이 따스하고 아늑했다. 건륭은 편안한 옷차림으로 책 한 권을 들고 정전에 앉아 있었다. 옹염은 건륭의 옆자리에 배석해 있었다. 또 그 아래에는 황손皇孫과 황중손皇重孫(맏손자 외의 여러 손자)들이 가득 자리해 있었다. 면덕綿德, 면지綿志, 혁인奕綑, 육숙毓橚, 혁진奕繒, 면성綿性…… 그중 대여섯 명은 유용도 이름을 알 수 없는 아이들이었다. 큰아이는 열두어 살 가량, 막내는 네댓 살밖에 안 되는 것 같았다. 모두 어른처럼 다리를 포개고 앉은 채 시를 읊조리고 있었다.

유용이 뜰에 들어서는 걸 본 옹염이 건륭에게 뭐라 말하는 것 같았다. 그제야 유용을 발견한 건륭이 책을 내려놓으면서 말했다.

"들게! 너희들은 그만하고 내일 다시 들거라!"

아이들은 책도 내팽개친 채 좋아라 하며 달려 나갔다. 순간 마당 가득히 기다리고 있던 수행 태감과 어멈들은 저마다의 '꼬마 주인'을 찾느라 소란을 떨었다. 아이들이 모두 흩어져 집으로 돌아간 다음 옹염이 빙그레 웃으면서 입을 열었다.

"나를 찾아 육경궁에 갔었다고 들었네."

유용이 옹염의 말에 고개를 숙인 다음 건륭을 향해서도 예를 갖추려고 했다. 건륭은 그러나 손을 내저었다.

"다 같이 늙어 가는 마당에 가끔씩 빼먹어도 괜찮네. 복강안이 어제 상주문을 올렸더군. 사천성에서 교喬아무개라는 자가 난을 일으켰다네. 다행히 이미 평정은 했으나 사후처리를 하는 데 은자가 필요하다고 하네. 복강안은 지금 담자사潭柘寺에서 고인이 된 모친을 위해 공덕功德을 베풀고 있는 중이네. 아까 사람을 파견해 옹염에게 물어오는 걸 보고 그제야 생각이 났네. 조혜가 사천에서 올린 문후 상주문도 아직 읽어보지 못했네. 일흔을 넘기니 근력이 어제가 다르고 오늘이 다른 것 같네. 금방 생각했던 것도 돌아서면 잊어버리고……."

건륭이 말을 마치고는 힘없이 웃었다. 순간 그의 하얀 수염이 가늘게 떨렸다. 확실히 노쇠했다고 할 수 있었다. 그래서일까, 그는 연신 "예전 같지 않다!"는 탄식만 반복할 뿐 옹염이 무슨 일로 들어왔고, 유용이 또 어이해서 뵙기를 청했는지 까맣게 잊고 있는 것 같았다.

건륭은 최근 들어서는 부쩍 과거 '회귀'에 시간을 소모했다. "예전 같지 않다!"는 말도 마치 구두선처럼 달고 다녔다. 가끔 외신^{外臣}들을 불러놓고 대하장편소설 같은 대론을 펴기도 일쑤였으나 정작 외신들은 그 지루한 '성훈'^{聖訓}만 듣고 그대로 물러나는 경우가 많았다.

건륭의 '지병'이 또다시 발작하려 하자 다급해진 옹염이 다가가 직접 차를 따라 올렸다.

"차 한 잔 드시옵소서, 아바마마. 유용 공이 긴히 아뢸 말씀이 있어 든 것 같사옵니다."

건륭이 그제야 찻잔을 들어 한 모금 마시면서 말했다.

"어, 짐이 깜빡했네! 어서 아뢰게!"

"예, 폐하!"

유용이 몸을 숙이면서 대답했다. 사실 그는 몇 가지 형명^{刑名} 사건에 대해서도 아뢰고자 했다. 그러나 건륭이 또 중간에서 말을 '잡아먹는' 날에는 정작 중요한 내용을 아뢰지 못할 것 같아 서둘러 대만의 정세부터 보고하기 시작했다. 그러고는 숨도 돌리지 않고 한꺼번에 다 말해버렸다. 이어 조용히 건륭의 훈시를 기다렸다.

"너무 과민반응을 하는 건 아닌가?"

건륭이 언제 수다를 떨었느냐는 듯한 어조로 말했다. 이어 그 옛날의 '건륭황제'로 돌아온 것 같은 자신에 찬 목소리로 덧붙였다.

"대만보다는 복건, 절강 등 대만과 인접한 연해 지역의 안정을 도모하는 데 심혈을 기울여야 할 것이네. 대만의 난동은 어제오늘의 일이 아니거늘 유독 이번에 더욱 당황하고 불안해하는 이유는 무엇인가? 벼룩 한 마리를 잡고자 초가삼간을 다 불태울 수는 없는 일이지."

건륭이 말을 마치고는 다시 명령을 내렸다.

"옹염은 방금 짐이 했던 말을 어지로 작성해 옥새를 찍어 발송하거라."

옹염은 몇 마디 안 되는 건륭의 말을 요약해 어지를 작성했다. 이어 태감에게 건넨 뒤 쾌마 편으로 발송하도록 했다.

그렇게 잠시 숨을 돌리는 사이 민절 총독 상청과 복건성 육로 제독 임승은의 상주문이 잇달아 도착했다.

알고 보니 대만 사태의 전말은 간단하지 않았다. 모든 것의 발단은 대만 제라현諸羅縣에 살고 있는 양광훈楊光勳, 양공관楊功寬이라는 두 형제 사이의 재산 다툼이었다. 그로 인해 시작된 분쟁은 두 사람의 선에서 끝나지 않고 나중에는 각자 소속돼 있는 뇌공회雷公會와 천지회天地會 두 무리들 간의 싸움으로 비화됐다. 그러자 대만 총병 시대기柴大紀와 대만 도대道臺 영복永福이 명령을 내려 총 53명을 체포하기에 이르렀다. 그러나 체포된 무리들을 감옥으로 이송하던 중 임상문이 범인들을 전부 탈취해가는 초유의 사태가 벌어졌다. 이어 임상문이 대만의 네 개 현 중 창화현彰化縣을 자신의 수중에 장악했다. 보통 일이 아니었다.

건륭은 그러나 여전히 사태의 심각성을 전혀 느끼지 못하는 듯했다. '임상문 네놈이 뛰어봤자 벼룩이지. 결국은 내 손아귀를 벗어나지 못할 것이다'라는 식의 안이한 생각을 하는 것 같았다. 대신들도 대체로 그랬다. 유용과 아계, 복강안 셋만이 대만 사태를 예의주시하면서 정세를 분석하기에 여념이 없었을 뿐 나머지는 건륭과 같은 생각인 듯했다.

설 명절을 며칠 앞둔 어느 날이었다. 절강 수사 제독의 급보가 날아들었다. 복건 병사 대부분이 대만으로 건너가 주둔해 있으니 대체 인력을 보충해달라는 내용이었다. 그는 "연말이라 절강과 복건 등 정작 적들이 허를 찌르기 쉬운 지역은 전혀 무방비상태에 노출돼 있다"며 지원 요청의 이유도 그럴 듯하게 달았다. 유용은 잠시 생각한 끝에 서둘러 육경궁으로 옹염을 찾아갔다. 건륭에게 아뢰어봤자 별일도 아닌데 소란을 피운다는 면박을 당할 것이 뻔했기 때문이었다.

음력 12월 23일은 북경 사람들이 '조왕신'竈王神(부뚜막신)을 승천시키는 날이었다. 이 날이면 집집마다 음식을 만들고 제사준비에 바빴다. 그 때문일까, 추운 날씨임에도 불구하고 설날에 먹을 설음식을 장만하러 나선 사람들의 발길은 분주하기만 했다. 성미 급한 아이들은 섣달 그믐날 밤에 귀신을 쫓기 위해 준비해둔 폭죽을 몰래 가지고 나와 하나둘씩 꺼내 터트리기 시작했다. 매캐한 연기가 공기 속에 섞여 들어갔다. 유용이 폭죽냄새를 온몸에 묻힌 채 육경궁에 도착해 뵙기를 청하자 태감이 말했다.

"잠시만 기다려주십시오. 기윤 중당과 복강안 대인께서 들어 계십니다!"

곧이어 안에서 옹염의 말소리가 들려왔다.

"숭여 공인가? 어서 드시게!"

유용은 대답과 함께 궁전 안으로 들어갔다. 과연 기윤과 복강안이 들어 있었다. 옹염은 유용을 보자 본론부터 꺼냈다.

"안 그래도 사람을 시켜 부르려던 참이었네! 화신은 이부에서 예부 관리들과 함께 회시會試 준비에 대해 토의하느라 시간이 없다고 하는군. 대만 형세는 우리가 생각했던 것보다 훨씬 심각한 것 같네. 이시요는 작전 전략을 모색하느라 어제도 밤을 꼬박 샜다고 해. 그래서 잠시라도 눈을 붙인 다음 오후에 나오라고 쫓아냈지. 우리끼리 먼저 상의해보고 그 결과를 가지고 어의를 청해보자고."

"저도 그 때문에 들었습니다."

유용이 말을 이었다.

"군무와 관련해서는 복강안 대인의 의사를 많이 참고했으면 좋겠습니다."

유용이 이어 자신이 생각했던 바를 요약해 설명했다. 기윤이 연신 담배 연기를 뿜어 올리더니 무겁게 입을 열었다.

"내 생각에는 황사간이나 임승은은 모두 이런 중임을 떠안을 만한 인물이 못 되는 것 같소. 나이도 많고 경험도 부족하니 전쟁터에서는 '미숙아'라고 봐야겠지. 그들을 철수시키고 한시라도 빨리 유능한 군사 전문가를 대만 현지에 파견해야 한다고 보오."

복강안이 바로 기윤의 말을 받았다.

"열다섯째마마, 솔직히 제가 이 중임을 떠맡고 싶습니다. 다만 마마께서 씀씀이가 큰 이 사람을 선뜻 윤허하지 않으실 것 같아 염려스럽습니다."

옹염이 웃으면서 대답했다.

"여태 펑펑 써놓고는 이제 와서 갑자기 어인 말인가! 은자라는 것은 아낄 때 아끼더라도 쓸 데는 써야지!"

복강안은 옹염에게서 의외의 격려를 받자 힘이 나는 듯 어깨를 펴고 자세를 고쳐 앉았다. 이어 단호하게 청했다.

"그러면 저를 보내주십시오! 어제 화신을 만나 제 의사를 밝혔더니, 화신은 '그건 열다섯째마마께 여쭤보십시오. 글쎄, 윤허해 주실지 모르겠네요'라고 의미심장하게 여운을 남겼습니다. 그 뜻인즉 이 사람이 씀씀이가 커서 열다섯째마마께서 물망에 올려놓지 않을 거라는 얘기였습니다."

"정작 그대의 씀씀이를 운운한 사람은 바로 화신이네. 그리고 그대의 형 복령안과……."

옹염은 별 생각 없이 말하다가 곧바로 후회하는 표정을 지었다. 그러더니 즉각 화두를 돌려버렸다.

"그들도 좋은 뜻에서 그런 말을 했을 거라고 믿네. 아무리 백전백 승의 영웅이라고는 하나 사방이 바다에 둘러싸인 해전海戰은 처음일 테니 염려가 되었던가 보네. 그래서 나도 그들의 의견을 반박하지 않 았던 거야."

복강안은 옹염을 지그시 바라봤다. 그러고는 눈길을 창밖으로 돌 려버렸다. 얼마 후 그가 천중千重의 전우殿宇와 만중萬重의 누각樓閣을 꿰뚫어버릴 듯 힘주어 바라보면서 천천히 입을 열었다.

"대만은 큰 위험에 처해 있습니다. 용단을 내리셔야 합니다, 열다섯 째마마! 저 복강안을 믿어주시고 한 번만 크게 밀어주십시오! 결코 실망시켜드리지 않을 자신이 있습니다!"

"좋네!"

마침내 옹염이 결단을 내렸다.

"나는 그대를 믿네. 복 공을 필두로 해란찰이 선두를 치고 나가도 록 작전을 짜보게!"

기윤이 곰방대를 발뒤축에 털어 끄면서 침묵을 깼다.

"민절 총독, 복건 순무, 복건 수사 제독 이들은 모두 무능한 자들 입니다. 먼저 이자들부터 문책함이 마땅할 것입니다, 열다섯째마마! 이시요가 복건 총독을 겸하게 됐으니 이제 태호 수사의 삼만 병마는 복강안 공의 휘하에 들이고 병부의 군량미는 열다섯째마마께서 친 히 독촉하시는 것이 바람직할 것 같습니다. 그래야 옆에서 '오십 냥 줘라!', '너무 많다, 삼십 냥만 줘라!' 이 따위로 감 놔라 배 놔라 간 섭하고 팔꿈치를 잡아당기는 일이 없을 것입니다."

기윤이 구태여 밝히지 않았으나 좌중의 사람들은 모두 '팔꿈치를 당길 사람'이 화신이라는 사실을 모르지 않았다. 유용이 그 말을 듣 고는 일부러 넌지시 띠보는 말을 던졌다.

"누가 팔꿈치를 당기겠습니까?"

복강안이 그러자 냉큼 꼭 집어 말했다.

"당기다마다! 뒷덜미나 안 잡으면 다행인 줄 아시오."

복강안이 말을 마치자마자 갑자기 벌떡 일어났다. 그러고는 옹염을 향해 깊이 허리를 숙이며 읍을 했다. 느닷없는 복강안의 행동에 어리둥절해진 옹염이 엉거주춤 따라 일어섰다.

"지금 뭐 하는 건가? 또 무슨 중대 발언을 하려고 이리 벌떡벌떡 일어나면서 사람을 놀라게 하는 거야?"

복강안이 대답했다.

"열다섯째마마께서 윤허를 하셨으니 폐하의 어지가 내려지는 대로 출발하겠습니다. 저는 육부六部에 기대를 걸지 않겠습니다. 돈과 권력만 추종하는 무리들은 도무지 믿을 수 없습니다. 저는 오로지 열다섯째마마만 믿고 욕혈분전浴血奮戰하겠습니다. 결코 열다섯째마마의 기대를 저버리지 않을 것입니다. 힘껏 밀어주실 거죠, 열다섯째마마?"

옹염은 평소 복강안에 대해 이름 모를 질투와 열등감을 느끼고는 하던 사람이었다. 그러나 그의 능력에 대해서는 전혀 의심을 하지 않았다. 개인적으로도 화신보다는 그를 훨씬 더 사나이답다고 생각했다. 더구나 대만 사태는 간단하지가 않았다. 누군가는 가야 했다. 가능하면 복강안이 가장 좋을 것이라는 생각도 했다. 그랬으니 온갖 감정이 뒤범벅이 된 그의 얼굴은 붉게 달아올랐다. 급기야 복강안의 손을 굳게 잡고 오래도록 놓지 않았다. 옹염은 복강안을 잡은 손에 힘을 주면서 굳게 약속했다.

"무슨 뜻인지 잘 알겠네. 나를 믿는다니 정말 고맙네. 뒷걱정은 하지 말고 안심하고 떠나게!"

24장
대만의 반란을 진압하라!

　해란찰은 이튿날 유시酉時 무렵에 북경에 도착했다. 해가 짧은 한겨울이라 날은 벌써 어두워져 있었다. 그래도 눈은 잠시 그친 것 같았다. 그럼에도 하늘은 여전히 짙은 구름이 무겁게 덮여 있었다. 해란찰은 열 명의 친병들만 데리고 서직문을 통해 입성했다. 그러고는 자신의 부저府邸로 돌아가지 않고 곧바로 자금성 북쪽에 있는 조혜의 공작부公爵府로 향했다.

　일생동안 고락을 같이해온 노년의 두 영웅은 오랜만에 마주 앉았다. 조혜는 반년 전에 중풍에 걸려 왼쪽 반신이 마비된 상태였다. 그래서인지 침대에 비스듬히 기대 있다가 해란찰이 달고 온 바람이 추운 듯 몸을 움츠렸다. 해란찰은 완전히 하얗게 탈색해버린 조혜의 머리를 보면서 자신의 머리채를 만져보고는 고개를 저었다.

　둘은 잠시 아무 말도 하지 못했다. 뱃속 가득 할 말이 차서 넘쳤으나 정작 꺼내려고 하니 모두 쓸모없는 헛소리인 것 같았던 것이다. 대신 늙었어도 아직 방족放足(전족纏足을 푸는 것)을 하지 않은 조혜의 처 하운아는 조막만 한 발을 빠르게 움직이면서 가인들에게 성화를 해댔다.

"해란찰 장군께 차를 올리거라. 더운 물수건은 드렸느냐? 주방에서는 어서 밥을 짓지 않고 뭘 하느냐?"

하운아는 급기야 가위를 들고 와 촛불 심지를 잘라내면서 끼어들기까지 했다.

"두 사람 다 어찌 꿀 먹은 벙어리가 됐어요? 어제 병부에서 해란찰 군문이 도착한다는 소식을 전해 오니 너무 좋아서 입이 뒤통수에 돌아가 붙도록 웃더니! 그런데 정작 만나니 왜 아무런 말이 없어요?"

해란찰이 웃으면서 입을 열었다.

"입이 돌아간 건 의원에게서 침 한 대만 잘 맞으면 다시 돌아올 수 있어요. 우리 집사람도 마흔 살 때 풍風(중풍 증세)이 와서 입이 돌아가고 손발이 마비됐다가 지금은 많이 좋아졌죠."

조혜는 해란찰과 하운아가 재미나게 얘기를 나누는 걸 보면서 마음이 조금 홀가분해지는 모양이었다. 얼굴에 가벼운 미소가 번지고 있었다. 그가 길게 숨을 들이마시면서 말했다.

"겨우 한숨 돌리고 나니 또 대만으로 출전한다면서?"

입은 비뚤어졌어도 말은 평소와 다름없이 똑똑했다.

"그렇네."

해란찰이 고개를 끄덕였다. 이어 다시 말을 이었다.

"아직 성지는 내려지지 않았어. 아계 공과 유용 공이 정유廷諭를 보내왔는데, 복강안 대인이 주장主將이 되고 내가 보좌하게 될 것 같아. 배운 게 도둑질이라고, 머리털 나고부터 총대 메고 칼 잡는 일밖에 해본 게 없는데 어쩌겠는가!"

조혜가 부인 하운아에게 말했다.

"애들을 보내 해란찰 군문의 부인을 모셔오게. 저녁이나 같이 먹자고."

하운아가 알겠노라고 대답하면서 일어섰다. 조혜는 그제야 해란찰을 향해 말했다.

"솔직히 복강안 대인을 따라 나서면 적어도 낭패는 안 볼 거야. 부상(부항)보다 사람을 더 편하게 해주는 상사거든. 단지 은원恩怨이 너무 분명해 좀 그렇기는 해. 아무튼 군사를 이끄는 데는 그만한 인재도 드물지. 대만은 서북과 달라 사방이 바다야. 전략전술도 달라져야 할 텐데…… 물론 내 노파심이겠지? 복강안 대인이 그걸 모르고 출전을 서두르겠는가! 문제는 복강안 대인이 위신과 인망이 선친인 부상보다 못하고 육전陸戰에서 한 번도 패해본 적이 없다는 사실이지. 그래서 적을 경시하는 경향이 없지 않아 있을 것 같아. 또 승승장구를 질투하는 무리들이 그 양반이 전방에 나가 있는 동안 훼방을 놓지는 않을까 걱정이야. 나중에 복 대인을 만나면 이런 얘기를 해주게나."

"지금 대만에서 그나마 선전하고 있는 사람은 시대기 하나뿐이라네. 헌데 듣자니 시대기는 옛날부터 복 대인의 눈 밖에 났다면서? 복 대인은 주는 것 없이 그를 싫어한다고 들었네. 이번에도 둘이 부딪치지 않을까 걱정이야."

"복 대인은 다 좋은데 속이 너무…… 좁은 것 같네. 다 지나간 옛날 일을 가지고 아직도 이러니저러니 따지는 건 또 뭐야! 대세가 대세이니만큼 복 대인과 시대기 두 사람은 서로의 감정을 조절해가면서 잘해내야 할 텐데…… 내가 진짜 걱정되는 건 화 대인이 속결速

決을 원치 않는다는 거야."

"화신 말인가?"

해란찰의 두 눈이 휘둥그레졌다.

"그가 적과 내통하기라도 했다는 얘기야?"

"그 정도까지는 아니고……. 그가 군비를 뜯어내자면 전사戰事를 오래 질질 끌수록 좋을 게 아닌가! 원명원 공사 은자는 이미 챙길 만큼 챙겼고!"

해란찰이 덧붙였다.

"내가 보기에는 여태 해 먹은 게 들통 날까 봐…… 장부를 복잡하게 헝클어뜨리려는 수작인 것 같아. 이번에는 연해 지역의 몇 개 성省들에서 군비가 나간다고 해. 서북 전역 때 우리가 호부와 병부에서 직접 조달 받던 것과는 다르잖아. 그러니 어떻게든 장부 조사가 제대로 이뤄지지 못하도록 여기저기 끌어다 쑤셔 박으려고 할 게 아니겠는가? 전쟁 기간이 길어질수록 위장하기에는 더없이 좋은 테지."

화신이 나라의 국고와 비견될 정도로 어마어마한 부를 축재했다는 사실은 모두가 주지하는 바였다. 다만 건륭의 편애와 비호 때문에 여태 풍랑風浪을 겪지 않았을 뿐이었다. 물론 그사이에 몇 번 장부 조사를 한 적이 있기는 했다. 그러나 그때마다 화신의 털끝 하나 건드리지 못한 채 형식에 그치고 말았다. 오히려 화신의 재산에 대한 합법성을 인정해주는 꼴이 되고 말았다.

해란찰은 화신이 속전속결을 원치 않는 이유가 그저 끊임없는 탐욕 때문이라고만 생각했다. 조혜가 지적한 부분에 대해서는 미처 생각하지 못했다. 그가 한참을 멍하니 생각에 잠겨 있더니 천천히 입을 열었다.

"쩌먹든 튀겨먹든 문관들이 알아서 하겠지. 우리가 그런 것까지 신경 쓸 게 뭐 있나? 아무튼 나는 속전속결이야! 내가 참으로 두 콧구멍을 열어놓고도 답답하고 갑갑한 건 부패 척결과 이치 쇄신을 입에 달고 계시는 폐하께서 어찌 바로 옆에 거물급 탐관오리가 있는데 그냥 두고 보시는가 이거야!"

조혜와 해란찰은 그 말을 끝으로 더 이상 말을 하지 않았다. 어쨌든 둘의 찰떡궁합은 의심의 여지가 없었다.

해란찰은 이튿날 날이 밝자마자 서화문으로 가서 패찰을 건넸다. 잠시 기다리고 서 있자 화신의 대교大轎도 따라 들어섰다.

서화문 밖에서는 100여 명도 넘는 육부 관리들과 각 성에서 올라온 관리들이 궁전으로 들어가기 위해 순서를 기다리고 있었다. 모두들 군기처, 육경궁으로 갈 사람들이었다. 그들은 잠시 기다리는 동안 친한 사람들끼리 모여 나지막한 소리로 얘기를 주고받고는 했다. 일부는 뭐가 그리 재미있는지 껄껄껄 소리 내 웃기도 했다. 그들 중 해란찰의 옛 부하들은 그를 알아보고 반색하면서 다가와 알은체를 하기도 했다.

화신의 대교가 멈춰 서자 무리들은 우르르 그 쪽으로 달려갔다. 이어 가마를 에워싼 채 저마다 하마석下馬石이라도 돼 줄 듯 굽실거렸다. 앞을 다퉈 문안인사도 올렸다. 심지어 서로 앞자리에 서겠노라고 가벼운 몸싸움까지 벌였다. 화신은 미소를 머금으며 그만 하라면서 손을 내저었다. 제법 그럴싸한 모습이었다. 일일이 고개를 끄덕여 응답을 하던 그가 곧이어 돌사자 옆에 서 있는 해란찰을 발견했다. 이어 수행원에게 패찰을 건네라고 당부하고는 그에게 다가갔다. 그러고는 그의 투박한 손을 덥석 잡으면서 반색을 했다.

"해란찰 공, 북경에는 언제 딩도했소? 보고 싶었소! 지난번 일본日

本에서 누군가 왜도(倭刀) 두 자루를 보내왔소. 바다 밑에서 건져낸 몇백 년 전의 쇠로 만들었다던데, 우리 것과 비교해보니 우리의 보검은 더 이상 보검도 아니었소. 나중에 내가 댁으로 한 자루 보내드리겠소. 그래, 건강은 괜찮소?"

화신이 해란찰의 어깨를 두드렸다. 이어 다시 말을 이었다.

"어떤 사람은 이렇게 늙을수록 더 멋있어 지는데, 나는 어째서 이리 쪼그라진 영감탱이가 돼 가는지 모르겠소!"

화신은 해란찰과 그렇게 수선을 피우는 와중에도 오가는 사람들의 인사에 꼬박꼬박 손짓으로 화답하는 것을 잊지 않았다. 그러자 천성적으로 웃는 얼굴이 특징인 해란찰이 주름이 쭈글쭈글 잡히도록 웃으면서 천천히 입을 열었다.

"덕분에 건강은 아직 자신할 만합니다. 또 칼싸움을 하러 가게 됐네요. 지금은 폐하의 어지를 받으러 왔어요. 누가 칼잡이 아니랄까봐 나는 칼을 준다는 사람이 제일 좋더군요!"

화신도 히죽 웃으면서 말을 받았다.

"또 대만이 말썽이라면서? 열다섯째마마께서는 해란찰 군문을 크게 믿고 계시는 것 같았소. 임상문 그 자식, 이번에는 단단히 걸렸다!"

화신이 아직 할 말이 남은 듯 해란찰에게 더 가깝게 다가서려고 할 때였다. 안에서 태감이 부르는 소리가 들려왔다.

"화 대인, 폐하께서 들라고 하십니다!"

화신이 다시 보자면서 해란찰의 어깨를 다독거리고는 쪼르르 앞으로 달려갔다. 경망스러운 태도는 나이가 들어도 변함이 없었다.

건륭은 70대의 고령임에도 불구하고 여전히 근골이 튼튼하고 기력이 왕성해 보였다. 밖에서 검도 연습을 하고 돌아왔는지 동난각에서 더운 물수건으로 얼굴을 닦고 있었다. 화신이 들어서자 바로 나무걸상에 앉으라는 손짓을 했다.

"어젯밤 궁문이 닫히기 전에 옹염이 들었었네. 대만의 상황이 예상보다 안 좋은 것 같네. 더 이상 출병을 미룰 수 없는 이유에 대해 족히 한 시간 동안 얘기하는데 짐이 결국 설득당하고 말았네. 해란찰에게 들라고 했네. 복강안이 주장이 돼 이번에 대만으로 출병할 것이네!"

건륭이 말을 마치고는 다시 덧붙였다.

"한 줌도 안 되는 나부랭이들이 꽤나 시끄럽게 구네!"

화신이 바로 웃으면서 맞장구를 쳤다.

"그렇사옵니다."

화신은 그렇게 말하고 다시 웃는 와중에 갑자기 일말의 서글픔을 느꼈다. 하지만 영악하기 그지없는 그답게 조용히 현 상황을 분석하는 것을 잊지 않았다.

'그래, 옹염은 궁문이 닫히기 직전에도 입궐해 천자와 무릎 맞대고 밀주할 수 있는 사람이지. 나를 향한 폐하의 성총이 아무리 큰들 옹염을 넘어설까? 옹염은 평생 뛰어넘지 못할 산 같은 존재야. 어떻게든 그자의 호감을 얻어야 해. 그것만이 내가 살아남을 수 있는 길이야.'

화신이 그런 생각을 하면서 덧붙였다.

"무소불위의 복강안 대인이 정면에 나서고 태산같이 든든하신 열다섯째마마께서 뒷심이 돼주시니 걱정할 게 없사옵니다. 손바닥만한 대만을 정복하는 건 손바닥 뒤집기에 불과하다고 생각하옵니다."

건륭이 화선지를 누르는 용도로 쓰는 황옥黃玉을 만지작거리면서 무심히 화신의 말을 들었다. 그러다 화신의 말속에 뭔가 뼈가 숨어 있는 것 같은지 잠시 손을 멈췄다. 이어 천천히 입을 열었다.

"어지는 이미 내려 보냈네. 화신, 자네가 짐을 섬겨오는 동안 벌써 강산이 두세 번 바뀌었네. 항상 강조하네만 자네는 상하, 좌우 모든 사람들과의 화목和睦과 일심一心에 유의해야겠네. 자네 이름자에 '화' 和자가 들어 있지 않은가. 짐은 어젯밤에 '일당화기'一堂和氣라는 네 글자를 적어봤네. 군기처에 들어가자마자 가장 눈에 띄는 곳에 걸어놓으라고 했으니 드나들 때마다 보고 가슴에 새겨두기를 바라네. '일당화기'라는 건 곧 '일당춘풍'一堂春風을 의미하니 길한 뜻도 내포하고 있지 않은가. 짐은 이제 누릴 만큼 누렸네. 더구나 근 육십 년 동안 재위하면서 황자들이 우애 있게 잘 따라줬기에 별 어려움 없이 고희를 넘겼네. 다른 건 몰라도 이 점은 성조에 비해 나은 것 같다고 자위하는 바이네."

건륭이 말을 마치고는 다시 엉뚱하게 강희의 아홉 형제들 간에 있었던 끔찍한 보위쟁탈전에 대해 장황하게 늘어놓기 시작했다. 그러고는 늘 언급하고는 했던 자신의 생각을 덧붙였다.

"짐은 즉위 육십 년 되는 해에 태상황太上皇으로 물러날 것이네. 후세들에게 우환거리가 될 만한 것은 서둘러 짐의 손으로 없애버리고자 하네."

화신은 마치 계몽교육을 받고 있는 어린아이처럼 그린 듯 앉은 채 건륭의 말에 귀를 기울였다. 그러고는 그가 두서없이 늘어놓는 장광설 속에서 진정 뜻하는 바가 무엇인지 파악하고자 촉각을 곤두세웠다. 그는 이런 점에서 아계나 유용과는 확실히 달랐다. 아계와 유용은 노인들이 과거 회귀를 좋아하고 누군가가 자신의 '무용담'에 귀 기울여주는 걸 무척 즐거워한다는 사실을 모르고 있었다. 그래서 건륭을 만나면 자신들의 얘기보따리부터 풀어놓기에 바빴다. 그러나 화신은 둘과는 달리 항상 건륭의 말을 끝까지 조용히 들어주고는 했다.

가끔 중간중간에 한마디씩 끼어들어 하고픈 말을 하고 문제를 해결해나가는 식이었다. 그러니 건륭으로서는 화신이 들어오는 것을 반기지 않을 수 없었다.

건륭은 이 시각에도 '동에 번쩍, 서에 번쩍' 하면서 종잡을 수 없는 말을 길게 늘어놓고 있었다. 그러나 화신은 건륭이 진정 말하고 싶은 건 자신이 태상황으로 물러났을 때 보위를 이을 황자들에 대한 우려와 불안함이라고 생각했다. 그때 건륭이 탄식을 내뱉으면서 다시 입을 열었다.

"사람은 물러날 때를 알아야 하는 법이네. 짐도 이제는 다음 세대에게 맡기고 퇴진할 때가 됐네! 그러나 성조께서 애써 수복하셨던 대만을 짐이 아수라장으로 만들어놓은 채 손 털고 나앉을 수는 없네. 대만이 진정 국면에 들어가면 착실히 선양禪讓(황위를 다음 황제에게 물려줌) 수순을 밟아나갈 것이네. 모두가 박수칠 때 떠나야지!"

화신은 건륭의 도도한 담흥談興이 어느 정도 가라앉은 뒤에야 입을 열었다.

"폐하, 일방의 불안은 곧 재상宰相된 자의 책임이옵니다. 대만에 작은 우환이 끊이지 않는 건 신들의 노력이 부족했기 때문이옵니다. 그러나 복강안 공이 웅심雄心을 품고 주먹을 쥐고 달려 나갈 것이오니 심려를 거두시옵소서. 대만의 우환은 곧 사라질 것이옵니다. 폐하, 현재 대만에는 일만 이천여 명이 주둔해 있사옵니다. 그러니 내지內地에서 일만 삼천여 명을 증파하면 병력만 총 이만 육천여 명에 가깝사옵니다. 게다가 병기와 화총, 군비와 식량, 화약 모두 우리가 우세하오니 조정의 완승은 떼어 놓은 당상이라고 할 수 있겠사옵니다!"

건륭이 화신의 말에 고개를 끄덕였다. 화신은 계속해서 말을 이었다.

"하오나 폐하께서 선양에 대해 언급하시오니 신은 마음이 서글프옵니다. 비록 그것이 천고의 성거盛擧임에도 그렇사옵니다. 소신은 폐하를 곁에서 보필해온 세월이 수십 년이옵니다. 폐하에 대한 미련이 신을 괴롭히지 않을 수 없사옵니다! 하오나 대세의 흐름에 따를 준비는 돼 있사옵니다. 어느 황자마마께서 보위에 오르실지 모르겠사오나 신은 폐하께서 은퇴하신 연후에도 변함없는 충정으로 새로운 군주를 잘 시봉할 것이옵니다!"

"노자老子는 '인간은 자지지명自知之明이 있어야 한다'라고 했네. 짐은 재위 육십 년을 넘기지 않겠노라고 하늘과 땅에 맹세를 했었네. 태상황으로서의 삶도 색다를 것 같아. 벌써부터 꼬물거리는 자손들과 같이 놀 생각에 들떠 있네."

건륭은 짐짓 대수롭지 않게 말하고 있었다. 그러나 화신은 건륭의 가슴속 수심愁心과 우려憂慮를 충분히 들여다보고 있었다. 건륭이 말을 이었다.

"장강의 뒷물결이 앞물결을 밀어낸다고 했네. 자연의 섭리에 따라야지! 사실 경도 보위 승계자가 누구인지 알고 있잖은가. 연호年號는 몇 년을 더 기다려 보세. 좋은 해와 길일을 택해야 하거든."

화신은 건륭이 점지한 후계자가 가친왕 옹염이라는 걸 모르지 않았다. 그러나 건륭이 설파하지 않는 이상 알은체 할 수도 없었다. 그가 재빨리 얼버무렸다.

"몇 년 동안 신들은 열다섯째마마를 따라 폐하를 위한 차사에 진력해왔사옵니다. 군기처와 조야의 상하 모두 열다섯째마마에 대해 탄복해마지 않사옵니다. 방금 서화문에서 해란찰을 잠깐 봤사옵니다. 폐하께 뵙기를 청했다고 들었사옵니다. 그 역시 먼저 가친왕을 뵙고 온 것 같았사옵니다."

"해란찰이 와 있다고 했나? 어서 들라 하라!"

건륭이 분부했다. 그러고는 덧붙였다.

"자네는 가서 옹염을 불러오게. 함께 토의해보세!"

"예!"

화신이 대답과 함께 물러가려고 했다. 그때 건륭이 다시 불러 세웠다. 그러고는 의미심장하게 덧붙였다.

"이보게 화신, 그동안 재정 파수꾼의 역할을 충실히 해왔다는 건 짐이 인정하네. 다만 너무 일만 열심히 하다 보니 본의 아니게 일부 사람들의 눈 밖에 난 것 같은데……, 짐도 이제는 늙어서 매사에 명찰明察할 수 없을 것 같네. 간간이 이상한 소문이 들리기도 하더군. 사람은 쌓인 원한이 깊으면 선종善終을 기대할 수 없네.《순자》荀子〈권학〉勸學 편篇에 보면 '흙이 쌓여 산이 되면 바람과 비가 많고, 물이 모여 연못이 되면 교룡蛟龍이 난다'라는 말이 있네. 경은 똑똑한 사람이니 어떻게 '일당화기'의 분위기를 이끌어가야 할지 잘 알거라 믿네. 군신간의 일심一心은 그 어떤 것보다 우위에 있다는 걸 명심하게. 경이 짐에게 시종일관 충정을 보인 데 대해 짐은 크게 위안을 삼았네. 허나 자네는 아직 젊고 앞날이 창창하지 않은가. 짐은 자네가 오랜 세월 동안 조정을 위해 진력해줬으면 하네."

건륭의 뜻은 더 이상 분명할 수 없었다. '일조천자, 일조신'一朝天子, 一朝臣이라는 말이 있으나 건륭은 '양조천자, 일조신'兩朝天子, 一朝臣을 바라고 있는 것이었다. 한마디로 화신이 자신에게 그러했듯 옹염에게도 영원히 충정으로 일관해주기를 주문하고 있었다.

물론 건륭의 뜻은 화신이 오매불망 바라던 바였다. 그렇게 되도록 하기 위해 모름지기 적지 않은 공력을 기울여 온 것도 사실이었다. 공주의 하가下嫁를 추진해 황실과 사돈을 맺은 것도 그 때문이라고 할 수 있었다. 속내를 쉬이 드러내지 않는 옹염에게 다가서고자 온갖 노력을 다해 온 것도 모두 그런 '선견지명'과 무관하지 않았다. 묘하게도 옹염은 한사코 '들러붙는' 그런 화신에게 항상 멀지도 가깝지도 않게 대해줬다. 그렇다고 질책하거나 잘못을 추궁한 적도 없었다. 그래서 화신은 옹염이 자신의 '추파'에 무감각하기만 한 이유가 더없이 궁금했다. 심지어 고민스럽기만 했다.

'옹염은 본인이 보위에 오를 걸 미리 알고 의도적으로 나를 소원하게 대한 것일까, 아니면 처음부터 내 수중의 권력과 은자를 질투했던 것일까?'

둘 다 가능성이 있으나 또한 그중 어느 것도 아닐 수도 있었다. 아무튼 알다가도 모를 사람, 가까이하기에는 너무나 먼 사람이 바로 옹염이었다⋯⋯. 그런데 오늘 건륭은 '오랫동안 힘을 써 줄 것'을 주문했다. 그는 순간적으로 일말의 두려움과 우수를 동시에 느꼈다. 그러나 감동이 더 큰 것도 사실이었다. 가슴 역시 뭉클해졌다. 그가 어느새 눈물이 그렁그렁해진 얼굴을 한 채 울먹이면서 아뢰었다.

"성은이 망극하옵니다. 폐하의 훈육과 이끌어주심이 없었다면 어찌 오늘의 신이 있었겠사옵니까? 하해와 같으신 이 성은을 신은 세세대대世世代代로 갚아도 다 못 갚을 것이옵니다! 신은 폐하께서 영생영세永生永世하시고 만년불로萬年不老하시기만 간절히 기원하옵니다⋯⋯."

"바보 같으니라고! 세상에 만년불로하는 사람이 어디 있나?"

건륭 역시 눈물로 충성을 다하는 화신을 보자 서글픈 감개에 젖는 듯했다. 곧 깊은 한숨까지 내쉬면서 덧붙였다.

"자네가 이같이 충심이 대단하고 폐부에서 진심이 우러나니 짐도 더 이상 자네에게 비밀을 고수하지 않겠네. 짐은 건륭 오십 년 대경大

慶 때 열다섯째황자 가친왕 옹염에게 대통을 넘겨주기로 결정했네. 물론 눈치 빠른 사람들은 벌써 알고 있겠지만 짐이 직접 누군가에게 말해주기는 자네가 처음이네. 옹염은 시종일관 표리表裏가 여일如一했어. 처사도 공명정대한 사람이네. 자네에 대해 별로 안 좋은 풍문이 돌 때마다 짐은 옹염을 시켜 조사를 했었네. 자네에 대한 의혹을 일축시키고 옹염으로 하여금 소문과는 달리 결백한 자네의 충심을 느끼게 하고 싶었기 때문이네. 옹염은 살뜰한 맛이나 잔정이 없이 무뚝뚝해 보이나 진정 충효의 참뜻을 알고 신료들에게 큰 정을 베푸는 아이라네. 아계와 기윤이 처벌을 받은 것도 짐이 옹염의 건의를 받아들였던 것이네. 그러나 자네에 대해서는 언제 한번 혹평을 하는 걸 못 들어봤네. 그런 걸 보면 옹염이 진정 자네를 애중히 여기고 크게 기대를 걸고 있다는 얘기가 되지 않겠나. 겉으로 드러나는 모습만 보고 사람을 오해하고 의심해서는 아니 될 것이네."

건륭은 자신의 속내를 가감 없이 드러내 보였다. 그러나 옹염에 대한 화신의 견해는 조금 달랐다.

'옹염이 나 화신에 대해 혹평을 하지 않는 것뿐만 아니라 언급조차 하지 않는 것은 바로 나를 경계하고 있다는 증거이다. 옹염의 속마음은 너무나 깊어서 이 양반 건륭조차 그 의중을 간파할 수 없는 것이야!'

화신은 그러나 속으로만 그렇게 생각할 뿐이었다. 결코 속마음을 드러내서는 안 되었다. 자칫 부자간을 이간질시켜 멀어지게 만든다는 말을 들을 수도 있었던 것이다. 그러나 하고 싶은 말을 못하니 입안은 마치 황련黃蓮을 씹은 것처럼 쓸쓸했다. 잠시 입가를 실룩거리던 그가 마침내 기어들어가는 소리로 아뢰었다.

"신도…… 열다섯째마마께서 신을 애중히 여기심을…… 느꼈사옵니다."

화신은 건륭이 더 이상 말이 없자 바로 예를 갖추고 물러났다. 육경궁으로 어지를 전하러 가야 했기 때문이다. 밖으로 나서자 마침 옹염이 해란찰을 데리고 양심전 수화문을 들어서는 모습이 보였다. 화신은 엉거주춤 손을 앞으로 모으고 옆으로 비켜섰다. 그러고는 인사를 올렸다.

"폐하의 어지를 받고 열다섯째마마를 뫼시러 육경궁으로 가려던 참입니다. 마침 잘 오셨습니다. 어서 안으로 드시죠!"

그사이 복강안도 뒤따라 들어섰다. 화신이 그에게 웃으면서 목례를 하자 옹염이 말했다.

"폐하를 뵈었는가? 도해渡海 작전에 대해 상의코자 두 사람을 데리고 오늘 입궐할 거라고 어제 폐하께 말씀드렸었는데! 아무튼 이번에도 승전을 이끌어내려면 화재신和財神(화신에 대한 별칭)의 전폭적인 지원이 있어야겠네. 먼저 가보게. 일이 진척이 돼가는 걸 봐서 또 만나도록 하지."

옹염은 말을 마치자마자 복강안과 해란찰을 데리고 궁전으로 들어갔다. 화신은 자신도 당연히 같이 들어가 '군국대사'軍國大事에 참여해야 한다는 생각을 하고 있던 차였다. 그러나 옹염은 "먼저 가보라!"고 했다. 그는 잠시 멍해지고 말았다. 옹염 앞에만 서면 자꾸 작아지고 왜소해지는 느낌을 어찌할 수가 없었다. 그래도 그는 행여나 하는 생각으로 한참 그 자리에 서 있었다. 하지만 건륭은 다시 그를 부르지 않았다. 결국 그는 소리 없이 한숨을 지으면서 저벅저벅 자리를 떴다.

궁전 안에서는 복강안과 해란찰이 무릎 꿇고 경청하는 가운데 옹염이 대만의 정세에 대해 차근차근 아뢰고 있었다.

"지금부터 준비를 서두른다고 해도 출전까지는 시일이 한참 걸릴 것이옵니다. 태호太湖의 수사水師를 동원시키고 군함과 화포를 수리하는 데 걸리는 시간까지 감안하면 적어도 삼월 쯤 돼야 대군이 바다를 건널 수 있을 것이옵니다. 이시요李侍堯는 직접 복건으로 가서 대만과 인접한 연해 지역의 수비를 강화하고 복건 수사를 정돈하는 등 증원 준비를 서둘러야 할 것이옵니다. 신은 이미 녹이문鹿耳門과 대만부臺灣府를 사수하라는 명을 내렸사옵니다. 현재 대만 영토의 사분의 삼이 임상문의 수중에 장악된 실정이옵니다. 대만부를 지켜내지 못할 경우 대만에 주둔중인 병력을 총동원해 녹이문이라도 지켜내야 하옵니다. 그래야 대군이 상륙했을 때 반전을 시도해 볼 수 있을 것이옵니다. 정세는 대단히 화급하옵니다. 바다를 건너려면 풍향風向과 해류海流도 살펴야 하오니 더 이상 지연시킬 수 없사옵니다."

옹염이 말을 마치고는 건륭을 향해 공손히 허리를 굽혀 보였다. 그러고는 조용히 어지를 기다렸다.

"사태가 그 정도로 심각하다는 말인가?"

건륭이 불안하게 몸을 움직였다.

"그동안 대만에 주둔해 있던 만 이천 명은 대체 뭘 하고 있었다는 말인가?"

건륭이 다소 감정이 격해지는 모양이었다. 그예 입에서 큰 소리가 터져 나왔다.

"지금 대만에서 진두지휘하고 있는 자는 누구인가? 상청은 어디에 엎드려 있고, 황사간과 임승은은 허수아비라는 말인가?"

복강안이 엎드린 채 아뢰었다.

"폐하! 상청은 대만부에서 지휘를 하고 있사옵니다. 복건 수사는 이미 상륙해 녹이문을 점령했사옵니다. 황사간은 지금 바로 그 녹이문에 있사옵니다. 적들이 도로와 정보를 장악했기에 그들과 가끔 연락이 닿을 뿐 전황은 불분명하옵니다……."

건륭의 얼굴이 갑자기 붉어졌다. 순간 그가 무섭게 책상을 내리치면서 자리에서 벌떡 일어섰다.

"손바닥만 한 지역에 수만 관군을 동원시켰다는 자체가 우스운 꼴이네. 그럼에도 아직 한 줌밖에 안 되는 나부랭이들을 처단하지 못하고 쩔쩔매고 있다니, 대체 어찌된 영문인가! 그 세 사람은 적이 두려워 관망했다는 죄를 피할 수 없을 것이네! 이시요를 민절 총독에 임명하고, 해녕이 상청 대신 복건 순무를 서리하게 하라. 황사간과 임승은은 현지에서 정법에 처해버려. 적을 두려워하고 전쟁을 무서워하는 자들의 경계로 삼게 하라!"

사실 지금까지 조정의 크고 작은 정무는 대부분 옹염이 옹선의 협조 하에 도맡아 처리해온 것이 현실이었다. 또 만부득이한 상황이 아니고는 군기처에서 해결하기도 했다. 말하자면 건륭은 일선에서 물러날 수순을 밟고 있다고 할 수 있었다. 게다가 가끔 보배덩어리 화신이 드나들면서 희사喜事와 경사慶事만 두 귀 가득 들려줬다. 건륭으로서는 화를 내기는커녕 미간을 찌푸릴 일도 별로 없었다. 그런 건륭이 갑작스럽게 책상을 내리치면서 입에서 불을 뿜었으니 사람들은 모두 그 자리에 얼어붙고 말았다. 숨을 잔뜩 죽인 채 덜덜 떨기만 했다. 하기야 건륭이 근래 들어 그렇게 크게 화를 내본 일이 없었으니 그럴 만도 했다.

해란찰은 복강안을 따라 출전하는 방향으로 이미 어지가 내려진 터라 오늘은 가능한 한 말을 아끼기로 결심을 한 바 있었다. 그런 와중에 매번 알현할 때마다 자상한 모습만 보이던 용심龍心이 대로하는 모습을 봤으니 더욱 조심스러웠다. 아무것도 모르고 옹염과 복강안이 부화뇌동하고 나설까 봐 섣불리 입을 열지 못했다. 그러나 건륭의 지시에는 아무리 봐도 공감이 가지 않는 부분이 없지 않아 있었다. 그는 결국 다급한 김에 머리를 조아리면서 아뢰었다.

"폐하, 해녕海寧은 삼 년 전부터 호부 시랑 겸 염운사鹽運使로 있사옵니다. 현재의 업무만으로도 충분히 버거울 텐데 어찌 복건 순무를 서리할 수 있겠사옵니까? 후방의 군수물자를 비롯한 여러 군무를 챙길 여력이 없을 것이옵니다. 황사간 등에게 본인의 직분에 맞는 소임을 다하지 못한 죄를 묻는 건 백번 지당한 일이옵니다. 하오나 신과 복강안 대인은 빨라야 내년 삼월이 돼야 상륙할 수 있사온데, 황사간 등을 서둘러 정법定法에 처한다면 대장을 잃은 군심軍心이 흩어지지 않을까 걱정이 되옵니다!"

해란찰은 말을 마치고 나서야 자신의 실수를 깨달았다. 자신도 모르는 사이에 언성을 높이며 군전무례君前無禮를 범했던 것이다. 그가 급기야 연신 머리를 조아리면서 목소리를 낮춰 죄를 청했다.

"신의 무례를 용서해주시옵소서. 폐하, 부디 통촉하여 주시옵소서……!"

"아바마마!"

건륭이 잠시 멍한 표정으로 있는 걸 보면서 옹염이 다급히 나섰다.

"해란찰의 말에 공감하옵니다. 황사간, 임승은만 죽을죄를 지은 것이 아니라 대만 현지의 주둔군들도 죄를 용서받을 수 없을 것이옵니다. 하오나 해란찰의 말대로 시기적으로 지금은 죄를 물을 때가 아니라고 사료되옵니다. 복강안은 흠차대신이오니 그가 부임한 뒤에 죄를 다스려도 늦지 않을 것이옵니다. 신이 사석에서 아계와 여러 차례 의논을 했사옵니다. 대만의 주둔군은 숫자만 많았지 쓸모 있는 자들이 얼마 없사옵니다. 그중 대부분은 해상 밀수와 내지內地와의 장사에만 열을 올릴 뿐 훈련에는 뒷전이옵니다. 또 체력은 아역衙役들의 체력보다도 못하다고 하옵니다. 복건 수사도 옛날과 달리 지금은 기강이 해이해지고 군기가 떨어져 대만 주둔군보다 나을 바가 없다고 하옵니다. 어찌 보면 지금의 국면이라도 유지할 수 있는 것이 다행이라고 하겠사옵니다. 제발 이 상태로만 유지해줘도 복강안이 들어가 모든 걸 재정비해 심기일전을 시도할 수 있을 것이옵니다."

건륭의 흰 수염은 여전히 가늘게 떨리고 있었다. 안색은 아직도 붉으락푸르락 했다. 잠시 두 눈에 빛이 반짝이는 듯했으나 이내 도로 어두워졌다. 입술을 실룩이고 있는 모습이 뭔가 할 말이 있기는 해도 마땅히 어찌해야 할지를 모르는 것 같았다. 순간 신료들은 건륭에게서 가을날의 시들어가는 풀처럼 늙고 미력한 모습을 보았다. 건륭이 깊은 한숨과 함께 의자에 털썩 내려앉으면서 혼잣말처럼 중얼거렸다.

"그리도 무능하고 그리도 아수라장이 돼 있다니……."

건륭이 말을 잇지 못하고 기침을 심하게 했다. 그러자 옹염과 복강안이 황급히 달려가 등을 두드려 주었다. 복강안은 형언할 수 없는 비애를 느끼면서 건륭을 애써 위로했다.

"모두 신들이 평소에 위기의식을 모르고 직무에 소홀히 했던 책임이옵니다. 하지만 심려를 거두시옵소서, 폐하. 전쟁터에는 무지렁이 장군은 있어도 무지렁이 병사는 없사옵니다. 신은 무지렁이 장군이 아니옵니다. 신이 가서 국면을 반전시켜 폐하의 성려를 덜어드리겠사옵니다."

틀린 말은 아니었다. 그러나 옹염이 실질적인 '상사'인 마당에 그 말은 옹염이 했어야 보기에도 좋고 듣기에도 좋을 뻔했다. 옹염은 잠시 신분을 망각한 복강안을 보면서 내심 기분이 언짢았다. 그러나 복강안은 자신의 실수를 깨닫지 못한 듯했다. 건륭 역시 아무런 눈치도 못 챈 것 같았다.

옹염은 태연하기만 한 복강안을 힐끗 쓸어봤다. 이어 안색이 다시 점점 밝아지는 건륭을 향해 아뢰었다.

"복강안과 해란찰은 내일 출발하옵니다. 소자가 노하역까지 가서 전송주를 한잔씩 나누도록 하겠사옵니다. 삼월에 대만에 상륙해 반란을 평정하고 나면 복건에서 새순 돋은 우롱차를 아바마마께 보내드리겠사옵니다."

건륭은 기분이 갑자기 좋아진 듯 어느새 아이처럼 웃고 있었다.

"그래! 적들도 섬멸하고 우롱차도 많이 가져오기를 고대하겠네!"

복강안은 이튿날 즉시 육로를 통해 태호 수사로 달려갔다. 태후 수사는 그의 부친 부항이 군사훈련을 했던 곳이었다. 그런 연유로 복강안은 태호 수사에 남다른 애착을 갖고 있었다. 몇 년 동안 군무를 봐오면서 훈련에 박차를 가할 것을 누누이 강조했을 뿐 아니라 군기 정돈과 화포, 군함 수리에도 게을리 하지 말 것도 지시해왔다. 말하자면 약간의 정돈을 거쳐 태호 수사와 복건 수사를 합친다는 것이 복강안의 계획이었다.

그런데 미처 생각지 못했던 일이 발생했다. 화포와 군함은 물론이고 도선渡船, 함포艦砲, 담수창淡水倉, 개산포開山砲 등이 모두 새로 마련하지 않으면 안 될 정도로 낡아 있었던 것이다. 실제로 그 무기들은 태호太湖 수역水域을 오가면서 백성들을 안심시키고 '조무래기' 비적들을 겁주는 데는 그럭저럭 충분했으나 해전에 투입하기에는 더없이 위험해 보였다. 겉면은 칠을 해서 그럴 듯해 보였지만 속은 다 썩고 부식된 것이 대풍광랑大風狂浪을 견딜 수 없을 것 같았다. 심지어 배 위에서 발포를 하면 대포소리에 선체가 폭삭 무너져 내릴 것도 같았다. 실제로 면밀히 다시 점검해보니 열에 일곱은 완전히 무용지물이었다.

복강안은 궁여지책으로 먼저 복주福州에 도착해 있는 이시요에게 서찰을 띄웠다. 현지에서 화포를 제조할 수 있는 데까지 제조하라고 명령도 내렸다. 이어 수행한 관리들을 시켜 민간의 선박을 징용하도록 했다. 본인은 군함을 제조하는 현장에서 감독하면서 바삐 움직였다. 그 와중에 건륭은 연이어 엄지嚴旨를 내려 불같이 독촉했다.

복강안 자네도 적들이 두려운가? 어찌해서 여태 복건 수역으로 향하지 않고 아직까지 태호에 머물러 있다는 말인가? 부디 짐을 실망시키지 말고 조속한 시일 내에 첩보捷報를 올려 주기를 바라네!

복강안은 비록 백전百戰을 경험했다고는 하나 번번이 기마전이 대부분이었다. 이번처럼 첫 시작부터 엉망인 경우는 처음이었다. 그는 연이은 엄명에 뭐라 답변을 할 수가 없었다. 그저 난감할 뿐이었다. 결국 임시방편으로 해란찰에게 1000여 척의 전함을 이끌고 미리 와 복건 해역에 집결해 있으라는 명령을 내렸다. 그리고 본인은 여전히 하루에 한두 시간씩 눈을 붙이면서 화포와 군함 제조 현장을 쫓아 다녔다. 그렇게 되자 출병을 하기도 전에 벌써 고은庫銀을 700만 냥이나 소모하고 말았다. 마음고생도 이만저만이 아니었다. 그의 얼굴이 몰라보게 수척해진 것이 그런 사실을 증명하고 있었다. 그 와중에 이미 4월이 다가오고 있었다.

3월에 대만에 상륙한다는 계획이 어긋나자 건륭의 훈책과 독촉은 더욱 심해졌다. 복강안은 일각一刻이 삼추三秋 같은 나날을 보내야 했다. 그렇게 천신만고 끝에 드디어 선함船艦이 바다로 향했을 때는 어느덧 6월이었다. 당초의 계획보다 무려 3개월이나 늦어진 셈이었다.

그 무렵 대만의 형세는 누란지위累卵之危 그 자체였다. 막후에서 지휘를 한다는 핑계로 내내 복건에 틀어박혀 있던 상청常靑도 더 이상 의자를 지키고 앉아 있을 수만은 없었다. 평소에 화신과 가깝게 지냈던 그는 해녕을 통해 "즉시 대만으로 가서 국면을 타개하지 못하는 날에는 어떤 화를 입게 될지 모른다"라는 귀띔을 전해들은 바 있었다. 안 되겠다고 생각한 그는 급기야 자신을 희생할 각오로 친히 대만으로 향했다.

복건성의 백성들은 대만에서 사달이 벌어졌다는 소식을 듣고 전전 긍긍하고 있었다. 그러던 차에 통수統帥가 직접 출병한다는 말을 전해 듣고는 대단히 기뻐했다. 반드시 대승을 거둘 것이라는 기대에 부풀어 가가호호 향안香案을 설치하고 향화香火와 예주醴酒로 성대한 환송식을 치러 상청을 배웅했다.

상청은 말을 타고 성을 출발했다. 부두에 이르러 배를 타고 바다로 진군할 때까지도 백성들의 환호는 끝없이 이어졌다. 그는 절로 어깨가 으쓱해지는 기분을 느꼈다. 그 거들먹거리는 모습은 험난한 전쟁터로 나가는 사람의 모습이 전혀 아니었다.

일단 녹이문에 상륙할 때까지는 무사태평했다. 그러나 상륙하자마자 분위기는 확 달라졌다. 관군의 병영兵營과 대채大寨가 꼬리에 꼬리를 물고 이어졌을 뿐 아니라 호각號角과 전고戰鼓 소리가 사방에서 호응해왔던 것이다. 끝이 보이지 않는 녹이문 해안에는 돛대가 숲을 이루었다. 도검刀劍이 삼립森立해 있는 것은 기본이었다. 그런 삼엄한 분위기 속에서 수천 병사들은 영채營寨 안에 자라처럼 움츠리고 있을 뿐 감히 한 발짝도 밖으로 나올 엄두를 못 냈다. 그 꼴을 본 상청은 가슴이 철렁 내려앉았다. 백성들의 환호를 받으면서 느꼈던 일말의 자신감은 순식간에 사라져버렸다.

얼마 후 수백 명의 중군 친병과 1000명의 정예병이 그를 대만성까지 호송했다. 도중에 위험한 상황도 여러 번 발생했다. 동쪽에서 "쿵!" 하고 대포소리가 울리면 서쪽에서 "탕탕!"하고 조총이 발사되는 것이 현실이었다. 불화살도 "쌩쌩!" 머리 위를 정신 사납게 날아다녔다. 장군의 후예이자 기거팔좌起居八座의 봉강대리封疆大吏로 높은 관직에 있기만 했던 그로서는 생전 처음으로 '병흉전위'兵凶戰危라는 말을 실감하는 순간이었다.

그날 밤 대만성에 도착한 상청은 즉시 천총 이상의 군관들을 소집해 회의를 열었다. 오면서 사태의 심각성을 충분히 깨달았던 것이다. 그가 천천히 호령을 내렸다.

"복 통수가 친히 출정하신다. 우리 군의 사기를 북돋우고 임상문 그자를 일거에 무찌를 것이다!"

그러나 상청의 말에도 부하 군관들은 서로를 번갈아 보면서 입만 실룩거릴 뿐이었다. 말 그대로 아무도 호응하고 나서는 자가 없었다. 저녁때까지 머리를 맞대고 앉아 있었으나 신통한 대책도 나오지 않았다. 그때 몇몇 참장이 기어들어가는 소리로 아뢰었다.

"조정에서 복 장군을 파견했다고 하니 지원병이 도착한 후에 출전하는 것이 좋겠습니다."

상청은 화가 나지 않을 수 없었다. 부하들의 말을 따랐다가는 복강안이 왔을 때 입이 백 개라도 할 말이 없을 터였다. 그는 급기야 버럭 분노를 터뜨렸다. 탁자를 힘껏 내리치면서 고함도 질렀다.

"우리는 뭐 허수아비라는 말이야? 복 장군이 안 오면 여기 이렇게 숨어 있다가 백기를 들고 말 거야?"

상청의 말이 끝나기도 전에 성 밖에서 전고戰鼓 소리와 함께 수많은 인파의 함성이 들려왔다. 자리에 가득한 장병들은 저마다 사색이 돼 어찌할 바를 몰라 했다. 그때 궁지에 내몰린 상청이 외쳤다.

"좋아, 어디 한번 붙어보자! 중군은 모두 나를 따르거라! 이번 고비만 무사히 넘기면 내가 모두 승진을 시켜줄 것이야!"

"예!"

하지만 장병들이 목소리에는 자신감이 없었다. 사실 그들 중에는 상청의 위세에 고무된 이들도 없지는 않았다. 그러나 그동안 늑장대응을 해온 그에게 불만을 품은 이들이 더 많았다. 그들은 "전쟁터의 살벌함을 너도 한번 느껴봐라!"는 식으로 복수심 가득찬 눈빛을 번득이면서 억지로 일어났다. 곧 그들은 아문 앞에 집결했다. 총 2500명이었다. 이어 마필까지 총동원하고는 횃불을 치켜든 채 호호탕탕하게 남문을 향해 달려갔다.

성 밖에서 천지를 뒤흔드는 함성이 울려 퍼졌다. 마치 언덕을 넘어오는 광풍소리 같았다. 대만은 내륙처럼 사계절이 분명하지 않아 우기雨期 건기乾期 둘뿐이었다. 때문에 이때의 날씨는 따뜻했다. 바닷바람조차 졸음이 올 정도로 부드럽고 포근했다. 하지만 태평 시절에도 관군들은 이런 날 밤이면 감히 성 밖으로 나갈 엄두도 못 냈다. 그런데 이 멍청한 통수는 하룻강아지 범 무서운 줄 모르고 야전을 강행한 것이다!

바람은 따뜻했으나 상청의 마음은 점점 더 차갑게 얼어들었다. 바다가 포효하는 것 같은 적군의 함성에 어느새 주눅이 든 군사들의 모습을 봤기 때문이었다. 상청은 다급히 생각을 굴렸다.

'밖에서 허장성세를 하는 자들은 오합지졸들이다. 이럴 때 적들의 허를 치는 식으로 갑자기 습격하면 되레 승산이 있을 것이 아닌가.'

그는 그렇게 생각하고는 말 위에서 채찍을 휘두르면서 큰 소리로 외쳤다.

"성문을 열어라! 기병, 보병 모두 돌격!"

드디어 성문이 "끼이익!" 하는 소리를 내면서 활짝 열렸다. 이어 선두의 100여 명이 "돌격!"을 외치면서 힘껏 채찍을 날렸다. 말이 울부짖고 사람이 함성을 지르자 그 위세가 만만치 않았다. 앞장선 자들의 기세에 힘입어 뒤에서도 칼을 휘두르면서 우르르 몰려나갔다.

의군義軍은 관군官軍들의 처음 보는 대담한 행동에 잠시 놀란 듯했다. 간간이 사방에서 호각으로 호응하면서 연락을 취할 뿐 섣불리 응수하지 못했다. 그러나 그것도 잠시였다. 정면을 비롯해 동쪽, 서남의 시커먼 야자나무 숲속에서 횃불이 하나둘씩 켜지기 시작했다. 곧 만개도 넘는 횃불이 마치 은하수처럼 길게 이어져 불바다를 방불케 했다. 이윽고 전고 소리가 요란하게 들려왔다. 삼면으로 늘어선 횃불 무리는 점차 포위망을 좁혀 오기 시작했다…….

상청의 선두부대는 우왕좌왕했다. 돌격을 해야 하는데 어느 방향으로 가야 할지 군령軍令이 없었던 것이다! 그것도 모르고 후속부대는 계속 이어서 성에서 출발을 준비하고 있었다. 상청의 군령이 없으니 후퇴할 수도 없고, 그렇다고 전진할 수도 없었다. 결국 선두와 후속부대는 호성하護城河 다리 앞에서 한데 뒤엉킨 채 아수라장이 되고 말았다.

갑자기 맞은편 야자나무 숲에서 눈부신 불빛이 번쩍했다. 이어 "쿵!" 하는 폭발음이 하늘땅을 뒤흔들었다. 포탄 한 발이 호성하에 떨어지면서 1장丈 높이도 더 되는 물기둥이 치솟아 오른 것이다. 폭도들에게 대포도 있었다는 말이야? 호성하에 내몰린 관군들은 더욱 겁에 질리고 말았다.

그렇게 모두 한데 뒤엉켜 독 안에 든 쥐처럼 오도 가도 못하고 있을 때였다. 갑자기 "쿵, 쿵, 쿵!" 하고 연이어 세 발의 대포가 터졌다.

이번에는 명중했다. 호성하 다리 근처에 있던 네댓 필의 전마戰馬는 그 자리에서 즉사하고 말았다. 그 위에 타고 있던 군사들 역시 전사하는 횡액을 당했다.

매캐한 연기가 자욱한 가운데 갑자기 횃불이 일제히 꺼졌다. 갑작스런 어둠 속에서 병사들은 우왕좌왕하기 시작했다……. 언제 다시 공격해올지 모를 대포의 공포에 사로잡힌 병사들은 오던 길로 말을 돌려 도주하기 시작했다. 그 바람에 영문도 모르고 뒤에서 쫓아오던 후속부대와 한데 충돌하면서 관군은 자기편끼리 부딪치고 밟혔다. 급기야는 울고 불면서 아비규환의 현장이 따로 없는 참담한 광경을 연출했다.

전방의 상황을 모르는 상청은 말을 달려 성을 나섰다. 그때 어디엔가 또 한 발의 대포가 날아와 터졌다. 대포는 성문 지붕을 맞히고 뒤이어 부서진 기왓장과 흙이 상청의 머리와 어깨에 우수수 떨어졌다. 말도 어디를 다쳤는지 기를 쓰고 두 발을 곤두세우며 길길이 날뛰었다. 상청은 하마터면 바닥으로 곤두박질칠 뻔했다.

상청이 미처 말을 달래기도 전에 적들의 진영에서 열 몇 자루의 화총이 일제히 불을 뿜어댔다. 상청을 호위하던 군사들은 낫에 밀이 베여나가듯 맥없이 하나둘씩 쓰러졌다. 다급해진 상청은 채찍까지 잃어버린 채 목청이 찢어질 듯 고함을 질러댔다.

"전방에서는 철수하라! 철수하라!"

상청은 두어 마디 외치고 나서 친병이 건네준 채찍을 휘둘러 말의 엉덩이를 힘껏 때렸다. 놀란 말은 자지러지면서 파죽지세로 내달렸다. 그러자 뒤따르던 보병들 중 두어 명이 말발굽에 채여 저만치 처박히며 쓰러져 신음했다……

그때부터 상청은 대만부 성안에 꽁꽁 숨어 있었다. 황사간과 함께 병사들을 장악한 채 감히 선전포고를 할 엄두조차 못 냈다. 다만 시대기에게 제라현諸羅縣을 사수하라는 엄명은 내렸다. 또 임승은에게 식량과 군수품을 보호하라는 명령도 내렸다. 모르기는 해도 대만 백성 대부분이 의군義軍 무리에 가담한 것 같다는 생각이 그를 그렇게 만들었다.

관군의 소부대는 대낮에도 감히 움직일 엄두를 내지 못했다. 식량을 운송할 때도 최소한 조총과 활로 완전무장한 2000명의 병사들이 호위해야 겨우 봉변을 면할 정도였다. 그랬으니 이시요가 마상조, 유보기, 혜동제 등을 시켜 보내준 쌀과 말린 쇠고기, 화약과 대포가 녹이문 부두에 산더미처럼 쌓였으나 감히 운송할 엄두도 못 냈다. 그저 임상문이 빼앗아가지 못하도록 많은 병사들을 남겨 지키게 하는 것이 관군이 할 수 있는 대책의 거의 전부였다. 대만성과 제라현의 관병은 그렇게 기아에 허덕이다보니 체력이 급격히 떨어져 갔다…….

그러던 중 복강안의 대오가 드디어 복건성 복주에 도착했다. 그러나 복강안은 아직 뭔가 준비가 덜 된 듯 대만으로 출발하지 않았다. 그저 상청을 포함한 모든 대만 주둔군들에게 경거망동하지 말고 그 자리에서 군명軍命을 기다리라고만 명령을 내렸다.

상청은 조급하고 궁금한 마음에 몰래 부하들을 시켜 염탐에 나서게 했다. 그제야 복강안이 복건 수사를 해체시키고 태호 수사에서 엄선한 5000의 정예병만 거느리고 출발할 예정이라는 사실을 알았다. 또 이시요가 광동성의 경주瓊州 수사에서 5000 병마를 동원해 전속력을 다해 달려오고 있다는 것도 알았다. 복강안은 '전투를 두려워하는가?'라는 건륭의 빗발치는 질책에도 불구하고 밤낮이 따로 없이 전함을 수리하고 현장을 감독하는 데 여념이 없다는 것이었다.

상청은 속으로 구시렁거렸다. 적들이 개미새끼처럼 쫙 깔렸는데, 고작 만 명을 데려오면서 뭘 그리 뜸을 들이는 건가? 속으로는 불평불만이 이만저만이 아니었다. 그러나 겉으로는 한마디도 내뱉을 수가 없었다. 그도 그럴 것이 복강안이 여태 백전을 두루 경험했어도 한 번도 패배했다는 소리를 못 들었기 때문이었다. 더구나 복강안이 아직 대만에 상륙하지도 않았음에도 현지 군심은 어느새 조금씩 안정돼가고 있었다. 관군의 대부대가 이미 복건성 남단의 하문廈門에까지 당도했을 뿐 아니라 만반의 준비도 갖췄다는 소식이 전해진 덕분이었다.

제라현을 지키는 관군의 책임자는 바로 시대기柴大紀였다. 그러나 이때 제라현은 의군에 의해 물샐틈없이 포위를 당한 상태였다. 다행히 성안에 낙화생(땅콩) 창고가 있고 고구마도 많이 비축돼 있었기에 군민들에게 적당히 배급해주면서 억지로 버티고 있었다. 아직까지는 아사 직전에 내몰리거나 큰 봉변은 당하지 않고 있었다. 그들은 모두 이제나저제나 복강안이 혜성처럼 나타나 자기들을 구해주기만 바라고 있었다.

모두가 눈이 빠지게 기다리는 '구세주' 복강안은 그 무렵 바람을 기다리고 있었다. 계획대로라면 남풍이 크게 불어줘야 했던 것이다. 그러나 하문 해역에서 봄과 여름 두 계절에 서남풍이 부는 경우는 거의 없었다. 간혹 분다고 해도 잠깐일 뿐이었다. 하문에서 대만까지는 수백 리 바닷길이었다. 만장이나 되는 파도가 사나운 호랑이의 아가리처럼 미친 듯이 용을 쓰는데 역풍을 만나기라도 하면 큰일이 아닐 수 없었다. 최악의 경우 가다 말고 중도에 후퇴해야 할 수도 있었다.

그런 이유로 복강안은 8, 9월이 되어 남풍이 점차 강해질 때까지 침착하게 기다렸다. 그사이 군함과 화포는 완벽하게 준비됐다. 병사들 역시 체력을 축전했다. 몇 개월 동안 그렇게 단련에 힘쓴 결과 모두 힘이 솟고 사기가 충천할 수 있었다. 장군의 명령이 떨어지기만 학

수고대하는 상황도 도래하고 있었다.

10월 27일 밤, 드디어 고대하던 남풍이 불기 시작했다. 더불어 살에 닿으면 섬뜩한 느낌이 드는 가을비까지 섞여 하문을 무섭게 강타했다. 복강안의 대영에는 풍향을 측정하는 방향판이 있었다. 처음에는 풍력의 강약이 일정치 않았다. 그러나 그렇게 한밤중까지 기다리자 강풍이 똑같은 속력으로 꾸준히 이어가는 것이 보였다. 복강안을 비롯한 장군들은 병사들을 천막 밖에 집결시켜놓고 천막 안에서 대령하고 있었다.

동이 틀 무렵 복강안은 향을 사르고 손을 씻었다. 이어 의관을 정제한 뒤 하늘을 향해 기도를 올렸다. 그러고는 청주淸酒를 땅에 붓고 북경이 있는 방향을 향해 건륭에게 삼궤구고의 대례를 올렸다. 그는 모든 절차를 마치고 나서 장군들을 거느리고 부둣가로 나왔다.

복강안은 함구령이라도 내린 듯 줄곧 말이 없었다. 중군 장군 하육賀六과 이미 부장副將 계급을 단 길보吉保는 둘 다 노란 마고자를 입고 있었다. 둘 역시 시종일관 입도 벙긋하지 않았다. 다만 부둣가에 나와서 기다리고 있던 해란찰은 달랐다. 말을 타고 나타난 복강안을 향해 허리 굽혀 인사를 하고는 손을 내밀어 안내를 하기 시작했다.

"시찰하십시오!"

현장은 하문의 숭무오崇武澳라는 부두였다. 부두답게 가을비가 조금씩 휘날리고 있었다. 천선만함千船萬艦은 숲처럼 빽빽이 늘어선 채 힘찬 출발을 기다리고 있었다. 멀리 펼쳐진 바다는 오늘 따라 더욱 사나워보였다. 집채 같은 파도가 거품을 물고 달려들어 방파제를 집어삼킬 듯이 때린 다음 도망가고는 했다. 그렇게 바다는 미쳐서 날뛰는 사람처럼 크게 포효하고 있었다.

복강안은 미간을 좁혀 망망한 바다를 바라봤다. 그러다가 갑자기 팔을 뻗어 힘차게 휘두르면서 외쳤다.

"대장부에게 입신양명의 시간이 다가왔다! 이 나라의 종묘사직과 폐하를 위해 이 한 목숨을 못 바칠까! 승리하고 돌아올 때까지 부디 강녕하시옵소서, 폐하! 나의 기함旗艦을 중앙에 배치하고 하육과 길보가 수행하거라. 각 군은 나의 호령에 따라 예행연습 때처럼 진영을 짜서 출항하라!"

모든 게 구비됐다. 하늘의 도움으로 고대하던 남풍도 찾아왔다. 전함들은 하나둘씩 대해大海로 미끄러져 들어갔다. 이어 그야말로 순풍에 돛을 달고 날듯이 목적지로 향했다. 전함들은 그렇게 28일 새벽에 출항해 불과 이틀 낮 하루 밤 사이에 무사히 녹이문에 도착할 수 있었다. 기적처럼 단 한 대의 전함, 단 한 명의 사람도 잘못되지 않았다.

바람은 여전히 그칠 기미를 보이지 않았다. 복강안은 저녁놀이 하늘을 찬연하게 물들인 가운데 중군 기함의 병사들을 이끌고 씩씩하게 배에서 내렸다. 이어 길게 숨을 들이마셨다. 순간 바람에 머리채와 갑옷 자락이 높이 날렸다. 그가 명령을 내렸다.

"이 시각부터 모든 병사들은 사흘 동안 잘 먹고 숙면을 취하라!"

"예!"

해란찰이 대답했다.

"제가 군령을 전하도록 하겠습니다!"

복강안이 물었다.

"상청, 황사간, 임승은 등은 도착했나?"

길보가 한 발 앞으로 나서면서 아뢰었다.

"상청 대인은 어젯밤에 녹이문에 도착했다고 합니다. 지금 해안에서 대장군을 환영할 준비를 서두르고 있습니다. 황사간 공은 대만성에 머물고 있다고 합니다."

복강안이 다시 물었다.

"제라현에 있다는 시대기는 안 왔고?"

"대장군!"

길보가 복강안이 시대기에 대해 물어오자 조심스러워하면서 아뢰었다.

"제라현 성은 이미 적들에게 사방으로 포위돼 대외연락이 두절된 상태입니다. 시대기 군문은 대장군께서 녹이문에 상륙하신 줄도 모르고 있습니다."

복강안이 차갑게 내뱉었다.

"언제 뒈질지 모르는 비상시기에 환영은 무슨 환영이야! 상청에게 즉각 녹이문 대영을 비우고 목도木圖를 준비해 놓으라고 하거라. 나는 해란찰 군문과 함께 즉각 회의를 소집해 전략을 짜야겠다. 상륙한 병사들에게 먼저 담수淡水를 마시게 하거라!"

"예!"

군사회의 장소로 사용된 녹이문 대영의 군막은 별로 크지 않았다. 별로 권위도 없어 보였다. 그래도 안팎에는 사뭇 긴장된 분위기 속에서 병사들은 숙연하게 시립했다. 어디에서 구해왔는지 팔뚝만큼 굵은 용봉촉龍鳳燭 여덟 개가 군막 안팎을 대낮처럼 비추고 있었다. 해란찰과 상청만 나무지도 옆에 앉아 있을 뿐 나머지는 전부 그 군막에 붙어 서 있었다.

"여러분!"

복강안이 무거운 침묵을 깨고 목청을 높였다.

"빙 둘러 말하고 자시고 할 것 없어. 주장主將이 무능해 대만이 지금 이 모양으로 아수라장이 돼버린 거야!"

복강안이 날이 시퍼렇게 선 눈빛으로 크고 작은 군관들을 쓸어봤다. 이어 마지막으로 넋 나간 듯 앉아 있는 상청을 힐끔 바라봤다. 그러고는 차가운 얼굴을 돌려 지도를 보면서 채찍으로 가리켰다.

"복주에서 나하고 해란찰 군문은 여러 번 군무회의를 했다. 이번 전사를 어떻게 치러야 할지는 사실상 의논할 필요가 없다고 생각한다. 대만의 네 개 현성 가운데 이미 두 개가 적들의 수중에 넘어갔어. 제라현은 전략적 요충지인 만큼 그곳을 에워싼 포위망만 없애버린다면 전쟁이 새로운 국면을 맞게 될 것이다. 그래야만 군심, 민심이 안정이 될 것은 불 보듯 뻔한 상황이다. 그런데……!"

복강안이 갑자기 상청을 향해 고개를 홱 돌렸다.

"어찌해서 상 총독은 미리 이 점을 염두에 두지 못했다는 말이오?"

상청이 화들짝 놀라면서 황급히 대답했다.

"하관들도 그 점을 생각하지 못했던 건 아닙니다. 허나 관군이 워낙 수적인 열세에 처해 있다 보니 도저히 수미首尾를 함께 돌볼 수 없었습니다. 여러 차례 공격을 시도했으나 번번이 비적들에게 쫓겨 되돌아오고 말았습니다."

복강안의 턱이 가늘게 떨렸다.

"쫓겨 오다니? 그때 당시 적들은 얼마였고 어떤 무기를 사용했소? 우리 군은 누가 주공主攻을 했소? 지원과 증원, 군수품 확보는 누가 책임졌었는가?"

복강안의 속사포 같은 질문에 상청의 이마에 식은땀이 돋아나기 시작했다. 그러나 연신 손수건으로 땀을 훔쳐내면서 기어들어가는 목소리로 대답하는 것은 잊지 않았다.

"그게……, 대만 전역의 반군 무리들은 벌써 십만 명을 넘어섰습니다. 허나 이번에 복주 녹영綠營에서 데려온 군사까지 합치면…… 우리 군은, 그러니까…… 사만 명에 불과했습니다."

복강안이 갑자기 코웃음을 쳤다.

"당치도 않은 소리! 진정한 반군 세력은 사만 명밖에 안 되오. 십만 명이라는 숫자가 어떻게 나왔는지 모르지만 대부분이 멋모르고 우르르 쫓아다니는 양민 백성들이오."

복강안의 안색이 심각하게 굳어졌다. 뭔가를 결심한 듯한 표정이었다. 아니나 다를까, 그가 느릿느릿 앞으로 나서더니 남쪽을 향해 돌아섰다. 그러고는 천천히 입을 열었다.

"상청은 어지를 받들거라!"

복강안의 말에 군막 안팎의 군사들은 모두 깜짝 놀라는 표정들을 지었다. 어찌된 일인지 까닭을 몰라 서로를 번갈아 보면서 불안해하기도 했다. 상청은 사시나무 떨 듯 떨면서 의자에서 일어나 털썩 무릎을 꿇었다.

"신, 상청이 어지를 받들어 모시겠사옵니다!"

"이번 대만 해전과 관련한 상청의 죄는 실로 엄중하다."

복강안의 목소리가 죽은 듯한 침묵을 깼다. 그의 목소리가 계속 울려 퍼졌다.

"흠차대신 복강안에게 위임해 어지를 전한다. 상청의 정자頂子와 화령花翎 그리고 어사御賜 마고자를 박탈한다. 태자소부太子少傅, 병부 시랑兵部侍郎, 민절 총독 등 일체 직무를 해임한다. 복강안은 즉각 사람을 파견해 상청을 북경에 압송하라. 이어 부의部議에 넘기도록 하라! 이상!"

"망……, 망극하옵니다. 망…… 극……."

상청이 말을 채 마치지도 못하고 그 지리에 허물어지듯 엎드렸다. 복강안이 그를 쳐다보면서 다소 부드러워진 어조로 다시 입을 열었다.

"전사戰事 앞에서 사적인 감정은 있을 수 없소. 천위天威는 원래 불측不測이기에 그 위력이 더 큰 게 아니겠소? 상청 공께서는 부디 자중자애하시기 바라오. 먼저 이 사람의 기함旗艦 안에 들어가 있다가 풍향이 돌아온 뒤에 대륙으로 돌아가도록 하시오."

곧 두 친병이 상청을 부축해 나갔다. 복강안은 잠시 침묵한 끝에 소매 속에서 또 다른 조서를 꺼내들었다. 그러고는 외쳤다.

"대만의 난이 발발한 지 벌써 일 년이 다 돼 가네. 나 복강안이 출전을 명받은 지도 벌써 팔 개월이 넘었다. 그럼에도 이제야 대만에 상륙하게 됐으니 실로 폐하의 지우지은知遇之恩에 부끄러움을 금할 수 없다. 폐하께서 엄지嚴旨를 내리시어 질책하시고 육부六部에서 거듭 독촉했다는 사실을 여러분도 다 알고 있을 것이다. 그래서 혹자는 폐하께서 더 이상 이 복강안을 신임하지 않으실 것이라고 지레짐작할 수도 있다. 폐하께 큰 실망을 끼쳐드렸으니 복강안의 앞날은 이제 물 건너갔다고 생각할 것이다. 여기 폐하께서 팔월 이십오일에 북경에서 발송하신 은유恩諭가 있다. 수취인은 나지만 실은 우리 삼군 장사들에 대한 격려와 믿음이라고 생각한다. 힘든 전투를 치르기 전에 내가 여러분에게 읽어줄 테니 우리 함께 호탕한 황은皇恩의 강물에서 목욕해 보자."

복강안이 말을 마치고는 어지를 펼쳐 읽어 내려가기 시작했다.

봉천승운황제조왈奉天承運皇帝詔曰:
짐은 즉위 오십 해를 넘기면서 수많은 중대사를 경험해 왔다. 종묘사직과 관련된 것은 어느 것 하나 범사凡事가 없고 대사大事가 아닌 것이 없었기에 짐은 매사에 심사숙고해 왔네. 그러니, 복강안 자네가 대사를 앞두고 완벽을 기해 일정에 조금 차질을 빚고 있다고 짐이 어찌 이를 질책하고 무작정 진군을 강요하겠는가! 경은 여전히 짐의 고굉股肱이고 짐이 가장 믿고 애중히 여기는 신하이네. 짐은 자네를 자식처럼 기대하고 편달하고 위하고 훈책해 왔네. 경 또한 아비 부항이 짐에게 충성해왔듯이 짐을 위해 혼신을 다해야 할 것이네.

복강안은 목이 메는지 목소리가 축축해졌다. 건륭이 자신을 응시할 때의 자상하고 따사로웠던 눈매가 떠올랐던 것이다. '부항'이라는 이름 두 글자 앞에서는 북받치는 눈물도 참을 수 없는 듯했다. 결국엔 울먹이며 어지를 끝까지 읽었다. 그러자 여기저기에서 병사들이 따라서 훌쩍이는 소리가 들려왔다.

"신 복강안은 이 한 몸이 으스러져 분골쇄신이 되는 한이 있더라도 반드시 폐하의 높고 크신 은덕에 보답할 것이옵니다!"

복강안이 눈물을 닦아내면서 말을 이었다.

"대만에 주둔해 있던 병사들은 그동안의 지구전으로 인해 극도로 피로해 있을 것이다. 전부 후비군後備軍으로 교체해야겠어. 내가 친히 전군을 인솔해 제라현을 포위한 비적 무리들을 소탕하겠네!"

복강안이 감정을 추스르고는 지도를 가리키면서 덧붙였다.

"여기가 대리익大里杙이고 여기가 제라현이야. 대만부 성은 이쪽에 있어. 우리 군이 현재 주둔해 있는 곳은 이쯤이지. 우리 군이 제라현으로 움직이는 걸 알면 대리익에 있는 천리교 무리들이 틀림없이 막고 나설 것이야. 우리 군은 대리익의 비적들이 우리를 견제하는 걸 막기 위해서는 반드시 이곳 팔괘산八卦山을 공략해야 해. 단 팔괘산을 공격할 때는 반드시 속전속결해야 하지. 번개처럼 빠르게 팔괘산을 점령한 연후에 총 오십 문의 화포를 동원해 신속히 제라현으로 돌진하는 거야. 적들은 수적으로 우세하지만 대신 야전 경험이 없는 약점이 있어. 또 적들은 그동안 대만을 주름잡으면서 무능한 관군들을 수없이 때려줬기 때문에 우리를 우습게 여기는 어리석음을 범하기 십상일 거야. 우리 군은 비록 수는 적으나 엄선에 엄선을 거친 정예병들이지. 오천 화총수火銃手에 이천 마총수馬銃手이니 화기火器 또한 적들의 간담을 서늘하게 하고도 남음이 있어……."

복강안은 적군과 아군의 장단점을 세세히 짚어가면서 병사들의 사기를 진작시켰다. 대만 현지에서 활동이 가장 왕성한 천리회와 뇌공회의 갈등, 대만 토박이들과 외부에서 흘러 들어온 이주민들 간의 분쟁 등에 대해서도 세세하게 분석했다. 말미에 그가 큰 소리로 물었다.

"누가 팔괘산으로 쳐들어가 우리 군의 첫 승을 거둘 것인가?"

"저를 보내주십시오!"

하육이 큰 소리로 대답하면서 한 발 앞으로 나섰다.

"저에게 일천 병마를 주십시오. 사흘 내에 팔괘산을 공략하지 못하면 제 목을 내놓겠습니다!"

하육의 말이 떨어지기 무섭게 이번에는 길보가 나섰다.

"제가 통쾌하게 승리를 거두고 오겠습니다. 전 천 명이 아닌 육백 병마만 주십시오!"

그러자 하육이 왕방울 같은 눈을 부라리면서 가슴을 쳤다. 이어 불을 뿜을 듯 무서운 눈빛으로 길보를 노려보면서 소리쳤다.

"내가 대장군을 따라 전장을 누빌 때 자네는 아직 코흘리개였어. 이거 왜 이래? 대장군, 저는 오십 명만 있으면 됩니다! 저를 보내주십시오."

"저에게 열 명만 붙여주십시오!"

길보노 뒤질세라 목청을 돋웠다.

하육과 길보 두 사람의 다툼은 점점 더 치열해졌다. 누구도 양보할

태세가 아니었다. 서로 죽음을 불사하고 전투에 뛰어들겠노라고 핏대를 세우고 있었다. 원래 대만에 주둔해 있던 임승은의 겁쟁이 부하들은 두 사람의 모습을 보면서 모두들 눈이 휘둥그레졌다. 그때 해란찰이 일어나 복강안에게 말했다.

"팔괘산 공략 전투는 우리 군이 대만 비적들에게 중원中原 사나이들의 용맹을 떨쳐 보이는 계기가 되어야 합니다. 제가 하육과 길보, 스무 명의 정예병을 이끌고 선두에 나서겠습니다. 최단시간에 깨끗하게 마무리 짓고 오겠습니다! 대장군께서는 관전이나 하시고 때맞춰 주둔군을 파견하실 준비나 해주십시오!"

"역시 노장군의 기개가 하늘을 찌르오!"

복강안이 해란찰의 말에 속에서 뜨거운 피가 솟구치며 감동을 받은 듯했다.

"해란찰 장군의 말이 맞소. 이번 전투는 전략적 요충지를 탈취하기 위한 중요한 일전이오. 반드시 우리 삼군 장사들의 사기를 진작시키는 계기로 만들어야 하오! 필요한 게 있으면 말해보시오!"

"일인당 조총 한 자루, 화총 한 자루, 왜도倭刀와 비수 한 자루씩 내주십시오!"

"또?"

"호롱에 술을 담아 한 병씩, 그리고 폭약을 하나씩 가슴에 두르게 해주십시오. 성공하지 못하면 살아 돌아오지 않을 것입니다!"

"그래, 과연 사내답소! 황금 천 냥을 준비해놓고 기다리겠소. 그리고 폐하께 여러분의 공로를 청하는 상주문을 올리겠소. 내가 오천 군마를 이끌고 관전하다가 만에 하나 그대들이 불리한 국면에 처하면 쫓아가 지원하겠소!"

25장
제라성의 혈전

임상문이 대륙뿐만 아니라 대만까지 가서 분탕질을 친 이유는 간단했다. 스스로 '황제'가 되고자 했기 때문이다. 거창하게 황제가 되고자 한 이유 역시 특별하지 않았다. 단 하루라도 황제가 돼보고 싶었던 소싯적의 꿈을 이루기 위한 것이었다. 천리회와 뇌공회 회원들로 이뤄진 대만 각지의 의군은 그런 그를 진짜 '순천황제'順天皇帝로 추대했다. 그로서는 평생의 꿈을 이룬 셈이니 죽어도 여한이 없을 터였다. 그러나 두 교파의 생각은 달랐다. 속으로는 각자 딴 생각을 하고 있었다.

아무려나 임상문은 팔괘산 산등성이에 초소를 한 곳 설치했다. 그 초소는 그렇게 해서 졸지에 황제의 수도가 된 대리익의 문호門戶가 돼버렸다. 하지만 그는 애낭초 이곳을 청군淸軍의 제라현 공략을 막는 전략적 요충지로 활용하겠다고는 꿈에도 생각하지 못했다. 또 팔괘산이 그렇게 중요한 곳이라는 생각도 해본 적이 없었다. 당연히 방어가 허술할 수밖에 없었다. 복강안이 상륙하기 무섭게 팔괘산부터 들이칠 줄은 더욱 몰랐다.

청군의 5000 병마가 호호탕탕하게 상륙할 때 이곳 팔괘산 초소를 지키고 있던 사람은 의군 향당香堂 당주堂主 나요조羅耀祖였다. 그는 대만성을 공력하기 위해 증원된 관군 부대가 도착했다고 임상문에게 빠르게 보고를 올렸다. 그러나 임상문은 설마 청군이 겨우 5000 병력으로 대만 소탕작전에 나섰다고 생각할 수는 없었기에 별로 개의치 않았다. 심지어 "관군들은 들어오는 즉시 의군에 의해 '만두소'가 돼버릴 것이다. 오만도 아니고 그깟 오천 병력으로 누구를 '웃겨 죽일' 일이 있느냐?"고 씨부렁대면서 경계조차 전혀 하지 않았다.

청군이 팔괘산을 공격한 시점은 오후 미시未時가 끝나가는 무렵이었다. 남풍은 여전히 거세게 불어 닥치고 있었다. 팔괘산의 산세는 그리 험하지 않았다. 산등성이 모양은 자라 등 같았고 경사 역시 기다란 뱀처럼 완만했다. 나름 엄동설한인데도 울창한 관목림灌木林은 훈풍에 살랑살랑 흔들리고 있었다.

팔괘산을 지키고 있던 보초병은 5000 병마가 산 아래의 역도를 통과하자 관군의 식량 운반 대오라고 생각했다. 서둘러 달려와 산속에 임시로 만들어놓은 목채木寨로 들어가 나요조에게 보고했다.

"당주, 오랑캐들이 또 지나가고 있습니다! 이번 식량 호송 대오는 꽤 되는데요? 얼추 사오천은 될 것 같습니다!"

"전처럼 조총이나 몇 방 갈겨주고 말아."

서른 살을 넘긴 중년의 사내 나요조는 몇몇 측근들에게 뭔가 얘기를 하고 있던 중인 것 같았다. 성의 없이 말을 툭툭 내뱉는 모습으로 미루어 보아 불만이 많다는 것을 짐작할 수 있었다. 곧이어 그가 한

발을 걸상 위에 올려놓고 침을 퉤퉤 뱉으면서 떠들었다.

"이번에 황상皇上께서 향을 사라 하늘에 제祭를 올리실 때 얼마나 감격적이었어? 사실 내가 임형을 황상으로 추대하는 데 결정적인 역할을 했다는 데는 모두들 이의가 없을 거야, 그렇잖아? 황상께서도 나를 호법사자護法使者로 임명하시고 나에게 재상宰相을 시켜준다고 약조하셨어. 그런데 안회인安懷仁 그 미친놈이 어디 처박혀 있다가 이제 기어 나와서는 남의 자리를 빼앗겠다고 설치지 뭔가! 나 참, 보다 보다 별꼴 다 보네!"

나요조는 대단히 흥분한 것 같았다. 무릎까지 탁탁 쳐가면서 계속해서 더 열변을 토하려고 했다. 바로 그때 보초병이 다시 헐레벌떡 달려 들어왔다. 나요조가 짜증스럽게 물었다.

"또 무슨 일이야?"

"당주……."

보초병은 숨이 턱에까지 차 있었다. 목이 무척 마른 듯했다. 아니나 다를까, 그가 표주박으로 물 항아리의 물을 떠서 벌컥벌컥 들이마신 후 다시 보고를 올렸다.

"한 무리의 관병들이 올라오고 있습니다!"

"얼마나 돼?"

"제가 대가리 수를 세어보니 스물 세 개였습니다!"

"그래?"

나요조가 그러면 그렇지 하는 표정으로 히죽 웃었다.

"위에서 조총을 갈겨대니 무슨 일인가 해서 올라와 보는 거겠지. 자, 가보자구!"

나요조는 보초병이 나시다 만 표주박의 물을 들이켜 마시고는 밖으로 나갔다. 이어 채문寨門 근처에서 아래쪽을 내려다봤다. 과연 20

여 명이 꿈틀대면서 올라오는 모습이 한눈에 보였다. 속도는 그리 빠르지 않았다. 그 모습으로 볼 때 대부대의 청병들은 산 아래 역도에 그대로 머물러 쉬고 있는 모양이었다. 물론 후미의 일부 병력은 조금씩 따라붙고 있었다. 또 30대의 큰 수레가 대오 사이에 군데군데 끼어 있었다. 그러나 천막이 덮여 있어 안에 뭐가 들었는지는 알 수 없었다. 그저 몇몇 기병들이 왔다 갔다 하면서 뭔가 지휘하는 것 같았다. 소리는 잘 들리지 않았다. 올라오는 스물 몇 명도 느릿느릿 움직이는 것이 마치 등산을 하러 온 것 같았다.

"저것들은 대체 뭘 하러 올라오는 거야? 우리하고 놀자는 것도 아니고! 좀 더 가까이 오기를 기다렸다가 총을 갈겨버려!"

그렇게 지시한 나요조가 언덕 저편으로 가더니 오줌 줄기를 뿜어댔다. 지금의 상황을 전혀 심각하게 생각하지 않는 모습이었다.

해란찰 일행은 마치 산토끼 사냥을 나온 병사들처럼 여기저기 두리번거리면서 천천히 위로 올라갔다. 위에서 자신들을 내려다보는 무리들을 발견하고도 짐짓 못 본 척했다. 그때 갑자기 산 위 수십 보 안팎의 거리에서 세 자루의 조총이 불을 뿜었다. 청군들은 급히 바위나 나무 뒤로 몸을 피했다.

탄환이 가시나무에 맞는 소리가 들려왔다. 더 이상 지체할 수 없다고 생각한 해란찰은 두 손가락을 입안에 넣어 신호를 보냈다. 그러자 스물세 명이 벌떡 몸을 솟구치더니 쏜살같이 산 위로 달려 올라갔다. 모두 마총馬銃(권총)과 왜도倭刀를 꼬나들고 날아오르듯 씽씽 산채를 향해 덮쳐들었다.

나요조는 오줌을 누고 바지의 끈을 미처 매기도 전에 이상한 기척에 고개를 돌렸다. 이어 바로 목이 터지게 고함을 질렀다.

"관군이다! 갈겨, 갈겨버리란 말이야!"

그러나 세 명의 조총수가 탄약을 장전하느라 머뭇거리는 사이 길보와 두 시위가 그들을 덮쳤다. 비수와 장검이 허공을 가르는 듯하더니 눈 깜짝할 사이에 세 명의 조총수는 불귀의 객이 돼버리고 말았다. 나요조는 괴성을 지르면서 꼬리를 내리고 도망갔다. 그러나 눈치 빠른 하육이 그걸 그대로 놓아둘 리가 없었다. 마치 토끼사냥을 하는 호랑이처럼 무섭게 나요조의 뒤를 쫓아갔다. 이어 공중회전을 하면서 두 발로 나요조의 등을 힘껏 걷어찼다. 나요조는 산 아래로 데굴데굴 굴러갔다. 이어 바위에 쿵 하고 머리를 찧고는 큰 대大자로 뻗어버렸다. 산 아래에서 그 광경을 지켜보고 있던 5000명의 청병들은 일제히 함성을 질러 서로 사기를 북돋았다.

"쳐부숴라! 돌격!"

산을 가르고 땅을 뒤엎을 것 같은 기세에 산채 안에 있던 의군 60~70명이 우르르 달려 나왔다. 칼을 든 자, 낫을 든 자들이 있는가 하면 빈손을 주머니에 집어넣고 한가하게 나와서 거들먹거리는 자들도 있었다. 어디에서 육박전이 벌어지는 소리가 나자 궁금해서 나와 봤던 것이다. 그러나 대채 문밖 저만치에서 무 잘리듯 목이 떨어져 나가는 일당들을 발견하고는 곧바로 도망치기 시작했다. 그것을 본 해란찰이 손짓을 했다. 스물세 명의 용사들은 일제히 마총을 발사했다. 여기저기에서 비명소리와 쿵쿵 넘어지는 소리가 들려왔다…….

산 아래에서는 청군의 함성이 더욱 커졌다. 해란찰 일행은 한껏 고무돼 여기저기 날아다니다시피 하면서 적들을 죽였다. 겨우 살아남은 몇몇 의군들은 갈팡질팡하면서 도망 다니기에 바빴다.

하육과 길보를 제외한 20여 명의 선봉대 대부분은 몽고에서 선발해온 몽고 용사들이었다. 무예가 출중한 정예병들로서 특히 육박전에 돌입했을 때의 일대일 싸움에 능했다. 아니나 다를까, 그들은 죽기 살기로 달려드는 서너 명의 의군들을 혼자 힘으로 맨주먹으로 쳐 죽였다. 이렇게 해서 불과 두 시간도 채 안 돼 산채에 있던 의군들은 거의 다 죽고 살아서 도망간 자들은 몇 명 되지 않았다.

해란찰은 피 묻은 칼을 풀잎에 문질러 닦으면서 집합을 명했다. 모두 별다른 부상을 당하지 않은 것 같았으나 길보가 보이지 않았다.

"길보는 어디 갔지?"

해란찰이 하육에게 물었다. 하육은 눈가에 흘러내리는 피를 닦아내면서 피식 웃고는 대답했다.

"애들처럼 경쟁심이 얼마나 강한지 모릅니다. 저보다 하나 덜 죽였다고 어디 사냥감 없나 찾으러 갔습니다!"

잠시 후 길보가 반죽음이 된 나요조를 질질 끌고 나타나서 소리를 질렀다.

"한 놈 생포했어요! 임상문의 왼팔입니다!"

해란찰이 웃으면서 다른 병사들을 둘러봤다. 경상을 입은 사람조차 보이지 않았다. 길보가 팔목에 탄환을 맞아 상처를 입기는 했으나 그 역시 혼란 중에 관군이 쏜 눈먼 총알에 빗맞은 것이었다. 해란찰은 크게 기뻐하면서 무리들을 산채 입구에 집합시켰다. 이어 두 손을 나팔 모양으로 만들어 산 아래를 향해 일제히 외치게 했다.

"복 장군! 완승했습니다!"

"복 어르신! 이겼습니다!"

팔괘산 전투는 신속하고 깔끔하게 끝났다. 당초 예상했던 것 이상이었다.

함성은 산 아래까지 울려 퍼졌다. 사실 해란찰 등이 그렇게 외치지 않아도 산 아래의 5000 병마는 이미 승리를 예감하고 있었다. 전투

장면을 처음부터 끝까지 똑똑히 지켜보고 있었던 것이다. 복강안 역시 산꼭대기의 스물세 명을 쳐다보면서 아이처럼 웃고 있었다.

해란찰이 만족한 듯 입을 열었다.

"이는 폐하의 홍복洪福 덕분이자, 우리 대청大淸 온 백성의 복이다! 오덕귀吳德貴 있느냐? 너는 앞으로 천 명을 거느리고 팔패산에 주둔하거라. 지금 당장 산채로 들어가거라!"

"예!"

오덕귀라 불리는 장군이 해란찰의 명령에 따라 군례를 올리고 돌아섰다.

"잠깐!"

해란찰이 무슨 생각을 했는지 다시 오덕귀를 불러 세웠다. 이어 미간을 좁혀 산봉우리를 둘러보면서 느릿느릿 덧붙였다.

"보면 알겠지만 이 팔패산만 장악하면 산 아래의 역도를 차단시킬 수 있어. 대만성과 제라현의 귀를 잡아 비틀 수 있는 거야. 임아무개는 이렇게 중요한 요충지를 한 무리 무지렁이들에게 맡겨놓고 자신은 당치도 않게 황제라고 칭하면서 목후이관沐猴而冠(원숭이가 관을 쓰고 사람 흉내를 냄)하고 있으니 소견이 토끼꼬리보다 더 짧지 않느냐! 자네는 나를 따라 금천金川 전투에 참가했다가 참장參將에 봉해졌지? 내 말을 잘 들어. 그 옛날에 마속馬謖이 가정街亭을 잃듯 했다가는 내 손에 죽을 것이야! 어떤 경우에도 이 산만은 도로 빼앗겨서는 안 돼! 이 팔패산은 우리에게 있어 마치 무거운 물건을 받쳐 올릴 때 필요한 지렛대 같은 존재야. 자네의 임무는 여기를 사수하는 것이야. 우리가 대만 전체를 성공적으로 함락시킨다면 자네는 큰 공로를 인정받게 될 것이야."

"무슨 말씀인지 잘 알겠습니다! 하관, 목숨으로 팔패산을 사수하겠습니다!"

"자네의 목숨과 모두의 앞날이 달려 있네."

해란찰이 무뚝뚝하게 말했다.

"가보게!"

팔괘산 전투의 승리는 관군들에게 대단한 힘을 보태줬다. 삼군의 장사들은 고작 스물세 명이 눈 깜짝할 사이에 이뤄낸 쾌거에 박수를 보내고 환호했다. 그들의 사기는 하늘을 찔렀다.

복강안은 여세를 몰아 밤새도록 강행군을 했다. 날이 밝아오기 시작할 무렵 드디어 멀리 제라성이 보였다. 기병과 보병들은 지칠 법도 했으나 그렇지 않았다. 모두 편히 앉아서 쉬거나 밥을 지어먹으면서 힘든 내색을 전혀 하지 않았다. 복강안은 야자나무 숲속에 들어가 군무회의를 소집했다. 이어 제라현의 포위망을 제거할 방책을 강구했다.

"저렇게 사기충천한 상태가 언제까지 계속 유지된다고 장담할 수는 없어."

복강안은 밤새도록 말안장 위에서 들썩거리면서 달려왔어도 전혀 피곤한 기색을 보이지 않았다. 그는 채찍 끝으로 땅바닥에 그림을 그리면서 말을 이었다.

"나는 지금까지 병마를 이끌어오면서 이번처럼 병사들의 사기가 충천해 있는 모습은 처음 봐. 사기를 북돋아주는 데는 전투만 한 게 없어. 어제 경험한 일전이 내가 전군을 소집해놓고 십 년 동안 훈화하는 것보다 더 효과가 크다고 하겠네!"

복강안이 다시 채찍으로 제라성을 가리키면서 말을 이었다.

"이 주위에 임상문의 부대가 모두 여덟 갈래로 주둔해 있어. 이 고성孤城을 포위한 지도 벌써 십 개월째야. 장기간의 대치로 인해 쌍방 모두 극도로 지친 상태지. 이것이 적들의 단점이야. 장점이라면 적들은 지세에 익숙하고 수토水土에 적응돼 있다는 거지. 우리는 밤새도록 강행군을 해서 어느 정도 지쳐 있으나 이 사기를 그대로 이어가기 위해서는 쉴 수가 없어. 당장 공격을 개시해야 해. 이것이 우리에게 불리한 점이라면 불리한 점이야. 내 생각에는 실어온 대포 삼십 문을 즉각 성 남쪽과 동쪽 두 곳에 설치하는 게 좋겠어. 성 남쪽의 어지러운 병영이 바로 적들의 주영主營인 것 같네. 제기랄, 상청 그 새끼는 사전에 이런 것도 미리 파악하지 않고 뭘 했는지 모르겠어. 보이지, 저 장군기! 내 판단이 맞겠지? 이같이 적정敵情이 불분명한 것도 우리의 취약점이야. 먼저 이 두 개의 병영을 포격해 선수를 쳐야겠어. 그동안 병사들을 반나절만이라도 쉬게 하자고. 그 사이에 우리는 대만의 대남臺南, 대동臺東으로 통하는 도로를 탐사하는 거야. 그리고 돌아와서 적들의 주영主營에 맹공격을 가해 완전히 들어내 버리는 게 좋겠어. 성안에 갇혀 있는 시대기에게 협조할 준비나 하라고 해."

말을 마친 복강안이 자리에서 일어나면서 해란찰을 따로 불렀다.

"해란찰 군문, 우리 같이 걸으면서 얘기 좀 하는 것이 어떻겠소."

하늘은 잔뜩 흐려 있었다. 인시寅時가 막 지난 시각이었다. 동쪽 하늘의 짙은 구름 사이로 하얀 빛이 야자나무 숲을 비추고 있었다. 야자나무의 곧게 뻗은 가지와 긴 줄기는 높은 언덕 위에서 바람을 맞받으며 서 있는 사람의 모습 같았다.

이 계절이면 중원中原에선 나무들은 모두 잎이 다 떨어질 무렵이었다. 빙설氷雪이 천하를 뒤덮고 있을 시기였다. 그러나 대만은 그렇지 않았다. 아직 베다 남은 사탕수수가 그대로 있을 정도였다. 전시戰時 상태여서인지 야자나무 숲 밖의 고구마 밭 역시 미처 캐내지 못한 채 그대로 방치돼 있었다. 그 고구마 밭을 지나 동북쪽으로 임상문이 제라현을 포위한 남대영南大營이 보였다. 대영은 사탕수수대로 지붕이랍시고 올린 모습을 하고 있었다. 바깥으로는 둥그렇게 목책木柵이 둘러쳐져 있었다. 허술하기 짝이 없었으나 어쨌거나 바로 임상문의 '채'寨였다. 해란찰이 걸음을 멈추고 가볍게 웃음을 터트렸다.

"어제 보니 우리가 대적하고 있는 적들은 순 종이호랑이에 허수아비들이었습니다. 의군들이라고 해봤자 대부분이 임상문의 꼭두각시 노릇이나 하는 우매하고 순진한 농부들이었습니다. 그 때문에 마음이 좀 무겁습니다. 그렇다고 내가 가만히 있으면 나를 죽이려고 덤벼드니 손을 쓰지 않을 수도 없고 말입니다. 그중에는 열두어 살 정도밖에 안 되는 아이들도 있었어요. 관핍민반官逼民反이라고, 저들이 천리회에 가입한 것도 관부의 핍박에 의한 어쩔 수 없는 선택이 아니었을까 싶네요."

복강안이 말없이 듣고 나서 고개를 끄덕였다.

"맞는 말이지만 우리로서도 어쩔 수 없지 않겠소? 전쟁터에서는 자비로움 같은 감정은 냉정하게 잘라버려야 하오. 우리는 전방에서 목숨을 담보로 분전하고 있는데, 뒤에서는 은자를 물 쓰듯 하네 어쩌네 하면서 말들이 많지 않소? 문관들이 수천만 냥씩 횡령하는 건 괜찮고 우리가 군사들의 사기 진작을 위해 조금 쓰는 걸 갖고 왜들 그리 못 잡아 처먹어 안달인지 모르겠소! 선친께서는 싸움이라는 것은 할수록 두려움이 커진다고 말씀하셨소. 그때는 솔직히 무슨 뜻인지 잘 몰랐으나 이제는 부친의 마음을 알 수 있을 것 같소."

복강안이 잠시 말을 멈추고는 깊은 한숨을 토해냈다.

"이제 어떻게 돌파해 나가야 하지? 좋은 생각이 있으면 말해보시오."

"저 정도면 포격을 할 가치도 없을 것 같습니다."

해란찰이 사탕수수를 얹은 임상문의 병영을 가리킨 채 말을 이었다.

"대충 각 채寨마다 이천오백 명 정도 들어 있을 것 같습니다. 어림잡아 이만 명 내외일 것 같네요. 그리고 천리회와 홍양교를 믿는 자들이라니 아마 귀신놀음 하는 '팔괘미혼진'八卦迷魂陣을 만들어 놓았을 겁니다. 교토삼굴狡兔三窟(교활한 토끼는 살기 위해 굴을 세 개 판다)의 은신처로 삼기 위해서라고 볼 수 있겠죠. 그래봤자 화포火砲의 공격에는 남아나는 게 없을 겁니다. 물론 우리 군은 지세에 익숙지 않은 한계가 있습니다. 따라서 오후에 공격을 개시해 밤까지 이어지는 날에는 불리한 국면에 내몰리기 십상입니다. 가능한 한 야간 전투는 피해야 할 것 같네요. 내 생각에는 오늘밤은 푹 쉬고 내일 날이 밝으면 대포를 총동원해 인정사정없는 맹공을 가하는 겁니다. 그리고 혼란을 틈타 이천 명을 성 북쪽으로 잠입시키는 건 어떨까 싶네요. 우리는 오천 명, 적들은 적어도 이만 명 이상이에요. 이번 기회에 전부 섬멸시킨다는 건 불가능하지만 적들의 간담을 서늘하게 하고 자신감을 잃게 만들면 우리로서는 반은 이기고 들어가는 셈이 아니겠습니까."

복강안은 채찍 손잡이에 달려 있는 장식물을 만지작거리면서 가만히 듣고만 있었다. 그는 땅바닥에 그림을 그려가면서 한참 열변을 토하는 해란찰의 손만 유심히 보고 있었다. 그러더니 갑자기 눈빛을 반짝이며 입을 열었다.

"해란찰 군문, 좋은 발상이오! 길보에게 이천 명을 붙여 성 북쪽으로 잠입하도록 하시오! 그리고 시대기에게 전서箭書를 보내는 게 좋겠소. 몇 시쯤에 병사들을 이끌고 성을 나와 길보와 합류하라고 하면 되지 않겠소?"

복강안이 흡족한 표정으로 넛붙였다.

"역시 산전수전 다 겪은 노장답소! 장군에 비하면 나는 아직도 한참 멀었소!"

해란찰이 겸손하게 손을 내저었다.

"무슨 말씀을 그리 하십니까. 가만히 있는 사람에게 쥐구멍 찾게 만드는 재주도 있었습니까? 백전백승의 대장군이 그리 겸손하시면 우리는 무슨 멋에 살겠습니까!"

해란찰은 복강안이 채찍을 힘껏 휘두르면서 호쾌하게 웃을 줄 알았다. 그러나 복강안은 씁쓸한 표정으로 짧게 웃어 보일 뿐이었다. 한판 결전을 앞둔 최고 지휘관의 고뇌에 찬 모습이 역력했다.

복강안은 모든 것을 해란찰의 주장에 따르기로 했다. 이렇게 해서 이튿날 새벽 하육의 명령이 떨어지자 포차砲車로 실어온 30문의 홍의대포紅衣大砲는 일제히 적군의 남대영을 향해 포격을 가하기 시작했다. 잠깐 사이에 남대영은 시커먼 연기에 휩싸였다. 불바다 속에서 사람들의 비명소리가 터져 나왔다. 대영은 한참 소란스럽다가 서서히 조용해졌다.

그때 갑자기 홍紅, 녹綠, 남藍 세 가지 색깔의 화염이 하늘로 치솟았다. 이어서 호각과 전고 소리도 요란하게 터져 나왔다. 그런 가운데 한 무리의 의군이 동쪽 채문寨門에서 포연砲煙을 가르고 돌격해왔다. 진용은 팔패산의 의군보다 정연하고 일사불란했다. 그들은 모두 짧은 웃옷, 짧은 바지 차림에 붉은 천으로 이마를 동여매고 있었다. 괴성을 지르면서 덮쳐오는 규모가 대충 눈짐작으로만 봐도 족히 2000명은 될 듯했다. 날은 어느새 훤히 밝아오고 있었다. 그래서였을까, 부수符水(부적을 태운 물)를 마셨는지 눈에 쌍심지를 켜고 악을 쓰는 그들의 모습은 귀신이라도 쓰인 듯 징그럽고 사나웠다. 하육이 소매를 걷어붙이면서 앞으로 나섰다.

"뒈지고 싶으면 달려들어라, 이 새끼들아!"

"거기 서!"

복강안이 바로 하육을 불러 세우고는 큰 소리로 명령을 내렸다.

"발사하라!"

복강안의 등 뒤에는 500명의 궁수들이 배치돼 있었다. 화총수까지 겸하는 이들이었다. 그들은 대장의 명령이 떨어지자 일제히 활을 당겨 화살을 쏘았다. 마치 소나기가 쏟아지는 듯한 화살 세례에 앞장섰던 의군들은 수십 명이 무더기로 쓰러졌다. 그러나 그 와중에도 팔과 가슴에 박힌 화살을 뽑아내면서 악을 쓰고 달려드는 자들도 있었다. 사실 이럴 때 대포는 무용지물이었다. 백병전, 하얀 칼날이 곳곳에서 번득이는 단병접전이 최고라고 할 수 있었다. 청병들은 단병접전을 벌이기 위해 움찔움찔하면서 앞으로 박차고 나가려고 했다. 그러나 복강안은 그런 병사들을 말리면서 침착하게 명령을 내렸다.

"돌격하지 말고 화살만 쏴라!"

복강안의 명령이 떨어지는 그 순간 갑자기 동쪽, 남쪽, 서쪽에서 하늘땅을 뒤흔드는 함성이 터져 나왔다. 나머지 일곱 개 병영의 적들이 증원병을 파견했던 것이다. 그러자 야자나무 숲과 풀숲에서 마치 땅에서 솟아난 듯 의군 무리들이 까맣게 압박해왔다. 무기는 창과 방패 위주였으나 간혹 "탕! 탕!"하는 소리가 들리는 걸 보면 화총도 몇 자루 있는 것 같았다.

상청은 적군의 병력을 10만 명으로 추산한 바 있었다. 그러나 이시각 복강안은 파죽지세로 밀려드는 무리들을 보면서 적군의 병력이 그보다 훨씬 더 많을 거라고 생각했다. 모두 이마에 붉은 천을 두르고 있었는지라 사방은 온통 붉은 색 천지였다. 복강안이 드디어 검을 뽑아들면서 큰 소리로 명령을 내렸다.

"화살은 그만 쏘도록 하라! 화총수들은 동쪽 채문을 공격하라!"

"탕!"

1000여 자루의 화총이 복강안의 명령과 동시에 일제히 동쪽 채문을 향해 불을 뿜었다.

"탕!"

첫줄에서 탄약을 장전하는 사이 대기하고 있던 다른 1000여 명이 즉각 뒤를 이었다.

"탕!"

"탕!"

복강안의 전술은 대단히 효과적이었다. 첫 번째 총소리가 울리자마자 동쪽 채문 쪽에서 몰려오던 적들이 주춤했다. 두 번째 총성이 울렸을 때는 이미 사방으로 도주하기에 바빴다. 총성이 네 번째로 울렸을 때는 이미 적들의 그림자조차 찾아볼 수가 없었다. 반면 점점 옅어지는 포연 속에서 몇 구씩 한데 엉킨 시체들이 여기저기에 작은 산처럼 쌓여가고 있었다. 채문 앞의 작은 배수로는 순식간에 핏물이 넘쳐흐르며 공포의 현장으로 변해 버렸다.

남쪽과 서쪽에서 몰려오던 의군들은 순식간에 섬멸되다시피 한 동쪽 진영을 보면서 잔뜩 겁을 집어먹은 것 같았다. 앞장섰던 그들이 주춤하는 사이 북쪽 하늘에서 남색 화염이 치솟았다. 이어 동쪽과 남쪽에서도 화염이 치솟아 올랐다. 의군의 대오는 어찌된 영문인지 몰라 두리번거리면서 당황하기 시작했다.

"총구를 돌려라!"

길보가 이미 적들의 뒤를 치는 데 성공했다고 생각한 복강안은 장검을 휘두르면서 이를 악물고 소리 질렀다.

"화총 발사! 때려! 때려!!"

"탕탕탕탕……!"

화총수들은 더 이상 줄을 서지 않고 탄약을 장전하는 대로 무차별 총격을 가했다. 남쪽 일대의 야자나무 숲은 짙은 아침안개에 휩싸인 것처럼 화약 연기로 가득찼다. 바람에 날려 오는 매캐한 연기에는 피비린내가 섞여 있었다. 그러나 폭풍우와 같은 총성은 멈출 줄 몰랐다. 화기火器가 부족한 의군들로서는 도무지 당해낼 수 없는 어마어마한 총격이었다.

"나를 따라 나서라!"

하육이 드디어 적삼을 쫙 찢어버렸다. 이어 상흔이 역력한 몸통을 드러낸 채 장검을 꼬나들고 앞으로 달려 나갔다. 이어 똑같은 모습을 한 3000여 명의 청병들이 웃통을 벗어던진 채 파죽지세로 서쪽 방향을 향해 돌진했다.

대만에 난이 발발한 이후 지난 1년 동안 의군과 관군의 교전에서 관군은 번번이 맞붙자마자 단 한 번의 예외도 없이 패전했다. 때문에 한쪽은 '쥐어터지는' 데 익숙해졌고, 또 다른 한쪽은 손쉽게 이기는 데 익숙해진 상태였다. 따라서 관군의 사납고 살기등등한 모습을 평생 처음 보는 의군들은 더럭 겁에 질리고 말았다. 게다가 앞에서는 서슬이 번쩍이는 대도大刀가 하얗게 몰려오고 뒤에서는 도처에 방화로 인한 화재가 일어나고 있으니 정신을 차릴 수가 없었다. 아직도 관군과 맞붙을 배짱이 있다면 그게 오히려 이상할 일이었다.

의군들 몇몇이 슬그머니 도망치기 시작했다. 그러자 나머지 의군들 역시 하나같이 뒷걸음질을 치면서 흩어진 채 도주하기에 바빴다. 그 와중에도 붉은 색 갑옷을 입고 어깨에 영기令旗를 꽂은 몇몇 지휘관들은 그나마 칼을 휘두르면서 뿔뿔이 도망가는 부하들을 끌어모으려 했다. 그러나 이미 사력을 다해 도망가는 부하들을 막을 수는 없었다.

"돌격!"

군심軍心이 흩어지고 장령將令이 더 이상 먹히지 않는 적들을 순순히 놓아줄 복강안이 아니었다. 그런 그의 명령이 떨어지자 중군 호위들은 파죽지세로 추격했다. 의군들은 처음에는 서쪽으로 도주로를 택했다. 그러나 길보의 청병들에 의해 막혀버리고 말았다. 그러자 사력을 다해 남쪽으로 방향을 틀었다. 하지만 이번에는 복강안이 지휘하는 화총대와 맞닥뜨리고 무차별적인 총격을 당하고 말았다.

동서남북 사방을 포위당한 의군은 사면초가四面楚歌의 상황에 내몰려 독 안에 든 쥐 신세가 따로 없었다. 게다가 그 이전에 이미 장검에 베이고, 총에 맞고, 포탄에 맞았으니 거의 전멸되다시피 참패를 당했다고 해도 과언이 아니었다. 그럼에도 겨우 목숨을 건진 자들은 열심히 야자나무 숲 쪽으로 도주하기에 바빴다. 살기등등한 얼굴로 씩씩대는 길보가 그걸 놓칠 리가 없었었다. 그는 병사들을 동원해 숲을 샅샅이 뒤지게 했다.

복강안은 얼마 후 숨을 길게 들이마시면서 장검을 칼집에 밀어 넣었다. 그러고는 명령을 내렸다.

"잔병들은 투항하게 내버려둬라. 각 군에 명해 전장戰場을 수습하고 병력을 집결시켜라. 우리 군의 부상병들은 전부 좌측의 야자나무 숲으로 호송하라. 군의관들과 중군 호위들은 전부 건너가 보살펴주도록 하라. 길보를 불러오너라! 해란찰 장군은 대오를 정돈하고 장내를 수습해 입성할 준비를 서두르시오."

복강안은 말을 마치고 시계를 꺼내봤다. 이미 유시酉時가 다 돼가고 있었다. 잠시 후 길보가 시체 무덤을 건너고 피의 연못을 뛰어넘으면서 다가왔다. 그의 몸과 얼굴, 장검 역시 온통 피로 얼룩져 있었다. 복강안이 가까이 다가가면서 물었다.

"어디 다친 데는 없나?"

"없습니다!"

길보가 피로 얼룩진 얼굴에 웃음을 지어보이면서 대답했다. 이어 자신감 넘치는 어조로 덧붙였다.

"넘어져서 발목을 삐끗했을 뿐 다친 데는 없습니다! 나리께서는 괜찮습니까?"

복강안이 안도한 듯 웃으며 좌우 양쪽을 가리켰다.

"저네들이 나를 꽉 잡고 있는데, 어딜 가야 다치기라도 하지. 그래, 제라성에서는 시대기가 지원을 나왔나?"

복강안의 물음에 길보가 피 묻은 얼굴을 손으로 쓱 닦아내면서 입을 비죽거렸다.

"전에는 나리의 눈 밖에 난 걸 좀 안쓰럽게 생각했었는데, 이제는 그런 일이 없을 겁니다. 정말 재수 없는 새끼였습니다! 성 북쪽에서 겨우 오백 명이 나왔다가 총성이 울리자 겁에 질려 쏙 들어가 버리지 뭡니까? 나리께서 직접 서찰을 보냈는데도 그자는 끝까지 코빼기 한 번 안 내밀었습니다!"

길보가 분통을 터트리면서 덧붙였다.

"제 부하들 중에 그런 놈이 있었다면 즉석에서 목을 따 버렸을 것입니다!"

복강안은 제라성 남문을 힐끗 쳐다봤다. 날은 이미 어둑어둑해지고 있었다. 하늘에는 여전히 먹장구름이 덮여 있었다. 앞에는 회갈색 성벽이 우중충하니 엎드려 있었다. 성문은 이미 열려 있었다. 왔다 갔다 하는 사람들이 보였으나 그들이 무엇을 하는지는 알 수 없었다. 그사이 해라찰과 하유이 한 무리의 정교들을 데리고 다가왔다.

복강안의 안색이 어두워진 걸 눈치채지 못한 해란찰이 웃으면서 보고를 올렸다.

"대장군, 우리 군은 서른세 명이 전사하고 사백삼십일 명이 부상을 당했습니다. 부상병들은 모두 치료중입니다. 대신 적들은 확인된 자들만 삼천사백여 명이 죽었습니다. 그리고 사백이십칠 명을 생포했습니다. 모든 전쟁이 오늘만 같았으면 수지가 맞는 장사인데 말입니다."

해란찰이 여전히 아무 대꾸가 없는 복강안을 보고는 그제야 뭔가 이상하다고 느낀 듯 물었다.

"대장군, 어째 기분이 안 좋아 보이십니다?"

"아니, 그런 거 없소."

복강안이 애써 표정을 감추면서 말을 이었다.

"승리를 거뒀는데 안 좋을 일이 뭐가 있겠소. 오늘밤은 제라성으로 입성하지 않고 밖에서 노숙할 거요. 육숙六叔(하육)에게는 관방을 좀 책임져달라고 전하시오. 성안에서 고기를 사다가 실컷 먹여야겠소. 단, 술은 절대 안 된다고 주의를 주시오. 몰래 입성해 민가에 해를 끼치는 자들은 그 자리에서 정법에 처할 거라고 이르시오!"

"예! 분부에 따르겠습니다!"

"해란찰 군문과 길보는 나를 따라 입성하오!"

복강안이 곧이어 길보에게 덧붙였다.

"먼저 사람을 시대기에게 보내 우리가 현아문으로 가 있을 거라고 전하게."

복강안은 말을 마치자마자 바로 말에 올라탔다. 50~60명의 친병들이 그를 수행하기 위해 따르기 시작했다. 그들은 곧장 제라성으로 향했다.

제라성이 포위된 지는 무려 1년 가까이 되고 있었다. 1년 전 설에 식량이 몇 수레 들어간 이후 거의 외부와 두절된 상태에 있었다. 당연히 고구마와 고구마 줄기, 땅콩 등은 이미 오래 전에 동이 나 있었다. 그랬으니 초근목피를 비롯해 연명을 할 수 있는 것이라면 남아나는 것이 없었다. 성안의 사람들은 오래도록 기근에 시달리고 있었다. 그럼에도 백성들은 1년여 만에 포위를 풀어준 관군에 대한 화답은 잊지 않았다.

복강안 일행이 성문 안으로 들어서니 아나나 다를까, '풍성한' 식탁이 차려져 있었다. 그러나 식탁 위에 있는 것은 생수로 대신한 '술'과 고기색깔과 같은 색의 종이로 만든 '고기'들뿐이었다.

성안은 여전히 계엄 상태라 그런지 집집마다 문을 꽁꽁 잠그고 있었다. 그러나 행인들의 출입은 통제하지 않고 있었다. 수십 보마다 늘어서 있는 병사들은 굶주림에 시달려 초췌하고 볼품없는 모습들을 하고 있었다. 마중을 나온 네댓 명의 아역과 열 몇 명의 사신士紳들 또한 바람이 불면 날아갈 것처럼 비쩍 마른 상태였다.

반면 현령은 자신을 따라 나온 그들과는 달리 얼굴이 피둥피둥하고 살집이 좋았다. 마치 '딴 세상'에서 살다 온 사람 같았다. 그는 풍개생豊開生이라고 자신을 소개하면서 건륭 48년의 진사라고 했다. 복강안은 수많은 환영식에 참가했어도 이처럼 마음 무거운 환영식은 정말 처음이었다. 말에서 내려 잠시 침묵을 지키던 그가 드디어 무겁게 입을 열었다.

"오늘 저녁은 현아문에서 같이 들자고. 여러분의 어려운 사정을 얘기해 보게. 먼저 군량미에서 몇 천 근을 떼 백성들에게 풀겠어."

"감사합니다! 구명 양곡을 내려주신다니 실로 감사합니다!"

풍개생은 공수를 한 다음 읍을 하면서 천번만번 사은을 표했다. 이어 사정하듯 비굴한 웃음을 지으며 덧붙였다.

"기왕 내주실 거면 조금이라도 빨리 주실 수 없을까요? 매일 사람이 죽어나갑니다. 이제 삼천 명밖에 남지 않았습니다. 시대기 군문께서 밤낮으로 성을 지켜주시지 않았다면 벌써 함락됐을 것입니다."

풍개생은 복강안 일행을 안내해 잡초가 허리를 넘는 현아문으로 왔다. 평소에 현령이 기거하던 금치당琴治堂에 자리하자 복강안이 천천히 입을 열었다.

"식량은 곧 도착할 것이네. 녹이문과 대만성에 남아 있는 문관들은 전부 제라현으로 와서 회의에 참석하라고 이르게. 시대기는 대만의 총병으로서 대만의 전국全局을 이렇게 아수라장으로 만들어 버렸으니 결코 그 책임을 피해갈 수 없을 것이네. 그러나 일 년 동안 병력이 무려 일곱 배도 넘는 적들과 대치하면서 고립된 제라현을 지켜낸 의지와 공로 역시 인정하지 않을 수 없네. 성을 지키고 군무를 배치하느라 나를 영접하러 나올 짬이 없을 테지만 지금 가서 잠깐 다녀가라고 하게. 내가 할 말이 있어서 그러네."

시대기는 과거 과주도瓜州渡 역관에서 술에 취해 민정시찰 중이던 복강안을 크게 '괄시'한 '전과'가 있었다. 그 후 복강안과 시대기 두 사람은 원수 아닌 원수 사이가 돼 늘 껄끄럽고 부자연스러웠다. 솔직히 복강안으로서는 과거에 있었던 그 일을 생각하면 시대기가 꽤 씁쓸하기 그지없었다. 그러나 이제는 상황이 많이 달라졌다. 복강안 역시 모든 은원恩怨을 털어버리기로 작심하고 있었다. 지난 1년 동안 포위돼 있었던 성의 포위망을 뚫은 김에 성안의 군민들에게 식량을 풀어 위로하면서 시대기의 '공로'도 인정해주고자 여러모로 생각을 정리하고 있었다.

때문에 시대기로서는 복강안이 불러줄 때 못 이기는 척하고 나와야 했다. 그동안의 무례도 사죄하고 모든 죄를 달게 받겠다는 식으로 나왔어야 했다. 그랬다면 '약자에 약하고 강자에 강한' 복강안의 성격상 모든 죄를 면해주었을 뿐 아니라 제라현을 사수했다는 공로도 인정해 줬을 터였다.

그러나 시대기는 그렇게 하지 않았다. 얼마 전 건륭으로부터 '고군수성'孤軍守城의 의지를 높이 치하하는 표창장을 받고 나자 안하무인이 돼버린 것이다. 그는 계속 으스대면서 '복 장군'의 명령을 '개 짖는' 소리쯤으로 치부해버리고 말았다. 평소 복강안이 흘리고 다녔던 말 중에 '절대 중용해서는 안 될 물건'이라고 했던 게 비수처럼 박혀 생각할수록 복강안이 괘씸하게 느껴졌던 것이다. 그는 제라 현령이 "복 장군께서 보자고 하신다"는 명령을 전해오자 침대에 비스듬히 드러누운 채 눈을 부릅뜨면서 내뱉었다.

"할 말은 무슨! 내가 평생 중용 받지 못할 물건인 줄은 스스로도 잘 알고 있으니 됐다고 하게. 적들은 이렇게 얻어맞고 가만히 있지 않을 것이니 오늘밤 보복 기습도 유의하라고 전해주시게. 나는 이 성 안으로 들어오신 대장군의 안전을 책임져야 할 의무가 있으니 늦은 밤 순시를 다 돌고 나서 찾아뵙겠다고 전하게."

시대기가 그렇게 나오니 풍개생은 혼자 아문으로 되돌아오는 수밖에 없었다. 그러나 감히 시대기가 했던 말을 그대로 옮기지는 못하고 대충 얼버무렸다.

"워낙 비상시기이니 만큼 군무가 바빠 나중에 들어 문안인사 여쭐 거라고 했습니다."

길보는 그러나 난감한 기색으로 적당히 얼버무리는 풍개생을 보고 뭔가를 짐작했다. 이어 보고를 하고 밖으로 나가는 풍개생을 쫓아나가 따지듯 물었다. 풍개생은 시대기에게서 들었던 바를 순순히

다 털어놓았다.

그날 저녁 길보는 분을 삭이지 못해 씩씩거리면서 복강안에게 자초지종을 전했다. 그러나 복강안은 모두의 예상을 깨고 묵묵히 듣고만 있었다. 다만 꽉 다문 입 끝이 비수처럼 날카롭게 떨렸을 뿐이었다. 시대기는 그렇게 스스로 무덤을 파고 말았다.

그로부터 사흘이 지났다. 그사이에 대만부의 동지同知, 도주했던 현령縣令, 현승縣丞들은 병정들의 호위하에 앞을 다퉈 제라현을 찾아왔다. 회의에 참석하기 위해서였다. 복강안은 더 이상 시대기의 '시'자조차 언급하지 않았다. 건륭에게 보내는 상주문을 쓰고는 부하들에게 여러 가지 명령을 내렸다. 우선 해란찰에게 1000명의 병마를 거느리고 녹이문으로 가서 그곳의 5000 지원병과 함께 창화彰化를 공격하라고 했다. 이어 원래 녹이문에 주둔해 있던, 복건성에서 파견된 병사들에게는 봉산鳳山으로 움직여 임상문의 소굴을 양공佯攻(거짓으로 공격함)하라는 명령을 내렸다. 집게 형태로 포위망을 죽 늘어뜨려 대만 전역의 비적들을 소탕한다는 전략이라고 할 수 있었다.

회의 날이 됐다. 복강안은 여느 때와 다름없이 아침 일찍 일어나 떠오르는 아침 해를 바라보면서 태극권을 연습했다. 그 날렵하고 민첩한 몸동작에 하육과 호위병들은 모두 박수갈채를 보냈다. 그때 길보가 들어와 아뢰었다.

"관리들이 모두 도착했습니다. 다들 대장군의 훈시를 기다리고 있습니다."

"녹이문 쪽에서는 무슨 소식이 없었나?"

"그쪽에서 오는 서찰은 보통 오후에 도착합니다. 지금은 아직 이른 시간입니다."

"황사간에게 명령을 전하라. 즉시 해란찰 군문에게 이백 자루의 화총을 지원해주라고 하라."

복강안이 그렇게 지시한 다음 다시 물었다.

"팔괘산 쪽에서는 소식이 없는가?"

"오덕귀가 화약 삼천 근을 지원해 주십사 하고 청을 해 왔습니다."

복강안은 허리를 펴고 앉았다. 이어 이마의 땀을 닦고 나서 편한 자세를 취한 채 대답했다.

"팔괘산은……. 내가 그랬지, 무거운 짐을 들어 올리는 지렛대라고. 이제 우리는 그 지렛대가 필요 없게 됐어. 오덕귀에게 전하라. 즉시 인마를 거느리고 제라현으로 철수해 명을 기다리라 이르거라!"

"예!"

길보가 힘차게 대답했다.

"하오나 이는 대장군의 수유手諭가 필요합니다!"

"알았다."

복강안은 서재로 돌아와 어젯밤에 쓰다 남은 먹을 찍어 몇 글자 적어줬다. 그러고는 미간을 찌푸렸다.

"마당이 어지럽기 짝이 없군. 우리가 회의하는 동안 자네는 중군 이백 명을 데리고 아문 안팎을 깨끗이 청소하게!"

길보가 즉시 대답하자 복강안이 다시 물었다.

"시대기는 왔는가?"

길보가 심드렁한 표정으로 대답했다.

"못 봤습니다. 그의 부하들에게 물었더니 치질이 발작한 데다 다리까지 쑤셔 오후 늦게 올 것 같다고 합니다."

복강안은 더 이상 말을 하지 않았다. 그저 길보에게 어서 명령을 전하러 가라고 분부를 내리고는 소금으로 이를 닦았다. 이어 과자를 몇 개 집어먹고 천천히 공문결재저 앞마당으로 나왔다.

마당에서는 친병들이 청소를 한다, 풀을 벤다, 삽으로 풀뿌리를 파헤친다 하면서 바쁘게 움직이고 있었다. 그 와중에도 일부는 똬리를 틀고 겨울잠을 자던 뱀이 발견되자 비명을 지르면서 장난스럽게 도망을 가고는 했다. 반면 그게 무슨 대수냐는 듯 나무꼬챙이로 뱀을 툭툭 건드리면서 낄낄대는 자들 역시 있었다. 비적들의 난이 발발한 후 아문을 버리고 사방으로 도주했다 다시 돌아온 관리들은 처마 밑에서 그렇게 즐거워하는 병사들의 모습을 보면서 빙그레 웃음을 머금었다. 그사이 풍개생이 이문에서 나오는 복강안을 발견하고는 황급히 소리쳤다.

"대장군께서 오시네. 인사를 드려야지!"

"대장군 강녕하십니까?"

"복 어르신, 경하드립니다!"

"강건하셔서 다행입니다, 복 공!"

별의별 인사말들이 전부 동원됐다. 복강안은 미소를 지으면서 고개를 끄덕였다. 그러고는 한마디 했다.

"저들은 마당에서 청소하고 우리는 안에서 회의하면 서로 방해될 거 없지 않은가? 즐겁게 웃으면서 일하는 모습이 참 보기 좋네. 그렇지 않은가?"

"예!"

관리들이 모두 따라 웃으면서 공손히 대답했다. 1년 동안 사방으로 흩어져 불안한 나날을 보냈던 그들은 관아로 다시 돌아오자 격세지감마저 느끼는 듯했다. 모두 공문결재처로 들어와 편안하게 자리한 가운데 복강안이 드디어 가볍게 기침을 하면서 목소리를 가다듬었다.

"여러분!"

복강안이 책상 모퉁이를 짚고 좌중을 쓸어봤다. 표정은 편안하면서도 정중해 보였다.

"악몽 같은 지난 일 년을 돌이키고 싶지 않겠지만 모두에게 소중한 교훈이 됐으리라 믿소. 그동안의 고초를 어찌 말로 다 형언하겠소? 허나 아직은 방심하기에 이르오. 처리해야 할 일이 한두 가지가 아니오. 지금 이렇게 마주앉은 시간도 실은 더없이 소중한 시간이오. 내가 몇 가지 언급할 테니 들어보고 보충하거나 정정할 사항이 없다면 회의는 짤막하게 끝내기로 하겠소."

"예!"

복강안이 마주 앉아 얘기를 나누듯 말을 이었다.

"팔괘산 전투는 우리 군의 사기를 진작시키는 데 결정적인 역할을 했소. 제라현의 일전一戰은 열흘을 예상했었는데, 결국 여덟 시간 만에 우리 군의 완승으로 끝났소."

장내에서는 놀라움과 경탄이 섞인 소리가 터져 나왔다. 그러나 곧 조용해졌다. 복강안의 말이 이어졌던 것이다.

"물론 이 모든 건 제덕帝德과 군은君恩 덕분이오. 삼군 장사들이 분전해준 결과이기도 하오. 하늘은 백성들이 간절히 원하는 바를 들어준다고 했소. 이번 완승은 백성들의 복이자 그들의 염원이 아니겠소? 우리 중화中華가 분열되는 걸 원치 않는 간절한 소망을 하늘께서 들어주신 거라고 생각하오!"

복강안이 다시 자신에 찬 표정으로 말을 이었다.

"제라현의 일전을 거쳐 정세는 이미 우리에게 유리한 쪽으로 기울어졌소. 솔직히 나는 당초 일 년 내에 대만을 평정하리라 군령장을 내렸었소. 허나 지금 같아서는 반년 만에 대만 전역의 비적들을 소탕할 수 있을 것 같소."

좌중의 관리들은 흥분한 얼굴로 박수갈채를 보냈다. 복강안이 그만 하라는 듯 손을 내저으면서 다시 목소리를 높였다.

"여러분을 이 자리에 부른 이유가 뭔 줄 아오? 바로 안민安民, 수정綏靖(편안하게 다스림), 생업生業 세 가지 대사를 부탁하기 위해서요. 이곳의 부모관인 여러분들이 발 벗고 협조해 주시면 좋겠소. 내가 제시한 세 가지를 참작해 안민고시安民告示를 내붙이도록 하시오."

복강안이 손가락을 꼽아가면서 하나씩 거론했다.

"첫째, 순간의 판단 착오로 반란에 가담한 평민들에 대해서는 그 어떤 문책도 하지 않는다. 천리회 향당香堂 당주堂主 이상의 반란군 두목을 잡아오는 자에게는 군공軍功을 기입해 크게 포상함과 아울러 과거를 추궁하지 않는다. 둘째, 내지內地의 방법대로 향리에서 신망이 있는 사람들을 이장里長으로 선출한다. 이장 밑에 필요한 인사를 둬서 향촌의 관리 기구를 갖춘다. 셋째, 식량이 곧 도착할 것이다. 가가호호 머릿수에 따라 식량을 배급하고 종자와 농기구, 짐승, 사료……."

복강안은 고시를 일일이 분류해 다시 설명을 곁들였다. 그때 붉은 정자를 드리운 관리 한 명이 의문을 들어서는 모습이 언뜻 보였다. 시대기일 거라고 짐작한 복강안은 일부러 고개를 돌려 못 본 척했다.

시대기는 밖에서 누군가에게 뭔가 지시를 했다. 이어 안으로 들어왔다. 곧 키가 칠 척尺에 등이 조금 휜 것이 특징인 그가 복강안의 앞에 모습을 나타냈다. 그런데 걸어오는 모습이 약간 휘청거리는 것 같기도 했다. 그때 뒷자리에 앉은 현승 한 명이 물었다.

"대장군, 사후처리에 은자가 꽤 많이 필요할 텐데 이 부분은 어떻게 충당해야 합니까?"

"군비에서 긴축하고 민절 총독 이시요가 보태줄 테니 그런 염려는 안 해도 되겠네."

"토지의 일부를 임상문 일당들에게 빼앗겼습니다. 빼앗아 농민들에게 나눠주는 건 어떻겠습니까?"

또 한 명이 일어나 물었다.

"어떤 지주들은 이번의 난으로 일가족이 몰살당하는 변을 당했는데, 그 토지들은 어떤 식으로 배분해야 합니까?"

"임상문 일당이 갈취한 땅은 지주들에게 돌려주고 주인 없는 땅은 먼저 관부에서 수거했다가 나중에 가난한 사람들에게 나눠주오. 단하나 명심해야 할 게 있소. 나는 앞으로도 대만에 대해 관심을 갖고 쭉 지켜볼 것이오. 그러니 관리들 중 누구 하나라도 땅을 무작위로 소유한다든가 어떤 식으로든 딴 주머니를 찼다가는 작두로 목을 잘라버릴 것이오!"

"……"

복강안은 미리 심사숙고를 거친 듯 조목조목 설득력 있게 사람들의 질문에 대답했다. 더 이상 묻는 말이 없자 그가 다시 물었다.

"또 궁금한 게 있으면 뭐든지 물어보시오."

"저……요!"

앞자리에 앉은 제라현 현령 풍개생이 우물쭈물하면서 일어섰다.

"현지에 홀아비들이 너무 많습니다. 대륙의 복건이나 다른 곳에서 여인네들을 데려올 수 없을까요?"

장내에 순간 활기찬 웃음소리가 터져 나왔다. 그러나 풍개생은 대단히 진지했다.

"대륙에서 건너온 저희 같은 지방관이나 병정들은 모두 가족들이 따라오지 못하게 돼 있습니다. 저희는 삼 년 임기가 차면 돌아가면 된다지만 상주해 있는 주둔군들은 다릅니다. 여자를 찾아 가까운 복건까지 긴니가 주시육림에 빠져 있다 오는 자들이 있는가 하면 현지의 여자는 치마만 둘렀다면 꼬부랑 할미든 세 살짜리 코흘리개든 가만 놔두지 않습니다. 그래서 여기서는 길에 나다니는 아녀자들을 볼 수 없습니다. 대륙 쪽에서 아녀자들의 도해渡海를 금지시킨 데다 현지에 또 여인들이 적다 보니 문제도 많이 생깁니다. 일단 무슨 사달이 일어났다 하면 챙길 자식이 있나, 미런 품을 계집이 있나 아무 짓이나 막 한다고요! 아무튼…… 여인네들이 없으면 아니 됩니다."

풍개생이 쑥스러운 듯 얼굴을 붉히면서 자리에 앉았다. 좌중의 사람들은 모두 폭소를 터트렸다. 복강안 역시 처음에는 따라 웃다가 곧 정색을 했다.

"식욕과 성욕은 인간의 가장 큰 욕구요. 가장 기본적인 욕망을 억제하니 사달이 생기지 않을 리 있겠소? 웃기는 왜 웃는 거요? 나는 풍 현령의 뜻에 공감하오. 대륙의 부녀자들이 도해하는 걸 윤허해 주십사 폐하께 주청을 올려보겠소."

좌중의 사람들은 다시 근엄해진 복강안을 보면서 또 무슨 중요한 발언이 있을 줄 알고 모두 고개를 숙였다. 그러나 복강안은 더 이상 다른 말을 하지 않고 산회를 선포했다. 그러고는 한마디 덧붙였다.

"회식방伙食房(취사장)에서 밥을 짓고 있을 테니 배불리 먹고 각자 노자와 관방關防을 타 가지고 돌아가게."

좌중의 사람들은 서둘러 자리에서 일어났다. 잠시 의자와 걸상을 뒤로 빼는 소리가 소란스러웠다. 그러는가 싶더니 모두들 우르르 취사장으로 몰려갔다. 복강안은 웃으면서 그들을 대당大堂의 처마 끝 아래까지 배웅했다. 마침 그때 저만치에서 시대기가 걸어오는 것이 보였다. 복강안은 짐짓 못 본 척하고는 몇몇 현령들에게 두어마디 부연 설명을 하면서 시간을 끌었다.

그사이 시대기가 가까이 다가왔다. 그러자 복강안이 갑자기 웃음을 멈추고 시대기를 향해 물었다.

"시 총병 아닌가? 너무 일찍 왔네?"

미리 예상했던 바이기는 했으나 복강안의 날 선 목소리에 시대기는 흠칫 놀랐다. 비아냥거리는 어투도 눈치 못 챌 리 만무했다. 그러나 곧 마음을 추스르면서 깍듯이 예를 갖춰 인사했다.

"대만 총병 시대기입니다. 흠차 복강안 대인께 문후 올립니다. 성문금령城門禁令이 해제돼 밖으로 도망갔던 백성들이 속속 돌아오고 있습니다. 그 틈을 타 악인惡人들이 잠입해 소동을 일으키거나 흠차대인의 신변에 위협이라도 가할까봐 관방을 철저히 해놓고 오느라 늦었습니다."

"내가 지금 그걸 묻는 게 아니잖아!"

복강안이 차가운 표정으로 그의 말을 잘랐다.

"내가 입성한 지 벌써 사흘째인데, 아무리 다망하시기로서니 그새 코빼기조차 안 내밀었다는 게 말이 된다고 생각하는가?"

복강안이 말을 마치고는 독수리가 병아리를 노려보듯 시대기를 매섭게 쏘아봤다. 그릇에 밥과 채소를 담아 들고 주방 밖에 나와 먹고 있던 문관들은 뭔가 심상찮은 낌새에 하던 말과 웃음을 뚝 그쳤다. 그러고는 조용히 사태를 지켜봤다. 시대기가 곧 무릎을 꿇고 아뢰었다.

"제라성이 수복되기 전에 대장군께서 두 통의 전서箭書를 보내오셨습니다. '관군이 성을 함락하든 하지 않든 시대기는 절대 사사로이 자리를 뜨거나 직무에 해이해서는 아니 된다. 제라성의 치안에 총력을 기울여야 한다'라고 명령을 내리셨습니다. 하관은 그 명령에 따라 소임을 다 했을 뿐입니다!"

시대기는 행여나 복강안이 뭔가 쇠부리를 잡을까봐 대단히 조심스러워 하는 모습을 보였다. 그러나 타고난 성정은 어찌할 수 없었다. 평생 누군가에게 머리 숙여 본 적이 없는 그였는지라 나름대로 조심을 한다고는 했으나 결국에는 '그래 이 새끼야, 어쩔 거야!' 하는 식의 자세를 보이고 말았다.

사실 건륭은 시대기를 대만 총병으로 파견하고 나서 군심을 격려하고 기개를 표창하는 뜻에서 그에게 공작 작위를 내렸었다. 솔직히 살아서 돌아오지 못할 거라는 생각에서 소리 소문 없이 '공작'公爵으로 봉해줬던 것이다. 따라서 시대기의 품급品級은 복강안과 같았다. 그러나 지위는 천양지차였다. 한 명은 '천하병마대원수'에 봉해진 금존옥귀金尊玉貴의 천황귀주天潢貴胄, 다른 한 명은 별 볼 일 없는 자그마한 총병에 불과했으니 말이다. 그런 시대기가 겁 없이 막무가내로 나오자 복강안은 억장이 막힐 수밖에 없었다.

"내가 입성하자마자 불렀지?"

복강안의 얼굴 근육이 미세하게 꿈틀거렸다.

"말해 봐, 왜 안 왔어?"

복강안은 급기야 시대기를 아랫것처럼 취급하고 있었다. 시대기는 순간 그런 복강안을 보면서 울분과 비애, 분노를 느꼈다. 한편으로 두려움도 있었으나 여전히 고집을 꺾지 않았다. 그저 꿋꿋하게 무릎을 꿇은 채 대답했다.

"그 당시 하관은 와병 중이었습니다. 군의軍醫와 낭중郎中들이 증인입니다! 풍개생에게는 그때 정신이 없어 무슨 소리를 했는지 기억이 잘 안 납니다. 그러나 저녁 늦게라도 찾아뵙겠다는 얘기는 했습니다. 자시子時에 약을 먹고 와 보니 대인께서는 이미 문을 닫아걸고 계셨습니다."

시대기가 조금 내렸던 고개를 번쩍 쳐들더니 목소리를 한층 더 높였다.

"복 장군의 공훈과 명성을 하관이 어찌 모르겠습니까? 마음대로 하십시오. 그 어떤 벌이라도 달게 받겠습니다!"

복강안으로서는 이처럼 막무가내인 인간은 처음 본다고 해도 좋았다. 분통이 터지고 억장이 무너졌다.

'무릎걸음으로 벌벌 기어와 다리를 붙들고 싹싹 빌어도 부족할 판에 이건 또 무슨 적반하장이라는 말인가. 뾰족하게 날이 선 턱을 고집스럽게 치켜 올리고 콧구멍을 겁 없이 벌름거리다니!'

복강안은 그렇게 생각하고는 시대기를 노려봤다. 목숨을 부지하고 싶은 자의 언행이 아니라는 생각이 들었다. 순간 그는 살심殺心을 굳혔다. 그러나 당장은 손을 쓸 생각이 없었다. 얼마 후 겨우 분을 삭인 그가 냉소를 터트렸다.

"나는 자네의 공작 작위를 박탈할 권한이 없네. 허나 나는 엄연히 흠차대신이지. 자네가 나에게 안하무인인 건 용서받을 수 있을지 모르나 폐하를 욕되게 한 죄는 결코 용서받을 수 없을 것이네. 내가 누누이 자네에 대해 중용불가重用不可의 뜻을 흘리고 다녀서 분개했었던가? 그래, 자네는 내가 볼 때 역시나 영원히 중용불가야. 어쩔 텐가?"

"흥!"

시대기가 코웃음을 치면서 고개를 홱 틀어버렸다. 복강안이 분노에 찬 음성으로 차갑게 내뱉었다.

"자네는 이 시각 이후로 더 이상 총병이 아니네. 총병 노릇을 얼마나 잘 했으면 대만 전체가 임상문의 수중에 넘어갔겠는가! 군법은 무정하니 결코 그 책임을 묻지 않을 수 없구먼. 내가 자네의 총병 직을 박탈했으니 억울하고 분하면 군기처로 찾아가시게. 동시에 나는 어제 이미 황사간과 임승은의 직무를 해세시켰네. 세 사람을 나란히 복주로 보내줄 테니 상청처럼 혁직대죄革職待罪의 좋은 시간을 가지시게!”

복강안이 말을 마치고 나서 다시 큰 소리로 외쳤다.

“시대기의 병권은 길보가 넘겨받고 군사를 개편한다!”

복강안은 이어 눈을 치뜨고 노려보는 시대기에게 냉혹한 눈길을 던지고는 추호의 여지도 없이 내뱉었다.

“가보시게!”

시대기는 목석처럼 꿋꿋이 예를 행하고는 천천히 자리를 떴다. 순간 그는 순검巡檢으로 있을 때인 지난 날 술이 거나한 김에 ‘황제의 조카 복강안’을 못 알아보고 무례를 범했던 일을 떠올렸다. 그것이 화근이었을까? 그 뒤부터 그의 앞날은 늘 순탄치 않았다. 호광湖廣의 무한武漢 성문령城門領으로 가게 됐을 때가 그랬다. 발령장까지 받았으나 어찌된 영문인지 출발을 이틀을 남겨 놓고 없던 일이 돼버렸다. 또 호남성湖南城 장사長沙 지역에 관찰도觀察道로 전근하려고 했을 때도 비슷했다. 이부吏部에서 막았다. 그 뒤로도 술술 풀린 일은 하나도 없었다. 말하지 않아도 이 모든 것은 ‘밴댕이 소갈딱지’인 복강안의 입김 때문일 것이었다…….

시대기는 눈앞의 외로운 성을 바라봤다. 그 안에서 풀뿌리를 삶아 먹으면서 1년을 버텨왔던 끔찍한 나날들이 떠올랐다. 순간 참기 힘든 상실감과 서글픔에 가슴이 시큰해지면서 눈물이 앞을 가렸다. 다리에 기운이 하나도 없었다. 마치 솜뭉치 위를 걷고 있는 기분이 그럴까 싶었다.

아무려나 관군은 파죽지세로 제라성을 함락하고 대만 전역을 평정했다. 복강안이 예상했던 최단기간보다 더 짧은 시간에 상황은 종료됐다. 이시요가 귀주와 호남의 병력 만 명을 지원해준 도움이 컸다. 또 3개월 사이에 비적들의 최후 보루인 봉산鳳山과 창화彰化 두 개 현까지 함락한 것도 이유라고 할 수 있었다. 대만의 산천중지山川重地는 가볍게 다시 청군의 수중에 장악됐다. 일대 쾌거가 아닐 수 없었다. 물론 주범 임상문이 산속에 잠입해 사방에서 몰려든 패잔병 만여 명과 함께 타철료打鐵寮 일대에서 칼을 갈고 있다는 사실이 약간 신경이 쓰이기는 했다. 그러나 식량이 없어 초근목피로 연명하는 무리들이 백기를 들고 나오는 건 시간문제였다.

26장
군왕郡王 복강안의 처신

복강안은 연신 첩보捷報(승전 소식)를 보내왔다. 치르는 전투마다 승리했다는 홍기紅旗 첩보가 숨 돌릴 틈도 없이 분주하게 북경으로 날아드니 군기처 대신들과 옹염은 하나같이 명절을 맞은 듯한 분위기에 들떠 있었다. 그러나 그중에는 겉으로는 환호하면서도 내심 불안한 사람이 있었다. 바로 화신이었다. 옹염이 제라 대첩 소식을 접하고 크게 기뻐하면서 했던 말 때문이었다.

"폐하께서 큰 시름을 더셨네. 우리도 이제부터는 모든 역량을 집중해 병부와 호부, 그리고 내무부의 장부 정리에 착수해야겠네. 은자 들어갈 데가 한두 군데여야 말이지!"

물론 화신이 그럴 때를 대비하지 않은 것은 아니었다. 이중장부를 전부 소각해버리고 문제가 발견되지 않게 철저히 조치를 해뒀다. 그러나 워낙 천문학적으로 놀았으니 언제 어디서 문제가 터질지 방심할 수 없었다. 조금씩 슬쩍한 총독과 순무들과는 완전히 차원이 달랐기 때문이었다.

주현관들이 소송의 편의를 봐주고 피고에게서 몇 백, 몇 천 냥씩 '술값'으로 받아 넣은 것은 화신이 저지른 것에 비하면 새 발의 피도 되지 못했다. 하기야 원명원, 내무부, 호부, 병부, 각 성의 번고藩庫는 말할 것도 없고 의죄은자까지 천하의 모든 은자가 그의 손을 거쳤다고 해도 과언이 아니었다. 그가 나라의 재정을 도맡아 관리하는 대신이었으니 그럴 만도 했다. 실제로 그가 적게는 수천, 많게는 수만 냥씩 '슬쩍'한 것들은 표도 나지 않았다. 장이고와 오씨가 날마다 화신이 가져다주는 은자를 세는 재미에 날이 새는 줄 모를 정도였다면 더 이상의 말은 필요 없었다.

화신은 속으로 대충 셈을 해봤다. 그동안 '해먹은' 액수가 얼마나 될까? 그러나 도무지 짐작이 가지 않았다. 재물을 관리하는 두 여인도 모를 테고, 원명원 공사비를 전담한 유전도 잘 모를 것이다. 몇 백만 냥씩 크게 가져다 준 것만 해도 여러 번이니 못돼도 몇 억 냥은 될 것 같았다.

이처럼 천문학적인 액수면 대청 개국 이래 희대의 탐관오리貪官汚吏로 악명을 날리고도 남음이 있었다. 또 전무후무한 탐관오리의 전형이 되기에도 손색이 없을 것이었다. 역사적으로 이름난 탐관오리들이 모두 기절해 뒤로 넘어갈 수치였다. 조정의 세수稅收가 해마다 1000여 만 냥에 불과할 때였으니 만일의 경우 사건이 불거지기라도 하면 그 충격은 실로 천지개벽 그 자체일 것이었다…….

한참 멍하니 생각에 잠겨 있던 화신은 정신을 차리고 서화문으로 가서 패찰을 건네야 한다는 생각을 했다. 서둘러 세수를 하고 나자 오씨의 딸 연경이 다가와서 머리를 빗겨줬다. 의자에 앉은 화신은 두

팔로 연경의 엉덩이를 힘껏 당겨 자신의 몸에 밀착시켰다. 그때 마침 오씨가 발을 걷고 들어섰다. 오씨는 화신에게 찰싹 붙어 머리채를 땋고 있는 딸을 보고는 질투 어린 눈빛을 보이면서 나무라듯 말했다.

"너는 잘 때도 뭘 그렇게 귀신처럼 머리에 잔뜩 이고 자니? 온통 금은보석으로 도배했구나, 속물같이. 지난번에 네가 보석 일곱 개 박힌 비녀를 꽂고 갔을 때 네 숙모가 뭐라 하든? '엄청난 부잣집인가 보다, 못 되도 삼만 냥은 더 갈 것 같은데…….' 그러지 않았어? 쪼끄만 계집애가 벌써부터 돈맛을 알아가지고!"

연경이 그러자 웃으면서 대꾸했다.

"그러게 엄마도 그 많은 금은보화를 다 꺼내서 예쁘게 장식하고 다니지 그래요? 관 속에 넣어갈 것도 아니고. 괜히 질투하지 마세요!"

"시간 없어, 그만 들어가 봐야겠어."

화신이 모녀간의 입씨름을 듣고 있다가 피식 웃으면서 일어섰다.

"여인네들은 곱게 치장하고 어여뻐야 한다는 것이 태후마마의 의지懿旨이시네. 어여뻐서 나쁠 건 없지 않은가! 아, 그리고 누님! 금고 안에 있는 은자를 가능하면 전부 금은보석으로 바꿔놓으시오. 부피를 줄여야지. 지난번에 어느 친왕부親王府처럼 도둑맞고도 감히 순천부順天府에 알리지도 못하는 낭패를 당하지 말고! 너무 많아! 열다섯째황자의 처남이 부탁한 땅은 영수증만 받고 보정부保定府 쪽에 있는 걸 한 떼기 크게 떼어주라고 유전에게 이르시오."

화신은 연경이 잠깐 밖에 나간 사이 오씨의 적삼 속으로 손을 집어넣고 마구 문질렀다. 그러고는 음탕하게 웃어대는 오씨를 뒤로 하고 "으흠!" 기침을 하면서 밖으로 나갔다.

그는 단독으로 유용을 만나 정말로 장부 조사를 할 것인지 슬쩍 떠보고 싶었다. 자신과 여태 별다른 알력 없이 그나마 무난하게 지

내온 사람은 사실 그밖에 없었기 때문이었다. 게다가 유용은 옹염의 인정을 받고 있을 뿐 아니라 옹염의 사부인 왕이열과도 교분이 깊은 사이였다. 아무튼 유용의 옆구리를 슬쩍 치면 뭐라도 건질 수 있을 것 같았다.

그러나 유용은 군기처에 없었다. 당직 태감에게 물으니 대만에서 또 승전을 알리는 상주문이 올라와 아계, 기윤, 유용 모두 육경궁으로 불려갔다고 했다. 이것들이? 나만 따돌리고 자기네들끼리 간 게 아닌가? 그는 갑자기 그런 의구심이 들었으나 자신이 늦게 온 걸 후회하는 쪽으로 마음을 돌렸다. 그러고는 천천히 육경궁으로 발걸음을 돌렸다.

"어서 오게, 화 공!"

옹염은 기분이 대단히 좋아 보였다.

"대만의 네 개 현을 모두 수복했다고 하네. 어젯밤 폐하께서는 크게 기뻐하시면서 옥호춘玉壺春을 석 잔이나 마셨다네! 앉게, 다 같이 사후처리에 대해 토의해보세."

화신은 옹염의 말이 끝나기 무섭게 예를 갖춰 문후를 올리려고 했다. 그러자 여덟째황자 옹선이 부채를 내저었다.

"됐네, 이럴 때는 면례免禮하는 법이네!"

옹염도 빙그레 웃으면서 고개를 끄덕였다.

"여러분을 부른 건 몇 가지 일에 대해 토의하기 위해서네. 우선 개선부대의 공로를 기입하고 표창을 해야겠지. 그리고 원래 대만에 주둔해 있던 관리들의 책임을 묻고 사후처리도 해야 하네. 오늘 복강안에게서 상주문이 온 게 있나?"

옹염이 고개를 돌려 아계에게 물었다. 아계는 유용 등과 나란히 앉아 차를 마시고 있었나. 옹염이 갑자기 물어오자 그는 황급히 상체를 숙이면서 대답했다.

"오늘 육백리 긴급으로 두 통이 날아왔습니다. 아직 뜯어보지 않
았습니다."

아계가 화칠火漆로 입구를 봉한 두 통의 서찰을 옹염에게 받쳐 올
렸다.

"오, 꽤 두껍네?"

옹염이 서찰을 잠시 손바닥에 올려놓고 무게를 가늠하는 듯하더
니 조심스럽게 겉봉을 뜯었다. 그러고는 잠시 생각하더니 옹선에게
건네주었다.

"형님, 이건 형님이 먼저 읽어보십시오."

옹염은 그러면서 다른 한 통을 가위로 잘라 속지를 꺼냈다. 이어 빠
르게 훑어보고는 화신에게 건넸다.

"사후처리에 관한 주장이네. 은자가 필요하다는 얘기이네. 이건 재
정 담당이 알아서 할 일이니 읽어보게."

화신은 상주문을 받아들자 끝부분부터 살펴봤다. "총 백칠십만 냥
을 청구합니다"라는 글씨가 크게 적혀 있었다. 그가 잠시 미간을 좁
히면서 뭔가를 생각하더니 갑자기 웃음을 터트렸다. 그러고는 기윤
에게 물었다.

"효람 대인, 대만 인구가 총 얼마나 됩니까?"

"글쎄? 전에 《방지통람》方志通覽을 본 적이 있으나 잘 기억이 안 나
서 말이오."

기윤은 화신이 왜 웃는지 몰라 어리둥절한 표정이었다. 뻑뻑 곰방
대를 빨면서 한참을 침묵하더니 다시 말을 이었다.

"강희 오십육 년의 통계 때는 일만 이천 명이었소. 그로부터 칠십
년이 흘렀으니 인구의 증가속도와 대륙의 이주민까지 고려하면 대략

삼십만 명 정도는 되지 않을까 싶소."

화신이 말을 받았다.

"제가 생각해도 대략 그 정도일 것 같습니다. 복 장군께서 백칠십만 냥을 청구하셨는데, 군사들 머릿수를 따지면 일인당 여섯 냥도 채 안 돌아가는 액수입니다. 백칠십만 냥이면 내지內地의 어느 어중간한 재주財主의 일 년 수입 정도가 아니겠어요?"

옹염은 포상금이 약소하다는 화신의 말을 들으면서도 복강안의 씀 씀이가 너무 헤프다는 생각을 하지 않을 수 없었다. 아무리 승전을 이끌어냈다고는 하나 은상恩賞이 너무 사치스럽다는 생각에는 변함 이 없었던 것이다. 잠시 침묵이 흐르고 있는 동안 기윤이 상주문을 세세히 읽어봤다. 이어 웃으면서 말했다.

"사후처리에 대해 은상을 요구한 것 외에도 여러 가지가 있네요. 둔 전屯田이 그 첫째인데, 대륙에 있는 대만 주둔군 가족들이 대만으로 가서 황무지를 개간할 수 있게 허용해야 한다는 주장입니다. 또 정부 에서 농사비용을 빌려줘서 농기구와 씨앗을 구입하도록 해야 한다고 했습니다. 벼, 사탕수수, 고구마, 조 등 기존에 주로 재배하던 농작물 외에도 뽕나무와 마 등 재배 품목을 늘려야 한다는 주장도 있습니다. 세 번째는 구제양곡을 풀자는 것입니다. 대만은 어려운 고비를 넘길 경우 이 년 정도면 전쟁의 상처를 딛고 일어설 것이라고 했습니다. 삼 년째부터는 대륙의 지원 없이도 자급자족할 수 있을 뿐 아니라 해마 다 조정에 은자 십만 냥씩을 바칠 수 있다고 합니다."

기윤이 복강안의 뜻을 알아듣기 쉽게 일일이 설명하고 나서 덧붙 였다.

"이는 실로 만세萬世에 이로울 일이 아닐 수 없습니다. 복 공자는 역 시 빈틈이 없고 장기적인 안목을 가진 인물입니다. 복 공자는 대만이 정상 상태를 회복할 때까지 대만과 복건에서 친히 지휘, 감독을 하겠다고 합니다. 저는 전란을 겪고 소생의 봄을 맞아 기지개를 켜는 대만을 조정에서 적극 지원해야 한다고 생각합니다."

옹선과 옹염을 비롯한 대신들은 복강안의 뜻에 달리 이견이 없는 것처럼 보였다. 영리한 화신이 이럴 때 대세에 거역하고 나설 리 만무했다. 즉각 찬성의 말을 표했다.

"물론이죠! 이런 기쁜 일에는 조정에서 전폭적인 지원을 해줘야 마땅하지요. 액수가 얼마나 되든 열다섯째마마와 여덟째마마의 지시에 따르겠습니다!"

"이 상주문의 내용은 좀 살벌하네?"

옹염이 화신의 말에는 대꾸도 하지 않고 다른 상주문을 들여다보면서 말을 이었다.

"피비린내를 풍길 모양이네. 복건 총독 상청과 제독 황사간, 임승은 그리고 총병 시대기까지 정법에 처할 것을 주청 올렸군. 이제 전쟁이 끝나고 현지 주둔군들에게 된맛을 좀 보여 주겠다 이건데, 넷씩이나 글쎄……."

한꺼번에 네 명의 대원大員을 죽인다는 건 좀 무리일 것 같았다. 게다가 어찌됐건 시대기는 공작이었다. 대신들은 복강안의 살의殺意에 모두 가슴이 서늘해졌다!

총독 상청은 평소 화신에게 가장 '충성심'이 지극한 '귀염둥이'였다. 뿐만 아니라 옹선에게도 명절 때마다 공물貢物을 아끼지 않았다. 아계, 기윤, 유용에게도 가끔씩 눈도장을 찍어왔었다. 모두가 한두 번씩은 그에게 공적이거나 사적인 일로 부탁도 했었다. 그럴 때마다 그는 발 벗고 나서서 도와줬다. 아무튼 꽤 '부지런한 친구'로 불리는 그를 싫어하는 사람은 좌중에 아무도 없었다. 따라서 아무도 그를 죽인다는 것에 찬성하지 않았다. 황사간과 임승은 역시 나름 병부와 군기처에 착실히 '충성'을 해온 바 있었다. 특히 옹선에게는 더욱 살갑게 굴었다. 한참 난감한 침묵이 흐른 뒤 옹염이 입을 열었다.

"삼 척三尺의 얼음은 하루아침에 어는 게 아니네. 대만 문제는 전임들부터 방치하고 무관심했기 때문에 오늘날의 난을 초래한 것이야. 물론 소임을 다하지 못한 책임을 물어 적당히 처벌할 수는 있으나 그 때문에 목을 친다는 건 좀 재고해 볼 필요가 있을 것 같아."

"어지를 청해보는 것이 바람직할 것 같사옵니다."

화신이 덧붙였다.

"이는 성재聖裁에 맡겨야 마땅하옵니다."

그러자 옹선이 고개를 저었다.

"요즘 들어 폐하께서는 복강안의 상주문이라면 보시지도 않고 무조건 윤허하시네. 네 사람의 목숨이 달린 문제라고 해서 다를 바가 있을 것 같나?"

옹선의 말대로 건륭은 이미 권정倦政(정무를 귀찮아 함) 상태에 있었다. 또 복강안에 대해서는 무조건 "오냐, 오냐!" 하고 있었다. 그 때문에 옹선은 내심 불만이 이만저만이 아니었다. 화신이 다시 입을 열었다.

"조정에 팔의제도八議制度라는 것도 있고, 의죄은자 제도도 있거늘 둘 중 하나도 적용이 안 되겠습니까?"

옹염은 화신의 말이라면 으레 별로 귀담아듣지 않는 그답게 듣는 둥 마는 둥 하면서 다른 신하들에게 눈길을 돌렸다. 화신이 적극적으로 나서는 이유가 그 넷을 자신의 휘하에 끌어들이기 위해서라고 생각했기 때문이었다. 그는 잠시 생각하더니 아계에게 물었다.

"아계 공은 어찌 생각하는가?"

"팔의는 의친議親, 의귀議貴, 의공議功 등 여덟 가지 측면에서 해당 사항의 유무를 따져 죄인의 죄를 감형해주는 조항입니다."

아계가 말을 이었다.

"팔의제도를 거론하고 나서면 폐하께서는 필히 두 분 마마의 의견을 물으실 것입니다. 아직은 성심의 방향을 점치기 이르오니 두 분 마마께서 주청을 올려 보는 것도 무방하지 않겠습니까?"

화신이 다시 나섰다.

"상청은 복건 총독입니다. 밑에 성省과 도道가 있습니다. 대만은 그중의 한 개 부府에 불과합니다. 방금 열다섯째마마께서 말씀하셨듯이 삼 척의 얼음은 하루아침에 어는 게 아닙니다. 대만의 난은 하루아침에 야기된 것이 아닙니다. 그의 죄목이라면 난이 발발했을 때 제때에 대처하지 못해 적들의 기염을 조장한 것입니다. 그리고 주먹구구식 전략으로 대만의 네 개 현을 모두 임상문의 수중에 빼앗겼다는 것입니다. 죽을죄는 아닐지라도 부의部議에 넘겨 죄를 묻는 건 천번만번 마땅하다고 생각합니다. 황사간과 임승은은 적을 두려워해 피하는 데만 급급했습니다. 대만의 네 개 현이 함락되는 데 직접적인 책임이 있는 바 죽을죄를 내리는 것이 마땅하다고 봅니다. 다만 팔의제도를 적용하게 되면 사정이 달라지겠죠. 그들 둘 다 공신의 자제들이고 모두 아직 슬하에 자손이 없습니다. 공신들의 '씨'를 말려버리는 일은 있을 수 없습니다. 시대기에 대해서는 잘 모르겠습니다만 일 년 동안 제라성을 사수한 점만으로 죽을죄는 면할 수 있지 않을까요?"

옹선이 귀를 열어놓은 채 상주문을 다시 들여다봤다. 그러고는 천천히 입을 열었다.

"내가 보기에 복강안이 진정 노리는 자는 시대기 뿐이네. 그의 죄는 세 가지로 요약할 수 있네. 임상문의 반란군이 거사를 시도한 초기에 창화는 누란지위에 내몰렸다고 하네. 마침 시대기가 군사를 이끌고 성 밖을 순찰했다지. 그때 창화 현령은 시대기에게 달려가 제발 이곳에 주둔해 성을 지켜 주십사 하고 애걸했다네. 그럼에도 불구하고 시대기는 사면초가에 내몰린 창화에서 도망치기에 급급했다네. 결국 창화가 함락되면서 대만 전역을 도탄에 빠뜨린 도화선이 되고 말았다지. 둘째, 제라현을 지켜낸 건 그 현의 군민들이 만중일심萬衆一心해 적들과 지구전을 벌였기 때문일 뿐 시대기 혼자만의 공로는 아니라는 거야. 셋째, 시대기는 대만 총병으로 있으면서 안하무인으로 일관하고 상관을 무시했다는군. 또 부하들을 내지와의 무역 일선에 내몰아 돈만 벌어오게 했다지. 정작 적들과 대적할 때에는 수적인 열세에 몰려 패배를 거듭했다네. 이와 같은 이유에서 시대기는 죽어 마땅하다는 게 복강안의 뜻이야."

복강안은 상주문을 통해 조목조목 죄목을 열거하면서 시대기에게 죽음 아닌 다른 길은 없다고 강조하고 있었다. 사람들은 옹선의 말을 들으며 모두 섬뜩한 느낌을 금할 수 없었다.

"대만 총병이라는 사람이 직무유기를 범했으니 복강안의 주장이 억지는 아닌 것 같아."

옹선이 쓸쓸한 미소를 지으면서 덧붙였다.

"그럼 우리의 의견을 종합해 폐하께 아뢰고 모든 건 폐하의 뜻에 맡기세!"

옹염은 솔직히 시대기를 그렇게 죽이기에는 좀 아까웠다. 그러나 대만을 수복한 대장군이 직무유기를 문제 삼아 '대만 총병'을 엄중히 벌하겠다는 데 후방에 들어앉아 있는 사람들이 무슨 왈가왈부할 권한이 있으랴 싶기도 했다. 그가 그예 길게 탄식을 내뱉었다.

"작오를 범했으면 책임을 져야겠지!"

유용 역시 복강안과 시대기의 사사로운 원한에 대해서 들은 바 있었다. 그러나 그는 복강안을 믿었다. 복강안은 결코 그런 사적인 은원 때문에 시대기를 죽일 속 좁은 인물이 아니라고 생각했다. 그가 조용히 입을 열었다.

"제 소견으로는 아무래도 이 넷을 부의에 넘기는 것이 좋겠습니다. 철저한 수사를 거쳐 정죄定罪하는 게 바람직할 것 같습니다."

화신은 내심 복강안과 옹염이 이 문제를 두고 의견 차이를 좁히지 못하기를 바랐다. 심지어 한바탕 '설전'이라도 벌였으면 좋겠다는 생각도 했다. 그래야 자신에 대한 관심을 그쪽으로 유도할 수 있을 게 아닌가 생각했던 것이다. 그러나 감히 내색은 하지 못했다.

"복강안 공은 군사에만 걸출한 재능이 있는 줄 알았더니 문치文治에도 퍽 재주가 돋보이네요. 이참에 대만을 골칫덩어리가 아닌 효자로 육성해내겠다는 포부가 참으로 돋보입니다!"

화신의 그 말에 옹선이 공감했다.

"그 정도 재능이면 군기처에 입직해 민정民政을 요리해도 충분하겠는데?"

옹선과 옹염을 비롯한 신료들이 그렇게 한마디씩 주거니 받거니 할 때였다. 왕인이 들어와 어지를 전했다.

"열다섯째마마와 화 중당, 기 중당은 입궐하시라는 어지입니다."

옹염을 비롯한 세 사람은 황급히 일어나 왕인을 따라 양심전으로 향했다. 중전中殿을 거쳐 동난각에 들어서자 안락의자에 반쯤 누운 채 책을 읽고 있는 건륭의 모습이 보였다. 회춘懷春이라는 궁녀가 시중을 들고 있었다. 세 사람은 모두 무릎을 꿇으며 문후를 올렸다.

"오, 왔는가?"

건륭이 그제야 읽고 있던 《음향실시초》吟香室詩鈔를 내려놓으면서 일어나 앉았다.

"방금 군기처로 사람을 파견했더니 육경궁에 회의하러 갔다더군. 그래, 모두 모여서 무엇을 토의했는가?"

건륭이 자신을 보면서 말하자 화신이 황급히 아뢰었다.

"대만에 대해 논의하고 있었사옵니다. 어제 유공자들의 명단이 적힌 주장을 올려 어람을 청했사옵고, 오늘은……."

화신의 말이 끝나기 무섭게 기윤도 입을 열었다.

"육경궁에서 회의를 소집한다고 해서 간 건 아니옵고 한 사람씩 열다섯째마마께 아뢸 말씀이 있어서 들다보니 모이게 됐던 것이옵니다. 화제는 역시 대만 문제였사옵니다."

기윤은 방금 육경궁에서 논했던 바를 조리 있게 요약해 건륭에게 들려줬다. 건륭은 수염을 쓸어내리면서 조용히 듣고만 있었다. 이어 얼굴에 미소를 지은 채 말했다.

"역시 복강안이로군. 짐이 사람을 제대로 봤어! 사람으로 치면 중병重病을 앓고 난 대만인데, 불과 삼 년 만에 자급자족하고도 모자라 해마다 조정에 십만 냥씩 바치겠다고 하니 얼마나 가상한 일인가. 무공武功, 문치文治 둘 다 돋보이는 복강안은 과연 부항의 자식답네! 어제 화신이 들어 이번 대만 전사에만 군비가 천만 냥도 넘게 들었다고 했지. 모두가 복강안처럼 손이 크면 국고가 몇 년 만에 동이 날 거라고 하더군. 그래서 짐이 일억 냥을 줄 테니 가서 대만 같은 보물섬을 하나 사올 수 있겠냐고 물었었네. 이는 누가 뭐라고 해도 희대의 공로이네! 옹염, 너는 복강안을 어찌 포상해야 마땅하다고 생각하느냐?"

"아바마마의 뜻에 전적으로 공감하옵니다."

옹염은 솔직히 복강안이 큰 공을 세운 데 대해 약간의 질투를 느끼고 있었다. 그러나 화신이 면박을 당하는 것을 보고 나자 그런 생각이 순식간에 사라져버렸다. 그가 얼굴에 미소를 가득 머금은 채 말을 이었다.

"효람 공과 잠깐 의논을 해봤사옵니다. 복강안은 이미 일등 공작의 신분이오니 패륵貝勒, 패자貝子로 봉해질 수 없는 바에야 최고의 작위가 아니겠사옵니까? 군왕郡王의 녹봉을 내리고 일등 공작을 오대까지 세습케 하는 건 어떨까 하옵니다."

건륭이 잠시 생각하더니 단호하게 말했다.

"군왕의 녹봉을 내리는 게 아니라 군왕으로 봉해야 마땅하네."

건륭의 말은 토를 달 여지가 없었다. 이어 덧붙였다.

"복강안 정도의 공로라면 진작 왕으로 봉했어야 하네. 다만 선례가 없다는 규정에 얽매였기 때문에 여태 엄두를 못 낸 거지. 이제 짐이 황실 자제가 아니면 왕으로 봉해질 수 없다는 관행을 타파하겠네. 옹염, 큰일을 할 사람은 이런 흉금과 담력이 있어야 한다. 후세의 만주 친귀親貴들 중에서도 복강안처럼 걸출한 위업을 이룩한 자가 있거든 그 어떤 명분도 아끼지 말아야 할 것이다."

순간 옹염과 기윤이 받은 충격은 실로 컸다! 순치는 물론 강희도 감히 엄두를 못 낸 일을 건륭이 시도하려 하고 있는 것이다. 강희는 삼번三藩의 난을 평정하기 위해 크고 작은 전사를 치렀다. 그 때문에 걸출한 장군들도 구름 같이 배출됐다. 그러나 그 많은 사람들 중 왕으로 봉해진 사람은 아무도 없었다. 그런데 건륭은 그 관행을 타파하고 복강안에게 충격적일 만큼 특별한 은혜를 내리려 하고 있었다!

"원래 복강안이 타전로打箭爐로 쳐들어가 주둔했을 때 이미 군왕으로 봉했어야 했네. 영국인들에게 겁을 줘 서장西藏에서 눈을 떼게 하지 않았나!"

건륭이 수염을 쓸어내리면서 다시 말을 이었다.

"순치황제와 강희황제는 개창지주開創之主이네. 또 옹정황제와 짐은 수성지주守成之主라고 할 수 있네. 그러나 수성守成하는 사람도 개창開創을 해야 하는 법이네. 끊임없이 새로운 국면을 열고 창조해야 수성도 된다고 생각하네. 흐르는 물은 썩지 않고 기계는 돌려야 녹슬지 않는 법이네. 봉천奉天에 얼마나 많은 이성異姓의 왕들이 살고 있는가? 공을 세운 자를 왕으로 봉해 유사시에 조정과 국가를 위해 힘을 보태게 하는 게 나쁠 건 없지 않은가? 물론 무사할 때는 유유자적한 생활을 누리게 하면 되지. 기윤, 이 제도를 누가 먼저 창안했는지 알고 있나?"

기윤이 황급히 대답했다.

"한나라 광무제光武帝 유수劉秀가 창안한 걸로 알고 있사옵니다. '공로를 세운 자에게는 작위를 상으로 내리고, 능력 있는 자에게는 마땅한 직무를 준다'라고 했사옵니다."

기윤이 이어서 자신의 견해를 곁들이며 침착하게 아뢰었다.

"다시 말하면 높은 자리와 후한 녹봉으로 공이 있는 장사들을 길러야 할 필요는 있사옵니다. 그러나 무조건 공을 세웠다 해서 요직에 들이는 건 아니라고 했사옵니다. 예컨대 복강안 공을 왕으로 봉한다면 꼭 채읍采邑과 병권兵權까지 줘야 한다는 얘기는 아니라는 것이옵니다."

"채읍은 오백 호戶를 주겠네."

건륭이 흡족한 표정으로 덧붙였다.

"왕부王府 호위護衛는 오십 명을 붙여주고."

그러자 옹염이 기다렸다는 듯 입을 열었다.

"아바마마, 후작侯爵에게도 오백 호를 주는데, 이번에는 아예 크게 일천오백 호를 주시죠?"

"오, 그래? 그래, 그럼 일천오백 호를 상으로 내리지!"

건륭은 언제부터인가 옹염의 뜻을 많이 따라주고 있었다. 이번에도 예외는 아니었다. 기윤은 그런 건륭을 보면서 자지지명自知之明(자신의 결점을 분명히 아는 능력)이 있다고 생각했다. 기윤이 그 생각을 잠깐 접어두고 아뢰었다.

"거국적인 희사를 앞두고 온 천하가 더불어 보천동경普天同慶해야 하오니, 육십 세 이상의 노인들에게 은자 한 냥과 술과 고기를 두 근씩 내리는 것이 좋을 것 같사옵니다. 지난번에 폐하께서는 대사면을 실시했사옵니다. 십악十惡의 대죄大罪를 지은 자들을 제외하고 일률로 처벌을 면해주신다고 어지를 내렸사옵니다. 그런데 어제 내리신 어지를 보니 이 조항은 빠져 있고 대신 은과恩科를 치른다는 조항이 있었사옵니다. 두 가지 어지를 병행하려면 예산이 추가돼야 할 것 같사옵니다."

"돈 문제는 무조건 화신을 찾아가라고 하지 않았는가."

건륭이 말을 마치고는 천진하게 웃으며 다시 덧붙였다.

"짐이 같은 일로 어지를 두 번씩이나 내렸다는 말인가? 갈수록 정신이 없군."

옹염이 그제야 복강안의 상주문을 두 손으로 받쳐 올렸다. 내용은 물론 상청과 나머지 셋이 책임과 죄를 피해갈 수 없으니 반드시 정법에 처해야 한다는 것이었다. 건륭은 두툼한 상주문을 받아 대충 두어 쪽 훑어봤다. 그러더니 고개를 저었다.

"이제는 천 글자가 넘어가는 건 눈이 가물거려 읽을 수가 없네. 글자도 너무 작고. 공적과 포상에 대해서는 복강안의 뜻에 전적으로 따르되 죄를 다스리는 데는 신중해야 할 것이네. 범관犯官들은 일률적으로 북경으로 압송해 경들이 직접 심문하고 그들의 항변도 참작해 처리하도록 하게. 대만은 비록 평정은 했다고 하지만 아직 할 일이 많네. 무엇보다 두목 임상문을 붙잡는 일이 시급하네. 복강안에게 어지를 전해 가능한 한 생포하라고 하게. 죽었으면 시체라도 끌고 오라고 하게. 그렇게 해서 직예, 산동, 사천, 호광, 광서 등지에 창궐한 사교 무리들에게 경종을 울려주게. 복강안은 남아 있으면서 문치文治를 어느 궤도에까지 올려놓고 오겠다고 했는데, 엉덩이를 붙이고 어디 한 곳에 앉아 있을 성정이 아니네. 임상문만 붙잡고 나면 즉각 범관들을 압송해 귀경길에 오르라고 하게! 문치와 관련된 사항은 이시요가 복강안의 지시에 따라 대신 감독하고 추진하면 되네."

건륭은 근자에 들어 말에 두서가 없어지고 기력이 예전 같지 못했다. 그러나 오늘만은 더없이 사유가 또렷하고 언사 역시 전성기 때의 과거와 다름이 없어 보였다. 더불어 기분이 좋아진 옹염과 기윤 역시 건륭의 끝없이 도도한 사자후가 이어지는 동안 연신 응답하면서 호응을 했다. 둘은 그러다 건륭이 더 이상 말이 없자 조심스럽게 일어나 조용히 물러났다. 건륭도 너무 오래 앉아 있어 지루한 듯 일어섰다. 그러고는 한마디를 더 했다.

"짐의 좌공坐功도 이제는 예전 같지 않구나. 전에는 종일 앉아 있을 때도 있었는데……. 마당에 나가 산책이나 좀 하자꾸나."

궁녀 회춘懷春은 건륭이 밖으로 나가려고 하자 황급히 찻물을 따르던 은병을 내려놓고 그를 부축하며 정전을 나섰다.

때는 양춘陽春 4월의 화창한 날씨였다. 화사하고 부드러운 햇살이 대지를 기분 좋게 감싸고 있었다. 마당에 가득한 동학銅鶴, 동정銅鼎, 비희贔屭(용왕의 장남으로 불리는 전설 속의 동물. 거북의 몸에 용의 머리를 한 형상임)는 햇빛에 반사돼 눈부신 빛을 발하고 있었다. 궁중에는 규정상 수초를 심지 못하게 돼 있었다. 그래서였을까, 궁 밖에서 바람에 실려 오는 꽃향기가 유독 그윽하게 코끝을 자극하고 있었다.

회춘은 건륭을 부축해 천천히 걸음을 옮겼다. 이어 가볍게 꽃향기를 들이마시면서 건륭에게 아뢰었다.

"향이 너무 그윽하옵니다! 폐하, 어화원 쪽에서 날아오는 꽃향기일 테죠?"

"그건 짐도 잘 모르겠구나."

건륭이 고개를 저었다.

"지금 원명원 쪽에는 사과꽃, 배꽃……, 만자천홍萬紫千紅일 텐데."

건륭이 말을 마치고는 조벽照壁의 그늘진 곳에 길게 뻗어 있는 나팔꽃 줄기들을 유심히 들여다봤다. 그러고는 태감 복지를 불러 분부를 내렸다.

"궁중에 큰 나무를 심지 못하게 하는 것은 악인들의 잠입을 막기위해서이다. 그러나 이같이 자생한 꽃들은 뽑아내지 말고 내버려 두거라."

복지가 알겠노라고 대답했다. 이어 덧붙여 아뢰었다.

"화신이 들었사옵니다. 수화문 밖에 대령해 있사옵니다!"

"들이거라."

잠시 후 화신이 보폭이 작고 빠른 걸음으로 다가왔다. 건륭이 면례하라고 손짓을 하면서 웃는 얼굴로 물었다.

"그래 무슨 일인가?"

화신이 건륭의 눈치를 힐끗 살피고는 공손히 아뢰었다.

"절강성에서 문후 상주문이 올라왔사옵니다. 그리고…… 두광내가유명을 달리 했다고 하옵니다."

"또 하나의 정직한 신하가 가버렸군!"

건륭이 천천히 걸음을 옮겨놓으면서 구름 한 점 없는 하늘을 올려다봤다. 마치 뭔가를 기도하고 뭔가 답변을 구하고 있는 것 같았다. 한참 후 그가 말했다.

"너무 혹사시키면 오래 못 쓸 것 같아 일부러 크게 중용을 안 했던 사람인데…… 그것 참 애석하군. 기윤에게 시호를 준비하라고 하게. 여덟째황자에게 이르게. 복강안에게 서찰을 보내 두광내의 가족을 찾아 위로하라고 말이네."

건륭이 말을 마치고는 문득 무슨 생각이 난 듯 물었다.

"복강안을 왕으로 봉하는 데 대해 자네는 어찌 생각하나?"

화신이 눈을 깜빡이면서 잠시 건륭이 뱉은 말의 저의가 무얼까 천천히 짐작해보기 시작했다. 그러더니 한참 후 마치 염탐하듯 조심스러운 얼굴을 한 채 대답했다.

"복강안 공이 이룩한 공로에 비하면 그 어떤 작위나 지위를 상으로 내리셔도 결코 과분하지 않다고 생각하옵니다. 다만 너무 잘 나가면 질시의 대상이 돼 자칫 복강안 공 본인에게 불리할지도 모르겠사옵니다."

"짐이 복강안을 군기처에 들이지 않은 것도 혹시 질시의 표적이 될까 싶어서였네. 이 경우에는 질시를 하고 말고 할 위치가 아니니 괜찮을 거네."

건륭이 덧붙였다.

"전에 짐은 자네에게 대만의 난만 평정되면 선양禪讓 준비에 착수하겠다고 했었네. 자네는 지금 아쉬울 게 없는 사람이네. 이럴 때일수록 겸허하고 근신해야 할 것이네. 무단히 남을 의심하고 앞질러 가려 했다가는 큰코다치는 수가 있네."

건륭이 토해낸 말은 그가 사석에서 누누이 해왔던 말이었다. 이제 귀에 딱지가 앉을 정도라고 해도 과언이 아니었다. 그러나 화신은 여전히 처음 듣는 것처럼 공손히 대답했다.

"명심하겠사옵니다! 복강안 공이 복건에서 뽕나무, 마, 차나무를 대만으로 가져다 심는다고 하옵니다. 대만과 복건에 몇 년 동안 머물면서 최상급의 우롱차를 직접 재배하고 따서 폐하께 선물로 드리겠다고 하옵니다."

"경들은 아무도 복강안에 대해 짐만큼 알지 못하네!"

건륭이 빙그레 웃으면서 덧붙였다.

"문무에 두루 능하고 매사에 신중하고 사려 깊은 아이지. 그만큼 출중한 아이도 드물 거네. 그가 여러 가지 핑계를 대 귀경을 서두르지 않는 건 우롱차도 우롱차이지만 손공피사遜功避事(공훈을 겸손하게 깎아내리고 찬사를 피함)의 깊은 뜻을 갖고 있기 때문이네. 그러나 짐은 그가 대만에 그리 오래 있게 놔두지 않을 것이네. 무한武漢이든, 낙양洛陽이든, 어디가 됐든 내지內地에 두고 지켜볼 것이네."

건륭이 잠시 생각하더니 지시를 내렸다.

"자네가 이시요에게 서찰을 보내 대만의 우롱차를 인편에 좀 보내라고 하게."

"예……, 그리하겠사옵니다."

복강안은 "전력투구해 임상문을 체포하라!"는 건륭의 어지를 받은 후 즉시 행동을 개시했다. 현지 지형에 익숙한 백성과 관군으로 이뤄진 결사대까지 만들어 임상문이 숨어 있을 법한 산골짜기를 이 잡듯 뒤지고 다녔다. 그렇게 하다 헛물을 켠 적도 많았다. 또 가끔 임상문의 무리들에 의해 예기치 못한 공격을 당하기도 했다. 그러기를 무려 수십 차례나 했다. 그러나 복강안은 끝까지 포기하지 않았다. 드디어 건륭 53년 병들고 늙어 볼품없이 돼버린 임상문이 어느 깊은 동굴

안에서 사체로 발견됐다. 이로써 수십 년 동안 조정을 희롱해온 비적의 무리들은 완전히 뿌리까지 뽑혔다.

일이 그렇게 마무리되면서 이제 상청을 비롯한 네 사람에 대한 처벌 문제가 남았다. 복강안은 그들을 정법에 처해야 마땅하다고 상주문을 올렸다. 그러나 병부 관리들은 모두 복강안이 진정 노리는 자는 시대기 하나뿐이라는 사실을 명명백백히 알고 있었다. 더구나 팔의제도를 적용했을 때 시대기를 뺀 나머지 셋은 모두 '사죄'死罪를 면할 수 있었다. 결국 북경으로 압송된 넷 중 상청은 파직을 당했다. 세 사람은 참감후斬監候(사형 집행유예)에 처해졌다. 그리고 그로부터 1년 후 황사간과 임승은은 사면赦免을 받았다. 그러나 시대기는 건륭 53년 9월 4일 행해진 추결秋決에서 서시西市로 끌려가 형장의 이슬로 사라지게 되었다.

그날 아침, 하늘은 구름 한 점 없이 맑게 개어 있었다. 그런데 사형집행 시간이 다가오자 갑자기 먹구름이 몰려왔다. 또 천둥과 번개가 몰아치면서 한바탕 폭풍우도 쏟아졌다. 시대기는 죽음을 앞두고 하늘을 향해 피눈물을 흘리면서 "어찌 그리 무심하시냐!"고 크게 통곡을 했다. 그의 하소연은 너무나도 처절하고 애통했다. 망나니들까지 눈물을 금치 못할 정도였다. 훗날 사람들이 복강안의 배포와 아량이 그 아버지 부항과는 비할 바가 못 된다고 혹평을 한 데는 그런 이유가 있었다. 또 건륭이 집권 말년에 나태와 무기력함에 빠지지만 않았어도 그런 식으로 시비를 전도하는 일은 없었을 것이라고도 입을 모았다.

아무려나 복강안을 왕으로 봉한다는 조서가 날아들자 삼군의 장사들은 환호작약했다. 전군에는 사흘 동안의 휴가령이 내려졌다. 병사들은 소를 잡고 술을 빚어 복주성 밖에서 광란의 밤을 보냈다. 사흘 동안 폭죽소리가 끊이지 않고 축하객들의 방문으로 문턱이 닳아 없어질 지경이었다. 또 총독아문에는 80개의 만한전석滿漢全席(만주족 음식과 한족 음식을 합친 중국 최고의 요리상)이 준비돼 관리들과 백성 대표, 60세 이상의 노인들에게 제공됐다.

이시요는 그 모든 걸 준비하느라 안팎으로 정신없이 바쁘게 돌아다녔다. 게다가 들고 날 때마다 축하주를 마셔야 했다. 그랬으니 홍광이 만면할 수밖에 없었다. 그러나 고희를 바라보는 나이는 못 속이는지라 대사가 거의 끝나갈 무렵에는 맥을 놓고 병들어 누워버렸다.

복강안은 이 무렵 복건의 수륙水陸 주둔군을 배치하느라 나름 바쁘게 돌아다니고 있었다. 그러다 이시요가 몸져누웠다는 소식을 접하고는 경황없이 총독아문으로 달려왔다. 이시요는 서화청에서 몸에 담요를 두른 채 안락의자에 앉아 약을 먹고 있었다.

"사람 간 떨어지게 만들어놓고 멀쩡하십니다?"

복강안이 생각보다 상태가 양호한 이시요를 보고는 히죽 웃으면서 덧붙였다.

"나는 또 영영 못 보는 줄 알았어요!"

이시요가 약사발을 내려놓고 웃으면서 일어나 맞으려고 했다. 그러자 복강안이 황급히 다가가 도로 눌러 앉혔다.

"왕으로 봉해졌어도 우리 사이는 변함이 없습니다. 나는 여전히 고도皐陶(이시요의 호) 공을 망년지우忘年之友로 생각할 거예요. 고도 공이 선친을 따라 흑사산黑査山 대첩을 이끌어냈을 때 나는 아직 유모의 젖을 빨고 있었어요. 고도 공은 정말 나 복강안에게는 숙부와 같은 존재예요!"

이시요가 빙그레 웃으면서 대견스러운 눈빛으로 복강안을 바라봤다. 그러고는 그를 따라 들어온 유보기, 마상조, 혜동제 세 사람에게도 눈길을 보냈다.

"세 사람도 어서 앉게!"

복강안이 돌아보면서 괜찮다는 식으로 고개를 끄덕였다. 그제야 세 사람은 자리에 앉았다. 이시요가 고개를 저으면서 말했다.

"내가 지병이 있는 것은 사실입니다. 지치기도 했고요. 전사戰事를 치른 사람보다 더 힘들어하네요, 내가……."

이시요가 가볍게 기침을 하면서 자조하듯 웃었다. 복강안이 그의 말에 담긴 은밀한 뜻을 미처 느끼지 못한 듯 위로를 한답시고 입을 열었다.

"곧 털고 일어날 거예요. 우리 선친보다 체력이 훨씬 좋잖아요. 조정에서는 내가 복주에 남아 있는 걸 원치 않아요. 어쩔 수 없으나 마지막으로 고도 공과 같이 멋지게 한번 해보고 싶네요!"

복강안이 짧게 한숨을 지었다. 그러고는 다소 의아해 하면서 물었다.

"아까부터 무슨 할 말이 있는 것 같은데, 다들 남이 아니니 말씀해 보세요. 불편하면 이 사람들을 잠깐 피하게 해도 되고……."

이시요가 말했다.

"그럴 거 없습니다. 복 장군이 대만에 있을 때 우리는 매일같이 함께 밥을 먹고 머리를 맞대 왔는데 못할 말이 어디 있겠습니까! 이제는 몸도 마음도 다 지치는 것 같네요. 뼛속 마디마디까지 지쳐 가는 느낌입니다. 그걸 말로 표현할 수가 없네요."

복강안이 이시요의 말을 듣더니 오리무중에 빠진 얼굴로 세 사람을 두리번거렸다. 그러자 유보기가 입을 열었다.

"총독 대인께서는 복 장군께 급류용퇴急流勇退(과감하게 물러남)를 권유고자 하십니다. 본인도 급류용퇴를 준비하고 계시고요."

이시요가 그의 말을 받았다.

"정유廷諭를 받았어요. 나를 병부 상서 겸 이번원理藩院 수석 대학
사大學士로 임명할 거라고 하네요."

이시요가 다시 힘없이 덧붙였다.

"성지는 아직 내려지지 않았습니다. 군기처와 육경궁의 뜻인가 본
데 다음 달에 결정이 날 것 같네요."

이시요의 말에 복강안의 두 눈이 휘둥그레졌다.

"여기는 지금 백폐대흥百廢待興(모든 것을 새로 시작함)의 중요한 시기
이거늘 그럴 리가 있겠습니까? 그럼 여기 일은 누구에게 맡긴다는
거요?"

"아마도 해녕海寧을 보낼 것 같습니다."

"해녕이라고요?"

이시요가 고개를 끄덕였다.

"안 됩니다!"

복강안이 펄쩍 뛰었다. 그러고는 화청을 쏠어보면서 말을 이었다.

"그자는 복건의 이치吏治를 엉망으로 만든 장본인이에요. 은자만 한
가득 챙겨 엉덩이 털고 일어난 자예요. 내가 지금 그자를 대상으로
탄핵안을 준비하고 있는 마당에 그게 무슨 해괴한 소리입니까! 그자
가 올 때까지 꼼짝하지 않고 여기서 기다려야겠습니다!"

복강안이 말을 마치고는 비로소 이시요가 급류용퇴를 제안한다는
유보기의 말을 떠올렸다.

'이 날 이때까지 음으로 양으로 나를 밀어줬던 숙부 같은 존재가
이시요 이 양반이 아닌가. 이번에도 분명 나를 염려해 다른 사람의
입을 빌어 조심스럽게 제안했을 것이야. 그렇다면 내가 지금 뭔가 잘
못 생각하고 있다는 얘기인가?'

복강안은 그런 생각을 하면서 말없이 창밖만 내다보는 이시요를 힐 끗 처다봤다. 순간 짚이는 데가 있었다. 가만히 생각해보니 그가 지금 까지 신임하고 중용해 온 사람들은 모두 부씨의 가인들이었다. 다른 말로 하면 화신의 적들이라고 해도 과언이 아니었다! 그러니 이를 고 깝게 여기고 못 먹는 감 찔러나 보자는 무리들이 얼마든지 있을 터 였다. 또 그가 하는 일마다 승승장구하고 몸값도 '천정부지'로 치솟 고 있으니 그 '꼴'을 보면서 소화불량에 걸린 자들도 얼마든지 있을 터였다. 그러고 보니 얼떨결에 삼번의 난 이후 최초로 군왕郡王에 봉 해지는 행운까지 짊어진 셈이었다. 복강안은 여기까지 생각이 미치자 마치 만 장이나 되는 심연 속으로 추락하는 것 같은 기분을 느꼈다! 그것은 그야말로 한 번도 느껴보지 못했던 공포스러운 느낌이었다.

한참 후 그가 중얼거리듯 말했다.

"나는 끝까지 거절했는데……. 폐하께서는 내 마음을 아실 텐 데……."

"진작 말씀드리고 싶었습니다."

이시요가 그제야 천천히 입을 열었다.

"폐하께서 복 장군을 총애하시고 신임하시기에 특출한 은전恩典을 내리신 건 사실이에요. 그러나 폐하께서는 이미 팔순이 내일 모레인 노인이라는 점을 간과하면 아니 됩니다. 물론 복 장군이 문무를 겸비 한 걸출한 인재라는 데 이의를 달 사람은 아무도 없을 거예요. 허나 솔직히 폐하께서 그동안 복 장군의 공로를 필요 이상으로 크게 평가 하신 것도 없지 않아 있었어요. 나니까, 진정 복 장군이 다치지 않기 를 바라는 나니까 이런 얘기를 해주지 다른 사람들은 감히 입이나 뻥긋하겠어요? 장군의 병사들은 복 장군에 대한 폐하의 총애가 각별 하다는 건 누구보다 잘 알고 있어요. 승전고만 울리면 앞날을 보장받을 수 있다는 확신을 갖고 있기에 전쟁터에서 유난히 용맹할 수밖에 없었고요! 결국 그것이 좋은 쪽으로 굴러가면서 복 장군은 백전백승의 영웅이 된 거예요. 이번 대만 전투도 솔직히 다른 장군들이 투입됐더라면 열에 아홉은 패했을 겁니다."

참담할 정도로 솔직한 얘기였다! 복강안은 머릿속이 멍했다. 순간 삼세三世에 걸쳐 쇠할 줄 모르는 부씨 가문의 부귀영화가 떠올랐다. 자신의 '호화사치'에 대한 옹염의 불만 어린 표정도 빠르게 스쳐 지나갔다. 자신의 가인들 중 군무 쪽으로 출세가도를 달리는 자들이 유난히 많았다는 사실이 그제야 슬슬 부담스러워지기 시작했다. 또 부친의 생일 때마다 창고가 터지게 쌓이던 값비싼 하례賀禮와 샛노란 마고자를 입고 북경성 안이 떠나가도록 위풍을 뽐내던 장군들이 문제가 될 수 있겠다는 생각도 그제야 들기 시작했다……

복강안은 더럭 겁이 났다. 등골에 땀이 흘러내렸다. 그러자 건륭과 자신의 모친의 염문설에 대해서 얼핏 들었던 기억도 떠올랐다. 그는 그동안 그것이 진실이 아닌 요언妖言에 불과하다고 굳게 믿어왔다. 그러나 지금은 달랐다. 갑자기 '당사자는 혼미하고 주위의 방관자는 밝게 보인다'라는 속담이 떠올랐다. 항상 한발 물러나 있는 사람이 모든 진실을 제대로 보는 법이라고 하지 않는가. 그런 측면에서 이시요의 말은 충분히 영양가가 있는 권언勸言임에 틀림없었다. 그가 그예 긴 탄식을 내뱉었다.

"저는 일생 동안 고모(부찰 황후)의 후광을 입고 아비의 공명을 딛고 올라섰다는 말을 듣지 않고자 노력해왔습니다. 어떻게든 나의 삼척검三尺劍으로 후세의 역사를 장식하고자 다짐했습니다. 허나 여태껏 부친의 보우保佑와 폐하의 가호加護가 있었기에 오늘날의 영광이 있었다는 사실을 이제야 깨달았습니다. 정말이지 여태까지는 내가 잘나서, 내가 특출해서 영광된 순간들이 찾아왔다고 생각했습니다. 그런 줄도 모르고 당당하기만 했습니다. 고도 공, 이제는 알았습니다. 저에게도 방법이 있습니다."

좌중의 네 사람은 일제히 복강안을 바라봤다.

"표表를 올려 어지를 청하겠습니다."

복강안의 낯빛은 창백했다. 목소리도 가늘게 떨렸다.

"저는 부친의 상중喪中에도 산동으로 비적을 소탕한다면서 달려갔습니다. 부친의 영정을 지켜드리지 못한 불효를 저질렀습니다. 폐하께 주청을 올려 병권을 내놓고 부병府兵(사병)을 해산시킨 뒤 삼 년 동안 부친을 위해 장례를 치르겠습니다. 그 뒤에는 봉천奉天으로 가서 쉬겠습니다. 저의 왕작王爵은 개국 초 귀순한 동몽고 왕들과는 달리 현천자의 수성守成 기간에 봉한 것이므로 본질적으로 다르다고 생각합니다. 그런 까닭으로 내 아들 세대부터는 차츰 강등시켜 나중에는 평민의 삶을 살게 하고 싶습니다. 여러 해 동안의 참전으로 인해 고질병이 생겼다는 점을 말씀드리고 봉천으로 요양을 가고 싶습니다⋯⋯."

좌중의 사람들은 복강안이 끝까지 진퇴進退를 모르고 기화奇禍를 자초할까 내심 걱정하던 차였다. 그러나 복강안은 의외로 쉽게 수긍했다. 그 모습을 보면서 네 사람은 얼굴에 슬픔을 감추지 못했다. 얼마 후 이시요가 무겁게 입을 열었다.

"장래를 위해, 후손들을 위해 참으로 훌륭한 선택을 했습니다. 나는 쌍수를 들어 환영합니다. 다만 수레를 타고 모퉁이를 돌 때 너무 급작스럽게 돌면 넘어지기 십상이니 그런 생각을 너무 갑작스럽게 내비칠 필요는 없습니다. 무슨 말인지 아시겠습니까? 포기하는 것도 천천히 수순을 밟아 나가는 것이 중요합니다. 사람이 갑자기 안 하던 짓을 하면 숙지 않으면 병든다고 했어요. 모두의 눈에 띄는 급격한 변화는 없었으면 합니다."

유보기를 비롯한 좌중의 나머지 세 사람 역시 모두 공감한다는 듯 고개를 끄덕였다. 복강안은 네 사람에게 감격의 뜻으로 웃어 보였다.

"이미 마음을 굳힌 이상 좋은 게 좋은 거 아니겠습니까? 여러분의 뜻에 따르겠습니다."

27장

태상황 건륭과 가경황제의 시대

그 뒤로 수년 동안 세상은 무사태평했다. 그동안 마냥 건강하고 씩씩해 보이던 해란찰이 저세상으로 떠났다. 가마 안에서 심장병이 발작해 급사한 것이었다. 복강안과 함께 남부 변방을 어지럽히는 네팔을 정벌하고 오는 길에서였다. 비보가 북경에 전해지자 거국적으로 애도 분위기기가 이어졌다. 칙명勅命에 의해 해란찰의 위패는 소충사昭忠祠에 모셔졌다. 큰 인재를 잃은 건륭의 상실감은 말할 수 없이 컸다. 은총 또한 전례가 없을 정도였다. 소충사에 위패가 빽빽하게 모셔져 있어도 전사자戰死者의 위패는 해란찰 뿐이었던 것이다.

해란찰의 부인 정아는 이때 이미 생로병사에 초연한 꼬부랑 할머니가 돼 있었다. 그래도 남정네가 서거했다는 비보를 접하고는 슬프지 않을 수 없었다. 명색이 부부였음에도 같이 한 세월은 얼마 되지 않았으니 그 또한 서글픈지라 눈이 짓무를 지경으로 울고 또 울었다.

조혜 역시 그랬다. 수레 안에서 혼자 기대앉을 수조차 없는 몸이면서
도 가인들의 부축을 받아 겨우 가마에 올라타고는 해란찰의 집으로
가는 길 내내 상심에 겨운 눈물을 멈추지 못했다.

복강안이 혼자서 열 명의 부하들을 거느리고 북경에 돌아왔을 때
는 이미 건륭 60년의 9월이었다. 개선하고 돌아오는 군왕郡王인지라
황제는 관례에 따라 교외로 환영을 나왔어야 했다. 복강안은 그러나
그런 생각은 전혀 하지 않고 그저 북경 근교의 풍대豊臺 역관에서 하
룻밤을 묵었다. 그때 "짐은 나이가 많고 거동이 불편해 친히 교외에
환영을 나갈 수 없다. 대신 열다섯째황자 가친왕이 여러 황자, 문무
백관들을 거느리고 노하역으로 복강안을 영접하러 나갈 것이다. 의
장은 황제 의장이어야 한다"라는 어지가 날아들었다.

이튿날 신시辰時, 복강안은 순천부에서 보내온 노부鹵簿(황제의 의장)
행렬과 함께 북경성으로 향했다. 행렬은 화려했다. 우선 수백 명의 선
박영善撲營 군사들이 앞뒤로 호위하고 열 명의 흠봉참장欽封參將들이
노란색 마고자를 입은 채 앞에서 길을 안내했다. 이어 노란 덮개를
덮은 16인 대교가 부斧, 월鉞, 절節, 등鐙, 기旗, 패牌를 높이 치켜들고
보무당당하게 행진하는 대열과 함께 움직였다.

복강안은 16인 대교를 처음 타보는 것도 아니었으나 처음 탈 때처
럼 설레고 긴장이 됐다. 창문의 주렴을 걷고 보니 앞에서 수많은 용
봉기龍鳳旗들이 바람에 표표히 나부끼면서 하늘을 덮고 있었다. 깃발
행렬은 족히 1리는 넘게 이어진 것 같았다.

얼마 후 그가 잠시 생각을 하더니 "수레를 멈추라!"는 명령을 내렸
다. 그는 두루마기 자락을 잡고 대교에서 천천히 내려섰다. 시원한 바
람이 더운 이마를 식혀주었다. 그는 가슴 가득 시원한 공기를 깊이

들이마시면서 명령을 내렸다.

"득승고得勝鼓 외의 모든 음악은 연주를 멈춰라."

복강안은 열 명의 참장들을 불러 다시 분부했다.

"이제 곧 폐하께서 머무시는 곳에 당도할 것이다. 노란 마고자는 연도에서만 입으라고 명받았으니 이제부터는 모두 벗어 놓거라. 모든 의장은 뒤로 가고 여기서부터는 보행할 것이다!"

"예, 알겠습니다!"

군장軍將들이 일제히 군례를 올리면서 대답했다. 복강안은 연이은 출전으로 지치고 병든 초췌한 모습이었다. 사실 속도 말이 아니었다. 그는 자신도 모르게 긴 한숨을 지었다. 그러나 겉으로는 여전히 단호한 어투를 잃지 않았다.

"패도佩刀도 전부 내리거라. 속도는 조금 느리게 하라! 알아들었느냐?"

다시 군장들이 큰 목소리로 대답했다. 그사이 저 멀리 노하역에서는 호포號砲가 일제히 터지고 음악 소리가 크게 울리기 시작했다. 64명의 창음각暢音閣 공봉供奉들도 목청을 돋워 〈무공성〉武功成을 노래하고 있었다. 그런 가운데 옹염을 비롯해 옹용顒瑢, 옹성顒瑆, 옹린顒璘 등의 황자들과 기윤을 비롯한 문무백관들이 그를 맞으러 나왔다. 옹선을 비롯해 나머지 황자들은 몇 년 사이에 대부분 선종善終한 후였다.

복강안은 옹염이 뭐라 말하기도 전에 먼저 땅에 엎드렸다. 이어 연신 머리를 조아리면서 아뢰었다.

"신, 복강안이 폐하의 문후를 여쭙사옵니다!"

"폐하께서는 강녕하시네!"

눈부신 황금 용포龍袍를 입은 옹염이 건륭을 대신해 복강안의 문후를 받았다. 복강안이 다시 아뢰었다.

"열다섯째마마를 위시한 여러 황자마마들께도 문후를 여쭙사옵
니다!"

"보다시피 우리는 다 멀쩡하네."

옹염이 웃으면서 다가가 복강안을 일으켰다. 그러고는 두 손을 힘
주어 잡았다.

"우리가 어릴 적에 같이 놀던 기억이 나네. 석류나무에 올라가 과
일을 따먹고 싶은데 나는 담력이 없었지. 그래서 결국 자네가 내 어
깨를 타고 올라가 땄잖은가. 그러고는 크고 맛있게 생긴 건 자기가 먹
겠다고 두 개 남기고 나에게는 못 생기고 조그마한 걸 하나 달랑 줬
었네. 그게 벌써 사십 년 전의 일이라니, 강산이 변하는 건 실로 눈
깜짝할 사이이네."

복강안은 철없을 때의 일이 기억나지도 않았으나 황감해마지 않아
하면서 연신 두 손을 저었다.

"그 말씀은 그만 하시옵소서. 황송해 몸 둘 바를 모르겠사옵니다.
그 일로 인해 신은 선친께 종아리 열 대를 맞았던 기억이 나옵니다!"

옹염이 빙그레 웃으면서 다시 입을 열었다.

"자네를 말처럼 타고 다닐 때가 신나고 좋았지. 내가 탔던 '말'이 정
말로 우리 대청大淸의 천리마가 되리라고는 그때는 정녕 몰랐었지! 많
이 검고 야위었군. 손에도 온통 굳은살이 박이고……. 참으로 수고가
많았네. 지난번 마이클을 접견했었네. 북경에 교회당을 짓게 해 주십
사 청을 해 오기에 복강안의 허락부터 받으라고 했네. 그랬더니 자기
는 복 장군이 무서워 감히 말도 못 붙이겠다고 하더군. 이번에 네팔
에 가서 영국 놈들을 힘껏 때려 쫓아내는 걸 봤거든! 그자들은 이제
는 '복 장군'이라는 말만 들어도 간담이 서늘해질 것이네!"

복강안이 대답했다.

"모두 폐하의 홍복 덕분이옵고, 열다섯째마마께서 후방에서 힘껏 밀어주신 덕분이옵니다. 복강안이 무슨 덕이 있고 재주가 있어 적들을 물리쳤겠사옵니까……."

복강안이 옹염에게 잡힌 두 손을 빼내려고 움찔거렸다. 그러나 옹염은 놓아주려 하지 않았다.

"오랜만에 만났는데, 손도 못 잡게 하나? 사람이 인정머리 없기는!"

옹염이 말을 마치고는 한 손으로 손짓을 하면서 기윤을 불렀다.

"효람 공, 예부에 명해 연회를 시작하고 음악을 약하게 울리라고 하게. 정신 사납게 음악 소리를 너무 크게 하지 말고!"

기윤이 대답과 함께 물러가더니 바로 주위에 지시를 내렸다. 그러고는 다시 돌아와 웃으면서 아뢰었다.

"신은 이제 늙었으나 시력은 아직 괜찮은 것 같사옵니다. 연회상에 열다섯째마마께서 소싯적부터 즐겨 드시던 연고年糕(설날에 먹는 찰떡)가 올라와 있사옵니다. 가셔서 드시죠."

복강안이 어리둥절한 표정을 지었다.

"엉뚱하게 웬 연고 타령이십니까?"

기윤이 바로 대답했다.

"내가 연고年高한 사람이니 늙은 눈에도 '연고'만 보인다 이 말이오."

약간 억지스러운 우스개였다. 그러나 분위기를 띄워보려는 노인의 노력이 가상해서 그런지 주위 사람들은 모두 웃음을 아끼지 않았다. 복강안은 순간 옹염의 성정이 전보다 많이 활달해지고 언동 역시 훨씬 친절하고 편안해졌음을 느꼈다. 그때 아계가 다가왔다. 복강안이 웃으면서 반겼다.

"아계 공은 무슨 무술을 연마하시기에 아직도 그리 팔팔하십니

까? 가랑이에 이는 바람이 여기까지 느껴지는데요? 학발동안鶴髮童
顔이 참으로 보기에 좋습니다! 헌데 화신 중당과 유용 중당은 안 보
이십니다?"

"폐하께서 원명원에 계십니다. 유용 공은 군기처에서 숙직 중이고,
화신은 어가를 시중들고 있는 모양이네요. 묘족苗族들이 얼마간 잠잠
하다 싶더니 또 시끄럽다고 하네요. 며칠 지켜보고 안 되면 복 장군
께서 또 귀주로 다녀와야 할 것 같네요!"

아계가 바로 대답했다. 그러자 옹염이 손사래를 쳤다.

"오늘은 무거운 얘기는 하지 말자고."

옹염이 말을 마치고는 연회석이 마련돼 있는 천막을 향해 걸어갔
다. 이어 말했다.

"효람 공은 참 재미있는 사람이야! 지난번 계근稽瑾 사부께서 나에
게 오셔서 하소연을 하시더군. 워낙 살림이 궁색한 데다 아들이 너무
많아 녹봉으로는 도저히 먹여 살릴 수가 없다고 말이네. 그 말을 듣
고 있던 효람 공은 '훌륭한 아들은 많아도 두렵지 않다'라고 말하는
게 아니겠는가. 그때 마침 옆에 있던 복숭福崇이 '나는 아들이 하나밖
에 없어 걱정이오!'라고 수심에 잠긴 채 말하자 이번에는 위로하면서
말하기를 '좋은 아들은 하나만 있으면 족하오!'라고 했다는 거 아닌
가? 효람 공은 가만히 보면 엉뚱한 구석이 있어!"

옹염의 말에 좌중의 사람들이 모두 웃음을 터트렸다. 복강안이 잠
시 후 물었다.

"밖에서 들은 소리인데, 효람 공은 언젠가 폐하의 면전에서 폐하
를 '노두자'老頭子(영감탱이)라고 불렀다면서요? 차관茶館에서 들은 소
리인데 사실입니까?"

기윤이 말없이 자리에 앉았다. 이어 상다리가 부러지게 차린 산해

진미들을 들여다보면서 연신 코를 벌름거렸다.

"향이 기가 막히네요! 이런 자리에서 포식할 수 없는 게 안타깝구면요! 없는 얘기는 아니에요. 그게 올 여름에 있었던 일입니다. 내가 문화전文華殿에서 《사고서목》四庫書目을 뒤지던 중 하도 더워서 웃통을 벗고 있었어요. 그런데 갑자기 밖에서 '폐하께서 납신다!'하는 소리가 들려왔어요. 기척은 점점 가까워오고 미처 옷을 입을 시간은 없고 해서 그만 책상 밑에 숨어버리고 말았지 뭡니까."

좌중의 사람들은 이 일에 대해서는 모두 대충 전해들은 바가 있었다. 그러나 직접 기윤에게서 듣는 건 처음인지라 마치 약속이나 한 듯 귀를 기울였다. 기윤이 말을 이었다.

"그런데 아뿔싸, 안력眼力이 대단히 예리하신 폐하께서는 벌써 내가 책상 밑으로 들어가는 걸 보셨던 거예요. 그러고도 짐짓 못 본 척하시면서 책상 맞은편에 앉으셨죠. 이어 유유자적 책을 읽고 계셨는데 나는 그런 줄도 몰랐죠. 덥고 어둡고 숨 막히는 책상 밑에 한참 숨어 있다가 참다못해 고개를 내밀고 제자들에게 '노두자 나가셨어?'라고 물었다는 거 아닙니까? 폐하께서 안 가셨다는 걸 알고 얼마나 기겁을 했던지 지금 생각해도 끔찍해요! 웃통을 벗어 던진 건 차치하고 입에 담기도 부끄러운 군전무례君前無禮를 범했으니 죽어라 머리 조아려 죄를 청했죠."

기윤이 잠시 침을 삼킨 다음 다시 덧붙였다.

"폐하께서는 책을 내려놓으시면서 '군전무례는 추궁하지 않겠다만 '노두자'가 대체 무슨 뜻인지 아는가?'라고 물어오셨어요. 불현듯 떠오르는 바가 있어 내가 그랬어요. '폐하! '노'老라 함은 '천황지로만만년'天荒地老萬萬年을 뜻하옵고, '두'頭는 '만물생령극존귀'萬物生靈極尊貴를, '자'子는 '천지교자'天之驕子를 일컫는 말이옵니다'라고 말씀

올렸던 거예요."

기윤이 웃으면서 다시 말을 이었다.

"그 일로 민간에서는 소문이 나기를 폐하께서 대로하셔서 도부수^{刀}斧手^{手}들을 불러 오문午門에서 기효람의 목을 치라고 명하셨다고 해요. 그러나 그건 당치도 않은 소리이고, 사실 폐하께서는 그날 대단히 즐거워하셨어요!"

좌중의 사람들은 기윤의 말을 듣고는 모두 기분 좋은 웃음을 터트렸다. 기윤은 원래 자리를 잡기에 앞서 자신의 위치를 염두에 둔 바 있었다. 그곳은 바로 왼쪽 앞의 제일 말석 첫 번째 자리였다. 그때 마침 마땅히 앉을 곳을 모르고 서성이는 옹염의 사부 왕이열이 그의 눈에 들어왔다.

"열다섯째마마, 왕이열 공이 마마의 사부님이기도 하지만 제 제자이기도 하니 오늘은 제 옆에 앉혀도 되죠?"

옹염이 바로 고개를 끄덕였다. 그러자 기윤이 옆자리를 두드리면서 왕이열을 불렀다.

"어이, 후생後生! 이리 오시오. 내 옆에 앉으면 먹을 게 많소! 얘들아, 대만에서 보내온 우롱차를 왕 사부에게 한 잔 따라 드리거라."

예부 관리들이 밤잠을 설쳐가면서 연회석을 준비한 보람이 있었다. 옹염을 비롯해 모두가 대단히 만족한 자리였다. 아무려나 맨 윗자리에 옹염, 그 옆에 복강안, 오른편 첫자리에 아계, 왼쪽 첫자리에 기윤과 왕이열, 그 밑에 옹성 등 세 명의 황자들이 자리를 잡았다. 중간 천막에는 연회석이 하나뿐이었다. 기러기 모양으로 양 옆에 늘어선 천막에서는 문무백관들이 벌써부터 와자지껄 떠들고 있었다. 아계는 자리에 앉더니 웃으면서 입을 열었다.

"효람이 오늘 혼자서 우리 몫까지 말을 다 해버렸네. 늙을수록 말은 많아지고 글은 점점 비뚤비뚤해져."

그러자 기윤이 웃으면서 화답했다.

"샘이 나면 아계 자네도 나불거려 봐, 누가 입을 꿰맨 것도 아니고."

아계가 기윤의 말에는 대꾸조차 않고 차를 홀짝이면서 감탄을 토했다.

"차맛이 환상적이구면. 이 가을에 새로 나온 우롱차를 마시다니. 대만에서 가져오지 않았으면 이런 행운은 맛볼 수 없었을 게 아닙니까!"

복강안은 대만에 있으면서 갓 딴 우롱차를 원 없이 마셔본 사람이었다. 그러나 일부러 과장된 표정으로 기윤의 찻잔을 들여다보면서 말했다.

"옥천산玉泉山의 샘물로 끓여서 그런지 색깔이 너무 곱네요!"

복강안은 급기야 기윤의 찻잔을 빼앗아 한 모금 마셔보고는 엄지까지 내둘렀다.

"역시 우롱차에는 옥천산 샘물이 제격이라는 말이에요. 밖에서는 아무리 마셔도 이 맛을 볼 수 없죠!"

"건륭 오십사 년부터 복건에서 해마다 열두 상자씩 공납하고 있지 않습니까."

기윤이 웃으면서 복강안에게 말했다. 이어 덧붙였다.

"이 우롱차는 가을에 차녀茶女들이 한 잎, 한 잎씩 정성들여 뜯은 것을 차공茶工들이 아기 다루듯 조심스럽게 말려낸 고급차라고 하네요. 명차名茶에 명수名水라 폐하와 열다섯째마마께서는 대단히 애용하세요!"

기윤의 말이 끝나기 무섭게 옹염이 기침소리를 냈다. 좌중의 사람들은 그제야 담소를 그쳤다. 곧 바깥의 다른 천막들도 차례로 안정을 찾았다. 새로 부임한 예부의 한족 상서 갈효화가 천막 입구에서 사회를 보고 있었다. 그는 분위기를 살피고 나서 목청을 높였다.

"가친왕마마께서 폐하를 대신해 마련하신 연회석이다. 복강안 군왕郡王의 개선을 환영하는 자리이다! 신료들은 모두 사은을 표하라. 면궤免跪(무릎을 꿇지 않음)한 채 배례拜禮하라!"

"건륭황제 만세, 만만세!"

길게 늘어선 천막들에서 일제히 함성이 터져 나왔다.

"가친왕마마 천세, 천천세!"

곧 바다가 포효하고 파도가 몰려오는 것 같은 함성이 지나가고 은은한 음악이 낮게 깔리기 시작했다. 옹염이 큰 소리로 말했다.

"복군왕福郡王은 우리 대청大淸의 보물이네! 명실상부한 백전백승의 영웅이네! 내가 폐하를 대신하여 교영郊迎을 나왔으니 이 첫 잔의 술은 복군왕의 개선을 환영하는 뜻에서 다 같이 건배하는 것이 어떻겠는가!"

옹염이 손으로 술잔을 가리고 꿀꺽 비웠다.

"건배!"

"건배!"

천막마다에서는 건배소리가 우렁찼다. 그런 가운데 술잔끼리 부딪치는 소리도 제법 컸다. 복강안은 너무 황감했는지 바로 술 주전자를 들고 일어섰다.

"어지를 감히 어길 수 없어 이 술은 받겠사옵니다. 그러나 이 공로는 실로 받기 부담스럽사옵니다. 이 점을 가친왕마마께서 대신 상주해 주셨으면 하옵니다. 두 번째 잔은 제가 가친왕마마의 만년장수를 기원하는 뜻에서, 자리하신 여러 패륵, 패자 여러분의 발복을 기원하는 뜻에서 따라 올리겠사옵니다!"

복강안이 선창을 떼자 사람들이 앞을 다퉈 일어나 옹염과 황자, 패륵, 패자들에게 술을 권했다. 옹염이 연거푸 두어 잔을 비우고는 말했다.

"우리만 마실 게 아니라 해란찰과 전쟁터에서 유명을 달리한 장사들에게도 부어드립시다!"

옹염은 말을 마치자마자 바로 철철 넘치는 술잔을 들어 저어가면서 땅바닥에 뿌렸다. 당연히 다른 천막에서도 똑같이 따라 했다. 순간 술잔을 들고 일어선 복강안의 눈에서 눈물이 쏟아졌다. 그러나 자리가 자리이니 만큼 애써 감정을 추스르면서 조용히 술을 뿌렸다.

이런 연회석은 집에서 가인이나 지인들과 함께 허물없이 나누는 술자리가 아니었다. 일거수일투족이 조심스러웠다. 술을 따르고, 권하고, 마시는 것이 모두 틀에 짜였는지라 호쾌하다거나 즐겁다거나 하는 느낌이 없었다. 처음부터 끝까지 예부에서 가르쳐준 격식에 따라 깍듯하게 예를 갖춰 '따라 하다' 끝나는 자리였다. 모두가 그렇게 점잖고 엄숙하게 관가의 얘기로 일관하는 동안 어느덧 술이 서너 순배 돌아갔다. 그러자 옹염이 자리에서 일어섰다.

"아직 폐하께 문후도 안 올렸고 담녕거 서재로 가서 할 일도 남았네. 오늘은 이만 일어나야겠네."

그러자 복강안도 황급히 따라 일어났다.

"저도 집에 일이 좀 있어 빨리 들어가 봐야 합니다. 그럼 이만하고 열다섯째마마를 배웅해드리겠습니다."

"그게 좋겠네."

옹염이 담담하게 웃으면서 덧붙였다.

"묘강苗疆의 사태에 대해 복 장군께 가르침을 좀 구해야겠어. 저녁은 나하고 들자고. 내 가마에 동승하세!"

갈효화가 소리 높여 외쳤다.

"예성禮成! 가친왕마마와 여러분의 회가回駕를 공송恭送한다!"

갈효화의 말이 끝나기 무섭게 백관들이 달려와 '공송'을 외쳤다. 이어 복강안은 옹염의 가마에 동승해 현장을 떠났다.

그 시각 건륭은 원명원의 보월루 일대에서 혼자 산책을 하고 있었다. 화신은 잠깐 말동무를 해주다가 청범사淸梵寺로 향했다. 그러나 그는 폐하를 위해 향을 사르고 오겠다고 말해놓고서는 아직까지 돌아오지 않고 있었다. 건륭은 최근 들어 홀로 산책하기를 좋아했다. 시위와 태감들은 멀찌감치 쫓아내고 회춘懷春과 사춘思春이라는 두 계집만 데리고 다녔다. 둘은 연신 호들갑을 떨면서 시중을 들었다.

추색秋色이 너무나 아름다운 가을날이었다. 숲이 우거진 높은 언덕에서 멀리 남쪽을 바라보니 빽빽하게 늘어선 나무들의 푸른 잎이 하늘을 덮고 있었다. 묵록墨綠, 농록濃綠, 담록淡綠의 키 높은 회백송죽檜柏松竹 가운데 단풍나무, 느릅나무, 감나무, 백양나무, 버드나무 등 낙엽교목들이 사이사이에 끼어 있었다. 빨강, 노랑, 자주, 녹색, 분홍 색색의 조화가 환상적이었다. 미풍에 살랑거리는 모습이 계절의 대미를 장식하는 것 같기도 하고 생명의 연속을 향해 기연機緣을 찾고 있는 것 같기도 했다.

건륭은 자갈이 깔린 오솔길을 천천히 걸어가면서 소매 속에서 여러 번 접은 종이 한 장을 꺼냈다. 종이에는 몇 줄의 시가 적혀 있었다.

남원南苑은 쓸쓸하고 서원西苑은 황량한데,
궁중 담장에는 오직 담운추수淡雲秋樹 뿐이네.
자고로 백대百代의 천자天子들은

태상황太上皇으로 물러나기를 원치 않네.

건륭은 시를 마음속으로 한번 쓱 읽어보고는 소매 속에 도로 집어넣었다. 옆에 있던 회춘이 물었다.

"폐하, 뭐라고 쓰여 있사옵니까? 벌써 세 번째 읽어보시옵니다."

"짐이 곧 태상황으로 물러난다고 썼네."

건륭이 뭔가 생각에 잠긴 표정으로 덧붙였다.

"이제는 아들에게 물려주고 나앉을 때가 온 게지."

"화 대인께서 아까 폐하께 전해주시는 것 같았사온데, 화 대인이 쓴 글이옵니까?"

"아니다. 화신은 시 같은 걸 쓰는 사람이 아니다. 정판교鄭板橋라는 사람이 썼다는구나."

"혹시 당唐나라 때 사람이옵니까?"

회춘이 호기심 어린 눈을 반짝이면서 물었다. 그러자 건륭이 빙그레 웃으면서 대답했다.

"정판교는 우리 청조淸朝의 사람이다. 사곡詞曲이나 흥얼거리라면 잘하는데, 어찌 글 읽는 데는 그리 게으른 게냐? 너희들 혹시 당명황唐明皇(당나라 현종)은 알고 있느냐?"

계집들이 모두 고개를 저었다. 그러자 건륭의 표정이 침울해졌다. 그가 가볍게 한숨을 지으면서 말했다.

"당명황도 한때는 개원지치開元之治까지 이룩해낸 성주聖主였단다. 얼마나 번영하고 창성했던지 전무후무할 거라고 사람들은 입을 모았었지! 그렇게 무소불위의 대단한 군주로 칭송받던 당명황도 말년에 노망이 나서 나라를 순식간에 말아먹고 말았지 뭐냐. 경성경국傾城傾國의 미모를 지녔다는 양귀비楊貴妃를 데리고 사천으로 도망을 갔는데, 그때 세간에 널리 회자된 〈장한가〉長恨歌라는 가사가 만들어졌지. 홀연 해상海上에 선산仙山이 나타났으니, 허무虛無하고 표묘縹渺한 사이에 눈처럼 희고 꽃처럼 어여쁜 요정이 나에게로 왔다……. 천장지구天長地久는 끝이 있어도 이 한恨은 면면綿綿해 끝이 보이지 않는구나……."

건륭은 나지막한 목소리로 가사를 읊조리기 시작했다. 그러자 한적한 숲속에 건륭의 목소리가 메아리쳤다. 순간 그는 갈수록 약해지는 감정의 봇물을 이기지 못하고 눈물을 흘렸다. 눈물은 바로 앞을 가렸다. 건륭은 확실히 노인이 다 되었다. 요즘은 황혼을 가르면서 지친 둥지를 찾아가는 새들의 모습만 봐도 눈자위가 축축해지고는 했다. 사춘이 황급히 손수건을 꺼내더니 그의 눈물을 닦아줬다.

"어찌 눈물을 보이시옵니까, 폐하. 누구는 《삼국연의》를 보면 낙루落淚를 한다더니, 폐하께서는 고인古人을 위해 상심하시는 것이옵니까?"

건륭이 한결 평온해진 어투로 대답했다.

"그 사람도 나중에는 태상황으로 물러났지. 사천四川에 있는 아버지를 황제가 된 아들이 데리러 갔었다고 하지."

"당명황은 유복한 황제이옵니다. 효자아들을 뒀으니 말이옵니다."

"그래, 효자라면 그것도 효자겠지."

건륭이 무표정하게 말을 이었다.

"우림군羽林軍을 삼천 명씩이나 파견했으니까!"

"늙은 아비가 길에서 비적들에게 납치당할까봐 그랬나 보옵니다."

건륭은 "그런 게 아니다. 아비가 다시 황위를 박탈할까봐 협제挾制(옆구리를 낀 채 제어함)를 했던 것이야!"라고 말해주고 싶었다. 그러나 입술만 실룩거리더니 이내 화제를 돌려버리고 말았다.

"경치가 참 좋구나. 짐은 이렇게 슬프도록 아름다운 가을이 있는 줄도 모르고 여든 해를 살아왔구나."

그때였다. 먼발치에서 화신이 씩씩하게 걸어오는 모습이 보였다. 건륭이 웃으면서 말했다.

"젊은 사람은 걸음걸이부터 다르네."

그사이 화신이 가까이 왔다. 건륭이 다그치듯 물었다.

"잠깐 다녀온다더니, 어찌 이리 늦었나?"

"어찌 너희 둘뿐이냐? 나이 드신 분들은 곁에 사람이 많은 걸 좋아하신다. 폐하께서 적막하시게 해서는 아니 될 일이지!"

화신이 이마에 난 땀을 닦고는 건륭을 향해 인사를 올렸다. 그러고는 가볍게 두 여인을 나무라면서 덧붙였다.

"그리고 여기는 너무 쓸쓸해! 산책로가 많고도 많은데 하필이면 이런 곳으로 폐하를 모시고 오다니!"

"짐이 이리로 왔네. 이 아이들을 탓하지 말게."

화신이 그제야 웃으면서 소리를 낮춰 아뢰었다.

"신은 폐하가 염려돼 추호도 방심할 수 없사옵니다! 신은 청범사로 갔다가 대내大內에 잠깐 들렀사옵니다. 모두들 가친왕마마를 따라 복강안 공을 영접하러 나가고 대내는 텅 비어 있사옵니다. 군기처에는 당직 중인 유용 공 혼자 있었사옵니다. 선 채로 묘강苗疆의 사무에 대해 몇 마디 논하고 내무부에 들렀사옵니다. 그곳에서 폐하의 신변에서 시중드는 이들의 월례 은자를 빨리 내주라고 독촉을 했사옵니다. 그리고 폐하께서 염려하실까 봐 부랴부랴 말을 타고 달려왔사옵니다. 몇 년 동안 말을 타지 않았더니 말도 신을 업신여기는지 마구 뒷빌길을 헤대는 통에 혼이 났사옵니다!"

건륭이 웃으면서 말을 받았다.

"복강안이 황실의 종친이었다면 그 공로를 인정받아 철모자왕鐵帽子王(세습 왕을 일컬음)에 봉해질 수도 있었는데, 아쉽네. 그래도 가친왕이 짐을 대신해 맞으러 나갔으니 그리 섭섭하지는 않았을 거네. 가친왕이 대통을 이을 거라는 사실은 공공연한 비밀이 아닌가? 내일 근정전勤政殿에서 조서를 공포하고 태자에 책봉하겠네. 그리고 내년 정월 초하룻날 제위를 선양하고 일선에서 물러날 것이네. 옹염은 이제 사실상의 '당금 천자'이거늘 인심이 그리로 쏠리는 것은 당연지사 아니겠나. 경은 돌아가서 사마천司馬遷이 쓴 《사기》의 〈염파인상여열전〉廉頗藺相如列傳이나 읽어보게."

건륭이 잠시 멈췄다가 다시 말을 이었다.

"복강안이 짐을 염려해 아직 문후를 들지 않은 옹염과 같이 들 것 같네. 대만에서 보낸 햇차를 가져오라고 하게. 짐도 아직 맛을 안 봤네!"

"안 그래도 신은 그 때문에 내무부로 갔던 것이옵니다."

화신이 덧붙였다.

"오늘의 옥천수는 아직 오지 않았다고 하옵니다. 차고茶庫의 관사管事 태감이 노하역으로 가서 아직 돌아오지 않았기에 수라간의 총관이 사람을 파견해 데리러 갔사옵니다. 폐하께서 괜찮으시다면 잠깐만 계시옵소서. 신이 금방 달려갔다 오겠사옵니다."

건륭이 미소를 지으면서 고개를 끄덕였다. 화신은 바로 바람처럼 떠나갔다. 건륭은 그제야 일어났다. 이어 몇 걸음을 걸었다. 그러나 무릎이 시큰거렸다. 그가 급기야 두 여인의 부축을 받으면서 무거운 한숨을 지었다.

"늙었어, 이제는…… 다 늙어빠졌어. 금과철마金戈鐵馬(용맹하고 당당함을 비유함), 무소불위無所不爲(못 할 일이 없이 다 함)의 호시절은 다시 안 올 테지……."

회춘과 사춘은 건륭의 말에 어찌 위로해야 할지 몰라 쩔쩔 맸다. 그녀들은 어떻게 보면 팔자가 좋다고도 할 수 있지만 입 밖에 내기 어려운 나름의 고충과 번뇌도 많았다. 물론 황후가 저 세상 사람이 되면서부터 더 이상 괴롭히는 사람은 없었다. 그러나 명분상 이도 저도 아닌 천것의 신세를 여전히 면치 못하고 있었다. 우선 여관女官인가 하면 그렇지도 않았다. 또 비빈妃嬪인가 하면 그것도 그림의 떡이었다. 그처럼 젊은 여인들이 심궁深宮에 갇혀 슬하에 자식도 없이 늙어가는 기분은 서글픔 그 자체였다. 게다가 잔소리만 늘어가는 늙은 황제를 '동무'해 준다는 것도 여간 힘들고 적막한 일이 아니었다. 그러나 '다 늙은 잔소리꾼' 황제라도 없다면 믿고 살아갈 사람조차 없지 않은가. 그녀들은 그 생각을 하면 더욱 더 막막할 뿐이었다. 두 여인은 속으로 그렇게 스스로에게 하소연하면서 울먹이며 건륭을 위로했다.

"폐하께서는 불로장생하실 것이옵니다!"

세 사람이 그렇게 울고 웃으면서 천천히 걸어가고 있을 때였다. 갑자기 사춘이 숲속으로 난 오솔길을 가리키면서 말했다.

"누가 올라오고 있어요. 열다섯째마마이옵니다. 그 뒤에 따라오는 사람은 누구지?"

"복강안이야, 복강안!"

건륭이 옹염과 복강안을 알아보고는 반색을 했다.

"여기는 풀이 너무 깊어. 됐어, 산책은 충분히 했으니 저리로 가자꾸나."

복강안이 옹염이 정무를 보는 담녕거 서재로 왔을 때였다. 옹염은 담담한 미소를 지으면서 일상적인 기거에 대해 물어왔다. 그리고 집

안에 무슨 어려움은 없는지 물었다. 또 밖에서 순무巡撫로 있는 복령
안福靈安에 대한 평이 양호하다는 듣기 좋은 소리도 했다. 한마디로
옹염은 핵심을 요리조리 피하면서 겉도는 이야기만 하고 있었다. 그
러나 복강안은 그런 옹염과 달리 '교심'交心(마음의 교감)이 이뤄지기를
바라고 있었다. 결국 자신의 생각을 피력하고야 말았다.

"신은 열다섯째마마께서 태자로 내정돼 있다는 얘기를 들었사옵
니다. 내년 개원開元 때 폐하께서 양위를 하시는 동시에 마마께서 즉
위식을 치르게 될 것이라고 들었사옵니다. 근자에 신은 갈수록 자신
이 무능해지고 당당하게 살아오지 못했다는 자괴감이 드는 걸 어찌
할 수 없사옵니다."

"뜬금없이 그게 무슨 소리인가?"

옹염이 덧붙였다.

"누가 감히 자네를 무능하다고 하겠나? 내가 자네를 모르겠나? 누
가 뭐라고 해도 자네는 문무文武의 전재全才이네! 이 점은 폐하와 나
모두 믿어 의심치 않거늘 그런 당치도 않은 소리는 그만하게."

"신은 가슴에 손을 얹고 스스로 반성해 봤사옵니다. 군사에 약간
능력이 있는 건 사실이오나 글은 읽어 모두 개에게 줬나 보옵니다."

복강안이 고개를 저으면서 탄식을 하고는 다시 말했다.

"군사 역시 폐하와 열다섯째마마의 전폭적인 지원과 신임이 있었
기에 승전고를 울릴 수 있었을 뿐이옵니다. 실제로 신의 재능은 미미
하옵니다. 신의 착오는 이 점을 진작 깨닫지 못하고 무지하게도 모든
공로를 통째로 삼키려 들었다는 것이옵니다……. 신은 늘 가인들에
게 말해왔사옵니다. '충성이란 무엇이냐? 마음이 중요하다. 신하라면
마음속에 오로지 군주만 있어야 하고, 가인이라면 마음속에 오로지
자기 주인만 담고 있어야 한다!' 이렇게 말이옵니다. 가인들은 이같

이 훈육해 왔사오나 정작 본인은 폐하와 열다섯째마마께 그렇게 하지 못했다는 자책감이 드옵니다."

복강안이 또다시 길게 한숨을 내쉬었다. 옹염은 그런 복강안의 말을 부채 장식물을 만지작거리면서 조용히 듣고만 있었다. 가끔씩 미소를 머금고 고개를 끄덕이기도 했다. 그러다 천천히 감정이 움직이는 눈치도 보였다. 복강안이 진심으로 잘못을 뉘우치고 회개하는 모습을 보이는 것이 안 돼 보였던 것이다. 나중에는 몇 마디 위로의 말이라도 해줄까 싶었다. 그러나 그는 마지막에 생각을 바꾸었다. 이어 천천히 부채를 접어 내려놓으면서 말했다.

"안 그래도 나중에 기회가 있을 때 이런 얘기를 해주려고 했었네. 헌데 자네 입에서 먼저 나오니 마음의 위로를 느끼네. 나도 왕 사부 등과 가끔씩 자네에 대해 말하고는 하네. 흔히들 유능하다는 데는 이의를 다는 사람이 없네. 다만 귀한 가문의 도련님이 아니랄까봐 성정이 '오만'하다는 평이 많더군. 핵심을 짚어냈다고 보네."

옹염의 어투는 끓였다 식힌 물처럼 담담했다. 그러나 대단히 무거운 평가였다. 복강안은 쓸쓸한 표정으로 고개를 숙이고 있었다. 예전 같았으면 벌써 튕기듯 일어나 반박을 했을 터였다. 그러나 지금의 그는 고개를 숙이고 옹염의 말을 인정하는 수밖에 없었다. 곧 그가 진지하게 아뢰었다.

"마마의 질책은 천만 지당하시옵니다. 신은 오만불손했을 뿐만 아니라 광망狂妄하기까지 했사옵니다. 백번 인정하옵니다! 젊었을 때 글공부를 할 때도 신은 '여덟째마마의 시사詩詞라면 모를까, 열다섯째마마의 글 실력에는 승복할 수 없다. 열다섯째마마는 문장 하나를 열흘씩이나 외우다니 참으로 딱하다'라면서 오만함과 방자함의 극치를 보였사옵니다. 지금 생각해 보면 그같이 미친 짓을 하고 다녔다는 것이 실로 아찔하옵니다."

"내가 전풍의 죽음에 관련해 조사해 본 바로 자네는 사건과 무관했네."

옹염이 담담하게 말을 이었다.

"그때 당시 자네는 낙양에 있지 않았는가! 누군가 소인배의 해코지를 당했다고 보는 시각이 지배적이네. 그래서 조사를 해봤지. 혹자는 기윤이 한때 실각했던 사실을 끄집어내면서 자네의 입김이 작용했을 가능성이 크다고 주장했네. 그리고 복령안이 조정 대신들과의 왕래가 잦다는 얘기도 뜬소문은 아니었던 것 같네. 주인에 대한 충정은 마음에 있지 입으로 하는 게 아니네. 자네 같은 신분과 지위를 가지고 형이 남의 구린내 나는 발을 껴안고 있는 걸 보면서도 묵인해야 하겠는가?"

복강안이 옹염의 질책에 깜짝 놀라 펄쩍 뛰며 다급히 변명했다.

"이처럼 정문일침頂門一鍼을 놓으시는 건 열다섯째마마께서 신을 신임하기 때문이라고 생각하옵니다. 신은 기윤 대인에 대해 악의가 없사옵니다. 전에도 그렇고 지금도 마찬가지이옵니다. 다만 신은 우민중 공은 싫었사옵니다. 그래서 화신이 산동山東에 내려왔을 때 우민중 공을 힘껏 때려주라고 했을 뿐이옵니다. 그 사람이 기윤 대인의 과오까지 들춰낼 줄은 정녕 몰랐사옵니다. 제 형 복령안이 대신들과의 왕래가 빈번하다는 소문은 신도 들은 바 있사옵니다. 하오나 신은 형과 분거分居한 지 오래 됐사옵니다. 다년간 밖에 있다 보니 미처 귀띔해 주지 못했던 것도 사실이옵니다."

두려움 때문인지 억울함 때문인지 복강안의 눈에는 눈물마저 그렁그렁 고였다. 천하의 복강안이 무색한 불쌍해 보이는 모습이었다. 그러나 옹염의 얼굴은 여전히 무표정했다. 마치 자리에 없는 다른 누군가를 논하듯 거침이 없었다.

"자네는 씀씀이도 너무 커! 금천에 자그마치 칠천만 냥을 쏟아 붓고 왔지? 대만에는 천만 냥 조금 넘게 쏟아 부었고. '중상지하, 필유용부'重賞之下, 必有勇夫(후한 상을 내리면 반드시 목숨을 걸고 싸우는 용사가 있다)라는 말은 사실이네. 허나 만사에는 척도尺度와 분촌分寸이라는 게 있는 법이네! 집안 살림을 해보지 않은 사람은 쌀뒤주 긁는 소리를 듣는 느낌이 어떠한 것인지 모른다더니, 옛말 그른 데 하나 없네!"

복강안은 솔직히 이 말은 인정할 수 없었다. 그러나 불복을 한들 득이 되는 게 과연 무엇일까? 그는 더 이상 마주앉아 있을 수가 없다고 생각했다. 그예 일어서면서 조심스럽게 아뢰었다.

"신의 모든 병폐와 착오는 오만불손, 안하무인으로부터 유발된 것이옵니다. 신은 비록 왕에 봉해졌사오나 폐하와 열다섯째마마에 대한 충정은 변함이 없사옵니다. 전 같았으면 겁 없이 마마의 말씀에 토를 달았겠지만 이제는 진심으로 잘못을 회개하고 뉘우치옵니다!"

"우리 고종사촌 간에 오늘 참으로 의미 있는 만남을 가졌네!"

옹염은 평생 오만하고 안하무인이던 사람이 순순히 잘못을 시인하자 크게 만족한 눈치를 보였다. 어조도 다소 누그러졌다.

"구태여 말할 필요는 없지만 자네의 공로도 대단하네. 그 점을 충분히 인정하네. 나는 자네를 난감하게 만들 생각은 추호도 없었네."

옹염이 시계를 꺼내보고는 다시 덧붙였다.

"언제 시간을 내서 또 만나세. 오늘은 참으로 소중한 독대의 시간을 가졌네. 가지."

옹염이 가볍게 복강안의 어깨를 두드리며 말했다.

"공신왕功臣王이 이서 폐하를 알현해야지. 같이 가세!"

복강안은 조용히 옹염의 뒤를 따랐다. 기분이 좋을 리가 없었다.

그러나 옹염에게 한바탕 훈책을 듣고 나자 이상하게 마음은 홀가분해졌다. 일찍이 자기를 깨우쳐준 이시요가 고맙다는 생각도 들었다.

건륭은 눈앞의 개선장군이 조금 전 옹염과 이색적인 만남을 가졌다는 사실을 알 턱이 없었다. 당연히 반갑고 좋기만 했다.

"어서 오시게, 대장군! 둘이 같이 오는 걸 보니 참으로 보기 좋네!"

"강녕하시옵니까, 아바마마!"

옹염이 두 미인의 부축을 받으면서 서 있는 건륭의 희색이 만면한 얼굴을 보더니 몇 걸음 다가섰다.

"소자가 부축해드리겠사옵니다."

옹염은 사춘이 건륭의 팔에서 손을 빼내는 것과 동시에 건륭의 팔을 잡으며 부축했다. 그 순간 어쩔 수 없이 사춘의 손과 닿고 말았다. 순간 사춘의 얼굴이 표가 날 정도로 확 붉어졌다. 그녀는 가슴이 크게 뛰고 뭐라 형언할 수 없는 강렬한 느낌을 받았다. 그러나 분명 나쁘지는 않았다.

사춘은 자신도 모르게 내일이면 태자에 책봉될 가친왕을 몰래 훔쳐보면서 조용히 고개를 숙였다. 회춘 역시 손을 빼고 물러났다. 그러나 그녀는 사춘이 갑자기 수줍음에 몸을 꼬는 이유를 몰라 이상하다는 듯 고개를 갸웃거렸다. 그러나 옹염은 아무렇지도 않은 표정을 짓고 건륭을 부축했다.

"북쪽에서 숲을 찔러오는 바람이 제법 찬데 어찌 여기 계셨사옵니까, 아바마마."

복강안은 고꾸라질 듯 빠르게 다가와 건륭의 발밑에 무릎을 꿇었다. 몰라보게 늙어버린 군주의 모습을 보자 이름 모를 상심감이 몰려왔다. 그래서인지, 그는 감격적인 재회에 가슴이 터질 것만 같았다. 복강안은 힘껏 머리를 조아리면서 목이 멘 목소리로 아뢰었다.

"그간 강녕하셨사옵니까! 신은 다시 폐하를 뵈올 수 있어…… 곧 죽어도 여한이 없사옵니다……."

건륭이 웃으면서 일어나라는 손짓을 했다.

"어서 일어나게, 옹염과 함께 짐을 부축해 담녕거로 가세!"

건륭이 말을 마치고는 천천히 걸음을 떼어놓았다. 옹염은 건륭에게 복강안과 서재에서 둘만의 시간을 가졌다는 얘기를 입에 올렸다. 건륭이 적이 놀라는 눈치를 보이더니 입을 열었다.

"짐도 둘을 나란히 앉혀놓고 얘기를 좀 하고 싶네. 좋은 차가 들어 왔다고 하니 복강안 자네도 한 잔 맛보게."

궁전 안으로 들어가는 건륭은 기분이 대단히 좋아 보였다. 차를 가 져오라고 명하고는 웃음이 가시지 않는 어조로 말을 이었다.

"옹염은 짐의 곁에 앉고 강아는 맞은편 방석에 앉게. 새로 차를 끓 여 오기 전에 먼저 그거라도 마시게!"

"예!"

옹염과 복강안은 이구동성으로 대답했다.

"방안이 따뜻하고 좋네."

건륭이 말을 마치고는 자상한 눈매로 옹염과 복강안을 번갈아 바 라봤다. 이어 잠시 무릎을 문지르고는 정색하면서 다시 입을 열었다.

"짐이 빨리 오라고 독촉한 것은 내일 거국적인 희사에 참석케 하고 싶어서였네. 비록 명조明詔를 내린 건 아니지만 군기처, 예부, 육부 모 두 내일이 무슨 날인지 알고 있네. 내일은 신해일辛亥日, 옹염이 태자 에 책봉되는 역사적인 날이네. 짐은 근정전에서 황자, 황손, 왕공대신 들이 모두 함께한 가운데 옹염을 황태자로 책봉할 것이네."

건륭이 잠시 말을 멈췄다 다시 옹염에게 말했다.

"너는 내년 정월 초하루에 제위에 오르게 될 것이다. 비록 내선內禪이기는 하나 연호年號는 공표해야 할 것이다. 연호는 가경嘉慶이다. 너의 친왕 봉호封號와 같다."

옹염이 보위에 오를 거라는 사실은 온 천하가 주지하는 바였다. 말하자면 오래 전부터 공공연한 비밀이었다. 옹염은 그럼에도 그 사실을 건륭의 입을 통해 직접 듣게 되자 흥분을 주체할 수가 없었다. 흥분과 격동, 일말의 불안과 황공함까지 섞여 감정을 뭐라 형언할 길이 없었다. 그는 곧 왕이열이 늘 강조하던 '늠름정기'凜凜正氣나 맹자孟子의 '호연지기'浩然之氣라는 말로 그 흥분을 달래보려고 애썼다. 그러나 쉬이 진정이 되지 않았다. 결국 그는 '나는 아직 아무것도 아니야. 불필요한 흥분은 금물이야!'라는 말을 속으로 되뇌고서야 겨우 안정을 취할 수 있었다. 곧 그가 애써 마음을 다잡으면서 아뢰었다.

"소자의 덕과 능력은 아바마마의 만분의 일에도 미치지 못하옵니다. 매번 아바마마께서 보위에 대해 언급하실 때마다 소자는 바늘방석에 앉은 것 같았사옵니다. 그러나 이 역시 아바마마의 어지이시오니 소자는 감히 마다하지 못할 것이옵니다. 소자는 아바마마께서 계시는 한 영원히 아바마마를 천하지주天下之主로 모실 것이옵니다! 복강안도 자리해 있사오니 증인이 돼줄 것이옵니다. 소자는 일심으로 아바마마의 강녕을 빌 것이옵니다. 소자가 설령 즉위하더라도 아바마마께서 강건하시오면 얼마나 든든하겠사옵니까? 소자의 마음을 통촉해 주시옵소서!"

복강안도 황급히 한마디 거들었다.

"열다섯째마마의 효심은 실로 갸륵하시옵니다. 하늘과 땅을 감화시키고도 남을 것이옵니다. 신이 증명하옵니다!"

"너를 보위에 올릴 생각은 하루아침에 굳힌 것이 아니다."

건륭이 말을 이었다.

"네가 태어나면서부터 짐은 너에게서 운명 같은 걸 느꼈지. 이는 너의 열째황숙十皇叔의 집에서 누구보다 잘 알고 있을 것이다. 너를 여러 차례 밖으로 출순出巡케 하고 다른 황자들에게도 비슷한 일을 맡겨본 것도 실은 너와 여타 황자들의 '다른 점'을 찾아보기 위해서였다. 내일부터 너는 태자이다. 짐이 사적으로 몇 마디 할 얘기가 있다. 복강안은 짐이 아들처럼 생각하는 사람이니 자리를 피할 필요는 없겠네."

복강안이 자세를 고쳐 앉으면서 건륭을 똑바로 쳐다봤다. 건륭의 입에서 무슨 말이 나올지 몰라 가슴이 마구 두근거렸다. 건륭은 잠시 침묵을 지킨 다음 비로소 입을 열었다.

"용인술에 대해서는 이미 여러 차례 너한테 강조했었다. 치국충의治國忠義의 근본이 되는 효도 역시 극진하니 짐은 일단 안심이다."

건륭은 잠시 말을 멈추고 뭔가 적절한 단어를 고르느라 고심하는 듯했다. 그러더니 마침내 직설적으로 물었다.

"옹염, 너는 화신을 없애버리려고 했지?"

나지막한 소리였으나 그 속에 담긴 뜻은 마치 벽력같았다. 복강안은 두 눈이 휘둥그레진 채 옹염을 뚫어지게 바라봤다. 자기도 모르게 벌어진 입을 다물 줄 몰랐다!

그러나 건륭의 말은 틀리지 않았다. 이는 옹염이 마음속에 혼자 은밀히 간직하고 있던 생각이었다. 그래서 그는 가끔 화신에 대한 불만을 비추면서 또 적당히 칭찬도 곁들인 채 자신의 마음을 위장해왔다. 당연히 그는 이런 생각을 가장 친한 측근에게조차 내보인 적이 없었다. 그런데 건륭이 어찌 이를 알고 있다는 말인가? 옹염은 가슴이 철렁했다. 그러나 애써 진정하면서 신지하게 대답했다

"소자는 가끔씩 화신의 소인배 같은 언행이 혐오스러울 때가 있었

사옵니다. 그때마다 살의殺意를 느꼈던 것도 사실이옵니다. 하오나 사람을 죽이는 데는 명분이 필요하옵니다. 화신은 죽임을 당할 정도로 잘못한 것이 없사옵니다. 그뿐이 아니옵니다. 아바마마의 신임을 받고 있으니 소자의 마음에 들지 않는다고 해서 성질대로 죄를 물을 수도 없사옵니다. 명색이 황자라는 자가 사적인 감정에 얽매어 타인의 생사를 좌지우지해서는 안 된다고 생각하옵니다."

옹염이 입술을 빨면서 덧붙여 아뢰었다.

"그자가 분수를 알고 예의를 지키면서 본분을 망각하지 않는다면 소자는 영원히 그런 마음을 품지 않을 것이옵니다."

"그는 군정軍政이나 민정民政 같은 큰일을 맡을 만한 재목이 못 된다. 짐도 그건 알고 있다. 복강안처럼 군마軍馬를 이끌고 나가 대첩을 이끌어내라고 하든가, 기윤처럼 화려하고 멋진 문장을 만들어 내라고 하든가, 유용처럼 모든 일에 근면성실로 일관하라고 하면 화신은 때려죽여도 못할 것이다. 그러나 모든 사람은 장단점이 있다. 실제로도 하늘은 그에게 탁월한 이재理財 능력을 주셨다. 이것이 화신의 가장 큰 장점이다. 또 짐이 말년에 더욱 화신을 신임하게 된 이유는 그가 노인네들의 심리를 귀신같이 헤아리기 때문이다. 바쁜 너를 대신해 지금까지 효도를 잘해 왔어. 그 점은 옹염 네가 화신에게 고마워해야 할 바라고 생각한다. 소소하게 못 마땅한 점이 있더라도 죽여서는 아니 되는 이유가 여기에 있다."

건륭이 고개를 들어 숨을 들이마시면서 다시 덧붙였다.

"그래, 소인배라고 치자. 하지만 세상은 군자끼리만 살아갈 수 있는 게 아니다. 군자만 있으면 벌써 거꾸로 처박혀도 열두 번은 더 처박혔을 것이야. 제齊나라의 경공景公은 측근에 안자晏子(춘추시대 제齊나라 대부로, 3대에 걸쳐 40여 년 동안 재상으로 있으면서 군주를 섬겼음)도

됐지만 양구거梁邱據(아첨꾼으로 유명함)도 기용했느니라. 인군人君으로서의 도량은 이처럼 하해河海 같아야 하느니라. 주변에 아무리 사람이 많아도 어떤 사람을 취사선택할지는 본인이 알아서 할 일이다. 과묵하고 깊고 무거운 것이 너의 성정이라면 화신은 가볍고 경박스러워서 오히려 더 인간적인지도 모르지. 너와 다르다고 해서 무조건 배척해서는 아니 될 것이다."

"그럼요, 아바마마."

옹염이 말을 이었다.

"소자는 절대 무고한 사람을 죽이지 않을 것이옵니다!"

건륭이 복강안을 일별하면서 당부를 이어갔다.

"내년에 보위에 오를 때 새로운 사람을 기용하는 것도 좋지만 옛사람도 잊지 말거라. 화신과 여러 군기대신들을 따로 따로 만나 깊은 얘기를 나눠보는 것이 바람직할 것 같다."

그사이 햇차가 올라왔다.

"절대 불충불효를 저질러 아바마마의 말년을 슬픔에 잠기게 하는 일은 없을 것이옵니다."

옹염이 계속해서 말을 이어가려고 했다. 그러나 건륭은 손을 들어 멈추게 했다.

"짐은 제군帝君으로서의 도량을 논했을 뿐 너를 의심하는 건 아니다. 이 이야기는 이만하면 됐다. 더 이상 논하지 말거라."

건륭이 옆의 태감이 차를 따라 올리자 바로 분부를 내렸다.

"저 두 사람에게도 따라 주거라. 이 차는 좀 식었다 마셔야 색미色味를 제대로 느낄 수 있는 것이다."

군신 세 사람은 김이 모락모락 피어오르는 찻잔을 마주하고 앉은 채 담소를 나눴다. 복강안은 군중의 병사들 사이에 있었던 재미있는 이야기로 두 사람을 즐겁게 해줬다.

곧이어 건륭이 알맞게 식은 차를 조금 마셨다. 그러고는 입을 축여 맛을 음미해보고는 다시 한 모금 마시고는 찻잔을 내려놓았다.

복강안도 따라서 조금씩 홀짝였다. 혀끝으로 찻잎을 건드리면서 진지하게 맛을 음미했다. 그러고는 옹염을 빠르게 훔쳐봤다. 옹염도 차맛을 보는 표정이 자못 진지해 보였다.

사실 세 사람은 모두 차맛을 음미하는 데는 고수들이었다. 우수雨水, 설수雪水, 혜천惠泉, 호포虎跑, 옥천玉泉…… 어느 곳의 물로 차를 끓였는지도 귀신같이 알아낼 정도였다. 세 사람이 맛을 본 결과 옥천수로 끓인 차가 분명했다. 또 찻잎은 춘차春茶였다. 춘차도 맛이 떨어지는 것은 아니나 지금은 가을이니 햇차라면 의당 추차秋茶여야 마땅했다. 그럼에도 불구하고 셋 중 아무도 진실을 말하려 하지 않았다. 잠시 침묵한 끝에 복강안이 황당한 기색을 애써 감추면서 입을 열었다.

"차맛이 일품이옵니다. 잘 마시겠사옵니다!"

복강안은 찻잔을 들더니 꿀꺽꿀꺽 냉수 마시듯 다 마셔버렸다.

"그래, 맛이 좋다니 다행이군."

건륭 역시 어색하게 웃으면서 덧붙였다.

"자네들이 좋다면 짐도 좋네. 복강안 자네는 아직 집에 들르지 않았지? 어서 가보게. 차맛이 좋기는 한데 너무 많이 마시면 잠을 이루지 못할 테니 그만 마셔야겠네. 짐도 좀 눈을 붙여야겠으니 옹염 너도 그만 물러가거라."

옹염은 복강안과 함께 무릎을 꿇은 채 예를 갖추고는 물러났다. 웬일인지 그의 안색이 몰라보게 어두워졌다. 보폭도 빨라졌다. 쿵쿵 소리를 내면서 걷는 모습이 뭔가 크게 화가 난 것 같았다. 복강안은 자신이 뭘 잘못한 줄 알고 종종걸음으로 쫓아갔다.

긴 꽃 울타리를 지나가자 내무부의 태감 조회성趙懷誠이 다른 태감들을 지휘하면서 낙엽을 쓸고 있는 모습이 보였다. 옹염이 갑자기 걸음을 멈추더니 그를 불렀다. 그러고는 곁에 바싹 따라 붙은 복강안을 향해 어색한 표정을 지으면서 말했다.

"자네는 그만 가보게. 나중에 또 보세."

"예!"

복강안은 팽팽했던 긴장을 풀면서 속으로 크게 안도했다. 그러고는 짐짓 아무렇지 않은 척하며 물러갔다.

그날 밤 복강안은 쉬이 잠을 이루지 못했다. 오랜만에 보는 복진도, 측복진도 부르지 않았다. 그저 화원에서 들려오는 가을벌레의 울음소리를 들으면서 깊은 사색에 잠겼다. 눈은 갈수록 말똥말똥해졌다. 그럴 수밖에 없었다. 그가 노하역에서 옹염과 함께 마셨던 차는 분명히 신차新茶(햇차)였다. 그러나 정작 건륭은 진차陳茶(해묵은 차)를 마시고 있었다! 아직 태자가 되기도 전에 벌써 마음이 변해 집권 60년의 태상황에게조차 태만하게 굴다니! 인간은 실로 불가사의하고 무서운 존재라는 생각이 들었다.

이튿날은 음력으로 9월 3일, 신해일辛亥日이었다. 날은 잔뜩 흐렸으나 비는 아직 내리지 않고 있었다. 군기처軍機處와 육부六部의 대신들은 아무도 어젯밤의 미묘한 일막一幕을 모르고 있었다. 때문에 모두 천가天街에 모여 마냥 흥분에 들떠 있었다. 복강안은 품급산品級山 앞에 숙연히 서 있는 백관들을 보면서 마음이 착잡했다. 이 웅장한 궁궐 아래에서 저마다 풍뢰지성風雷之性과 도부지심刀斧之心을 품고 있으면서 겉으로는 관음보살觀音菩薩상을 하고 있는 모습들이 어쩐지 섬뜩했다. 그가 왕공王公들 틈에 섞여 멍하니 생각에 잠겨 있노라니 어느덧 경

양종景陽鐘이 울리기 시작했다. 이어 찬례관贊禮官이 소리높이 외쳤다.

"백관들은 근정전 밖에서 폐하의 성훈을 궤청跪聽(무릎을 꿇고 들음)하라! 황태자 옹염을 위시해 친왕, 황자, 황손, 대학사, 군기대신들은 입전入殿해 궤청하라!"

복강안은 황급히 다른 사람들과 함께 옹린의 뒤를 따라 안으로 들어갔다. 건륭은 벌써 수미좌에 앉아 있었다. 낙타색 면포棉袍 위에 검푸른 양가죽 조끼를 껴입은 차림이었다. 그 의상이 조금 무거운 느낌이 들었으나 표정만은 밝아 보였다. 반면 미소를 지으면서 들어서는 신료들을 바라보는 눈은 조금 부어 있었다. 간밤에 숙면을 취하지 못한 것 같았다. 태자 옹염은 여덟 폭짜리 새 용포龍袍를 입고 있었다. 홍보석紅寶石 정자에는 눈부신 동주東珠 스무 개가 박혀 있었다.

저만치에는 누리끼리한 머리카락에 콧대가 높고 눈이 푸른 양인洋人 한 명이 서 있었다. 그는 붉은 술을 드리운 모자를 눌러쓴 채 어리둥절한 표정으로 사방을 두리번거리고 있었다. 얼핏 복강안과 눈이 마주치자 이내 피해버리기도 했다. 마이클이었다. 저 코쟁이도 관례觀禮한답시고 와 있는가? 복강안은 순간 그를 한 대 쥐어박고 싶은 생각이 들었다. 주먹도 근질거렸다.

"방금 조서詔書를 공포했네. 오늘부터 열다섯째황자 옹염은 황태자에 책봉됐네."

건륭이 단정한 자세로 앉은 채 말했다. 얼굴에는 자애로운 미소를 머금고 있었다.

"옹염은 겸손하고 효심이 지극해 여러 차례 성심을 거둬 주십사 청을 드려 왔었네. 백관들 중에도 상주문을 올린 자들이 적지 않았네. 짐이 연고年高이나 아직 근골筋骨은 여전하니 내년의 개원대례開元大禮를 미뤄 주십사 하고 말이네. 모두 짐과 옹염를 위한 신료들의 충심의 발로라고 짐은 믿고 있네. 물론 한漢나라 고조高祖(유방劉邦)의 예를 들어 짐의 성심을 동요시키려는 자들도 있었지. 그러나 이자들은 다른 꿍꿍이속이 있거나 경사經史에 대해 무지한 자들이네. 짐의 양위는 천의天意이기도 하고 짐의 본심이기도 하네. 짐은 스물다섯에 즉위하면서 향을 사라 하늘에 맹세했네. 하늘이 천년千年을 내릴지라도 결코 성조聖祖(강희)를 뛰어넘는 일은 없을 것이라고 말이네. 이는 짐이 억지로 뒤로 밀리는 것과 본질적으로 다르지 않겠는가?"

건륭은 옷을 많이 껴입어 그런지 몸이 무거워 보였다. 아니나 다를까, 불편한 듯 몸을 조금 움직이면서 말을 이었다.

"짐은 태자를 대함에 있어 인자함을 잃지 않을 것이네. 태자 역시 필히 짐에 대해 극진한 효성으로 일관할 것이네. 태자는 내년에 즉위하면 곧 천하의 주인이 되고 여러분의 군주가 되는 것이네. 제공諸公들은 신하로서 충과 효를 다해야 할 것이네."

건륭이 처음보다 조금 편안한 어투로 다시 말을 이었다.

"물론, 짐은 아직 건재하네. 군국軍國의 대정大政에 대해서도 관심을 가지고 지켜볼 것이네. 또 태자가 정무를 처리할 때 힘들어하면 힘닿는 데까지 거들어줄 수도 있네. 태자가 착오를 범하면 얼굴을 맞대고 훈육해 바로 잡을 수도 있고. 태상황太上皇은 태상황 나름대로의 지위와 신분이 엄연하다고 볼 수 있네. 따라서 황제는 중대한 결정과 인사변동을 할 때 짐의 훈시를 청하고 시행하는 것이 순서일 것이네."

건륭이 말을 마치고 나서 옹염에게 물었다.

"아니 그러한가, 태자?"

"정말 지당하신 말씀이옵니다. 아바마마! 소자는 매사에 아바마마의 성훈을 청해 한층 더 성숙한 자세로 일관할 것을 약조 드리옵니다!"

건륭이 씩 하고 웃었다. 어쩐지 그 웃는 눈매가 섬뜩한 느낌을 줬다. 옹염도 그걸 깨달았는지 황급히 머리를 조아렸다.

궁전을 가득 메운 왕공대신들은 누가 태자에 책봉될지 이미 다 알고 있었던 터였다. 따라서 형식적인 것에 별로 관심이 없는 눈치들이었다. 다만 황제가 사사건건 태상황의 훈시를 청한 연후에 황제의 권한을 행사한다면 신하와 다를 것이 무엇인가 하는 생각은 하고 있었다. 그러나 모두 고개를 갸웃하면서도 속으로만 삭일 뿐 자신들의 그 생각을 겉으로 드러낼 엄두는 내지 못했다. 건륭은 숨죽여 경청하고 있는 신료들을 굽어보면서 다시 말을 이었다.

"오늘은 옹염이 태자에 책봉된 길일이네. 체인각體仁閣에 연회가 마련돼 있을 터이니 제공들은 그리로 가서 연회상을 받도록 하게!"

분부를 마친 건륭이 옹염에게 말했다.

"이번에도 네가 짐을 대신해 연회석상에 나가거라. 나이든 신료들을 살갑게 대해주거라. 술은 조금만 마시게 하는 게 좋을 것이다."

건륭이 다시 덧붙였다.

"짐은 수황전壽皇殿으로 돌아가 쉬어야겠다. 원명원에는 오후는 돼야 나올 것이다!"

"소자가 아바마마를 배웅해드리겠사옵니다."

옹염이 말했다. 목소리가 어쩐지 조금 떨리는 것 같았다.

그 시각 아계와 기윤, 화신 등은 모두 왕공대신들 틈에 끼어 있었다. 태자가 먼저 전각을 나서자 그들을 비롯한 신료들도 서둘러 따라나섰다. 순간 행렬이 조금 무질서하게 흩어졌다. 유용은 그 속에 섞여 걸어가고 있었다. 마침 그때 누군가 그의 옷자락을 당겼다. 그가 뒤돌아보자 기윤이 실눈을 찡그리면서 속도를 늦추라는 시늉을 했다. 기윤의 뒤에는 아계가 따르고 있었다. 유용은 슬그머니 걸음을 늦춰 가까이 온 아계에게 말했다.

"오늘은 화신 공이 군기처 당직이니 우리는 좀 쉬어도 되겠습니다. 좀 있다가 기윤 대인의 사고서방四庫書房으로 오십시오. 좋은 먹을 얻어놨다고 하니 예전부터 써달라고 졸랐던 글을 몇 점 써줄 테니까요."

앞서 걷던 화신이 귀신같이 그 말을 알아듣고는 고개를 돌렸다.

"쓰는 김에 제 것도 하나 써주시죠."

유용은 그러겠노라고 시원스럽게 대답했다. 유용을 비롯한 세 사람은 체인각으로 가서 술 한 잔씩을 받아마셨다. 그러고는 각자 바쁘다는 핑계로 황태자 옹염에게 양해를 구하고 물러 나왔다. 이어 담소를 나누면서 기윤의 사고서방으로 향했다.

책과 서류가 산더미처럼 쌓인 서재에 들어온 세 사람은 아무 곳에나 털썩, 털썩 주저앉았다. 유용이 그러자 화선지를 펴놓고 몇 글자를 적기 시작했다. 그사이 아계가 단도직입적으로 말했다.

"우리가 천신만고 끝에 오늘날의 국면을 열었으니 막판에 절대 차질을 빚어서는 아니 되오. 폐하께서는 누구에게서 무슨 소리를 들었는지 모르지만 한 고조 얘기를 들으시고 순간의 동요가 있었다고 하셨잖소. 노인네가 갑자기 눌러 앉으려고 하는 날에는 큰일이오. 지금 가장 중요한 건 세 가지요. 첫째, 무슨 일이 있어도 삼 개월 내에는 열다섯째마마를 순조롭게 등극시켜야 하오. 둘째, 새로운 군주가 등극했을 시 지금의 폐하께서 황제 옥새玉璽를 교부交付하실 의사가 계신지, 군주에게 대신들을 단독으로 접견할 권한을 부여할 것인지 여부를 확실하게 여쭤봐야 할 것이오. 셋째, 태상황이 정무에 관여하는 건 뭐라 할 수 없으나 조서를 내릴 때 가경황제嘉慶皇帝의 명의로 단독으로 내릴 수 있는지 여부도 분명히 해둬야 할 것이오. 나는 이

중에서 가장 중요한 건 태상황께서 옥새를 내놓고 대신들을 단독 접견하시는 일이 없게 하는 것이라고 생각하오. 길게 얘기할 시간은 없는 것 같소. 내 소견은 이러하오. 여러분도 견해를 말씀해 보시오."

좌중의 사람들은 아계의 견해에 대부분 공감하는 듯했다. 기윤이 곰방대를 꺼내면서 먼저 입을 열었다.

"오차우伍次友 선생의 시어詩語 중에 '군자가 소인과 다투는 것은 마치 적수赤手로 용상龍象과 대적하는 것과 다름이 없다'라는 구절이 있소. 나는 아계 공의 말에 전적으로 공감하오. 허나 폐하의 의사를 타진함에 있어 절대 열다섯째마마를 정면에 내세워서는 아니 될 것이오. 쟁간諍諫이든 고간苦諫이든 휼간譎諫(둘러서 간함)이든 간에 누가 총대를 메는 게 좋겠소?"

"내가 메겠습니다."

역시 담배를 피워 문 유용이 짙은 연기를 뿜어내면서 입을 열었다.

"폐하께서는 지금 늙으셔서 어린아이와 같습니다. 휼간은 바람직하지 않습니다. 노인이 기력이 떨어져 노망을 보이면 자제들도 얼마든지 큰 소리로 깨우침을 줄 수 있어요. 무조건 받아주고 달래는 것만이 능사는 아닙니다."

기윤이 다시 나섰다.

"숭여 공 혼자서는 역부족일 것 같소. 차륜전車輪戰을 벌여야 할 것이오. 폐하께서는 때로는 흐리멍덩하시고 때로는 청명淸明하시니 군기대신들은 다른 것을 다 제쳐놓고 우선 폐하를 잘 간수해야 할 것이오. 사달을 야기할 만한 건덕지는 뿌리째 없애버려야 할 것이오."

"태자가 어련히 알아서 처리하겠소?"

아계가 말을 이었다.

"태자의 측근 중에도 안목이 예리한 자들이 많을 터이니 태자에게는 굳이 우리가 나서서 이러쿵저러쿵 말해줄 필요가 없을 것 같소."

"맞는 말이오. 우리는 다 같이 폐하를 설득하러 가야 하오."

기윤이 덧붙였다.

"목숨을 내걸고라도 간언을 해야 할 것이오."

아계가 전쟁터에 나가기라도 할 듯 비장한 각오를 비추는 사람들을 보면서 다시 한마디 했다.

"죽으러 가는 것도 아니고 분위기를 너무 긴장시킬 필요는 없소. 오늘 열다섯째마마께서 천자를 대신해 하사하신 술잔도 받아 마셨지 않소. 일단 내일 이를 구실로 다 같이 사은을 표하러 입궐하는 것이 좋을 듯하오. 화신 대인을 앞장세워야 하오. 그래야 나중에 뒤통수를 치지 못 할 게 아니오. 그 뒤를 이어 숭여 공이 간언을 시도해 보시오. 안 되면 그때 가서 우리 다 같이 힘을 합치든가 하는 게 좋겠소."

"그래, 그게 좋겠소!"

수십 년을 머리 맞대고 황제를 보필해온 대신들다운 의기투합이었다. 그때 밖에서 사무관이 누군가를 반겨 맞는 소리가 들려왔다.

"어서 오십시오, 화 대인!"

좌중의 사람들은 마주보면서 미소를 지었다. 모두 일어나 맞을 준비도 했다. 어느새 화신의 웃는 얼굴이 가까이 다가왔다. 그가 창문 너머로 밝게 웃으면서 말했다.

"내 것도 하나 써달라고 했는데, 썼습니까? 오늘은 붓이 말썽을 일으키지 않았나 보군요."

유용이 웃으면서 화신을 맞이했다.

"당연히 썼죠! 누구 분부인데 어기겠소. 말리고 있는 중이오. 저기 있으니 가서 보시오. 나는 내무부에 볼일이 있어 잠깐 다녀와야겠소. 기윤 대인은 안에 계시오!"

유용은 말을 마치고는 아계와 함께 밖으로 나왔다. 커다란 곰방대를 피워 문 기윤이 안으로 들어서는 화신을 향해 웃으면서 한마디 했다.

"다 마르면 어련히 가져다주지 않을까 봐 그새를 못 참고 달려왔소?"

"기윤 공께서는 제가 온 것이 어째 반갑지 않다는 얘기처럼 들립니다?"

화신이 웃음을 머금으며 일부러 토라진 척했다. 그러자 기윤이 손사래를 쳤다.

"그럴 리가 있겠소. 앉으시오."

기윤이 갑자기 무슨 생각이 들었는지 가까이 다가앉았다.

"내가 화 대인께 몇 마디 드리고 싶은 말이 있는데, 듣고 안 듣고는 그쪽 마음에 달렸소."

"우리 사이에 무슨 못할 말이 있다고 그리 심각하십니까?"

화신이 책상 앞으로 걸어가던 걸음을 멈췄다. 아무리 총명하고 영악하다고 해도 그 짧은 순간에 세 사람이 이미 의논을 다 끝냈으리라고는 생각 못한 모양이었다.

"말씀하세요."

기윤은 화신의 말이 끝나기 무섭게 조심스럽게 두리번거리면서 주변을 살폈다. 이어 수염을 쓸어내리면서 화신을 가까이 당겼다. 그러고는 물었다.

"화 대인, 혹시 흑산현黑山縣에 땅이 있소?"

"예."

화신은 다소 경계하면서도 의혹 어린 눈빛으로 기윤을 향해 고개를 끄덕였다.

"폐하께서 하사하셨죠."

"풍수風水를 본 적이 있소?"

"그럼요. 반룡지盤龍地라서 사후死後 삼 년 뒤 그곳에 묻히면 좋다고 들었습니다. 헌데 그건 왜 물어요?"

"혹시 서장西藏의 반선 활불班禪活佛(판첸 라마. 티베트 불교에서 달라이 라마 다음의 2인자)에게 보였었소?"

"예. 그런데, 무슨 일이 있습니까?"

"그런 건 아니고……."

기윤이 자리로 돌아가 앉으면서 다시 말을 이었다.

"마덕옥馬德玉 알지 않소? 글쎄, 복 공자가 네팔을 평정했다는 첩보를 받고 직접 네팔까지 찾아갔다고 하잖소. 간 김에 홍화紅花 씨앗이니 설련雪蓮이니 뭐니 해서 잔뜩 사왔나 보오."

화신이 답답하다는 듯 조급증을 보이면서 다그쳐 물었다.

"그게 내가 소유하고 있는 땅과 무슨 관련이 있다는 말씀입니까?"

"말을 끝까지 들어보오. 마덕옥은 네팔에서 직접 서장으로 들어가 반선 활불을 만나봤다오. 그때 반선이 하는 말이, 그대 소유의 그 땅은 사실 용면지龍眠地여서 앞으로 삼 대째에 진룡천자眞龍天子가 나올 풍수라고 했다고 하오!"

화신은 여전히 어리둥절한 표정이었다. 기윤이 말을 이었다.

"이 말이 어떻게 해서 유용의 귀에 들어갔다오. 그는 반선 활불의 말이 뜻하는 바를 민감하게 받아들여 지금 비밀리에 조사를 벌이고 있소!"

그러자 화신이 버럭 화를 냈다.

"활불은 분명 그 땅이 반룡지라고 했습니다. 무슨 용면지니 어쩌니 하는 소리는 들어보지도 못했습니다. 유용 공이 계속 조사를 한다면 저는 폐하께 이를 여쭐 수밖에 없을 것입니다!"

"폐하께 여쭤본들 여태 저지른 죄가 더 커지면 커졌지 작아지지는 않을 거요!"

기윤이 갑자기 낯빛을 달리하면서 코웃음을 쳤다.

"좋게 말할 때 순순히 털어놓으시오. 그래야 동정이라도 받을 게 아니오! 당장 서장에 가서 달라이 라마와 반선 활불을 만나고 오시오. 요언妖言의 발원지를 찾아내고, 태자부太子府로 가서 문제의 그 땅을 태자마마께 돌려드리시오. 그리고 모든 죄를 태자마마께 이실직고하오. 그것이 열 개의 옥여의를 바치는 것보다 백배 나을 테니까!"

화신은 어깻죽지를 축 늘어뜨린 채 휘청대면서 물러갔다. 기윤은 화신의 뒷모습을 보고는 수염을 쓸어내리면서 웃었다.

"죄를 엄청 지었나 보군. 당치도 않은 요언에도 겁이 나서 쩔쩔 매는 걸 보니! 네가 아무리 날고 긴다고 해도 내 머리 꼭대기에 기어오르는 수는 없을 것이다. 태자가 보위에 오르는 걸 한사코 막으려 들었지? 이제 서장에 갔다 오는데 적어도 반 년은 걸릴 테고, 그사이 태자는 보위에 오른다! 이제는 늙어 총기가 흐려진 태상황에게 붙어 무슨 수작을 꾸미려 했던 게냐! 누가 모를 줄 알고!"

기윤은 조용히 중얼거리고는 연신 너털웃음을 지었다. 마지막에 웃는 승자의 모습이 따로 없었다.

군기처의 대신들은 갖은 수완을 다 동원해 화신을 따돌리는 데 성공했다. 이어 태자는 영원히 태상황의 위에 군림하지 않을 뿐만 아니라 영원히 권력을 독점하지 않을 것이라는 의사를 누누이 건륭에게 전했다. 귓전에서 화신의 '작란'作亂이 사라지니 건륭도 점차 마음의 안정을 찾아가는 듯했다. 마침내 군기처의 대신들은 건륭으로부터 약조한 시일에 선양할 것이라는 언약을 받아냈다. 옹염이 단독으로 집권함과 아울러 태상황은 대신들을 독대하지 않는다는 약속까지 받아냈다.

그러나 건륭은 대신들의 간곡한 설득에도 불구하고 끝까지 옥새는 내놓으려 하지 않았다. "짐이 대신 맡아주면 뭐가 잘못되기라도 한다는 말인가!"라는 식으로 억지를 부렸다.

그렇게 동지冬至도 지나고 연말연시가 다가왔다. 선양 날짜는 이제 단 사흘밖에 남지 않았다. 12월 28일, 그 날은 유용이 당직을 서는 날이었다. 하늘에서는 눈이 보슬보슬 내리고 있었다. 퇴청 시간이 되자 그는 패찰을 건네 건륭에게 뵙기를 청했다. 옹염이 태화전太和殿에서 대통大統을 잇기로 결정이 난 뒤인지라 이때 건륭은 이미 자금성의 양심전養心殿으로 거처를 옮긴 터였다. 건륭은 그곳에서 유용 특유의 쿵쾅대는 발걸음소리가 들려오자 동난각에서 화롯불을 쬐고 있다가 출입문 쪽을 향해 돌아섰다. 그러고는 들어서는 유용을 향해 말했다.

"수없이 많은 신료들 중에서도 경의 발소리는 유별나네. 그래서 짐은 듣자마자 자네가 오고 있다는 걸 짐작할 수 있었지. 정작 당사자인 옹염은 짐이 말하는 족족 잘 따르겠노라고 고분고분한데, 자네는 어찌 이리 바쁜가?"

"신도 이제 갈 때가 다 됐나 보옵니다. 이리 구질구질해지는 걸 보니 말이옵니다."

유용이 대례大禮를 갖추자 건륭은 바로 자리를 내줬다. 유용은 걸상에 앉자마자 단도직입적으로 아뢰었다.

"역시 그 옥새 때문에 신은 잠을 이룰 수 없었사옵니다. 일찍이 진시황은 나라를 통일하고 화씨지벽和氏之璧으로 '수천지명, 기항차창'受天之命, 旣恒且昌(하늘의 명을 받아 영원하고 창성하라)이라는 국새國璽를 새기지 않았사옵니까? 한때는 잃어버렸다가 한漢나라가 흥할 때 되찾았었는데, 왕망王莽이 권력을 탈취하면서……. 장태후莊太后 왕정군王政君은 왕소군王昭君의 언니죠?"

"여동생이지."

건륭이 정정했다.

"왕망이 와서 국새를 내놓으라고 압박하자 장태후가 홧김에 땅바닥에 내던졌지. 그래서 한쪽 귀퉁이가 떨어져 나가버리지 않았는가."

유용이 건륭의 말을 듣고는 아뢰었다.

"그때는 궁전 바닥에 담요라도 깔았었나 보옵니다. 지금 같았으면 어찌 한쪽 모퉁이만 떨어졌겠사옵니까? 완전히 박살이 났겠죠."

그 말에 건륭이 재미있다는 듯 웃었다.

"짐이 자네를 왕망이라고 한 건 아니지 않은가! 옹염을 믿지 못하는 것도 아니네. 다만 한꺼번에 다 내놓자니 아쉬워서 금궤金櫃라도 좀 간수하게 해달라는데 뭐가 문제라는 말인가? 가끔 내정內廷에서 필요로 할 때마다 짐이 일일이 가서 황제를 귀찮게 해야겠는가?"

"폐하의 말씀에 토를 다는 건 아니옵니다. 예컨대 신을 강남이나 산동으로 파견하시면서 신에게 관방關防이나 인신印信을 내주지 않으신다면 어떻게 되겠사옵니까? 일을 제대로 완수할 수 있을지도 장담 못할 뿐더러 일단 신의 신분이 첩신妾身처럼 불분명해질 게 아니옵니까? 명분은 충분히 줘야 하지 않겠사옵니까!"

"자네는 더 이상 산동에 갈 일이 없을 거네. 산동에서 사람을 너무 많이 죽여서 가면 맞아죽어."

건륭이 의외로 농담까지 하면서 덧붙였다.

"옥새에 관련해서는 더 이상 말하지 말게. 짐을 믿지 못하겠다는 건가, 아니면 옹염을 못 믿겠다는 건가? 옹염은 국새가 필요 없다고 했네!"

유용이 마른침을 꿀꺽 삼키면서 거듭 아뢰었다.

"이는 요순堯舜이 통치하는 것과 같은 우리 대청大淸의 일대 희사이 옵니다. 조금이라도 흠이 가서는 아니 되지 않겠사옵니까? 몇몇 고 굉股肱들은 사정을……, 아니, 그럴 리는 없겠사오나 일부 저의가 불 순한 자들은 폐하께서 옥새를 보관하시는 것에 대해 부자간의 동심 동덕同心同德에 문제가 있다고 나쁜 소문을 낼 수도 있사옵니다. 이 문 제 때문에 또 다른 사달이 벌어질 소지도 있음을 폐하께 상기시켜드 리고 싶사옵니다. 그도 아니라면 이건 어떻겠사옵니까? 태상황과 황 제는 동체연심同體連心이오니 모든 총독, 순무와 외신外臣들, 그리고 조 정의 문무백관들 모두 인사변경 없이 그대로 임용하고 조정에서 발 송하는 문서에는 황제의 옥새와 더불어 태상황의 인새까지 박아 '봉 태상황성훈'奉太上皇聖訓이라고 분명히 밝혀두는 건 어떻겠사옵니까? 폐하께서는 이를 원하시는 것이옵니까?"

유용은 막다른 골목에서 정면 돌파를 시도하고 있었다. 건륭은 피 를 토할 것만 같은 신하의 간절한 간권諫勸 앞에서 잠시 말문이 막혔 다. 살짝 마음이 동요되는 것 같았다. 유용이 건륭의 의중을 헤아리 고는 다시 용기를 냈다.

"뭐니 뭐니 해도 폐하께서 친히 국새를 태자의 손에 얹어주셔야만 완전무결한 권력승계가 된다고 생각하옵니다. 초하룻날 문무백관과 왕공귀족들이 모두 모인 태화전에서 폐하께서도 빈손이시고, 가경황 제께서도 빈손으로 대미를 마감한다면 밑에서 보기에 얼마나 허전 하겠사옵니까. 거국적인 길상吉祥과 대경大慶의 분위기에 타격을 입을 것이옵니다. 부디 새고해 주시옵소서!"

유용은 쉬고 갈라진 목소리로 간언했다. 이어 죽어라 머리를 조아리면서 눈물을 흩뿌렸다.

건륭은 한참 동안 뚜벅뚜벅 말없이 방안을 빙빙 돌기만 했다. 이어 고집스럽던 입술 끝이 점점 체념으로 바뀌는 듯하더니 마침내 철문 같은 입이 서서히 열렸다.

"짐은 세상 모든 사람을 다 못 믿어도 유통훈만은 영원히 믿어마지 않네. 자네 아비 말일세. 그 아비에 그 아들, 부전자전父傳子傳이라고 하지. 몇 십 년 동안 지켜봐왔으니 이제는 자네를 끝까지 믿어볼까 하네. 두 손을 털고 깨끗이 물러나겠네. 짐은 친히 국새를 가경황제에게 넘겨줄 것이네. 자네는 예부에 이 소식을 전해 그날 예를 갖추도록 하세."

그렇게 해서 유용의 간절한 간언은 받아들여졌다. 여전히 미련이 남은 듯한 건륭의 휘어진 뒷모습을 보면서 유용은 마음이 아파서 견딜 수가 없었다. 그러나 천하를 위해서는 어쩔 수 없는 일이었다.

그로부터 이틀 후, 건륭은 약속대로 태화전에서 손수 황태자 옹염에게 국새를 넘겨줬다. 가경황제의 시대가 열리는 순간이었다.

-'제왕삼부곡' 제3작 《건륭황제》 끝